守山

墨安 著

台海出版社

图书在版编目（CIP）数据

守山 / 墨安著 . -- 北京 ： 台海出版社， 2022.2
ISBN 978-7-5168-3187-8

Ⅰ. ①守… Ⅱ. ①墨… Ⅲ. ①推理小说－中国－当代
Ⅳ. ① I247.5

中国版本图书馆 CIP 数据核字（2022）第 016778 号

守山

著　　者：墨　安

出 版 人：蔡　旭　　　　责任编辑：俞滟荣

出版发行：台海出版社
地　　址：北京市东城区景山东街 20 号　　　　邮政编码：100009
电　　话：010-64041652（发行，邮购）
传　　真：010-84045799（总编室）
网　　址：www.taimeng.org.cn/thcbs/default.htm
E －mail：thcbs@126.com

经　　销：全国各地新华书店
印　　刷：天津明都商贸有限公司
本书如有破损、缺页、装订错误，请与本社联系调换

开　　本：880 毫米×1230 毫米　　1/16
字　　数：400 千字　　　　印　　张：20
版　　次：2022 年 2 月第 1 版　　印　　次：2022 年 3 月第 1 次印刷
书　　号：ISBN 978-7-5168-3187-8

定　　价：85.00 元

版权所有　　翻印必究

目录

CONTENTS

CONTENTS

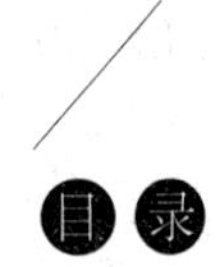

宁城南北，一切开端之地

引子

写下这些话时，林子里的雨已经停了。

三月初的日子，华中低山区的落叶阔叶林大部分仍在沉睡。今年的天气有些特殊，春寒席卷了华中南地区，但山上和平原仍存在差别。即便冷空气被秦岭阻拦难以南下，但三月的阴冷和潮湿仍像是从泥土和人的骨头中间泛生出来一般。

我是在凌晨三点入睡的，在这之前，我和父亲的朋友刚为父亲守完最后一夜的灵。其实，作为他唯一的孩子，我应该彻夜守在屋里的。这个规矩并不是宁城的规矩，而是父亲故乡的习俗。他生在鄂西昌北靠山的县里，这里四野遍布群山。很长一段时间内，这地方都算不得安定，因为它位于我们这块偌大版图的中心处，自古以来，这里的人们便与悲苦生死之事离得很近。回看近代，从军阀割据开始，再到日本侵华，这边山里的日子并不平静，老一辈的昌北人记忆里充斥着各色的战火、颠沛和离散。在这里，越往西北的地方越是人烟稀少，流匪劫掠频发，行路的脚夫向来目不斜视——沟子里有着认不出身份的尸体。人们由此传言：这些天南地北的人在群山之中难以寻得归乡的路，因此盘踞密林小道间，缠着过路的山民，以求出得大山，回到故地去。

我父亲说那时的山民都很淳朴，即便自己命贱如草芥，但是见到林子里不瞑目的死人，也是要砍上些树枝，拿些枯叶将人盖住。若死的是熟识的很正派的人，每逢初一、十五便会有人为他们守夜，干这活的叫守山人。守山的人认识山路，便腰上悬一袭鼓，进到最深的林中，唱着丧歌打着鼓往外走。

“守一夜，等他们不哭了，领出山了，便自己寻自己家去了。”

而这习俗也就传到了我这里。随着时间流逝，以往的树埋土葬都已经做了历史的尘埃，现在死去的人的尸首皆被大火炼去，只剩下一盒细灰。但是送人上路前的习俗仍在。李伯是父亲多年的旧友，他从当地村民手里高价收来几架巨大老旧的丧鼓，用湿布耐心擦好。他告诉我，你父亲当年送那些人出了山，回了家，但是现在，也只有你能送他回到那群山里头，让他落叶归根了。

我接过那两根蒙了红布的鼓槌，望着那小孩一般高的牛皮鼓面，不禁思绪万千……四十年前，父亲便是这浩浩莽林里的守山人。山火烧起，人影厮杀，人可以避，山却无处可避。为了护林，救人，那些从守山师父手里接过大任的孤儿不得不将这个本事刻在心里。规矩就是这样，守山的人守的不只是山，也是祖祖辈辈的土地，人生在这，也死在这。我想起父亲病榻上苍老低垂的眉毛，举起槌在暗沉沉的暮色里敲击起来……

这一夜似乎太漫长了，母亲，李伯，刘叔还有叫不上名字的亲故，全都挤在一间小小的灵堂里，听我不断地敲击着那架巨大的鼓。母亲哀哀地啜泣着，李伯请来了当地接办丧葬服务的班子，随鼓声和着连篇的挽歌。那鼓声一下一下地震动，像草原上的雷声一样低沉。屋外开始下雨，雨丝在零星的车灯里来回倾斜——风刮起来了。

我似乎觉得有人在我耳边低语，回忆开始上涌……

我因数个小时的击鼓劳累，双手开始颤抖，起初有力的击鼓声渐渐归于平淡。子时过去，李伯拍了拍我说，不必守一夜了，明日还要送他进山。因此，我在陌生的昌北县城缓缓地合上双眼，开始伴着大雨入眠。

三个小时过去后，我被刺耳的铃声惊醒，先映入眼的是附生在天花板上的暗绿霉斑。我洗漱结束后，车子便已经发动好了。按照父亲的遗嘱，不必另购陵地，进到山中，沿路将骨灰撒到树下林中即可。送灵的事情不必牵扯女眷，我扶着母亲到堂上看了最后一眼后，便带着骨灰盒上了车。

惊蛰刚过，山上的树尚不到抽芽的时候，只是现出一点墨绿来。昨夜的大雨伴着东北风涤荡了山路上的尘土，这些巨大的连绵的山体让我感到陌生与新奇。这是父亲的故土，但不是我的。数十年前，父亲离开故土顺江东下到宁城后结婚生子——我来到世上时他已五十有余。因此，这位刻板沉默的老人多数时候表现得都不像是父亲，而更像是祖父一类的角色。我与他之间相差的五十年光阴，是无论如何都难以消弭的隔阂。

那些山都有名字。李伯陪同我，我们登上一座名叫古将头的山，这座山矗立在他的故地旁边。山路湿滑，林子中更是寸步难行，我将骨灰一捧一捧地撒在树下……在山路的尽头，我停住，跪下，对着来路缓缓磕头；李伯则做了几个揖。到处都静谧肃穆。

“你想好了吗？山语。”李伯缓缓开口，他似乎是一夜未睡，声嗓沙哑粗糙。

“嗯，算是。”

“公司里还有不少活需要人接过来。”

“由刘叔先行照看着吧。他走前，我向他许诺回来看看的。”

这个身形高大的中年人点了点头，但仍旧存着顾虑：“山语，你母亲谁来照看？”

这个问题让我们两个都陷入了沉默。

“嗨，多问了。”

往回走到山脚下，李伯停住脚，他看着我，似乎藏着一些话。

“李伯，我母亲的意思是，听我父亲的。这次进山可能时间长些，如果不方便，我就把她接过来。如果可以，我想把一部分生意转到山里，也算是有正式工作做。您不用担心，我会努力都统筹好。”

李伯没再说话，沉默地一点头，拍了拍我的肩膀，转身向路上走去。

古将头山形似一颗挽起发髻的将军的头颅。因刚下了雨，林间的风带着潮湿的泥土气息。我抱着已经空了的灰盒，微微有些失神。

第一章

CHAPTER 01

碎片

数个月前。

“林山语，今天的烟掉价了。”

李池渊狂笑出来，“以前抽中华，现在抽玉溪了。咋回事？找不着工作，老爹给你零花钱扣没了？”

“嗨，别提了，那老头儿。我人生前二十多年不敢跟他说一个不字，他让我干啥我干啥，好不容易上完大学，这不，他倒撒手了。”

“你这不行，老弟，我们这几个人之中属你路子最正，以前一个班的时候只有你是正儿八经学习的人，也把老师说的话当话。你再看看我们这几个，哈哈哈哈哈哈！”

这个躺在软座里说不下去开始笑起来的人叫李池渊，他和他嘴里提到的那几个人都是我初中时期的朋友。毕业之后我去过一趟京城，也去深圳漂了一阵子，期间，跟着这几个朋友中的一个做了点生意，但是这些在我父亲眼里基本都是不务正业。小本买卖遇到点风波很是正常，但是每一次亏损被他逮到后他都落井下石。去年四月我跟他借钱，他倒是把钱送到了，结果是连人带钱一块来的。这个生意的带头人叫赵帛锦，他倒是很明白我父亲的意思，钱当然是不敢收的，结果是我跟我父亲回了家。

初中过后，虽然我们的人生轨迹早就各不相同，但是每年过春节，我们都要找个时间在宁城聚一聚。李池渊最早进入了社会，其他几个人基本都上了三流大学，毕业后成了公司员工。除了一两个家里经济条件好，算是富二代，其他几个都是凑合着生活。而我之所以用词可以如此不客气，是因为我就是他们所说的富二代。

“林山语你也算是一股清流了，从小聪明，我们几个哪有玩得过你的？我们当时还打赌说你毕了业还得再读，结果你倒好，本性暴露，毕了业就当了无业游民。”

李池渊一边笑着说话一边给我倒酒，我看着杯子里晃动的液体干笑不已。

他说得一点没错，在人生的前二十二年里，我绝对是一个合格甚至可以说是优秀的学生——我不怎么努力，但是成绩一直跌不下去，这种状态一直维持到高考前，而高考是我为数不多的失利，最终的成绩让我相当尴尬，无奈之下，我在本地的大学念了一个相当冷门的专业——生命科学，这个专业不深造的话就只能去药厂从事基层工作，但是我的确没有选择再读深造。

二十岁时，我父亲告诉我要想办法实现经济独立，从那时候开始，我就没什么读书的心思了，索性开始琢磨其他东西。因此，毕业之后我卷了铺盖回到家里，开始了漫长无期的游民生涯。

但是正如李池渊所说，我这终究算是本性暴露，二十多年的书生做派，最终却有了浑不懔的公子哥儿习气。这两年我并不担心生计问题，或许因为要求不多，想着实在混不下的时候回我父亲的厂子当个司机也能赚出个烟酒钱。我父亲这两年生意忙碌，并不特别在意我的一切，只要我做得不是太出格，他脸上的表情就不会发生特别的变化。

人与人隔阂久了，说话都会感觉到累。我将一杯酒咽下去后，脑子里浮现出宁城南区北区之间的河，而我和我父亲就像站在河两头的人，我和他连基本的交流都很困难，别的也就更无从谈起了。

这些片段只闪现了一会儿，酒精的作用就已经从脊椎一路上涌。放到四年前，我尚可到舞池里来上一段，而后面不改色地去找人要个微信，但现在已经完全不行。一年多的熬夜生活和酒精浸泡，让我从满腔热情的学生变成了废人，跟着一同垮掉的还有我引以为傲的身体。严格意义上的今夜已经过去，我所在的时间已经是“明天”。二十几岁的人仍擅长熬夜，但已区别于五六年前能在凌晨刷导数和线代的精力，现在的我也只是单纯地熬着而已。气氛在我们逐个陷入沉默后开始沉闷，我开始意识到连酒精都难以麻痹的一个问题在我的眼前渐渐清晰，这问题让我发疯，并且随着时间推移避无可避：

“林山语，你将来干什么？”

一个星期前，我仍在阁楼里做着“剪切”。从高中开始到现在，我唯一没有丢下的爱好就是研究各地的地理和民俗。区别于地质专业的纯学理研究，我更倾向于将自然地理与人文结合得更紧密一些。

高中时期的课上，历史老师曾在黑板上写下一个结论：人类早期行为受到地理因素的深重影响。

“各大文明开始的走向都与自然事物密切相连。”历史老师笑着说：“两河流域的人最先能吃饱，吃饱到什么程度呢？他们有闲心拿着个尖头树棍在泥里戳字，楔形文字就这样诞生了，而同时期的其他人种有的还在为生火发愁，美索不达米亚的庄稼疯长得比在座的各位的个头都高。”

我们于是哄笑，继续听着他天马行空地引证。

“同样是古文明，我们的祖先在黄河边上求爷爷告奶奶希望风调雨顺旱涝保收的时候，希腊人已经觉得自己活不下去了。为什么活不下去了？因为今天俩兄弟还勾肩搭背，明天就因为山上的两亩地互相打了起来。在座的各位庆幸生在现在吧，你们有兴趣的可以在下课后去看看地中海的地图，那不是陆地抱着一块海，那是海里零星冒出来的陆地啊。没陆地最主要的矛盾是什么？林山语，你回答一下。”

我站起身来，上一秒还在狂笑，现在就得忍住，“没陆地，老师，人地矛盾突出。”

“坐下，回答得不错。三岁小孩都知道粮食不能种在海里。地理老师讲过吧，地中海什么气候？地中海气候。夏季高温少雨，冬季倒是哗哗地降下水来了。冬季受西风带控制，夏季被反气旋笼罩，这样问题就来了，它雨热不同期，就算是地再多，也不好种粮食。”

眼看着全班女生都要对历史老师的博学多识发出赞叹声时，历史老师突然严肃起来，示意我们安静，“同学们都学过生物吧？演替现象都知道吧？告诉我草本植物在自然状态下被什么演替？是灌丛吧？灌丛完了就是乔木，为什么？因为乔木适应能力比前面的强。地中海的小岛种不了粮食，但是古希腊人发现柑橘和橄榄长得挺好，无花果也很茂盛。诶，你们看，这样路子就宽了。这些人带着自己榨的油，自己晒的果脯驾着小船就出发啦。他们去哪儿？去种粮食的地方，去埃及，去中东，去流着奶和蜜的以色列。”

……

历史老师风趣幽默，时间因此加速流逝。但那些通过幽默生动的例子引证的结论却深深地印在我的脑海里。从那时起，我开始逐渐明白这些看似分化的学科之间仍存在着千丝万缕的联系，地理与人文紧密相连，文明由人创造，因此不论是庞大连片的山体还是一望无际的平原，它们都是区域文明的源头。

在阁楼的日子里我得以避开繁杂纷扰，不必思索未来和明天，可以专心研究地物与风貌。早些年的时候我去了不少地方，从壶口瀑布到南岭，从黑龙江到太行山，从深厚的黄土高原溯源而上到达华夏的起点昆仑……这些经历的意义并不在于了解纯粹的地质和气候变化，而在于让我开始明白了这些宏大的自然现象背后，存在着一种为人书写的可能性。这种源头隐秘而深邃，并因为认知差异或自我封闭而无法为外人所知。

然而这些研究在外人看来非常虚无缥缈。

我刚将一篇关于黄河的水汛报告贴到剪切簿上，手机便毫无征兆地炸响。我将杂七杂八的东西收拾干净后拿起手机，发现那是一封很长的微信消息。那个下午非常漫长。我读完了那封来自异地女友的长信后，次日下定决心分手。

那大概是个转折，信里信外都是征兆，她已经对我彻底失望。在学校的日子里我还算是优秀，至少成绩绝对靠前，但是毕业后我们走的道路截然相反，甚至说云泥之别。

大三起她就开始着手为考人大法学的硕士研究生做准备，但那时候我却在忙别的事情。大三结束时，她通过了严酷的筛选，最终被人大录取。之后，我们的联系变少，并且开始就未来的规划争吵。这样的感情在毕业后又持续了一年多，在我见到李池渊的前一周时她给我发了那封长信，随后她的朋友圈对我关闭，我们的关系至此结束。

气氛持续沉默，墙上的时针指向“1”，李池渊站起身来宣布下半年的聚会就此结束。

人坐着的时候意识似乎更加清醒一些，一旦站立，才会发觉居然连直线都走不了。

“林山语，你有打算了吗？”

赵帛锦的语句已经开始混乱，像是噩梦里的呓语。我扶住他的肩膀，没有回答这个问题。其他人已经负责去招呼代驾，这几个人中只有我还算比较清醒，我翻开备忘录，将每个人的车钥匙交到代驾手上，把他们的代步工具放到后备厢，又逐个嘱托了地址把人送上车，然后，今天的聚会才算正式结束。

疲惫浮上来，我的胃开始翻动。按照常理，这个时间点不会有人关心我是不是真的回了家，然而手机却毫无征兆地响了起来。与此同时，我的心脏剧烈地搏动了几秒。那是一条短信，或许是她反悔？解锁密码费了点工夫。消息的发送者是个匿名号码，消息只有一句话：

“林常青病重，宁城市中心医院内科 3203 房。”

林常青就是我的父亲。我合上手机，扶着行道树呕吐。我的时间不多，出租车司机七分钟就来。

第二章

CHAPTER 02

最后的话

心电仪警报拉响的瞬间，我正用暖壶往外边倒热水。医院只有我和他，已经入夜，天色昏黑。

距离那条短信已经过去四个月，四个月前的某个晚上，他参加了一场应酬，回家后便开始呕吐，并且腹部疼痛，当晚就住进了宁城市中心医院。我看到那条短信赶到医院后，手忙脚乱地开始了住院缴费，检查，听诊，开药……随着病情愈加明朗，我的心情也愈加绝望，他是胃癌，恶性的，已逐渐向食道和消化道扩散。我们接到通知时避开了他，主治大夫告诉我他这种情况一般情况下已经没有再进行手术的必要，大部分选择保守治疗。他已经是中晚期，这消息像雷一样把原有的一切都击碎了。母亲泪流不止。我看着床上昏睡的父亲，完全无法做出这个决定。

但这毕竟不是电影，我父亲比以往任何时候都不希望被隐瞒，他迫切地捍卫着家中之主的尊严。他醒来第一件事便是让我陈述病情，语气严肃得简直让我产生错觉：得了绝症的是我。没有那些狗血的事情发生，我将医生告诉我的话转述给了他，他非常平静地点头，脸上没有一点波澜。

“林山语，医生说我还有多长时间？”

“四个月，最多。”

“嗯……”

接下来的日子相对平静。

在我十五岁之前，我们的交流大部分都是单向的——他让我做一件事，而后我完成，他知道后决定下一件。这样的日子年复一年，从学习到生活，但大部分时间我都算不上被他约束。父亲下达任务，一般都很明确，比如不要让他和我母亲被老师请去喝茶，我因此明白成绩需要稳定并且要保持在前几名。他还告诉我要去掌握哪些知识，要看哪些课外的书籍，要了解时事。很奇怪的是，我把这些都完成后他却并不过问。

到了二十岁后再往回看，那些只不过是淡淡的提议而已，但少年的我却把他的话奉为圭臬，所有的都一丝不苟地完成了。十五岁后，他对我的这种“要求”骤然变少，至多告诉我人长大时需要走出去看看，这样的话即便是青春期最叛逆的孩子也不会反驳。他闲下来时会和我一起去山里走走，当然更多时候是我和几个朋友在深夜出发，前往最荒凉和磅礴的地方旅行。

他不是一个很柔软的人，但他处理事情的方式算是温和。我十八岁离家后，他开始显出颓态，不能再从事朝八晚五的规律工作，公务多时他开始放手，这些在以往都不会发生。

那段时间，我如从一个压抑的并不明朗的密室里解脱出来，进入一个信息庞杂的世界里。就是那时，我开始解锁自己杂七杂八的爱好和天性。从木工到化学实验，从仿古建筑到本格派……我开始反思之前的世界是否因为我太听话而过分狭窄？这种意识日渐加重，以至于对之前犹如木偶的自己感到可笑。父亲那时大抵是再无心管束我，他已日渐消沉在自己的过去和回忆中，并显现出一股难以捕捉的哀伤。

五十年前，他顺着江水孤身一人来到宁城，结婚后只字不提过往。我没有祖父祖母，没有叔伯和堂兄弟姐妹，这让童年的我感到困惑，直到我可以理解孤儿这个概念。他的生活没有过去，不论是他在宁城结识的朋友，还是我的母亲，我都无法从他们嘴中得知一片关于他过去的碎片。这样的日子持续了二十年，或许是他终于意识到自己苍老了，也该随着年龄抒发情怀时，我才得知关于“守山人”的存在。父亲不是孤儿，他曾有一位师父，只是在这唯一的亲人离世后，他才变成真正意义上的无依无靠。

但他的过往自始至终只存在于他一个人的回忆之中。在医院的日子里，他时常看着窗外失神。他的病情日益恶化，母亲的头发愈发花白，我们意识到悲剧正缓慢地降临。但悲剧的主角并没有加入到我们的惶恐与无助之中。癌症影响了他的喉咙声带，他的床上存放着几张白纸，他借此与我们开展无声的交流。

我没有面对即将死去的亲人的经验，大部分时光被陪护、诊断书、药剂和一张张账单填充。无心思考阁楼里的金鱼会不会一条条死去，我把饭盒里的剩饭吃完，而后刷净——生活不得不着眼于当下。油腻被洗去后，我开始忍不住地抽痛，到处都是鲜活的悲哀。

这样的日子持续得并不长久，只是在当时看来每一天都很漫长。电子器械的警报，白衣护士的走动，一波波来了又走的访客。李池渊、赵帛锦、火燎原等人也都来探视过，他们比以往显得都严肃很多，送他们出门时，他们硬往我手里塞下了一个个信封。

我开车回家换洗衣物，在院子里的柿树下头一根接一根地抽烟。疲惫和绝望不断积累，这些都难以掩饰。

其实，到达生命的最后一刻之时，父亲的意识都和之前一样清晰敏锐，也因此习惯性保持沉默。他等待着属于自己的死亡悄然降临，似乎已经没有任何事情值得他担心。

但和三个月前相比，他不再那么的严肃，他眼神开始缓和，语句中带有试探和询问的意味了，至少不会显得过于悲壮。他在纸上缓慢地写着：“去买几个甜柿子吧，想吃。”

已经进入腊月了，新鲜的柿子在医院附近的菜场已无处寻觅，只有果脯可以代替。但是这些高糖分的东西会加速终结他的生命。我时常因为他的请求陷入两难的境地。只是父亲告诉我人总会有这样的一天，早晚对他已失去意义。我下定决心，但那时他几乎丧失了吞咽功能。

腊月将尽时，我从家里出发，接替母亲的职责。到中午时，我穿过走廊去病房尽头的水房，那里有可以热饭的微波炉。医院里无死角禁烟，炉子开始发热的时候，我把水龙头拧开，顺带着把拖布刷洗干净。我得以在这短暂的两分钟放空，发出大得吓人的叹息声。

人可以学会逐渐接受明朗的坏结果，因为等待的过程就产生了空前的绝望。这种绝望说不清好坏，它甚至让人产生死亡即是解脱的错觉。

我听到走廊尽头传来喊声，因此关掉水龙头。是科室值班的护士，在走廊里呼喊谁是3203的监护人。我冲了过去，以为悲剧猝然来临。年轻的女护士脸上看不出任何表情，只是告诉我病人找我。

我父亲正在纸上写着什么，同时费力地发出微弱的声响。冲出水房的瞬间我的心率已逼近一百八，他居然还挤出一丝微笑，对我举起那张纸：

“你能不能记得我跟你说过的话？”

孤零零的一句外加一个惊人的问号，没有预兆也没有然后。

我发着愣，告诉他饭还在热着。

他于是又低头拿着笔艰难生硬地书写。

“回答我。”

“什么话？”

“所有。”

这个问题让我无所适从，从小到大他与我的交流算不上深入，但即便我们之间再沉默，二十多年过去，仍旧有无数碎片被抛之脑后。我把气喘匀，缓慢地摇了摇头。

他点点头，继续写道：“今天之后，可以？”

我不知道他的真实想法，但直觉告诉我他很迫切，于是点点头，告诉他我想去取饭盒，这一层不是只有我需要用微波炉。

那一天只是南方冬天最稀松平常的一天，学生在筹备紧张的期末考试，年关即将缓缓到来，潮湿的阴云笼罩着北纬三十度，霉斑从地里生长蔓延，病房的走廊永远安静得像世界尽头。而我父亲写下了那样一句话。

当我再次回到科室，他似乎因为劳累闭上了双眼。我把饭食晾凉了一些，收起桌上的白纸，铺上餐布。

纸上似乎又多了一句：“今天的，也算。”

我抬头，并不敢发出别的声音。冬天漫长，春天已逝。

一月二十日的晚上，我仍像往常一样接替母亲的职责，她为了照顾父亲已经两天没有合眼。那天晚上似乎相当拥堵，心烦气躁加速了生理口渴。再次回到医院时已是八点，窗玻璃冷得发黏，但是天上没有飘下雪花。

医院里永远只能烧水喝，之前暖水壶里的热水所剩无几，父亲似乎在养神。我灌好水后坐回凳子上看着他苍老的面孔失神。他剧烈地咳嗽起来，此时的他连自己抽出一张纸巾的力气也没有了。我把他嘴角的口水擦干净，他睁了眼，开始艰难地说话。

“今晚……熬不……过去。”

这样的话他是第一次说，因而在我心底掀起狂澜。我示意他闭嘴养精神，但是手开始不受控制地发抖，那团纸上的血液发黑，这病扩散得太快了，距离医生的预期尚有一个月，种种迹象却指向他已行将就木。

水壶开始鸣叫起来，我把脏了的纸团处理完，去水房洗了手，回来将热水倒进暖壶。些微的声响传进我的脑袋，像是缓慢推动木门后轴承发出的响动。我意识到他又开始想要说话，于是赶紧冲回床边，他费力地睁着眼睛发声，声音微弱地难以分辨。

“梁……梁……上有……”

最后一个字他吐不出来了，泪水开始从他干枯的泪腺上涌。我握紧他的手，他似乎又喘了一口气，用全身的力气让舌尖碰撞牙龈。

“呃……呃……”

最后一个字是他对着我的耳朵眼呼出来的，最后一个气泡音在他牙龈弹响，但我依然没有听清。他闭上眼，不让那滴泪流出眼眶。他已然没有一丝额外的力气，像一张纸样般卧倒，宽松的病号服里似乎藏着的是一个纸人。

尖锐刺耳的心电仪警报开始响起。我立在原地，没有剧烈飙升的心跳，没有决堤的悲哀。没有眨眼，没有挪动，甚至呼吸和心跳也骤然减慢。

护士冲进来将我一把拉开，她的喊声变得虚幻，这个和我父亲没有任何血缘关系的女人显得比我急切百倍。但这毕竟不是稀奇的事情，常规流程很快就要上演。我的心里恳求她慢一点，但无助和空白淹没了我，我成了一个站立的被现实魇住的人。

直到神经在我的身体最深处募集到了可以活动四肢的力量。我不想让护士告诉我这个冰冷的事实，于是扶住她的肩，告诉她我父亲已经去世了。她停住，睫毛跳动一下，从口罩后蹦出“节哀”两字。

我转过身去，看着那冒着热气的盖子敞开的水壶，突然想要冲到死去的父亲身边说点什么，关于他拼死最后才说出的话，我的心里隐隐有了一个决定。

第三章

CHAPTER 03

低语

我意识到生活出现异常的时候已经是二月中旬了。

父亲已经去世了近一个月，但接下来的生活并没有消停。从公司到银行，从殡仪馆到税务局，忙碌的日子里人不容易察觉到悲伤。生理上的死亡只需要心电仪拉响一声尖锐刺耳的警报，但社会意义的死亡却需要一张死亡证明以及延伸出来的千万种灰色，我不得不上演以前只在媒体上看到的无语话题困境：你如何证明人死了？这样的事情不能由别人去做，即便我非常不喜欢开车，但为了从南区穿越北区节省不必要的时间浪费，我仍旧要在堵得发慌的四车道上抽烟等候。

宁城两区间的江水仍旧浑浊，跨江大桥上的成吨尾气沦为帮凶。这座处在脱胎换骨时期的城市的艰难并不是所有人都能体会到的，大概只有心思茫然，会在堵车时摇下车窗往外边抖落烟灰的人才明白，南区北区之间的差别。

疲惫成为常态时，人对放松就不会产生过于强烈的渴求。挣扎失去了意义，即便是少年人，对负重的憎恨的削减也十分惊人。

我开始协助母亲整理父亲遗留的衣物，从他的农产公司办公室再到家里的书房和地下室，东西繁杂得让人头疼，从账本到劣质纪念品，从发黄变脆的相纸胶卷，再到各色产品的发票……他生前保留着整理的习惯,因此我们担心所有的物品之间藏有别的东西。我不得不先拍照，而后整理，筛选可能有用的信息，然后原封不动地重新装填。这工作枯燥无味，但又不得不做。我母亲仍去上班，因此年久积灰的地下室常常只有我一个人在相当安静地一件件归拢物品。

整理工作持续了很多天，因为东西实在太多。小到便利店面包大到家用电器，他居然全都原封不动地保存了发票。后怕油然而生：如果他真的隐藏了某件东西而祈望我发现这一细小的线索，那恐怕并不能如愿。

异常并不在整理之中，而是连续在他的办公室整理一个星期后。那一天，我发现了这座他连续工作了二十年的写字楼的异常。这座楼的建成时间我并不清楚，但可以肯定的是这座楼总共十层，每层八间屋子。楼显得并不苍老，甚至还算现代，但它的灯光系统却早早出现了问题。准确地说，是某一层楼的某一间房的灯光，在进入夜晚后就开始莫名其妙地自动闪烁。

这种细枝末节的事情并不引人注意，更别说我被酒精麻痹了一年九个月的脑子。一切起源于南区一位教授教我的古老学习技能：复盘。南区是个神奇的地界，那地方的楼很老，低空拉着能电死麻雀的高压线，下水道井盖里的石棉絮违背物理定律地在空中完全悬停，似乎一点扰动都会打破这种平衡，但眼睛发绿的野猫崽子不会。那老教授姓于，是我的邻居，是个四十年沉在楚河汉界里如一日的学究。我年少时跟他下了七八年的棋，棋谱并没有背多少，复盘却是学得很是透彻。

这是个简单的过程，简单地倒带，用旁观者的视角观察自己做了什么，仅此而已。

但这个过程会因为细节卡壳，如果在加上一个追求完美的人，复盘趋近于记忆宫殿时，麻烦就会越滚越大，而通常这种情况下我会控制不住地低语——用声音做记忆锚点。但此时的我因为回忆不起一共整理了多少张账单，而坐在车里丧失了发动引擎的信心，因此不得不歪头盯着写字楼发呆，以期触发联想拯救我于水火之中。

第六层右数第三间房里的灯光一直在闪。

我的大脑开始不可抑制地跑偏，盯着那间忽明忽暗的窗户失神。

眨眼工夫闪了三下——电路问题，但是没人报修。我的记忆越发深入，账单的数目已经一张一张地闪了过去，四十秒内我就可以脱离这场无聊的困局。

但接下来的几秒钟，那扇窗户则一直处于相对明亮的状态，没有明暗闪动，和其他屋子一样恢复了正常。

“多少有点毛病。一共是三百二十八页。”数字清晰了，我撤回自己的视线。但是余光慢了一点，在微弱的可查视角内，那扇窗户刷一下再次闪动，像是隐在暗处等待鸣翅的蛐蛐。

母亲这个点仍未下班，我索性拔了钥匙。

那间屋子着了魔一样在短暂的闪动后恢复了明亮，我盯着它出神，开始回忆高中的交流电知识。二十到三十秒，它没有变化，我的眼神应该算是好使，但是意外很快发生，它熄灭了，没有闪动，从明亮变为灰暗，这变化让我心脏搏动少了一拍。

我盯着它，用余光打开微信，找到火燎原，发了一句语音。

“我疯了，燎原。我现在盯着短路的屋子发呆。”

我和火燎原有至少三个小时的时间差，所以并不奢求他立刻回复我。这事情单调得离谱，但我就是想吹吹二月冷腥的江风，因此没有离开。

或许是两分钟，它再次恢复了明亮，依旧没有闪动，就像是渐渐清晰的银幕，在一到两秒钟内，光度恢复正常。但理科生的专业习惯上涌，我下意识地看了一眼腕表，晚了两三秒钟，和我预想的完全不同，这次仅仅保持了十秒钟，正常结束，紧接着再次熄灭，近半分钟没有动静。而后是再次闪烁，两次闪烁后，这屋子再次明亮了，但这次时间短得多，点了根烟的工夫，又是一次闪烁，它又暗下去了。

“火燎原，这屋子中邪了。”

出乎我的预料，火燎原居然让我亲自录一段视频，以证明我不是因为悲伤过度变成了精神分裂。

事情已经够让人疲惫了，但是他这么说的确不是因为搞笑。七八年前，我在罹患精神类疾病的边缘打过转，因为遭受了一次异乎寻常的打击。我把手机架在窗舷上，斟酌要不要再抽一根烟。

十分钟后，我不再关注那间频繁闪动的窗子，径直开车回家，常识告诉我关注这些事纯粹是浪费时间。

因为没有其他重要的事情，我绕开可能堵死的天云南路，一路上脑子里全是可笑的精神分裂之事。

因为少眠的缘故，我在一点钟前思维都处于难以抑制的活跃状态。十分钟的视频发过去后他就没了消息，我自认为他应该信了，然后又自顾自地开始了年初时魔鬼般的加班。因此，我把手机调到静音，在阁楼里安静地躺下，回忆起此前种种。

“山语？山语？”

我听到脚步声，是我母亲上楼来找我，这相当罕见，她几乎从不来阁楼。

“你朋友找不到你，打到我这来了。”

我从沙发上翻起来，掏出手机，满屏都是燎原的消息，还有好几个未接电话。我不知道他是不是真的觉得我有病了，所以不得不给他回拨过去。

“你也跟着中邪了？”

“林山语，你说的没错。”

“什么？什么玩意没错。”

“那个屋子啊，你不是说屋子中邪了吗？”

“……”

我想挂断电话，但是脑子里止不住地忽明忽暗。

“你自己看看那个视频。”

说完他就挂了，根本不给我骂他的机会。阁楼没有装吊灯，我摸黑把台灯拧亮，翻出那段视频。

当时，我看到火燎原的消息后就打开了录像，相当干脆。录的时候屋子是正常的，但大概十几秒后，它就闪烁了两下，重新归于黑暗。我加快了放映速度，这次熄灭没一会就又闪了三次，而后又灭了。

“账本 370 页，记录了 328 页。”我的脑子突然回忆起这些玩意。

一秒钟后我全身的毛孔炸开，小窗外的冷空气开始倒灌，这让我不可抑制地发抖起来。我按下暂停键，把刚刚过去的一分钟倒带，重新播放一遍。

自从学理科之后，我就意识到我不会凭空回忆起关于数字的东西。这是一种不显化的敏感，区别于映在眼后的直接记忆，在面对灵活千变的数理公式时，这种不显化的敏感被动抵消了定势思维，成为我个人独有的记忆方式。

不会凭空想起，通常是这样。人们通常不会刻意注意自己的行为习惯，更不会对偶尔与习惯相悖论的行为感到困惑。但于我个人而言，这种相悖通常预示着什么。

我不会凭空想起什么，与我而言是一个结论。一分钟内记忆倒带，减慢速度，重放……

“多少有点毛病……”这句话在我脑子里炸响，之前呢？

“电路问题……”这句话没说出来，但是确实出现过，在这之前，是……

“眨眼工夫闪了三下！”

我的脑子差点横着飞出去！我瞬间明白了火燎原的意思——屋子的闪烁可能是循环的！这个循环相当快，以至于我录像的工夫和之前已经重合。为了印证这不是无稽之谈或者巧合，我开始重新梳理：三下闪动后灯亮，十秒后重新熄灭，这个过程比亮的时间长了一些，接着又是闪动，恢复正常，而后又是渐渐熄灭，时间也不短，这期间都没有闪动，屋子无征兆地直接变亮了几秒又灭了，然后又是闪动……

“最初级最浅显的信息密码——摩斯电码。”

我找来几张白纸，开始对照屋子的状态试图破解其中隐含的东西。

视频足够长，事实上我的猜想没有出错。它不是毫无规律地故障频闪，而是每隔几分钟就重复一次的循环。但问题紧跟着出现，摩斯电码只有点和线两种状态，但屋子是处在闪、明、暗三种状态，会不会又糅合了别的密码形式？眼下无法确定，只能先将这个循环还原出来。

白线为明亮持续状态，黑线为熄灭持续状态，点为闪烁状态。因为无法弄清循环始末，只能连成圆环，但问题紧随而至——这个循环看不出始末，亦无法间断。

无法分清始末的麻烦就是，即便确认了屋子的异常传达出了某些信息，但这些信息连成一片，无法单独分离和确认字符数字。

这种信息的价值在于你知道它有话说，但仅此而已。

无法间断比分不出始末更棘手。我反复看着那段十分钟的视频，逐帧看着取景框里单调的景象。

有什么信息被遗漏了？这个结论毫无缘由地升起。屋子一共只有三种状态，但需要表达的意向超过三种，这种情况怎么处理？

我住的屋子里已经安静到极致，只有墙上的挂钟发出细碎的有规律的响动。

时间。

我抑制住狂热的上涌的情感，开始记录每种状态的时间差异。事实上，越是匪夷所思和不可能的情况背后都是最简单明了的原理，虽然那屋子一直在三种状态里切换，但明亮的时间却存在差异。得益于录像的计时，数据变得清晰。时间一共只有两种：三十秒和十秒。

摩斯电码由点和线组成，而两段线之间如果没有点，那么单纯的明或暗都不足表达分开的两段线，因此设立这个电灯密码的人使用明暗交替的办法解决了这个问题。但随之而来的就是间断的表示。电码字符之间存在间隔，人才能分离出每一个独立字符而知悉意义。但意向太少了，闪烁的意义，明暗的意义都已经确定了，解决的办法只剩下一种：利用时间区分。

十秒和三十秒时间差异就是印证。

我将这个循环重新标明，假设十秒为间隔，三十秒的为线，闪烁为点，那么这个几分钟的循环抽象为四个英文字母。

它们分别为：DLSY。

我打开手机，和火燎原发我的消息一模一样。

我重新给他拨过去，电话很快接通，他的语气已散去了急迫。

“这是什么暗语啊？ DLSY？”

“你问我我问谁？不过你这顺序大概有问题吧？”

“顺序怎么就有问题了？一个循环哪有顺序？”

火燎原嘿嘿一笑，“没仔细看，你重新回去看看。”

不知不觉间我已经在这个简单的事情上消磨了一个多小时，那段十分钟的视频已经被我翻来覆去看了十几遍。状态就是三种状态，但火燎原卖关子的时候谁也撬不开他的嘴。我把视频放慢到十倍，短暂的闪烁都变成慢速的敏感交替。设计这个事情的人相当严谨，闪烁的状态取决于上一状态，如果上一状态为持续明亮，那么接下来的闪烁就是先灭后亮，因此闪烁状态分为两种，不仔细分辨完全无法查明。

“看出来了？”微信弹出消息。

“给你点提示，注意闪烁的状态。”

全循环一共九个点，我跳过长时间的明暗，拉长时间，着重分析。

难不成就是这短暂的明暗交替也存在时间差异？但转念一想火燎原不可能发现这种级别的猫腻。

“不应该啊，林山语，你初中时挺聪明的，想想宝马车标。”

我已经开始烦躁，觉得他掌握着正确答案但是给我灌输垃圾信息。于是索性给他开了消息免打扰状态，准备重新复盘一次。

我将四个字符列在纸上，我习惯从S的三个点开始，它们都是先亮后灭，S结束之后的间隔为十秒明亮，接着是Y，先亮后闪，闪完是亮和灭……

直到D，开始为三十秒的灭，两次闪，接着是灭，加上十秒的灭，一共是四个状态。所有状态都受到上一状态的影响，但闪烁结束后仍与上一状态保持一致，将闪烁细拆为两个阶段，这四个状态分为六个，是个偶数。

宝马车的车标突然浮现，蓝白相间，首尾不同，正是因为偶数个色块存在。

但D的起始和末尾都是灭……

一瞬间的毛骨悚然让我忍不住发抖。我将关于D的部分截取出来，再次放慢，总共四十秒多一点的视频硬生生拖成了四分钟。

猫腻藏在D的第二个闪烁点。在慢镜头下，灯光并不是单纯的由亮转灭，而是在灭后瞬间亮起，成为九个闪烁点之中唯一一个具有三个阶段的特例。

D代表这个循环的结束，因此四个字母的顺序是：LSYD。

近半年来都没有人跟我说过什么言简意赅的话，我闭上眼，最初的破解密码的狂热已经散去，回忆一幕一幕地在脑海播放。从学校到医院，从南区到北区，从走廊到病房，写字的白纸……父亲临死前拼命说的几个字在我脑子里出现，放大，从低语变成呼喊，简直振聋发聩。但他拼死说出的遗言我并未听清，因此头皮开始发麻。

两个星期后的某天，我接到一个陌生来电，那边的人告诉我有人往我的卡里打进了一笔钱，多达五位数。我一开始以为是低级可笑的诈骗电话，因此并未理会，直到我偶然打开支付宝查询余额时，被凭空多出来的几个零惊掉了下巴。随即，我意识到被我匆忙挂掉电话的人并不是骗子。电话回拨，那头的银行职员却除了能告诉我这是一个我父亲公司名下的账户外，就是一门心思想让我买点理财产品，因此我满心欢喜以为能得到指引的心情骤然冷却。策划这道谜题的人耐心十足，连谜面都要一笔一笔地书写。

三天后，我正在图书馆查询资料时，再次毫无征兆地收到一条短信。

只有简单的一句话："若往山中走，梁上有何物？"

这几个字几乎把我钉死在原地，没有别的原因，而是后知后觉地意识到这一切都是一场早已设计好的预谋。

我想要替父亲回山里看看的决定没有与任何人提过，没有与任何人交谈，也没有声张与询问，自始至终，我都在被动地陷入这个奇异的只有谜底的谜题之中。开始时，我对父亲的遗言并未全然放在心上，那或许是他执迷的呓语。但误打误撞地破解出屋子的密码后，我开始意识到这或许并不单纯是他的执念——他想让此也成为我的某一执念。

人做出决定时的心境会受到外界环境的影响，因此我在一瞬间做出的想要接替父亲回到故地的决定非常脆弱。藏在影子里的人不应该如此莽撞。我可以悄无声息地偃旗息鼓，名正言顺地装成傻子坐享其成。很显然，我和他都明白，我不是一个这样的人。不过，我可以出演沉默，但核心的策划者必须要从幕后来到台前。

我顺着短信号码打过去，电话出人意料地很快就被接通，对方说他是个农民工，刚才有人借他的手机用了用，他看那人不像是个坏人就帮了他这个小忙。这人操着一口赣南方言，一句话里的十几个字连得像是一整块切糕。我问他那人长什么样子，他迟疑了一会说是牛仔裤格子衬衫，外面套着羽绒服。我心想这样的把戏过于直白，几近侮辱。因此决定不再继续这场荒诞的谈话，挂掉电话后开始整理线索。

这些天我几乎都是一个人。开车接送母亲，陪护，父亲死后联系殡仪服务，而后只身去公司整理他的物品,在做下那个决定后去市里图书馆查询资料,关于陌生的故地……这些事情大多都是我独自操作。

但显然，影子藏在某些容易被忽视的细节里。

我改换过服装，采用不同的通勤方式，获取资料的途径各不相同，不存在不变量。

除去一件东西，我盯着桌子上被静音的手机，陷入沉思。

我的银行卡和手机关联，消费几乎不用现钞。而手机和银行卡都是初中时办理的，未成年人面临诸多身份的不便，因此所有的明目都在我父亲的名下。

姜老而辣。

自始至终我也没有往这方面想过，但是事实就是我仅仅在网上下单买了几件进山用的物品，个人意图就被挂在了众人面前。

银行卡衍生出别的信息，出行通勤，购买记录，这些全都可能被别人监视着，成为揣测我个人意图的窥镜。

这已经是近两个月来第二件让人相当无语的事了。我坐在阁楼的工作台前努力思考这个给我打钱的人的真实意图，如果我在我进山前必须要回答他的谜题，他应该自信地手握我需要的筹码，事实上这件事一定是由我父亲发起，他将一语双关玩到了极致，我不得深挖他简短如呓语的遗言背后真正的含义。

整件事我计划了大概三个小时，因为并不清楚手机有没有被监听或者植入了 GPS 定位芯片，我不得不找到之前用的电话卡——备用的一张，虽然后来停机了，但仍旧五块钱一个月保留着号码。另外就是以前用的手机，一部二手苹果手机。在静音状态下我火速赶制了计划，并且联系了几个朋友。其中一个是我的大学舍友，家住南方。我让他装成一个做大买卖者。另外联系了几个玩得相对好的网友，他们听到发生在我身上堪比侦探小说的桥段后，都表示乐意参与进来。

我不知道那人是否知道我已经察觉到了手机有猫腻的情况，但是我又很难逃过线上支付的制约，所以大部分时间我都不带手机出门，除非要刻意营造假象。

一周内我去了 KTV 唱了四次歌，几次出入最豪华的包间，和我的南方舍友来来回回地转账，从少到多……其实在我看来，这样的把戏比较拙劣可笑，如果影子里的那位真的了解我，大概率会静观其变，然后耐心地等我失去所有的手段。

事实上也的确如此，即便我的足迹已经踏遍了北区的豪华场所，但自始至终我再也没有收到任何消息。手牌将尽，只剩底牌。第七日上午，我线上预约了出入境管理局的港澳通行证办理业务，并且预定了一张前往深圳的火车票。

随后“正片”开始。我与网友商量好一切事宜，并尽可能地加快动作。这张车票对于我来说就是割肉，但我全无空手套白狼的本事。一上车，我就迎来了历史性的一刻：把手机关机。让 GPS 找吧，我已经在地球上消失了。第一站我就下了车，几个朋友守在站外，就这样我又坐他们的车连夜赶回宁城，吃住由他们全包，我得以也变成一个静默的影子。

为了这件事，我甚至不得不骗了母亲，告诉她我要出去散心几天，可能去山里，信号不好，所以关机不必着急，我会想办法回她消息。她一向对我放心，因此点点头告诉我早些回来。

网上卖的微型红外摄像头还有窃听芯片真不便宜，但我仍然下血本弄了几个。装窃听芯片的地方包括母亲的手机。她在厨房做饭的时候我将手机拿到阁楼，手机壳有一定厚度，凿穿一个两厘米见方的区域装上窃听片，而后再糊上一个手机支架。她向来坦然接受这样稀里糊涂的改装。其他的则在客厅和卧室分别装了一组，事已至此，我只能期盼这些玩意不会让我失望。

我躺在朋友出租屋的沙发椅上，十分清闲地盯着平板电脑以及窃听芯片传回来的音频信号。时间显示，我消失了三十个小时后，几个父亲的朋友去我家喝了茶。

这几个人都不算面生，当然，也不可能面生。

第四章

CHAPTER 04

山者不语

消失在高铁上的第四十个小时后，我给那个曾经借手机给幕后人的农民工又去了个电话。这老哥脑子有点转不过来，他显然忘记我们已经有过联系，一开始他以为我是个诈骗犯。刻板印象会越描越黑，最好的解决办法是顺着一条线捋下来一点都不反驳。我低下嗓音问他那人给了他多少钱，此话一出电话那头直接噤声。我告诉他那人可能是个贩毒集团的，用别人的手机发暗号，你最好告诉我。

那个农民工在市北工作，给工厂组装机械零件。我找到他后，他和我对了手机上的电话，告诉我那天他正好歇班，他人是外地的，老婆孩子接过来了安置在南边老城区，因为离家远，下了班他得坐公交车回去，在东云街前面的白鸟巢站下车。因为想到已经好几个星期没见到儿子了，想到前面的小吃街给孩子买个糖山药豆。当时天色很暗，只有小吃一条街灯还亮着。他下了车往前走了几步后肩膀就被拍了一下，正是那个借手机的人。这人自称手机不小心丢了，想用一用手机。是一个五十岁左右的中年人，稍微谢顶，穿着羽绒服（格子衬衫加牛仔裤的说法我当时就知道不对），他没打电话，只是摁了摁手机屏幕就又还给他了。临了还给了这个农民工一根烟外加上五十元钱。

“他让我编个谎话，如果有人打电话来就诓他一诓。俺当时脑子咋能转过来？谁承想是搞贩毒的？”他便说话边搓手，头始终不抬起来。

“这样，我把那钱给恁（您），那烟我抽了，我和这人没关系呀！”

我点点头，把他说的这些话都印在了脑子里，最后告诉他这事和他没什么关系，放心就行。出了门我看他瞬间一溜小跑就出去了，我的心里五味杂陈。

杂陈的原因是，根据微型摄像头传回的视频显示，来我家做客的几个人中根本没有那个人所说的中年还谢顶的人，虽然不排除那个农民工撒谎的可能，但根据我自己的判断，更大概率是因为这个人压根没有出现。

这事眼看着要诡异起来，和侦探小说的桥段如出一辙。一开始极为明朗，而后越来越模糊不定，最后看似再简单不过的案件却扑朔迷离。我的时间远远不像加贺刑警（作家东野圭吾“加贺恭一郎”系列推理小说的男主角警官）那么充裕，资源也没有那么丰富。消失的时间一旦过长，我妈就要担心，一报警就彻底结束了，这个微妙脆弱的个人侦查系统就会完全摧毁。现在只剩下一条路，是仔细听那些人都说了什么。

这几个人七嘴八舌地围绕着我父亲走后，后续的公司处理情况，人员调配安置什么的以及家长里短等等，啰里吧嗦了近一个小时，我妈全程都在仔细地听着并且做着积极地回应。这些人善于掩藏目的，至少说肯定有一个人如此，也正是这个人带着一群被蒙在鼓里的人演戏。又过了二十分钟，话题逐渐转向我，年纪最大的那个开始有意无意地问起一些我的情况，这人也真是有工夫，从我上大学找工作开始铺垫，最后问到我最近干了啥，去了哪儿。

这人是个老秘书，是个熟人了。算得上我父亲的半个管家，一直忙里忙外。转过年来之后他又开始扶持二把手的一系列事务。

因为最近我特意掩藏了一部分自己的行踪，以至于我妈也难以回答他的最后几个问题，只是告诉他我出去玩了，至于去哪儿玩一概没说。我看着屏幕都能感觉到那人话到嘴边被生生憋回去的难受感觉，估计是想说你儿子肯定干了什么不见光的营生，碍于里外情面，这话终究没有说出口。

那几个人点点头，默不作声地喝茶。这个窃听装置传回来的声音还算清楚，可惜就是有点延时和微型摄像仪的画面对不太上，前后大概相差五六秒的时间。为此我得仔细辨别那几个人是谁在说话。

在我消失的第三十六小时后，这伙人离开了，我从那软得惊人的沙发椅上站了起来。接下来的事情也就明了了，还得去找到那个农民工，核对了证据，随后发现了疑点和矛盾——真正借手机的人没有出现。我叹口气，决定不再祈求闪电一样的灵感附身于我，而是做一些基础性的调查工作。

科技时代的到来以及刑侦手段的日趋高明，所谓的完美犯罪几乎已经退出历史舞台，而与之对应的传奇天才侦探一类的角色，也渐渐被翔实准确的海量数据代替。据我所知，如果在机场的储物柜附近的摄像头发现了什么异常可疑的物品，相关部门不会根据所谓的灵感和智慧进行调查，而是会采取最简单有效的方法进行排查——从物品出现的两个星期前开始，一个一个地对路过储物柜的人进行监控排查，因为这方法能保证万无一失，这就够了，至于人力物力都不算是问题。

对我而言，这个工作量不算太大。临走之前我带走了一本通讯簿，那是我父亲公司的工作人员通讯簿。其实这件事谁都会想明白，肯定是熟人在幕后操作，问题在于到底是哪个熟人。我从最简单的开始排查，即那天来访的几个人。这事十有八九和他们有关。

高中时期我形成了一个癖好：备注地图。整整六个月，每个周末我都穿行在市区的街道里边，以电子地图为原模型，为其填注信息。其中最常见的工作是拍摄街道全景照片，然而对其进行备注与编号，特殊的地物标志会有多张照片，例如夜间照片和晨间照片。我完成这项工作几乎用了一整年，因为市区街道的景观并非一成不变，店铺什么的倒闭了换新了，少不了还得定期检查一遍。对于出现了变动的地方，就不得不重新摄像备注，有时候还得去和人闲聊几句，问问是什么时候变迁的，大部分人都愿意和我闲聊。除了有几次人家觉得我是个神经病，以及有的门面房直接上锁人去楼空以外，绝大部分地图都非常真实可靠。

这东西可以说是我最骄傲的一项心血。在工作完成后我把这件地图扫入电脑，并且传到云端。大学四年后我又对其进行了一次大型的翻新，但中间的断层着实太久，以至于我丢失了一部分中间的变迁数据。我的云端和我的阁楼一样丰富，好几年没间断的插画、日记、摄影记录，都该录入的录入，该扫描的扫描。防的就是现在这种有家难回的情况。

其实，我要做的这项事情很简单，就是根据通讯簿上的住址进行一个可能性的推算。

我把电脑打开，随后打开那份地图，在上面以此键入了几个点，是那几个来拜访我家的人的住址。其实在这个时候，我的逻辑推理还显得非常浅显可笑。在键入坐标后，以白鸟巢站为坐标原点，计算最近距离与最近可行距离。最近距离就是直线距离，最近可行距离是实地道路距离。

随后是另一件玄而又玄的工作。

因为前期工作时我特别留意了街道的通行与流量高峰情况，以东云街为例，这条南北街道是最早扩建的老市区街道，是无数条四车道中格外亮眼的一条八车道街道。因此在早七点至八点以及晚五点到七点这两个时间段里，这条街道的通行情况就会优于其他道路。当然为了防止出现理想化错误，比如所有人都这么想，包括上下班的通勤族，大家都可能去跑这条路，结果反而更拥挤，我对这些街道的通行都做过实时观测，并且还选择了不同时间，例如节假日、公休日以及最普通的工作日，分别进行过观察，为此整合成一份完整的数据资料。在不同时间段，地图上颜色较深的街道代表通行状况越好，而颜色越浅，越明亮的地方代表通行情况差。

博弈的基础是双方水平都差不多，否则失衡的后果是一边南辕北辙，另一边是看笑话。

我开始下注，但愿那些被我调查的人都有正常的趋利避害的脑子，不会在下班的时候专挑堵死的街道走。根据那位农民工提供的信息，当时是晚上六点左右，也正好是下班高峰期。我把时间刻度调到五点到五点半，地图瞬间变了颜色。我在地图上再次键入一个坐标，那是我父亲公司的位置，随后根据道路通行最优为标准推算可能的线路情况。

这样的推算其实难以保证正确率，因为不可控变量着实太多。我将地图放大，每一个人的线路都有三到五条之多，但是令我惊喜的是通过东云街的却只有两人，他们每人只有一条。

其中一条路线是秘书的，另一条是人事科的人，我称他为李伯，李伯和我父亲关系要好，那天他也去了我家。

根据坐标计算结果显示，秘书家的直线距离以及真实道路距离都短于那个李伯，所以我决定从最可疑也最可能的人开始。

到目前为止，我做完了所有的基础性调查工作，可以开始着手迎接灵感的创造性思维转化了，俗称从量变到达质变。在这个质变降临之前，我却必须要进行一个复盘。

一个常年忙于“内政外交”的秘书兼管家，真的有工夫有兴趣玩这种把戏吗？直觉告诉我这不太可能，毕竟像我父亲这样的人着实是少数。农民工的话可信度不低，他脸上的惊恐不像是在演戏。但是那个他描述的人却始终没有出现，或者说没有被我发现。到这里疑点就很明确了，消失的那个人，最直接的“作案”者是谁？

于是，我不得已重新给那个农民工打了个电话，以此确定一个细节。

东云街是南北路，严格意义上已经不属于旧城区。那个农民工告诉我，用完手机后中年人转头就走了，而他抬头往前看了一眼，并没有发现那人。

小吃街和东云街干道相交，位于路的西侧，农民工没有逆行，下了公车他就拐到了人行道上，也就是从北向南走，这个方向同样是机动车的顺行方向。秘书住在新东花园，如果通讯簿准确，这个社区位于白鸟巢站东南两公里处。此时我心里已经有了答案，但定论不能过早，我又重新核算了一遍时间，我知道人们对纯数理的东西没什么兴趣，为此不再赘述，但结果毋庸置疑地吻合。

答案已经明确。

就像那天到我家来的人并不是六个，正确答案需要再加上一个。那个人没有出现在摄像里，我忽略了一个关键的盲点，这些人都不是自己开车来的。

因此借手机的人不是影子，而是开车送秘书回家的司机。

大致推理情况如下：当晚他载着秘书回家，沿东云街从北至南行驶，在路上秘书突然给他下派了一个稀奇古怪的任务，司机是局外人，只是碍于情面和下属关系不得不做。东云街的北段建有最早的一批商城、医院和银行。他找了一个地方泊车，随后下车向小吃街方向移动搜寻目标。

他找到农民工，编辑了短信。给了农民工一根烟希望他圆谎圆得漂亮一点。事实上这种事情，掺杂越多的不知情人员就越容易露馅，发完短信他转头北上，重新开车送秘书回家，这也就是为什么农民工没有发现他往前走的原因。

我的内心开始有点失望，过于简单的隐匿代表着无关痛痒的信息，而能真正带来剧变的东西可能仍旧藏在深处。

时间为下午四点，我毫无征兆地回到家里，纵然我妈问了我一堆问题，我也只能扔下了一句话："晚上回来之前，妈你别跟任何人打电话。"

随后我把那些高科技的玩意拆下来拿到阁楼，此时我仍旧有四个小时时间可自由支配。对于此事我心中有愧，仅仅是一件家事却惹得众人这么操心受累。明明活在二十一世纪，却还要重拾二十世纪二十年代特工那一批人需要考虑的事情。

手机没有开机，我仍需要这个假象。所有的工作全部理清完成后，我转身下楼去洗澡。三月上旬天色仍旧暗得很早，并且出奇阴冷，我坐在浴缸里，落地窗卡在脖子位置，看最后一点银灰的阳光撳灭在云层里，空气里泛生出一股泥土气味，洗发水的味道将其遮盖了一部分。整栋房子显得清冷孤寂，烟火气都不知道散到什么地方去了。

只剩下最后一个问题，那四个字的遗言最后一个字，我父亲费尽全身力气仍然没有吐清，成为这道谜题一语双关的关键。

还有什么线索被我遗忘了，这便是我唯一确定的事情。

我重重地叹了口气，在这一瞬间突然体察到了一种真实的像哑铃一般沉重的虚无、沉重、安静、永恒地忠于地心引力。

我在七点钟准时出门，手里拎着一盒冻顶乌龙。秘书喜欢喝茶。但我能够理解，常年压力大的人肯定有某些舒压的途径，这些年秘书的嘴越发刁钻，普通的茶叶已经入不了他的眼。

七点四十三分，我站到新东花园的门口。天色已经昏黑下来，手机仍旧没有开机，即便知道了这一切的幕后人已近在眼前，但我仍然无法回答他的问题。

时间陡然变慢，我站在居民楼下抬头发呆，看着窗户里的人影闪动。整座楼的灯影会在几个小时内缓慢地发生变化，此时灯光大多集中在客厅，再过几小时就是卧室，进入凌晨，则重新进入黑暗。但眼下的楼不会有太强烈的变化，这是一个不容易被察觉的量变过程，只是偶尔有更多的房间光亮起来。

我难以抑制地重新想起这一切，我并不明确这道谜题的意义，这或许是一张入场券。面对父亲无声地发问，我似乎找不到答案。十年前，他带着我从宁城出发，目标是转遍五岳。一个月后回了家里，他把我叫到面前，问我这一路看到了什么。我费力地回忆起一路上的景点、人物、路线等，争取一丝不落。

半晌后，他听完，没有摇头，也没有点头。

次日我的桌上被放了几块石头，它们拼成了一个简单的汉字：山。

他很少给我留下谜题，因此这段回忆的繁复的细节被我剪去，只剩下最直白有力的声音，与现在如出一辙的大音希声。

答案其实已经告诉了我，只是我引以为傲的敏锐使我走上了更复杂的道路，我绕过了孩子都能看懂的东西，挖掘了不必要的隐性程序。

那间六楼的屋子，一开始用最直白的方式就告诉我，D 的含义是灯。

我把手机开机，拨打那位秘书的电话。因为辈分问题，我得喊他刘叔。

“喂，小林？”

“刘叔您在家吧，我是山语，到您家大门口了，给您送盒茶叶，您最近费心了。”

“不过年不过节，怎么突然……”

“叔，梁上灯亮堂着呢，您赶紧吧。”

他大概沉默了有两三秒，随后干笑了几声，说出一串门牌号。我不再多说只是正了正衣领。

烟灰缸摆在茶几上，并且沾着水。我进了门把东西放下，他很客气地把我迎进客厅。他已经脱下了工作时的正装，穿着棉衬衫和拖鞋。我上次见他还是在告别仪式上，他比那时候还要憔悴。我突然意识到我极为高效地找到他对谁都是一种解脱。我不必再复述整个过程。他家里只有他在，他儿子在外地念书，小我几岁。

“你父亲一年前就开始嘱托我这件事了。他当时告诉我这是个选择，如果你找不到我，那就继续做你想做的事，一旦找到我了，就说明你下了很大的决心，认定了这条路。你父亲说这只是个时间问题，你这孩子是糊弄不过去的。

“我没想到你能这么快。从我给你打钱到你找到我，前前后后也就一个多星期。也可能是我老了，不适合你们年轻人这一套，要不是你父亲当年非常坚持，我这辈子也没有机会当一次‘间谍’。

“说实话，山语，你应该听你父亲的话，他比世上任何人都了解你，但你未必理解他，他所做的一切，我有时也觉得困惑，他的过往，之前的日子，跟谁都没有提过。”

“你父亲常说人从哪儿来就应回到哪儿去。他年轻时从山里来，也终究会回到山中，这是他的执念。他很久之前跟我提过一些人和事，只是从没有说过一个完整的故事。如今你父亲走了，世上唯一让他担心的就只有你，但他没有理由不相信你，他告诉我你能明白，至少会明白一部分，这只是个时间问题。

“你父亲很矛盾，这一点你也看得出来。你终究不是他，他不能把自己的执念强加于你。因此，他在公司开了一个户，存着一笔费用，想着哪天你真的进了山，就算是对你的支持。你父亲有些事情只希望你能知道，其他都是外人。但事实上他并不希望这个户头会转账，他希望你不要陷得太深。

“但是你毕竟是林常青的儿子。你父亲聪明，你比他更聪明。你已经不是孩子，知道怎么判断正误。你既然已经来找到我，就说明你在他床头许的诺言不是一句空文。你所做的承诺不仅仅是告慰一个逝者的场面话，更应该是切实做出的规划。即便是很不合常理乃至于存在危险，你也应该做好一定的心理准备。

“山语，我知道你很聪明，但是我还是要提醒你一句，人不能永远靠聪明活着，你还要学很多东西，在未来你会发现有些事情会超出你的处理能力。”

他微微一笑，憔悴从眼部的细纹里渗漏出来。

“你父亲最后让我给你捎的话是：山者不语，守山者不可多语。”

我默默地点了点头，心里却依旧存疑。

“你的手机都是你父亲弄的，我没有看人隐私的习惯，你父亲后来又找到了公司通讯部的小张，他负责实时监控你的一些动向。从明天起他就没有这项权限了，所有的小孩子把戏到此结束，这些东西可真够荒唐！”

我笑了笑，准备起身告辞。他陷在沙发的靠垫里，显得非常苍老疲惫。

“谢谢你的茶，山语。”

他起身送我出门。

第五章

CHAPTER 05

影子

李伯的意思是让我住在县城，直到一切安顿下来后再进到北边的村子里去，我按照他的意思答应下来。送完父亲最后一程，刘叔又跟我叮嘱了些事宜后向我告别，他们仍旧有大量的工作要做，此前一个月的工作交接虽然已进入尾声，但人事变动等杂事还是让人焦头烂额。刘叔最后塞给我一个信封，告诉我彷徨时不妨拆开看看，我点头，将他们送上车。

最放心不下的仍是母亲。

数个月的劳累加速了她的苍老，头发从乌黑浓密变得小半花白。她不太说话，我知道她心里积存着遗憾。我问她愿不愿多待几天。

她说："你爸的事情，我还得回去。你累了，就回家，遇到什么事要跟妈说。"

我不敢再细想她的话，点点头，把她送上车。数天前我们驱车来到这里，因为丧葬忌讳，一路租房被拒，直到来到县城最北的边上。屋主上了年纪，一开始也相当为难，我们也没有强求。后来，我找他询问哪边的村子仍存有守山人，说他们兴许能容我们葬下父亲。这老人神色惊讶，低着声问我从哪来，是谁的孩子。

得知了父亲的身份后他绝口不提忌讳，他和老伴清扫了屋子，直到守灵的那一夜，甚至还加入到唱挽歌的队伍里来。事情结束，我不敢再多麻烦这位淳朴的老人，打扫了屋子在桌上多放了几张现钞后离开。

我要去的村子叫程家湾。我准备去村子工作若干个月。这是我斟酌近一个月的结果。这个决定一度让朋友和我都觉得匪夷所思，父亲的执念或许只是诱因，真正的理由还未来到我的面前。

群山飞速倒退，父亲多年前在程家湾北留有一间屋子。这屋子有些偏远，几年前他曾带着我和母亲回到这里度过了一个安宁的假日。只是随着学业加重，这个藏在山中的屋子逐渐成为回忆。父亲每年都要回来，因此每年都会修葺。这屋子虽然狭小，但有水有电，完全可以临时落脚。我入职的文件已经交到县里审批，只需要几天，我就可以搬到村委会。

进到林屋前，我还是去采购了些东西，从吃喝用度到简单的机具。我绕着镇子开了几圈终于找到一家五金店。由于事情杂乱，我没有事前开具清单，所以只能在低矮拥挤的货架上寻找可能要用到的物品。

五金店内灯光昏暗，货品杂乱，没有声音。我顺着货架移动，寻找锄头。

林屋已有一年多无人光顾，野草丛生已成必然。

直到我撞到什么东西，这东西发出一声惊呼，我才意识到撞到的是人。

“看着点人。”

女声。我觉得有点惊异。她挪远一点，有点不满。我道了歉，看到她边上立着锄头。两列货架之间只够通行一人，除非她递给我，或者等她离开。

“不好意思啊，能不能帮我拿一下那个锄头？”

女人正在聚精会神地找什么东西，因此停顿了一下，没有废话，动作相当麻利地拎过来一杆锄头，离着还有三四十厘米就抛给我。

“细皮嫩肉的，你还会用这个？”

她笑了一下，揶揄了一句。她刚蹲着并不能看出身形，直到站起来，看着并不比我矮多少，面孔相当年轻，堪比在校学生。

“这么说，你还是行家。”

“哈，不好意思，专业就是林业。看你这样，应届？”

这女生自来熟，和外表的反差相当剧烈，气氛一下子轻松起来。我难得在这遇到同龄人，看着那柄崭新的锄头，和她交谈了起来。

这女生叫陈丹曦，比我小两岁，做贼心虚似的问我是不是应届生。大学是林业专业，毕了业就回了家，目的很明确，考公务员到林业局，发展经济林。

“给个联系方式，假应届，说不定以后还得一块种树啊。”

大门上的锁头该换换了，我从一众钥匙中找到最轻巧的一把打开门闩上的锁头，费力地几乎吼出声来。院子虽然没有到杂草丛生的地步，但是有连片的鸟粪脏土需要清理。旱厕经年不用，倒不是太脏，但我不清楚它的底下结构，因此决定用塑料桶解决方便问题。天然气什么的就别想了，依旧是传统的烧火灶台，往年沾满尘土的柴火还剩下不少，不过这东西我也用不了几次。陈设和多年前相比少了些东西，不过因为中途翻修，没有想象中的破旧漏风，临时歇脚足够了。唯一的坏处是这屋子离村子有几公里的山路，我因为不熟悉路况把车子停在了村委会，只靠徒步的方式实在是折磨人。

所幸水龙头还能出水，前三桶带着浓烈的铁锈气，只能用来打扫庭院，往年的大扫

帚毛都掉干净了，卫生问题让人头痛。林子里永远是绵长的静谧，屋顶上零星的野草随风摇摆，分不清种类的雀鸟偶尔鸣叫，心很快就静了下来。

但是我很快发现，这种安静没有下限，从开始的闲适平静到微微不安，需要制造点噪音才能平息，到后来成了茫然无措——实在是太过安静。一个从主观上认识到这里只有自己，过渡到身体也意识到的过程。我戴上耳机，其实想给朋友打个电话。

体力活持续了近一天，从清理院子再到室内打扫，顺便擦了一把玻璃。第一天的物资实在贫乏，锈水放了近五分钟，我清洗了结满蜘蛛网的不锈钢盆，把它蹲在灶眼上。晚饭是矿泉水煮方便面，相当奢侈了。

这屋子并非不通路，只是我绕了一圈才发现，可以到达林屋的路并不在程家湾的北部，而是通过东北山路绕了一个圈子后与主路汇合。能通车就好办很多，不至于煮方便面连个鸡蛋都没有。

第一天的夜里，平静得让人有些毛骨悚然。一年多的空房连老鼠都不会光顾，而且还不到大规模虫鸣的时候，山头的树林都在缓慢地萌发。我从包里掏出刘叔给我的信件，思量一会后还是决定先不拆开，毕竟还远远不到绝境。

明天一早还是要回去再弄点吃的上来。

我带着坦然的心态入睡，并不细想之前的种种。

第二天一早我顺着山道下山，考虑到如果开车要绕一大截路，而我的油箱已经见底。因此在老乡家里买了几斤鸡蛋后不得不开着车回了镇上加油。无端想起来那个给我递锄头的女生，一百个女生里未必有一个会像她那样干练自然，她把锄头扔过来的时候，手背上五条青筋相当明显。

这一趟又耗费了我近一天的时间，回来时我依旧没有选择开车绕路，而是拎着东西重新徒步，倒不是因为被这种闲适吸引，而是开车太久人会想吐。

不知为何，踩在林地里枯叶上的窸窣声变得大了些。因为包里的东西怕颠，所以我比昨天上山时慢了些。村委书记上午来了电话，告诉我文件已经批示，这代表我已经可以在村委会工作，并且分得到一间宿舍，只不过要想住下还是得自己打扫。

晚上的饭虽然仍是方便面，但因为有了鸡蛋和午餐肉也就可口了许多，我端着碗在院子里吃饭，忽然觉得现代都市和野人也不过是一墙之隔。

只是今夜入睡比昨天困难了许多，原因无他，我自很小就患有少眠症，有时一天只睡四到六小时。

我的睡眠质量很差。十一点躺下，凌晨二到三点就会醒来一次，其中并不只是生理原因，有很大一部分起源于大学时的心病。

四年前，我开始隐隐有了一种预感。那时候我刚进入大学，大概有一整年的时间，人都处在一个调整改变和沉潜的状态中。集群制生活让人滑入人云亦云的枷锁中而不自知，并且宿舍的门禁制度直接掐断了我自由的根源。这导致一整年的夜晚我都很难有所作为。直到我发现，宿舍楼的负一层是一个常年无人踏足的幽深杂物间，门上边的三环锁因锈蚀失去了效用。因此，我把桌子支在了这里，在二十三点半到次日凌晨两点间悄悄下楼继续干一些自己想干的事情。也是那个时候我开始隐隐察觉到我和其他人的不同，白天和夜间都是。

从那时起，我开始接触社会阶层中更阴暗晦涩的层面，开始对法学案例兴趣浓重，并且自学了大量的电脑软件。

在进入秋季后，南方沿海地区渐渐向一种饱和式的阴冷潮湿靠拢，整个秋天几乎全在下雨，而负一层的潮湿度几乎加满，这项秘密的自我充电到十一月份也就不得不终止了。彼时我父亲心血来潮对砍了我的生活费，我开始考虑经济独立的问题。

那股危机感强烈得几乎让人恐慌，原因是隔壁楼层一个搞设计的哥们，夜里突然从楼上飞了下来。六层楼最顶上，一百七八十斤，冲量直接把人从内向外碾成一团糊糊。经过调查是个人债务原因，背着家里人去借高利贷。这些触角扎得又深又狠，一两万块，翻了个三四十倍，眼看到期了，那边扬言卸了他的腿，还不上钱就把他所有的个人信息公布出去，并且还要去找他的家人。这人当晚喝了小一斤白酒，酒壮㞞人胆，直接从楼顶起跳了，人飞出去栏杆，顶多水平移动了个三四米就结结实实地砸在水泥地上。那声响我在负一层都听见了，只不过当时是夜里两点左右，加是深秋地上全是秋雨积水，天气就像发了霉的拖布，根本没别人醒着。

我清楚地记得我当时在用绘图板画什么图像，第二天蹭课的时间表刚排好贴到记事簿上，外边就响起来那堪比液化气钢瓶爆炸的一声。那声音就像是水泥袋子从楼上扔下来而后从中爆裂一样。问题是我当时并不算很专心，因为绘图板出了点问题，疲惫开始慢慢从尾椎上浮，因此脑子对和学习不相干的事情格外敏感活跃。

在那人坠地的瞬间我被吓了个半死，在一秒钟内我反应过来，觉得是高空坠物，接着用半秒钟时间反应过来那可能是个人。我火速地用一秒钟保存好文件，合上电脑，冲出去查看情况。

那一团东西就落在两栋楼之间的人行道上，但是黑乎乎的什么都看不清楚，然而三秒钟内我靠气味确定那是个人或者说人形物体。然后，我马不停蹄地去找宿管老头。那老头睡得很轻，立马翻身起来，掏出钥匙把门打开。我跟在后面，一出门就闻见了一股子新鲜的血腥味。

离着三米远的时候，我就知道报警比叫救护车有用。老头估计也没见过人体爆裂的惨状，一个劲地咳嗽干呕。但是这事还得按流程来，等报完警了，我看了一眼楼层灯几乎都还灭着，就说明这事还能再压一压，于是告诉那个老头找个东西把人盖住，等警察来了再处理。我心想我作为第一目击者，今晚肯定是别想睡觉了，于是回去把东西收拾好放回宿舍。前后没几分钟的工夫，警车就已经开进来了。

那人跳楼自杀后一日的夜里，丑时前后，一股浓烈到不能再浓烈的血腥气味，突然扑面而来，随后我清醒过来，鼻腔里净是血腥。那时候，我父亲开始跟我谈起一些以前山里的情况。自那之后，深沉的睡眠一去不返，几乎一周一次，我会因为干燥的空气以及噩梦而在午夜醒来。

说不清是好事还是坏事。

在我躺下大约两个小时后，这从二十岁就缠绕我的噩梦卷土重来，但我已经习惯了那些熟悉的场景，睡意在瞳孔睁开一秒前就彻底消退，我望着漆黑的屋顶，感受着心脏在胸腔里勃然跳动，脑后已经微微潮湿。

但是，很快我觉得有东西被我从梦里带到了现实——一些应该只属于梦境中的声音，应该随着我睁眼而湮灭的声响依旧存在着。我将身体直直坐起，发现在门堂处立着一个影子，“他”手里拿着什么东西，发出窸窣的响动。而当我无声地坐起后和他四目相对时，他也立即停止了动作。于是在人迹罕至的林屋里发生了诡异的一幕——我和一个不知道是什么东西的玩意，目光互相对视着，而我刚刚因为苏醒的血压再次飙升，极度恐惧下我失声了，血液，唯有血液在周身倒流。

第六章

CHAPTER 06

节外生枝

三秒钟内我完全不能思考，我只能想象我的眼神像寒铁一样汇聚在那一团影子上。三秒钟过去了，我开始无比艰难地向自己灌输一个概念：那应该是个活物，并且大概率还是个人，只要是活人，那就没必要表现得如此生死攸关。

事实证明那的确不是什么类似溜入民宅的野兽，在三秒钟的对视后，那团影子从地上瞬间舒展，向上生长，发散出四肢，以及一张模糊的人脸，他或许也完全被我的突然惊醒吓了个半死，因此扔下什么东西夺门而出，全程没有一点声音。

我从麻痹里解脱出来，抄起烂得不成样的拖把夺门而出。惨白的月下，他显露出本来的面貌——蓬乱的头发和矮小猥琐的身躯，他转过身来，脸上显露出一种难堪惊讶和无法言说的无奈来，他对拿着拖把的我表现得相当害怕，在逐渐靠近门后开始疯狂地摇晃拉扯门闩，想从正门溜之大吉。但是拉了半天没有一丁点效果——这玩意上了锁的，除了让这根木头疙瘩在较为安静的夜里发出无比突兀的巨响之外。我站到离他三米远的地方，看着他手忙脚乱的样子心里感觉有点好笑。这八成是个跟着我偷摸过山的贼，看我开着车来，觉得或许可以捞点油水。

“和你嘴一样大的锁头挂在门上，瞎了眼了？”

他最后的希望霎时破灭，停下手上的活计忽的一下蹲在了地上。

“怎么回事啊？你哪来的啊？夜里盯着我干啥？你在门口干啥呢？偷的什么东西?！”

“我不是贼！”

我被这话气笑了，敢情是在门堂里纯盯着我看了俩小时呗，我保证他在我的视线范围内回到屋里捡起地上的东西，借着月光看清楚他刚才手里拿的东西，但也瞬间无语。

那是一包开了袋子的压缩饼干，已经被吃完了一半。

“你大半夜的翻墙进来干啥？就为了吃这个？”我扬了扬手里的饼干，“你差点把人吓死。我要是现在报警，你就得蹲号子。”

我仔细打量了一下这个蹲在地上的人，瘦弱矮小，气质猥琐，完全是一个混混贼的样子。他没接我话茬，只是呼啦长叹一口气，从兜里摸出小半包烟来，可能是黄金叶之类的货。自己给自己点上，蹲地上一口一口地抽了起来。

这种事情我也是第一次碰到，但是为了防止这人要是用一根烟的工夫起杀心，我还是站得稍微远了一点。

“你要是再不出声，我就报警。私闯民宅，盗窃嫌疑，现在不说到警察面前你可以继续不说。”

一根烟烧完了，直到烧到滤嘴，这人把烟屁股一甩。

“我是下头村里的，我老婆没了，家里没饭吃。”

“村里的？程家湾？”

“对。”

改成我蹲下来抽烟了。

事情的性质在二十秒内发生了天翻地覆的变化，我已办理了入职手续，已经算是正式的村委会工作人员，村民找我属于合法正当，角色瞬间变换，他从盗窃者变成了群众，我准备倾听他的困难。

他又抽上一根烟，并且还把那包揉烂的烟包甩给我，因此我们陷入了一种尴尬的沉默中。我已经完全没法苛责他什么，因为他身上的汗衫装不下任何东西，除了已经进了肚子的半包饼干。不仅如此，我甚至还需要帮他解决真正的问题，哪怕是他作为借口的家庭纠纷。

“你先进屋去吧。”

他站起来颤悠悠地进了屋子。我四下里看了一圈，仔细听了听动静，而后脑子不得不转了起来。

等快天亮的时候，坐在我面前的这人基本把话絮叨明白了。他姓黄，叫黄福贤，村里人。合伙和人搞养殖，今年年春起倒春寒，一个疏忽暖棚里没插上电，鸡秧子死了个七七八八。现在是合伙的那个人天天上门追债，就快把他的人皮扒了。前一个星期夜里，两口子因为这事干起架来，这男的气不顺一耳刮子就扇上去了，女人因为气不过等到了夜里就偷摸走了，还卷走了剩下的几百块钱，结果到目前为止还不知道去了哪儿，他现在是人财两失。至于为啥不找村里人，他是觉得他老婆很有可能是回了娘家，因此不在村里，但是人完全联系不上。为啥不报警，这人支支吾吾地说事闹大了丢人。

现在的问题比夜里偷吃更复杂了，因为这人的话有几分真有几分假我并不清楚。现在来看这事属于横生枝节，我的前站工作就应该是考察和手续对接。在我没有正式搬到村委会的宿舍里之前，我都应该先着手解决自己的事情。

我有一大堆事等着去做，人口失踪的问题和我确实搭不上边，操心村民家事也绝对不应是现在。我盯着他猴子一样受惊的脸，显然现在已经没理了，进了山之后就没有一件事跟着理走。

等天基本全亮了，我让他先回村里去，告诉他这事情就那么几种可能：人跑的概率不高，所以也不用太着急以至于做出什么让人哭笑不得的事来。他闷着个脑袋不吭声，我转身进屋拿出一包压缩饼干还有一瓶矿泉水放在桌子上。他缓缓抬起头来，整个人胡子拉碴头发打结，不像山民倒像山鬼。

临走前他抬头看了一眼天，我这才想起来问了一个至关重要的事情。

“你老婆娘家住在哪儿？给个姓名。”

他把地址说了，我问他给那边去电话了么，他说去了，说人没去那里。

“那边怎么说？”

“小舅子放了狠话，说人丢了把我腿卸了。”

我下意识地看了一眼屋子里，就剩下几桶方便面了，最后我自己留下一桶剩下的都装给了他。林屋是待不下去了，我必须尽快和山下的村子对接，住到村里去。失踪的事情说复杂不复杂，但绝对也不是儿戏。

第 七 章

CHAPTER 07

关于“蒸发”

现在的情况完全可以用“节外生枝”四个字来概括。丢了老婆的黄福贤一直坐到天都大亮，早上七八点的时候我起身把他撵走了，因为我实在是有事情要办所以不能久留在屋子里。等下他回到村子里还得至少四个小时，那时候我也就基本想明白这件事情该怎么办才好了。

我被他这个完全不认识的人絮叨了将近三个小时，除了疲倦之外就是头大。为了杜绝这种正门不走非得翻墙的情况，我还得想办法处理下墙头的问题。

我捋了捋眼下的一摊子烂事：

第一，如果为了无偿帮这个人找人，那我就得先去最近的城乡接合部买基本生活物资。

第二，为了让自家墙头不是那么被人轻而易举地一下就翻过来，我得去整点水泥、啤酒瓶或者带刀片的铁丝网。

第三，也就是最麻烦的事情，他老婆的问题。人的确是走了，是生是死？不知道。关于这种“蒸发”问题一向有些麻烦，撇开各种可能的人为情况，就连意外失足翻到深山沟子里都是有可能的。

这一件件事情，着实比待在酒吧里灌人喝酒刺激得多。在山里待了才三天不到，我已经开始头皮发麻。

但是我忍不住笑出声来了。

姓黄的是个憨子，他肯定是正门都没推一下就直接翻墙进来了，要不然也不可能不知道大门上了锁。

那么现在针对人口失踪问题，需要做的就是复盘。

现在我发现，整件事情建立在一个隐秘并且不合逻辑的价值体系之上。

第一，黄福贤并没有解释他为啥要到我住的地方来，并且我想了几个理由都觉得不对，至少说是正常人绝对不会有的逻辑。

第二，我没有问他盯着我看了多久，并且在入睡到天黑之间这段时间内，我不清楚他去干了什么，唯一确定的是他在我的屋子周围，并且没有被我发现。

第三，他被我发现后的第一反应是逃跑，这一点我觉得很是奇怪，他如果只是单纯地想求助，不至于见了人就跑。

第四，他被我发现后说的第一句话是“我老婆没了”，投射出来他的一部分潜意识，而且他用了含糊其辞的“没”字。在一些地区，这个字有两重含义，一是跑了，消失的意思。二是死亡和去世的别称。但是最奇怪的地方在于他对人没了的含糊态度。他告诉我他老婆有可能进城单飞了，意思是跟人跑了，彻底消失了。这要是正常人早就急疯了，在这种情况下最有效的办法就是报警。但是他又说害怕闹大，因此隐含的逻辑链条是他女人没了赶不上面子重要。这是核心疑点，除去可能作祟的家丑不可外扬的思想外，同时也包含着可能存在的让人不敢细想的理由。

我把纸收起来，在这一瞬间我打了个寒战。

没有起风，只感觉如芒在背。

四月十五日清晨八点过一刻，我收拾完所有东西，把能上锁的地方全部上锁，随后拔下登山杖末端的栓头，转身消失在大山的褶皱中。

我几乎是滚着下山，下山在多数情况下会比上山容易也更快，我用了三个小时多一点回到村子。我把汽车停到了村里管事的后院子里，他的家里没有让我不安的因素。检查完汽车后，我立即驱车前往最近的县城，在这个长达四十分钟的路程里，我逐渐地勾勒出了几个，那个“蒸发”的女人可能的去向。只是在这个时候，我似乎还没有意识到，还有一个被我遗忘的问题的严重性。

山路人少，车更为稀缺。在此我绝不推荐大家像我一样一边开车还一边想事，这是绝对的出麻烦行为。

关于“蒸发”，也就是相对离奇的人口失踪，很多时候的确是凶多吉少。这一结论并不是单纯地，从各类侦探小说的桥段里总结出来的。一般来讲一个人做了什么或者说做了什么，多少会留下来一些痕迹。痕迹会暴露动机和诱因，而人口失踪案的侦办就必然是从“痕迹”开始。

然而，当一个人无故地突然消失，没有前因后果，也没有任何线索，在这种情况下就会非常棘手。并且在过去数十年间，如果侦破技术缺失，破案还需要靠警力大规模调查走访，那么这种案子就很难不成为悬案。

如今，大部分人口失踪是妇女儿童拐卖案。

我活了二十余年，从未经历过此类事情。在此前一些相当模糊的东西迅速锐化清晰，并且我开始逐渐意识到，地缘的影响是一种古老、剧烈并且非常有效的影响，山林的认知体系和平原存在着巨大的差异。而是否能够理解认知这种差异，或许就是能从根源上解决我接二连三遇到匪夷所思事情的问题的关键。

天空仍旧没有彻底放晴，层云一叠一叠地紧压山线。所幸道路基本已经干燥，方向盘打起来干脆利落。然而即便是这样，六十迈的速度已是极限。这种情况下必须还要刻意放慢速度，天知道会不会突然冲出来一头牲口，或者野生动物什么的。其实我非常想给老秘书刘叔打个电话，这种渴望极度强烈，从本质上来看是一种求助，也就是说潜意识里我所面对的事务超出了我的能力范围。

但是他送给我的那句话起了作用。

这种感觉非常奇异，人在群山之中徘徊驾驶之时，会逐渐体会到地层和岩系在亿万年的变迁过程中的古老漫长。仿佛人站在一张白纸上，巨大的白纸，而后作用力产生，白纸被岩层挤压施力产生褶皱，随后隆起凹陷，然后是演替，不同的地方开始生长出全然不同的东西。

数天前我拿到父亲留给我的信件，刘叔告诉我这是一封重要的信件，也因此应在重要的时间打开，例如我不得不面临超出想象的困难时。我向来不是一个多么有仪式感的人，眼下的情况就已经够让我头大了。在等待老板备货时，我拆开了那封积压已久的信。

信件内容如下：

林山语，我不知你是否已经做好准备。

在你六岁开始，我就告诉你君子不立于危墙之下，教你如何规避你无法处理的东西。在你人生的前十八年里，你都有明确的事务要做，但你一旦成年之后，你就一定会发现，你的生命突然进入了一个无法确定与规划的状态。这是必然的，因为我没有给你一个明确的目标，也没有教过你怎么去自己选择未来。

你毕业后的日子，是你近二十年来人生最没落荒芜的低处。但相较于我告诉你去做些什么，荒芜的日子更有助于你看清自己的内心深处。我猜你现在或许在山中的某个地方，经历或者即将经历从来没有听说过的事情，这些事情可能超出了你的预知，甚至非常危险和诡谲，是你从小潜意识里就规避的危墙。

但和以往不同，这些危墙，你不得不立。

我在十几岁时被你师爷扔到群山之中，经历了你八辈子也想象不出来的灾难，活着就成了唯一的信念。因此，你需要找到一份等同的强烈的信念，支撑你接下来难熬的日子。

保持理智与清醒，林山语，永远不要被山林所骗。

第八章

CHAPTER 08

战前的记忆翻涌

早上的时候我仔细检查了一下墙头，那些玻璃渣子武装起来的墙头上沾了些零星的血迹。连着几天，我的屋子都在深夜被人光顾了。

我为了帮黄福贤找他失踪的老婆制定了详细的计划，而这个计划是从我改换身份的那一天开始的。

在此之前，我相继在短时间内完成了几件大事，先是用最短的时间去城里买了水泥和玻璃瓶（防盗铁丝网没有见到），而后又是花了三个半小时跋涉回屋子把墙头弄好，这用了半天的时间。随后，第二天再次下山进村，也就是我日后需要长久扶持的村子。确定了身份之后又在管事的安排下找了一个农家乐住下，这个农家乐种了不少茶树，还包了几个大池子养武昌鱼，对我带着一种相对殷勤的态度，放话说想住多久都行，房间随便挑，不收房费。

我特意挑了一个靠里的宅子，最近被人吓得不轻，心想着能尽量隐蔽就隐蔽，别再出现半夜人脸悬窗户的闹剧。除了安定住所，我还向村干部要了一份人口档案，这东西一般来说都是不能随便看的，但是我允诺两天之内如数奉还，绝不外泄。而后才在正午时分，把我要的挺厚的一摞牛皮纸档案交给我。

而我做这一切的目的，仅仅是为了帮一个村民找到自己失踪的老婆。我下了山后见了他一面，他表现得却并不是非常急切。

在这个四月下旬空气依旧清冷的季节里，我用了整整三个小时翻看档案并且对一部分内容做了笔记。当然我知道，这里边有百分之九十是相对无用的工作。但通过这些最真实的资料，我得以最大限度了解了这群陌生人的本来面貌。在我能处理问题之前，首先要规避不必要的危险，这是前提。

第二天凌晨三点我准时醒来，在一张纸上大致列了几个方向，这是我计划里的一步，代表着我全面参与了这场寻人案件。

首先是最基本的两个方向：一，生。二，死。

生的情况又大致分为几类：

第一，就是如黄福贤所言，女人对她的男人彻底失望，卷着仅有的几百块钱进城彻底单飞了。

第二，是躲在黄福贤不知道的哪个远方亲戚家里，故意假装失踪气他。

第三，是回了娘家，但是娘家人为了帮她出口气，故意吓唬黄福贤，同时隐瞒了实情，我个人觉得这种概率最大。

第四，是其他我想不到的情况。

死这个大分支其实我个人觉得不太可能,因为我实在想不出来她会以什么方式死亡。

除了这两个大分支外，还有一个交集是生死不明。我罗列了几种可能：例如半夜出走遇到飞禽走兽、不长眼的司机或者人贩子，这些在理论上概率都很低，最有可能的是因为天气潮湿路面湿滑而失足摔下山去生死不明。

为此我还去补了前几天的天气预报，问了好几个人最近交通如何。

距离这个女人消失已经过去四天了，如果说她掉进山里，那么生还的概率会相当低。而这个时间如果仅仅是用在赌气失踪上，则完全没必要担心。根据我初中时在居委会的调解经验来看，女人的消气过程大致和土豆发芽的时间相同，这个过程大概需要一到两个星期，并且黄福贤又是动手在先，这事要是放在沿海稍发达的城市，闹三次离婚都绰绰有余。

七点钟时我从农家乐溜达出去，这个时候天色还不算太亮，已经有人在路边支着早餐摊卖热气腾腾的热干面和牛肉包子了。我把那些档案装好放进了背包里。昨天在去镇上时我又买了几把锁，把能锁的地方全部锁死，在没弄清楚谁跟踪我之前，这一切都显得很有必要。

我立在冷风里要了一碗加了一大勺芝麻酱的热干面和三个牛肉包子，这时音乐软件突然播放到歌曲《Gipsy Danger》，不知为何，这首曲子异常贴合我的心境。

当我抬起头时，冷风突然刮起了。无缘无故地，我想起了语文老师曾经说过的话，回忆起他对生命的敬畏，以及对不尊重自己生命行为的勃然怒火，很意外地打了个寒战。一种相对复杂的情绪涌上我的喉咙，就像肠胃消适不了的烈酒，反涌通过食道喉咙口腔再次回到体外，通常这一类情绪预示着不好的东西。

第九章
CHAPTER 09

三根鱼线

为了把这个故事讲得尽可能清楚，我希望把时间推回去一点，回到昨夜凌晨，也就是我把窗帘严丝合缝地拉死，然后打开一个灯光极微弱的台灯，屏住呼吸看档案的时间。

这个过程非常引人入胜，在这个体系中我想听几句实话并不容易，人们会出于各种顾虑选择性地隐瞒一些极为重要的细节，并且经常会就一件事情而产生非常大的说法分歧——主观立场的不同。然而这些档案相对来说会真实一些，这些牛皮纸袋里装着的甚至是很多古老物件的复印件，一些我在阁楼里都没有见过的很旧的东西。

这些档案其实非常多，而我能看到的也只有极少的一部分，我的原计划是三天内全部看完，但因为让给我档案的人冒着很大风险，所以这个时间成了定数，能不能看到我想看的也全看天意，但很不走运的是第一次我并没有看到黄福贤的档案。

从昨天晚上开始，整个计划就像被敲掉闸门的水库，一旦运行起来便代表完全无法终止，直到我查到这个人去了哪儿。在此时，我手里其实已经基本攥有了三根鱼线，它们也许导向同一目标，当然也可能不是，但我享有非常大的主动权。至此，我想我应该拥有了接受真相并还原真相的能力，所以让故事开始吧。

这才仅仅是四月，所有的早饭摊子还不兴在屋外摆上几十厘米高的钢桌——天还是冷。我坐在最靠屋里的桌子旁边面对着墙，一边啃热气腾腾的包子一边捋接下来的进程，包子很烫，因此我的进程也像心电图一样断断续续，起起伏伏。在此处，我庆幸的一件事情是，我在四十公里外的县上买了足够齐全的物资装备，当然就包括我现在戴在脑袋上的深棕色的地瓜棉帽。

帽子以外还有老头穿的夹克、棉裤、解放鞋和大褂汗衫，以及其他杂七杂八肯定用得到的东西。一整套的联名款肯定是不能穿了，包括亮黄色的冲锋衣还有斑马裤，这些都太扎眼了。做戏做全套，除了衣着以外我还把包换了，换成了手提的袋子，这样更应该像个村干部了，当然除了这地方的口音。口音这东西很难速成，兼具地方特色的东西对我来说都是难题。

我裹在一身老头的行头里迅速地出了门，一路上行人并不多。这里和城市体系不相同，拿宁城来说，南区的早高峰总的来说比北区早半个小时，因为街道太窄，人又很多。但是在这里，早高峰已经过去了，因为即便是在政策的扶持下，这一类四周都是莽林的村子空心化依旧非常严重，青年人的撤去代表着生物钟的前移与正常化，人们依旧遵循着日出而作日落而息的规制。在十点钟前，人们一般都锁着门在自家院子里忙活事情，这表达出的信号很明显——洒扫庭除前不迎客。

当然，黄福贤这种人有点例外。

我低着头沿着右一路摸到他家门前，说实话这地界还真是挺不好找的。结果上前一看，大门已被锁死，虎头冰凉，我心里的火腾一下就起来了。

俗话说三十年河东三十年河西。现在的我站在他家门口，是要替他秘密办事。如果砸门他铁定不会出来，因为上门追债的已经试过。因此我不得已盯上了他家的女儿墙。

没做防盗，没整玻璃碴子，那这事情不能怪我了。

十分钟后，我终于站到了他的面前。他一脸失魂落魄地摊坐在床沿上，说这几天忙着借钱还债，老婆丢了这件事都是次等的了。他整个人胡子拉碴，屋子里有一股陈年褥疮味。他这间屋子要多乱有多乱，靠墙的方桌上放着一大袋面饼，地上放着红绿色两个暖瓶，满地散落着各种破烂：东一只西一只的皮鞋，散开的废报纸，板凳马扎，堆在床沿的是整个屋子恶臭的根源——一摞不知道多少天没洗的衣服。

“你家是被打劫了还是咋着？看你这屋子起得挺高的，咋整得这么埋汰？”

“拦不住哇！你个城里娃有没有被追过债？但凡是稍微能换钱的东西都叫人掳走啦！就这样我还欠着人两万块钱哩。人说啦，我要是再还不上，这屋子也给我拆了。”

“其他路子走了没？”

“能借的都借了，就是还没找姓刘的（村主任），这事情他要是管不了……”

他叹了老大一口气，意思是快活不下去了。

“当务之急，是把你老婆找着。为啥不报案呢？”

这个窝着脑袋的男人呼一下抬起头，直直地盯着我的脸。

“咋个报案？我饭都吃不上了,我还去找她？她愿跟谁跟谁吧,天天就死跟我要钱！我这不是娶了个媳妇，是娶了个催债的！”

“要钱？都两口子了，一口锅上过日子的人了，她要钱干什么？”

他一摆手，大体说了一句，意思是她有个不成器的弟弟。我没有多问，转问其他问题。

“那现在情况就是这样，人是消失了，你着急也没用，虽然你也不大着急。但你还是爬窗子找了我，我以后也会待在这村里，所以这事我帮你出力。你别不在乎，都是真

金白银地娶回来的，人要丢了也是你的损失。现在我给你干活，你别摆着脸子，我不欠你。现在我问你一些基本情况。”

他点点头，我说得有点快，不知道他听明白没有。

“先说说你老婆基本情况吧。”

“你有烟没有？”他又把头抬起来，这次不打弯的眼里多了些急切。

我从包里掏出半包玉溪，自己点了一根，剩下的扔给了他。

“长话短说，长话短说吧。”

“这话其实不论怎么说都短不了，我是二〇〇九年结的婚，到今也小十年了。我老子是木厂工人，干了三十年才转正，最后攒下些家底给我讨了这么个媳妇，其实就是买过来的。他们家俩闺女，老大不小了嫁不出去，就是因为他们家彩礼摆得太高，一般人家起两间屋，他们要求起三间。最后因为年纪大了才稍微软了软，最终被我娶过门来。”

“都过了门十年了，你还怕她跟人跑了？”

说完这句话他愣是一下子卡死了，我这才意识到，我一直没看见过他家孩子，他家里连个画报和童鞋都没有。

“结婚这么多年了，没有孩子？”

这下行了，黄福贤瘦瘪的脸几秒内就涨红起来，像是说中了什么要紧的东西。他憋了有半晌，才蹦出来一句话。

“不是不想要，我……我不行！”

“哦……哦。讲别的吧，你老婆人咋样？”

“这不，结婚这么多年了，她也挺好的，不嫌我啥，就是爱财。我在外头挣上几个钱，一回家就被她都收了去，藏到床底下的盒里，她不信什么信用社银行，都是自己藏着。平时吧，有吃有喝的我也不在意，她爱藏着就藏着，我也不咋管。但是今年冬天出了事了，鸡棚停电把鸡秧子全冻死了，赔了五六万，我想着从她那拿钱还账，结果她说没有，我问钱去哪了？她说吃了喝了。我这火就上来了。”

“你说又没有吃大鱼大肉，一天天都吃的是粮食，能吃几个喝几个？我这生气啊。眼见着人家要上门要债了，她却是该怎么着怎么着。我问她就说没钱，问钱去哪了也不说，我一生气就去扒拉她那烂铁盒子，结果净是些毛票，我那拿回来的可都是一整张一整张的票子呀！”

“那你现在弄清楚钱去哪了没有？”

“其实搁以前遇不到这种事，从二〇一四年往后，这钱才是由她管的。现在回想，那时候她就逐渐地露出她的心思来了——一个月回一次娘家，钱必然是都给娘家花销了。”

“你老婆娘家是有小舅子？结婚没有？”

“哎哟，我……”

他没说几句话脸就黑了下去，然后从半包玉溪里又抽出了一根烟，用打火机点上。

“她们家两男两女，她是老二。有一个哥，在外边打工，结婚了。有一个弟，不务正业，天天干些不上道的事，哪有人瞧得上？他们家最小的妹妹嫁到省外去了，常年没有个信。”

“哪个省？”

“记不大清咯，她男人是拉大车的，全国跑，老家是湖南的吧？她妹妹应该常年跟着她男人一起跑。”

“我觉得啊，你老婆就躲在娘家，这事八九不离十，没跑儿。你得亲自去一趟，你把人打了，得放下脸子去道歉领人。不管怎么着，那是你老婆。”

“事情如果这么简单，老子还需要你个城里来的娃娃？都打了好几个电话了！都是小舅子接的，一口咬死了人就不在那儿！一回两回是在气头上蒙我，十回八回也是在蒙我，气我咧？他说了，他也不知道人哪去了。这人就是有问题，就说人没了我活该，让我自己找去。我也就是被那些催债的烦得慌，顾不得管。”

“她也就是拿了几百块钱，一个黄脸婆，谁看得上她？”

“你那天晚上扒我窗户时可不是这么说的，整个人跟丢了魂似的，现在倒云淡风轻起来了，我就问你，这事你还办不办吧？”

“办……办……”黄福贤扬起脑袋使劲地堆起一点笑容来，“我是真的没力气呀，这死面饼子都是厚着脸皮去借的，天天就是饼子就凉水，我难呀。”

“那这样，我先去看看你的屋子里间，看看你老婆走之前留没留下什么物件。”

“喏，那一间，进去就是。”

黄福贤没有跟进来。我仔细地瞅着这个屋子比外面屋子干净了不少。听黄福贤说，因为他的烟瘾大，一到晚上喉咙里就“喷雷”，所以早几年前他们就分床睡了，她老婆睡里间，他睡外间，中间隔着一道门。

屋子收拾得很干净，不过有一股子潮湿味道，这味道我太熟悉了。床边放着一台老式的缝纫机，这东西算是很耐用的物件，可以用几十年。床底下摆着几双鞋，我抽出来看了下，都是普通的布做的样式，看不出来具体少了哪一双。

这几间屋子都是硬实的水泥地，并没有铺地砖，所以也看不出是否有脚印（当然，如果我阁楼里的化学品都在，倒是可以试一试）。我用手指在地上一抹，起灰了。估计黄福贤没怎么来过这个屋子，因为陈设非常整洁。我拉开不足一人高的柜子，差点没被熏个跟头——非常浓的樟脑味道。樟脑这东西很呛，而且还有微毒，我屏住呼吸翻了一下就合上了柜门。

剩下也没什么东西了，只是有些东西的存在并不合逻辑。准确来说，是推断和实际情况出现了矛盾。我站在那女人的床前，一步步地模拟当时的情况——

这间屋子的墙面不厚，另外一边就是黄福贤的床铺。因此，到了夜里，随便弄出点动静都异常明显。我拉了拉那扇柜门，发出的声响大得像是鸭子喊麦。这就一点道理都没有了，完全不合逻辑。

我出了里间，黄福贤还在铺边坐着，耷拉着脑袋，不知道在想啥。

“人是什么时候走的？有没有印象？”

“估摸是早上四五点钟吧，她早上起来都要去柴房烧火做饭，我也记不清楚是几点。”

“行了，这事我有数了，你把你老婆娘家人的电话都发我一遍。”

黄福贤抽出手机来，把号码一个一个地念给我，要多拖沓有多拖沓。

“她的号一直是关机，打不通咧。”

“去，帮我把你家大门开开，我不想翻墙进来，再翻墙出去。”

黄福贤像是费了不少力气才站起身来，他的小半张脸一抽，像是拉扯到了筋一般。

“你这咋回事？站也站不利索？”

“那天下山跌了个跟头，不打紧。”他讪讪地起身去摸钥匙。

那是四月，怕冷的都还裹着棉衣棉裤。临走前，我把地上包烟灰的报纸团起来扔进了垃圾桶里。然后，看着他一步一步地摸到大门前，把门闩拉开。

他的动作很不协调，但我已经知道了原因。

至此，无论如何，我的手中都已经有了一条鱼线。虽然线的那头不一定是我想要的那条鱼，然而只要是鱼，就好办很多。

我出了门，开始琢磨第二条鱼线的事。在先前，我同样做了这事的准备。

在此，我不得不感谢一下我父亲对我的帮助。他一手办起来的农产公司，带给我的不仅仅是方圆多少里的需要守的山，还有大量的弹性极大的加工单子。这些事情全是我在后来才知道的，刘叔在我进山前几周告诉我说，其实基本上每一件事，都是按照我父亲生前的计划在走。为此，他很早就知会了公司内部，拿出一部分进货单子先不做满。而这一部分空出来的单子，就是除了十万块钱之外，我进山的又一资本。

刘叔说这事的时候非常严肃，因为在他看来，这事情我父亲做得风险太大，即便全公司上下是林家一手打造，但现在的局面跟之前也大不相同了。因此他说这件事的时候非常郑重，他希望我能重视起来，他话中隐含的意思就是，我千万不要把这部分单子葬送了。瞎签单子和不签单子都会造成影响，但相比之下前者影响更大。

对待这一份得天独厚的优势，不用他说我也必然会严肃谨慎地对待。因此我计划整个四月都先考察走访，等一切手续全部接驳完成后，再从那边调几个人过来进行下一步的工作安排。

计划一定，心就安稳了一大半，但是外人还不得而知，因此这件事仍旧是个勾魂的筹码。

这个村子里有不少人在外承包茶园，因此这是第二根鱼线牵引的方向。

我担心有人猜不出我的行事思路，所以我在这里做个简单的阐释。

完全不同于通信信号充盈的城市街道，村子里消息的传播形式依靠着另外一套隐性的系统——口耳相传系统。没错，就是口耳相传。这套系统容易失稳，因为它是靠着老太太们的扯皮闲聊建立起来的，包括谁家人又犯浑，谁家又发了财等等。很奇异的是：这些老太太凭着异常灵敏的双眼、两耳，可以一早知悉很多事情。当然，这其中必然存在差错，但在禁忌多如牛毛，人心善恶细如发丝的乡野间，仍算是一个好用的信息传播系统。

但是这个系统和中国古代的小农经济一样，存在着封闭性。通俗讲就是，让老太太对你讲掏心窝子、事关好恶的话，不那么轻松。因此，先前预留的单子就可以为我效力了。为此，事先调查了解一下谁家种了什么东西，养了什么活物，包了几种园子，土地流没流转出去，就显得非常重要了。

很庆幸的是，这件事情从一开始与乡镇村的各级人员对接的时候就已经做足。有备而来即是专业素养，也是成事的利器。

和黄福贤谈完后，我就回去了。我把一部分档案和先前的地区产业档案结合起来，先找到一个交集，而交集条件是家里种了东西，还有上了年纪的老人。这是一个不小的赌注，交集条件过于直白幼稚是我的第一感受，然而我真的就由此找到了那么几号人。不管怎么说，这第二根鱼线能不能钓到大鱼另说，但至少是有地方下饵了。

下午三点，我重新换好衣服，拿了几罐糙茶重新潜回村子，准备去拜访一位从未谋面但名副其实的线人。

门是虚掩的，这家的狗听见了声，率先开始狂吠，随后是几句妇人厉声斥狗的声音。我推了门进去，正面撞上一个老太太的面孔。

“你找谁啊？”

“这是孟国祥孟老板家吧？我是村委会新来的小林，这不是刚来到这村子里还不熟悉，所以先来了解了解情况。”

那老太太从样貌来看，差不多六十出头的年纪，一看就是思路清楚，头脑转得明白的那号人。听见村委会三个字后，老太太就边点头边笑着，把我让进了屋里。

落了坐后我率先开口。

“您是孟老板的母亲吧，我初来乍到，并且是初次登门，所以我先给您介绍一下我的基本情况。

“我是外地来的，但老家是这边的。我父亲以前在这生活过，后来他出去做茶叶买卖去了。现在他不干了，让我干。他知道咱们这茶叶好，所以让我来问问情况。您儿子是包着不少茶园子吧？”

“对对对！我儿子是在南边包着山头，他是种茶的，你找对人了。但就是他平时不着家，我对这些又不懂，你得找他才行。”

我听完这话心底稍微一沉，但是总的来说问题不大。

“这不是先了解了解情况嘛，大娘。我这也是刚进村子，不知道谁家的茶叶好谁家的茶叶次，先调查调查，走访走访，了解下情况。之前听人说咱村姓周的一家也包了园子，我那天买了几包，您儿子种茶，想来您肯定也是行家，您帮忙品品。”

不等她说话，我就把那几罐茶中最次的一罐拿了出来，立马就拆开了，做出一个赶鸭子上架的势头。

“嗨，我知道，他们种的可不如我们家的好。这茶叶我也喝，好坏分得清，他们家的过了三泡就淡了，俺们的绿茶能起五壶水哩。”老太太边说边赶忙烧上了水，

我又和老太太扯了些闲篇，就从茶叶话题上逐渐地向养殖场一类东西上转了过去。

水一开，我把那茶就冲上了。至此，我基本放下心来。

“你看这茶呀，一看就是陈了。泡开的叶色深，就说明不是头茬。不是头茬卖得就差些，喝着也就不那么好。”

我心想，这老太太算是个懂行还明理儿的人。

“这样，俺家的茶你也尝尝。我这家里还存着一些，你自己品品。”

“行行，大娘您也别忙活了。我这喝茶在其次，主要是想了解了解情况。您快别忙了，坐下来咱聊聊天。”

她另起了一个壶，冲上了她自家的茶叶。她家的茶叶与我拿来的相比，肉眼可见的品质不同。

“你这刚到，没让那村里管事的给你讲讲？俺们也是一天天在自家生火做饭的，也不清楚人家是什么情况。”

“哎呀，着实是。其实大体也听刘主任说了，但是有些事情他也不知道，知道了也解决不了。这不是，最近有一家就天天闹事。好像是姓黄，叫黄福贤，您知道这事吗？”

“嗨，知道这事。要我说啊，这人就是活该。以前的时候，他没少干过偷鸡摸狗的事情。谁家的鸡鸭鹅如果飞到他家院里，你是讨不回来的。听人说，这几年手脚干净一些了？跟人搞养殖，结果又因为停电，养的鸡苗子全死了。现在天天被人追着讨债，门槛都快叫人踏烂了。也有人因为讨不着，就指着门鼻子骂街。活生生地作孽啊。”

“对，就是这人。我刚来就听说了这件事，还想着得想办法帮他解决了问题，要不然村里都不安生。”

“前几天他跑到我这里来，说是吃不上饭了，想借几张死面饼子。我看他跟个活死人似的，不忍心就和面烙了十斤饼给他。我还问他他婆娘如何，也是支支吾吾地说不明白。”

这个时候，我心里起了波澜，因为我意识到我在拉线织网的同时，似乎也成了别人的鱼。这种感觉非常强烈，一切都巧合得匪夷所思。

“您这心太善了，不过他也是屋漏偏逢连夜雨。我这两天就忙着帮他调解矛盾了，但是就像您说的，他总是支支吾吾地说不明白。所以，我这也想在街坊四邻里多了解一点情况。”

“要我说，你就省点心，忙别的去吧。这人啊，你得帮明事理记恩的不是？但这姓黄的就不是这种人，你帮他有可能也帮不出个好来。”

“唉，话是这么说，但是村子里有人遇到问题，我这村干部也得能出力就出力，不能只坐着看大戏。时代不一样了，群众有困难就得帮忙，其他的不能多想。”

这老太太舒了一口气，眼睑低下来接着喝茶。对于茶叶我是纯外行，但是这种情况下我知道该怎么办。

“你们家这茶，是真的不一样！”

于是这老太太又把头抬了起来，眼中漫出一小缕光来，带着似笑非笑的意味。

“这汤清亮，味还浓，又正，是往年的头茬吧？”

“对对，这是去年我儿子山头上最好茶树的头茬。产的不多，都留着自家喝。这茶刚生的第一撮叶子，是最正最灵的，小伙子识货。”

随后的半个小时，我又和这老太太套了些话。等到茶水温凉了，我也就准备走了。问出的东西虽然不多，但似乎还比较深，这就像鱼线那头是一只浮水的大鼋，这类东西不会轻易咬线。

最后一根线，我想你们很容易就能猜出来了。常言道解铃还须系铃人，但是系铃人如果不在的话，那么就需要找产铃铛的人了。如果手机里的那几个电话号码不能带来创造性转化——通俗地讲就是不能把先前的量变促成质变，那我也就没辙了。

如果说这件事情陷入了僵局，我想要么就是我能力不行，要么就是本源上的什么地方出了问题。

其实在这个时候，我觉得有必要缓一缓。读和看都需要时间，这就和吃人参果一个道理。我在事后写下这些情节时，才惊觉那些不经意间的细节隐藏了无数玄机。这些细节明确地指示了一个人的命运，只是大部分人包括我在内，并不具备先知的智慧与眼力。因此我希望能看到我故事的人，可以变得相对谨慎细心一些，这有助于了解人性这个复杂的事物。

出门后我裹紧衣服，天色逐渐明朗了起来。我看了一眼时间，重新捋了一遍流程，坐回我自己的屋子，然后把电话打了出去。

我打的是黄福贤老婆哥哥的电话。根据之前的了解，这人现在在城里务工，其实干啥不是重点，主要是在城里。

电话接通后，和那个借手机给刘叔的农民工一样，对方说话带着浓重的方言味。

我跟他讲我是村委会的，在做人口调查，要到村里挨家挨户了解情况，这人没了不行。全程没有提黄福贤三个字。

电话那头非常嘈杂，传来一些我很耳熟的声音，那是破碎机有节奏地砸碎混凝土的声响。电话那头足足有四五秒钟的时间没有动静，我以为那人没有听清楚，就又重复了一遍。

这种时候根本不能等着他说，我开始问他问题。

“你妹妹有没有去找你？或者给你打电话？”

“唔……打过一个。哎！老张我这……你做啥子……你等我一等……”

而后又是小半分钟的静音（没有人的声响），我压住心里的激动，等他回来回话。

“唔……唔，干部同志我这边有活，我长话短说行不？”

“嗯，行。你妹妹是什么时候打的电话？”

他把时间一说，我一推算，是消失当天。

“她讲什么没有？”

“她说她想要找我来，她那电话是下午打来的，我这也累啊！她一个结了婚的婆娘，来也不方便啊。”

“她说没说为啥要找你？”

“我也没问，我这妹就喜欢闹点情绪，哭哭啼啼的我不知道为啥呀，我这也心烦，是不是她男人那姓黄的又不济事？”

“我们也是了解一下情况，她有没有说她在哪里？”

“老张！那水泥不对！不对不对不对！你弄反了！我来我来，你去运沙……”

“村委同志，我实在抽不开身了，我妹妹她走不远，走不远……”

随后电话就挂断了。随后，我把这段通话导入了云端。

自此，三根鱼线全部下水，它们中的每一根都必然指向了一种真相，或者说，是真相的某一部分。

我闭上眼睛开始回忆之前……无数的细节开始在纯黑的幕布前出演，也只有在这个时候，我才能意识到那些最正常的环节，在由内而外地散发着一种缓慢、黏稠的古怪与荒诞。

第十章

CHAPTER 10

迁坟

问题太多了，全部理清的话需要一个相当长的过程。

这种方式感觉像是钓鱼里最损的一种办法：将鱼线头上捆数个鱼钩，再将数个鱼钩团上一个饵。鱼就算再精，只要是它敢吃这个饵，就是躲得了初一躲不了十五了。这种爆炸钩团子很损，因为钓上来的鱼基本上就没法看了，浑身上下都是钩子。但是对于刚蹚水的菜鸟儿来说，却是个有效的办法。不过，如果想用这方法钓特定的鱼的话，就难得多了。

我们在明，而水属暗。水下错综复杂，或许数鳞纠缠，鱼线动若风中蛛网，而真正的鱼却静待一旁；或许大鱼吸饵，乱钩毕现后，众鱼作鸟兽散；又或许这饵不对味，鱼匿深水，最终只得几个无关虾蟹……这些全都有可能，因此除了岸上人的智慧外就是运气，或许一开始出了差池，而后悉数崩盘。

这种事情我也是第一次遇见，因此全然没底。

我打完电话后随即开始收拾东西，事情已经越来越复杂，并且时间也会越来越紧迫。部分细节已经可以串联在一起了，因此我也意识到我钓的并非鱼蟹而是蛟龙。蛟龙是不能用线的，因为线可能会反过来把布线的人扯进水里。

若缚蛟龙，须下水血搏之。

黄福贤的老婆姓常，我赶到常家的时候天正好黑了下来。那村子距离县城并不远，藏在一个背水的山坳里。天黑下来后就需要有地方落脚，在这时，我真的非常感谢初中地理学的“发展山区经济，提倡发展旅游业”概念并不是一个只停留在书中的概念。因为这里距离国家规划的景区已不足百公里，所以这些小村子里发展起了接待服务业。

傍晚六点十几分，夕霞还卡在山头上的时候，路边出现了“多果农家乐”的牌子，车速降下来后发现周边是成片的苹果树。在这个季节当然不可能出现苹果，只是有零星

的花朵挂在枝梢。

我把车子拐进匝道，因为是旅游淡季，所以我得以畅通无阻地停下车来。不过，我把车停好都快十分钟了，三层楼高的民居内依旧没有人出现。我心想八成是这个时候还没怎么开业，因为停车场里只有一辆运化肥的三轮车。就算有人，也只是窝在楼里嗑瓜子看电视什么的，因此我只好下车主动去找人。

门里头果然窝着一个老头，他正裹着皮坎肩半躺在椅子上打盹，他旁边的电脑显示器都已经自动黑屏了。等我叫了几声后，他才悠悠醒过来，然后不紧不慢地告诉我现在农家乐基本歇业，因为这个时候还没什么人，基本得等到七月份后，一直到十月期间才会正正经经地开办起来。这店是他儿子开的，人倒是很凑巧的就住在村子里，但是现在都在忙各式各样的农杂，所以匀不出人手来专门接待零星的散客。

我心想这可真是聋子撞上瞎子——够呛了。但是这老头话没讲完，这平常淡季虽然人少但不是没有生意做，因此这活也能赚钱——他们自己家里还搞着民宿，这个词在他嚼了半天才吐出来，显然这法子不是他想出来的。这会老头已经全醒过来了，拿着暖壶灌上水，半晌后才跟出后边的话。

“我儿子现在在院里，他得半黑天才回来，你跟着他一块回去就行，有什么事情你问他。”

我一寻思，这人要是这么等，至少得等到半黑天，于是先要了电话说了下情况。我心想，在这几个小时内，自己摸进村子里能问到事情的可能性，还不如在四月里摘到苹果的概率高，于是问老头在哪里等着。这老头算是心灵，从屋里抽出来一个马扎。

“他忙不久，他忙一阵就会歇一气。”这老头说话时露出半边蜡黄的牙根子。

我拆开一包玉溪，递给他一根，问这园子有多大，都种了些什么东西。

“也就是四五亩地，小伙子。种的是苹果。到秋天个个都大，也甜。”他接过烟去，看不出生分客气的意思。我心想，要是一路上都遇到这种老头，事情也不至于这么麻烦。

“这么说那到秋天我一定得来。大爷您这园子离村子有几里地？都怎么来回呢？”

“小伙子，你来的时候看没看见后院停着的那辆三轮车？我就是骑那个走来回。等到他忙完了，我捎着你们回去。”

我哈哈笑了一声，也点上一根烟。这老头转身掏出一个碗来给我倒了一碗茶。

“大爷，这村里怎么样？听你这么讲，民宿都整上了，离致富不远了吧？”

“嗨，别提了。一共就那么几档子人，天天整些幺蛾子，闹得外地人都不来了。”

“闹什么幺蛾子呀？这山里莫不是还有鬼？还得请人做法？”

面前这位半谢顶的大爷哈哈一笑，顺势往地上弹了一下烟灰。

“小伙子这话可不好这样讲，牛鬼蛇神是不存在的，我们是社会主义国家。倒是有些人整不明白，家里一个个不走正道，天天想些歪门邪道的东西。儿子走了歪道，不怪活着的老子却怪死了的祖宗。要我是他家祖宗，非气得从棺材里爬出来问问他不可。”

“大爷您别激动，您讲一下到底是啥事情呀？什么人家闹这祖宗的幺蛾子？”

“俺们家对门儿，常德明。不知道怎么的，近些天来张罗着要迁祖坟。说是当年老人死得太早，找了个野山沟子就埋了，估计是犯了忌讳，家里是越过越惨。这不四五年前他家儿子找到我儿子，问还收不收地。这园子以东还有一片山头，本来是包给他们家的，一直荒着，他嫌地薄，其实就是懒。他好吃懒做，俩闺女都卖出去了，家里顶梁柱的大儿子也出去打工了，家里就剩他的小儿子常三顺。还有一些他们家族里的人，基本是在三服以内的，都一起在忙着迁坟的事情哩。”

我把烟一口一口地抽完，沉默了一会儿，心想这事情不能这么巧。

“大爷，这村里姓常的就他们这一家吧？”

“一家就够了，要是这种人家遍地都是，日子也别过了。”

“怎么就想着把自家的地流转出去呢？这常家是出啥变故了？”

那大爷弯腰把烟头摁死，冲我摆了摆手。

“赌博害人哪，小伙子。”

当晚升起月亮的时候，我已经坐在小三层楼的偏房里思量着对策。我完全没想到的是三根线下去都比不上和一个老头的一通闲谈。病火燃在灶根上，想解决问题还是得找到当事人。当下的问题虽然依旧没有解决，但是距离真相却是毋庸置疑得近了。

目前的情况越来越像经典日系推理中的逻辑格局——主线之外产生了一个不相关，但足够特别的事件。我现在对于迁坟的好奇，已经压过了找人，虽然理智上我已经数次提醒自己还有要务在身。但实际上这种事情，对于对记录故事相对敏感的人来说，都是非常有吸引力的精彩离奇的素材。

我打了一个电话，那一头的主人正躲在城市的工位里吃着沙拉加班，职业是家居堪舆策划。现在他们这些人，比以往靠老天爷的可怜混口饭吃的算命人强多了，周一到周五都穿正装打领带，工作环境全是写字楼。按他的话说，他的职业和城市一样，城市能改变人的命运，堪舆也可以。

在夜色里，我的屋子并没有开灯，我得到了一些延伸得很有意思的资料。

吃沙拉的老兄姓火，在我的认知里这是一个相当稀少的姓氏。传说这个姓最早能追溯到燧人氏，也就是古华夏第一个发明火的人物。他的名字也很有意思，叫火燎原，听着这名字的确很有气势，但本人却是个讲三句话就能笑死人的活宝。

关于迁坟，他说他研究得并不算透彻，因为在城市这种地方，有钱住公墓的灵魂自然也有钱保佑子孙，偌大的城市给人住尚且勉强，就更不用说不被主流承认的其他存在了。他们主要承接家居布局的活，几套公式背熟，连带着屋主家人的四柱八字一问，一

单就成了。

“关于迁坟，能说的不多。

“一般来说，迁坟的人家是真的日子过不下去了才会办这种事情。中国人讲究入土为安，入了土的祖宗就成了神灵，谁没事去干打扰先灵的事？只有接连出现了人解决不了的乱子，才会考虑是不是祖坟出了问题。

“迁坟是个不小的事情，同时也只有在很特定的条件下才需要迁坟。按照迷信的说法，比如说这一家上下几代都是女儿，无一男丁，要绝嗣了，可以考虑是不是出了问题；或者是家里的女人屡屡不守妇道，男人凶顽乖戾犯了人命也可以迁坟；还有就是家道中落，一日比一日穷、破败，日子过不下去了，温饱都成了问题，可能就是祖坟的位置犯了冲，这种情况也是有的。

“此外也有可能是大户人家找了更好的阴宅，想孝敬先人，请祖宗挪个窝的，这种情况极少，基本都是特例。因为都已经是大户人家了，基本上都不愿意再冒这份险。愿意这么干的人就不是我能接触到得了，人家基本会直接请一个团队，从迁坟前一年就计划着需要怎么做，家里人怎么跟进。进行这种操作的人，要么就是真心愧对祖宗的——想孝敬的，那就是凤毛麟角了；要么就是心有贪念，想要家业更上一层楼。这两种情况我都只是听过，但从来没有接过这类业务。

“还有就是家里频频出乱子、怪事、横生枝节的，也可以考虑这个问题。但总的来说这事情相当复杂，因为牵扯到的人很多，人一多事情就简单不了。有时候，也不是想迁就迁得了的。我一年前听我对角工位的哥们说，有一次他接了一个活，客户说家里孩子成绩差，一直很差，就怀疑是祖坟出了什么问题。这家男人跑来咨询时，同事们都很想笑。孩子成绩差，你家长搭上工夫督促学就行了。但这人偏是不走寻常路，问我哥们要不要动动阴宅。后来据说他爷爷当晚就托梦了，在梦里拿着笤帚使劲抽他，骂他自己不教育好孩子，居然打起他爷爷老窝的主意来了。这事后来传开后差点没把人们笑死，据说那客户早上醒来脸肿了半截——睡觉脸枕着手串了，给硌肿了。我那哥们还开玩笑，把他孩子交给他，不出一个月，成绩就能噌噌地上去。

“所以说吧，这事情还得综合考量，人只是其中的一部分，人力能解决的事情也有限，要是什么都能顺遂人意，你哥我就不会这个点还蹲在工位上吃沙拉加班了。

“林山语你最近又整什么幺蛾子？我看你朋友圈知道你进山了，我可要提醒你，这山里可不比家里舒服，匪夷所思的事多得是，所以你还是小心点。”

……

“你还是先管好你自己吧，放在古代，会点歪门邪道还可能忽悠忽悠别人，搁到今天，你还不是在给人打工？”

关于火燎原的事情可以以后再说，这人也算得上个传奇人物。

然而，眼下的最重要的事情，是找到机会和常家的人谈谈这件事情。这事情怎么看怎么都透着古怪和蹊跷。这已经是第六天夜里，即便是嫁出去的女儿泼出去的水，也不可能就这么放任着消失而不闻不问。

小三层楼的偏房向西的侧窗对着他们家院子，院子东西向的屋子都漆黑一片，正堂透出一点光亮来。屋后面种着一大棵杨树，弦月很不凑巧地挂在窗户以及树的后面，照得一大丛树枝的影子在玻璃上跳舞。

我盯着那院堂十来分钟时间，也没见到有什么人进出，于是就失去兴趣转念去想别的事情。别看这村子不大，这民宿竟然并非只有我一个住客。回来的时候那老头的儿子倒是健谈，他讲以前就喜欢整些新奇的东西，互联网普及之后他就琢磨着怎么发财。他们家的农家乐以及民宿在点评类 App 上都找得到，这在当地算是非常前卫的了。

这地方的住宿标准是八十元一人一晚，餐饮一顿十五元，吃几顿算几顿的钱。晚间的时候，主人家相当热情，还烧了几条武昌鱼。这鱼的确好吃，听说也是当地一绝。此外还有干锅鸭子烧豆腐之类，这一顿饭吃得简直让我落泪，因为此前我已经吃了一个多星期的压缩饼干和方便面。菜品上齐时，我知道我的眼里闪出光来了，这东西藏不住。

夜里的时间似乎永远都这么漫长。

夜里我总想起父亲说过的话。

第十一章

CHAPTER 11

拨云见日

卡西欧半机械表里的时针指向七时，我进了常家的大门。常德明问了一遍是谁就放我进来了。整个院子安静得有些不正常，院子里连条看家的狗都没有。

灶房却是早早地升起烟来，想必是他婆娘在生火做饭。常德明已经是半个老头，稍微弓着腰，头发几乎全白，一大早就把烟点上了。

这个过程十分漫长。从常德明拉开门闩到我进了天井，再到踏进他们家南屋，整个过程中这男人都不紧不慢，不慌不忙。到了屋门口，他嘴边咬着烟，边拉开屋门边含糊地说："屋里坐。"

屋里是一股子汗味——根据经验，如果我打完篮球把衣服脱下来不洗，一个星期就能发酵出这类味道来，倒不至于刺鼻，起码比黄福贤的窝棚好不少。

"小伙子，是来问我家女娃子的吧？"

我准备了一摞说辞，但是我还没有说出口时，他下半句就已经蹦出来了。

"小伙子不急吧？先坐下，我烧上水。"他下意识地挺了一下腰板，人也跟着往上一抻。他突然转过身来问；"你抽烟吗？"

我笑着起身摆了摆手，于是他又转回身去忙手上的活计。

"大叔您不用忙，我就是来了解了解情况。其实这本来是你们的家事，我这一个外人不好说话，但是这不是村里要帮助调解矛盾嘛，所以就来问问你们家闺女上哪去了。"

"唔……唔。"

常德明手上的动作稍稍顿了一下，接着又麻利地把水壶放到了煤炉上，整个屋子又没什么人出声了。

墙上挂着巨大的万年历，卷了边的万年历。但是真正让人觉得不舒服的是，这万年历上画着的不是伟人，也不是财神关公之类，而是不在我认知体系里的野神。万年历两边没有悬挂字画，所以也就推断不出来其他东西。

那幅画像明显是哪里出了问题，以至于在比例上出现了一种失真。

常德明把茶叶从盒里拿出来时，那铁水壶上的响哨就已经预警一般拉出一缕声响来。

“叔，不介意抽烟吧？”

“你抽便是。”

那野神脚下是两只羊蹄。

我第一个想到的是希腊神话体系里的半人马，再者就是英雄联盟里的赫卡里姆。但是这两者却是完全不可能出现在鄂西北山村的普通农家的万年历上的。那神像里外都看着有点邪性。一般来讲，国风万年历上的神——拿最常见的观世音像来说，都是细长的丹凤眼和淡柳眉，一副慈眉善目的形象。而这个神却长着一副吊睛，眼角死命地翘了上去，嘴里的獠牙也支出唇外。

我把烟点上，不再细看。这或许是佛门里的金刚，金刚镇煞，有的人家的确可能需要。

水壶的响哨正式地划响。常德明先把茶沏上，然后非常缓慢地坐了下来，接着从兜里摸出一包烟来……常德明的整个动作显得非常刻意和缓慢。等到绿茶缓缓地把水染上了色，他才不疾不徐地抬起眼睑来。这个老头柔和地盯着我的脸，眼窝深得像一口井。

“我大闺女的确是回来了一趟，但是她只坐了一会就走了。她跟我们说她受了欺负，那姓黄的净拿她出气。我们本来是想留她在家住上一住的，可她不愿意，说姓黄的迟早会找来。我那姑爷别的不行，哄人却是有一套功夫。我闺女说黄福贤找来后哄上一哄，她肯定就心软了。这心一软娘家就待不下去了，就得跟着他回去。这一回去肯定还是会受气，那还不如去城里躲上几日。我们年纪都不小了，寻思着这件事情就由她去吧。当天夜里我闺女收拾了几件衣裳后就走了，去了哪我们也不知道。唉，这一天天过得呀。我们都苦了半辈子了，怎么还捞不着好哩？”

他慢悠悠地说完，掐住茶碗抿了一大口。那水相当烫，但是他却很顺畅地咽下去了。

我一时说不出话来，只是一口一口地吸着烟。

“小伙子，这可能都是命。你看我们常家，这日子是越过越散架。我父亲死后因为家里穷被草草地埋了，这可能就埋下了祸根。最近我父亲给我托梦，说他睡觉的地方太冷。所以我们正忙活着迁坟哩，俺闺女却又闹了这么一出。

“我们眼下最重要的是先把坟迁好。这人呀，活着就是图个念想。我活了大半辈子什么都见过了，什么苦头也都吃过了，就是觉得愧对我父亲。人活着的时候我没尽上孝，人死了再不得安歇就更谈不过去了。”

“那您闺女进了城后有没有回个消息？怎么电话还关着机呢？”

“唔……这不是想给姓黄的一个教训嘛，她往家里来过一个电话，叫我们不要担心……”

“常叔，这件事事关村务。您说的要都是真的的话，那能不能给我看看手机上的通话记录？”

“这……这，不要那么死板嘛。这件事撑死了只能算是我们家的一件小事，都是家丑，咱这就大事化小小事化了吧。”

门被拉开，一个花白头的妇人低着头走了进来。

“同志，你吃过饭没有？一起吃吧？”

我笑着起身告辞，常德明把我送出门去。

“常叔，您这坟什么时候迁？我这边不急着回去，您看要不要我帮您打个下手什么的？”

“哈哈，谢谢你小伙子，这事我们本家里忙就行了。不过这事情到时候肯定挺热闹，所以你来瞅瞅也行。帮忙就算了，你们村务也有不少事吧？还是要做好本职工作。”

“这坟后天动，看过黄历了，是个吉利日子。

“行，知道了叔，您别出来了，到这吧。”

于是，老头佝偻着身子转了回去。我快步地走出庭院，心想着迁坟那天可得起个大早了。

我晚上九点多躺下的，凌晨两点就醒了。心想着时间还早，就准备先忙点别的。可是刚一开窗户，就有些柴火气飘了进来。这个时间点不可能有人起来烧火做饭，起码正常人家是铁定没有的，由此看来，肯定是常家的人准备着起来迁坟了。至于为什么这么早，我估计着是有讲究在里面。但是很奇怪的是，这家人出门时不声不响地，加上天还黑着，影影绰绰地什么都看不真切，只是闻得到柴火烧着的味道，这味道是怎么都遮不住的。

没过多久，那屋子里便亮堂了起来，隐约地透出一点光线来。随后，在街道上来回走动的几个人也都进了屋。我估计着是他们常家本家的人，开始在堂屋里吃早饭了。我立在窗户边上，没有开灯，就只是单纯好奇地看着这件事情的进展。

等了不到半个小时，就看到有人开始往外拿东西了，隐约看到两个人抬着香案，其他人抱着的是什么东西就看不清楚了。

常德明是第一个出门的，因为那老头走路时有特点——总是半佝偻着身子。我心想，这倒是很符合常理，毕竟按他的话说，他爹死得早，死的时候又是草草埋了的，能不能找着地方还是个问题，肯定得由他带路才行。我瞧着人基本都走完了后，便悄悄地摸下楼。因为什么都看不清楚，所以就只能远远地跟着。

前面那些人全跟着了魔一样走得飞快。差不多一个小时后，在一座山前，那些人才停住了脚步。我蹲在一棵树的后边，看到常德明在那里来回寻找。寻了一会儿，他在一棵树前头立上香案，抽噎了起来。同时，他嘴里还念叨着一些东西，大意是这就带您搬到新家。他这一抽噎，其他人也都开始叹着气念起这祖爷爷的好来。就这么着，大家开始供上香，摆上供品，随后全都规规矩矩地鞠起躬来。

就这么折腾了一会儿，常德明跪在地下磕了几个响头后，说动土吧。

这按照行话说叫捡尸骨，就是把先人的遗骨收集起来搬到新的墓穴。这活计其实算是个面子工程，因为六十年前埋下去的死人早就已经连渣都不剩了，所以就是由常德明先象征性地起了三铲子土，然后就是把土填到棺材里，棺材里大概还放着一些别的东西。

等棺材填好后，就要先扔些铜钱，然后开始起火烧旧穴里的东西。等亮堂堂的火一烧起来，就把棺材钉死，这就是最重要的一步了，最后由本家里最老的一个老头大吼了一声：起灵！六个壮丁一下就把那装着血土的棺材抬起来开始往回走。我赶紧躲得远了一点，免得被人看见。

到了快天亮的时候，这拨人就散成了两拨人。一拨人去了新墓穴，往坑里铺些黄纸，烧些松香，进行暖坑；另一拨人抬着棺回了常家的祖屋，估计着后辈要轮番祭拜一下。我跟着第一拨人去了新墓穴，那地方已经围了不少人了。不过都是常家的本家人，其他人都只是远远地看着，估计着是怕不吉利。

那具棺材在常家停了一日。这期间我四处瞎转，意外发现有一条小道上全是烟头。那条道路通到常家屋子的后头，是一片槐树林子。我心想，这地方有点奇怪，因为别的道路上都没有那么多烟头，同时顺手在墙上粘了一个真空摄像头。后来，我发现有一个男的一直守在那条道上抽烟，抽完就往林子里走。那人我也不认识，只是知道铁定是他们常家的人。

等到了第二天，他们本家的人都祭拜完了，壮丁开始抬着棺材往新墓穴走，我才敢大大方方地跟着，但是只跟了半程。安坟入土其实没什么好看的了，而且一路上都是强烈的松香味，一种像油漆一样重的气味，这个味道太冲，以至于我就跟不下去了。这一路上我也没发现什么蹊跷，索性准备回民宿去收拾东西。等走到他们家院前时，正好看见一个男的拎着铁锹往那条道路上拐了过去，他嘴上还叼了一根烟。

其实直到那时候，我还没有意识到这些事情之间的关联性有多大。回到民宿后，出于无聊，我把那个针孔摄像头拍到的画面调成三十二倍速进行播放，寻思看看晚上有没有什么事情。直到我看到某些画面的时候，我才意识到哪里出了问题。

时间是凌晨一点十几分。我在那个摄像头拍摄的画面里看见两个男的晃了过去，一个是常德明，另一个就是我在路上看到的那个抽烟的人。因为摄像头不具备夜视功能，所以并不能看清这俩人在干些什么，只能看到这两个人来来回回走了四趟，整整四趟。

我看到这个画面的时候，心立时就沉了下去，有些可怕的念头开始在我脑袋里徘徊。我随即出屋下楼，来到了常家。他们家现在只剩下那个妇人在收拾碗筷，我跟她说是常叔托我去里屋找个东西，那妇人便点头自己忙去了。

我进了里屋，常德明二儿子的屋子，也就是那个男人的屋子。我的时间很少，我站在那间屋子里想象着一个女人曾经站在这里。而后出于一些原因，这个女人平白无故地消失了。地上非常干净，什么东西都没留下，什么痕迹都没有，完全没有，像是被拖布拖了数遍。屋子里有一个衣橱，我拉开一看全都是男人的衣服，散发着脏衣服的气味。但是我完全怔住了，有个东西拖住了我——那些脏衣服里混杂着一种其他的气味，准确地说是樟脑的味道。

我火速离开了现场，走的时候还跟那花白头发的妇人道了一声节哀。那女人一瞬间就怔住了，像傻子一样怔住了。

回到民宿后我火速地把钱结了，立马收拾完所有东西，从那个地方撤离。离开时，顺道把那个摄像头也一把扯了下来。

我把自己藏在一个角落里，远远地看见那个男人拿着一袋子什么东西，进了屋子后又出来，而后不知所踪。

我进了那片林子，在一棵巨大的杨树背后发现，那里的泥土全部都是翻新过的、湿润的，同时也意味着那里隐含着差点不能见诸天日的巨大真相。

“山语，后续呢？我为什么听不出你想说些什么？”

整个办公室都陷入了寂静，显然这个谜团并非只让刘叔一个人陷入了沉思。

“这件事情已经显而易见了，刘叔。毛骨悚然的电影镜头，偷天换日。那个消失的女人从来就没有出过常家的大门！那个女人出于某种原因再也出不去那个家门了，那个时候她就已经被当作常家的祖宗，被请进暖和的新墓穴了。”

“嘶。”我面前的中年人抽了一口冷气，面部瞬间扭曲，他下意识把腰板挺直，眼睛睁得老大。

时间回到两个月前。

当我意识到出了问题的时候天已经接近黄昏。我顺着道路摸去了新墓穴位置，人群基本都已经散尽，只有三三两两的人在收拾着果品供品，而常德明则站立在那座新填好的墓穴前不发一语。

不出所料，他是最后一个走的。

“常叔，这坟算迁完了吧？”

“是，是，都迁完了。”

“诸事是否都顺利？”

他点了点头，目光里带着一些柔和，没有说话。

“常叔您辛苦了，就是路子出了问题。”

这老头把头转了过来，像死尸一样盯着我的瞳孔。

“此话怎讲？！”

“苗歪当扶，木曲当伐。您为了一个赌徒儿子，在正堂上悬挂一副饕餮画像，是不是太讲不过去了？”

“这是我们家的家事。正逢喜事我不便与你论长较短，家家有本难念的经，你又有何资格在这里说三道四呢？”

“常叔，不是我说，狸猫换太子的事情绝算不上喜事，这只能叫拆了东墙补西墙，况且这西墙外还隔墙有耳，能不能填上还算是个问题。”

常叔的脸色一瞬间就煞白了。

“你在这里胡言乱语些什么？！当真是老子没教你怎么说话！”

“常叔，我都明示到这种地步了，还要我怎么说这个话？这松香熏人三里路，不就是为了掩那一缕冤魂哀苦吗？您这新棺下去还热乎着呢，不信我们就验一验，这是你常家祖宗的血土还是其他的？”

他噤了声，像一只老鸦一般默默无声地盯死了我。

我与他保持着几米的距离，此刻他的面目已不似人样。四下空旷无人，我也死死地盯住了他。

“刘叔你问我后续是啥？我站在那新棺前三个小时，一直等到警察到来。事情发生得太过于戏剧性，但是这一切和我想的不差多少。那下去的棺材里藏着一具泥裹尸，这尸体不是别人正是黄福贤的老婆。

“据警察调查后来了解到，是这个女人回了娘家，照例给她那赌徒弟弟送钱。那一晚，这男人正好喝了酒，他嫌钱太少就一把把人搡了出去。结果这女人没有防备，后脑仰了过去砸在了桌子角上，偏偏又是个石面的桌子。女人磕着后脑后口吐白沫，这男人慌了神，等他反应过来后，一探女人的鼻息都已经没了。这常德明回了家，一听这事便决定无论如何都要把儿子保下来，于是乎就演了这么一出偷天换日的大戏。

“他把这死了的女人藏在了他为自己准备的寿材里，裹上泥连夜埋到了那片林子里去，等到了迁坟那天再正式‘狸猫换太子’。没想到的是，这事情出了破绽。那个喝醉的男人忘记了那个女人的衣服，被他在当时胡乱地掖在了自己的衣柜里，那个樟脑气味成了关键性的破绽。

“所以，人的恶性即便是曝晒在太阳底下，依旧会散发出彻骨的寒气。我已然不惮于用最深的恶意揣测人性，但仍旧有些事情超出我们的想象。”

虽然已经是六月多了，但桌子上的茶却早已经凉了。

两个月前，我听到警笛从远处呼啸而来的时候长出了一口气，那一晚的确是个不眠之夜。

那是我人生第二次亲历命案，并且作为第一证人和目击者。在数个日夜中，我都想摊开纸笔将它记录在册，但完全无法做到。

我见过那个女人的照片，下笔的瞬间，通身恶寒便开始翻滚。

第十二章
CHAPTER 12

初窥一隅

我连续做了一个星期的噩梦。

说实话这种感觉非常糟心，实际上有些我父亲重复了数十年的话，直到现在我甚至都没有完全理解。通常来说，如果按表面意思理解就完全可以了，但是我很不幸地就是按字面意思理解的。

越真实越安全，我因此偏听偏信了。

在站着的三个小时里，我死死地看着那个老头，并且时刻和电话那头的警察保持联系。常德明最后全然顾不上颜面，他朝着田垄间大吼说有人要掘坟。幸亏那个时间点人已经散得七七八八了，等他儿子赶过来的时候警笛已经呼啸而来。

我永远忘不了那怨毒得能滴出血来的眼神。不是那杀了人的赌棍，而是那眼眶深得像井一样的老头。我转过头去言简意赅地描述了一下事情经过，几个警察就抄起了铁锹开始破土。等那松香还没有散完的黑棺浮出来的时候，天已经黑尽了。

四野里的风开始长啸，几个人很默契地戴上口罩。等到把那十几枚棺钉全部起开后，我就被请到了警戒线以外。棺材盖被打开后，里边仍是黑乎乎的一片。我离得稍微近了一点，看到一个大汉回头干呕。尸体一出现，人立马就被控制起来了。我当然脱不了干系，也跟着上了那辆警车。

现场只是进行了初步验尸。法医对其中一警察说：尸体已经高度腐烂，得带回去验。

那一夜的确很漫长。

给我做笔录的民警还有六个月就可以正式退休了，他说此前他以为能舒舒服服地一直无事到结束职业生涯。但是人算不胜天算，这次算是碰到大案子了，而且还是能查得清楚的大案子。

他说所有人都加班去了，可能会通宵开会。这件事情不被爆出来的话，可能也就烂在地里了，但是一旦爆出来，就和上边的一系列事项脱不了干系了。这不单单是一桩命案，还可能牵扯到很多方面的神经。

“小伙子，很感谢你能这么配合我们工作。我们也很佩服你这种精神，佩服你堪比职业警察的侦案能力。说实话，我在这小县城里做了这么多年警察，很少能碰到现成的，能让警察直接逮住嫌疑人的案件，这次的确是你立功了。”

“警察同志，这种事情在山里非常……非常……”

“你说就行。”

“这种事情难道会经常发生吗？同志，我进山也就……不到一个月。”

我面前的警察并没有抬头，他长啜了一口茶，思考了三四秒。

“这件事情不太好讲。我们做警察的有时候也看不周全，这里林子密，发生什么事情有的能私了就私了了。小伙子，这里和很多城市不一样。”

“小伙子谢谢你的配合，后期如果确有需要的话可能还会给你打电话，请保持电话畅通。”

我在警察局的凉板凳上坐了一夜，第二天我坐上警车回到多果农家乐。在连灌了三罐红牛后，我开车火速赶回群山。

那一天夜里，我又躺回了空无一人的林屋。随后又是接连不断的噩梦……

常老头拿着铁锹一步一步地向我走来，他的身形开始逐渐膨胀，变成了一种直立行走的动物——他的头上生出一对羊角，他的双腋下长出一对巨大的眼；而后，是一个腐烂的女人，她缓慢机械地开始向我下跪，我则站在一个盒子里完全不能动弹，只能被动地接受；随后，是黄福贤，他冰冷木然的脸凑上来，一遍又一遍地重复：我老婆没了，她死了。我没有老婆了，她死了……我忽然感觉到困住我的盒子被某种力量劈碎，全部变成细条，很意外的是我仍旧保持完整。随后是燥热，让人窒息的燥热。我周遭燃起火来，将我和那些细条一起填进灶膛……“谢谢你……谢谢你……谢谢你啊……”

我唰的一下从床上坐起来，所有的声音疯狂散去，颅壳后方传来不可名状的疼痛，耳朵边上似乎还燃着炽热的火焰。我下意识地往窗户外头看了一眼，还好，没有什么让我血管惊吓到炸裂的东西。

夜安静得让人感到崩溃，似乎是所有可能的声音，都发动了一次无声但坚决的叛变，它们全部顺着自己散发的来源逆流而上，而后掐死了自己的源头。

我起身坐到床沿上，有好大一阵完全紧张到几乎不能呼吸。我以为暗处会有什么东西在准备缓慢开口，但幸亏没有。

子时后半场了。我起身摸着黑从盒子里抽出来三根香，然后点上，希望以此来抵御这种空洞而浓稠的寂静衍生出来的恐惧。

我逐渐从发呆的状态里清醒过来时，时间也仅仅是过去了五分钟——一点十几分，这个时候有一些人依旧会醒着，而火燎原铁定如此。

“还不睡啊？”

“……林山语你简直是有毛病，我都接你电话了，咱能不能不讲废话？”

“哦……好的。我这一个人待在山里，夜里睡不着，想找你聊聊天。”

“我这边刚赶完方案，你是不是已经睡过一轮了？”

“睡不踏实。火燎原，你可不知道，我这才来没多久就遇上了一起杀人案，这一般谁能碰得着？”

“杀人？这种事你也能碰上？”

“不仅是我碰上的，而且还是我破获的。其实一开始我以为就只是人口失踪案，结果人却跟蒸发了一样，怎么都找不到。后来摸出线索来了，才知道人其实早就死了。”

“有空你得给我讲讲细节。不过我就不明白了，你待在家里去你爹那上班不好吗？非要去山里晃荡，这可真的是什么都能碰见的。”

“你不懂，这事情是迫不得已，等我待上一两年回去时再给你讲讲，整件事情就是一个巨大的谜团。你不了解我爸，我也不了解我爸，就只有这片山林子知道他在想啥，你明白吗？事前我做了多少准备？完全没用！火燎原，你说得对，什么事情都遇得上，什么人都有。那杀人犯的老爹看我的眼神你是想象不出来的，在他的认知里我就是他不共戴天的仇人，毁了他的后半辈子。而我们都知道杀人应该偿命，犯罪就会被绳之以法，他们的认知体系和我们的不一样，不过，我还是得留在这里。”

电话那头沉默了一会儿，我也沉默了一会儿。

“喂。”

“我在听，水开了我去泡了点咖啡。”

“我快爆炸了，火燎原，你有空可以来看看我。虽然这地方不像个人住的地方，但是你可以体验到非常真实的恐怖片效果——你夜里住在四下无人的山里，方圆多少里内都没有会讲人话的活物。你一觉醒来，可能会发现有人在扒着窗户看你。你想着帮他找人，他却想着偷你东西……”

“哦……行，我有空就去找你玩，但是你得活着。你那里的电话声音一直有杂音，我不知道是信号不好还是其他原因。你进了山别把自己弄疯了，那样就完了。

“而且我那天梦见你来着，后来我用梅易起卦，从结果来看，你往后的事情只多不少，并且可能一件比一件麻烦，你自己得做好准备。这些事情其实都不用我讲，但是我还得跟你说件事情，这件事情还挺重要的。”

“说吧。”

“前些日子我们大学同学聚会，有个当年玩得不错的哥们跟我说了一件事——他老家在陕西那边，是个比较穷的地方，所以地还挺便宜的，就有外地人就去那里租地挖龙

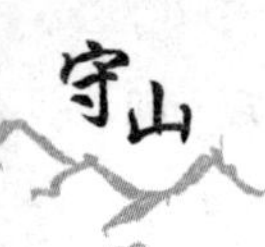

虾池子搞养殖。其实这都是挺好的事情，但是那边有的人仇富仇得厉害。一开始是有人三三两两地去偷龙虾，到后来就成为光天化日地哄抢了。人太多，警察都拦不住，那些搞养殖的也无可奈何，只能忍气吞声。说实在的，拿走几个龙虾，对于他们来说其实也都无所谓，最可恨的是有投毒的。所以说吧，有的地方穷也是有原因的。所以你自己在山里要多注意点，要保护好你自己的东西。

“不过这件事情我觉得你做得挺到位的，问题应该不大。我虽然不知道你为啥进山，但你肯定有自己的理由。不过我还是要提醒你，不管你现在经历了些什么，整体来看，只能算是初窥一隅而已，而真正的问题从来都不会那么迅速地浮出水面的。

“我这阵子太忙，等闲下来就去找你。迄今为止，还没有我不敢去的山林！”

第十三章

CHAPTER 13

暗室欺心

电话挂断后声场瞬间就平息了，人一般会在这种情况下变得神经紧张，于是缺氧的血液经流肺部时，二氧化碳和水汽重新析出汇聚，然后气团从气管汇入鼻腔，产生十分突兀的呼吸声，而这种有规律的声音会让人感到不安。

人是集群动物，人类从非常非常久远的年代就摒弃了单打独斗这种低效且危险的生存方式。而集群越大就越加不可避免地产生噪音，如夜晚中火焰炙烤木头产生的声音，弱小后代为了生存诉求发出的声音，成年个体之间的低吼声音等等。在漫长的人类进化过程中，噪音抽象成一种符号，它代表着群体活动与社会形态。而人作为这颗星球上最优秀的集群动物，早已经无法离开噪音带来的心理暗示。

不安感油然而生。

很难想象我父亲在漫长的岁月里，数十年如一日地像我今夜一般坐在床沿，感闻着四下里浓稠得无法搅动的黑暗与静谧。想来他必然是已经适应了这种经久的磨难，但最后，却因为一些极特殊的原因选择离开。

我起身下床出门检查门窗。在不大的院落里，一轮皎月在层层的树影后面微微地透出些光亮来……

在这半个月内，我希望能接到一个来自黄福贤的电话，但是没有。直到四月下旬天气转热，我从山上撤下来进行正式的工作交接时去他家看了一眼，才发现已是无人应门。我从侧墙翻进去看了一下，发现院内只剩下些残垣断壁，人已不见踪影。

后来，刘主任私下里跟我说，黄福贤在得到消息后的那一天晚上就走了，走之前去他家里坐了一会儿。老婆一死，又无家眷，黄福贤已经到了了无牵挂的境地，他连夜收拾了几件衣服后就顺着大路走了，此后再也没有音讯。追债的人发现人去楼空后，也只能是发一通火，把能拿的都拿走，拿不走的都砸烂打碎。欠债还钱天经地义，警察来了也不好说些什么。

据刘主任说，黄福贤老婆在时，他这人虽然肩窄背驼，但是手脚还算麻利。但这件事情发生了以后，他就像受了霜的草一般，眼见着就蔫了下去。在以前的时候，遭了横祸的人走投无路，去庙门前跪上几日夜，没准住持就会心软将他收进门去。但现在世道不一样了，就算想当个和尚也没人肯收。

我再追问时，刘主任就拉下脸来，说此人的去留不过是饭后的闲话，后头还有正事要办。他从村委会办公室积灰的橱子里抽出几宗案卷交给我，说这是村里贫困户的资料，每年都需要走访核实一遍。但是这个活不是他主抓的，都是村委书记王广安一手操持。

先前没见面时，我就对王广安早有耳闻，都说他走路似风，面如雷公，无论是管事的还是不管事的，见了他都会怵他三分，但是却几乎没有说他闲话的，因为他一碗水端得最平。

刘主任跟我说，他是村里人，也就能帮人处理些鸡毛蒜皮的事。想要学真本事，还得跟着王广安，以后一定要多和王广安学习。

那一沓档案不多，我搬回自己的房间里，半个晚上就翻完了一遍。情况大致有了了解，规律也就基本摸清。

第二天早上，我吃完早饭还不到二十分钟，王广安就打过来电话说这件事情不能拖，要抓紧办完交工。同时，他甩给我一句话：穷生百难，切莫纠缠。

我对这类事情有一些体会，因为宁城南区在这十年间，每时每刻都在上演着因为贫穷而显得荒诞的情景剧——烤鱿鱼的夜市小贩，在看到城管后收摊的速度，不会逊色于专业的消防官兵；卖熟鸭子藏肉的手法，可以列入近景魔术十佳；因为几毛几分钱，菜贩子能和人撕打起来……

在堪舆理论中，有一种东西叫场。这是一个相对抽象的概念，天地人物在互相影响中形成一个场，场又反过来影响里边的人和物，各个场之间又会相互影响。火燎原从二〇一四年开始，就向上司提交了一个计划，即成立一个搞笑堪舆课题研究奖。一开始，这件事情完全是他自己吃饱了撑得想出来的，但是他坚持不懈了三年。期间，他研究过厕所臭气散溢速度对家庭财富的影响，为此他还煞有其事地建立了一个数据模型。第四年，“火燎原奖”诞生，专门奖励那些看似不靠谱，但是仔细想想却还有丁点道理的搞笑研究。

二〇一七年夏天，我在南区小茴香街，和当时有九个月没见过面的大学舍友练摊烤生蚝。在青啤喝到第九瓶的时候，火燎原打过来一个电话，他一字一顿地说：“林山语，你知道吗，根据我的研究表明，气味是影响场的至关重要的因素。”

我没有说什么，但是记住了这个没头没脑的结论。

七点多一点，温度还没有升上来，天气相对湿润，太阳微微发黄。我披上外套在村委会里先和王广安碰了个头，随后我们就带着卷宗往目标人家里奔去。

第一户人家在黄福贤家后边两户。从敲门到应门有一两分钟，开门的是个我看不出年纪的老太太。卷宗显示，这家里仅剩的健全的劳动力就是这位老太太。老太太有个儿子，二〇一六年在宜城打工时，从脚手架上掉了下去，摔成了高位截瘫。一个家庭丧失了劳动力就是悲剧的开始。

老太太家院堂里放着几个扁簸箕，里边码着裁得长短一致的柳条。整体来说院堂里很干净，没摆放什么东西。

老太太认得王广安，她半佝偻着腰掀开散帘门，开出道来。屋子里也十分干净，但是有一股怎么盖也盖不住的氨水味。这种味道一般象征着家里有人久卧，人体组织液已经浸入到床褥中去了。

老太太将我们引入内屋，这便是味道的源头了。屋里的一个男人见我们进来后，便艰难地用手把自己撑起来靠在墙上，然后笑着伸出手去。他认得王广安。

“论国，这是村委新来的小林。”

那男人手劲不小。

“孩子呢？”

“跟着他爷爷打草去了。”

“明年也该上学了，六七岁了。”

“哎……”

“家里粮米供不供得上？”

“供得上，供得上……”

“你看看家里缺什么，我给你补上。”

“啥都不缺，就是多了我这么个废物东西。都得靠他奶奶夜里纳鞋底子，我啥也做不上，只能是编两个柳草斗笠……”

“等娃上了学，念了书，长了本事……”

“哎，哎。”

这男人应了两声后，头就沉了下去，一只手往脸上蹭去。

“天热了就别铺这棉被子了，等过两天给你抱席子来。”

之后，王广安就不再多说，他扶着男人重新躺下，掖好了被子。那面墙上，有一大片位置已经露出青砖来了。

临走前，王广安把三百块钱放在桌子上，随手找了一个物件压住。那老太太正忙着

生火，看到后想从二十厘米的马扎上站起来，却被王广安小跑过去摁住。道了别，我们就匆匆离去。那位老太太满脸生褶，看不出悲欢来。

“村里多数贫困户都是这样的。俺们这虽然是偏了点，但是分得到地，又有山，有胳膊有腿的人家绝对饿不死。怕就怕这种外出务工出了事，家里又只有老人孩子的，没了劳动力，这贫你扶不起来啊。”

“也就是得等到这些家庭里的孩子，上学学出本事找到工作，才算是能把贫扶起来。可小林你看，论国家那孩子还没上小学哩，等他家孩子念完书，长成人，得需要多少年？这些年里这个家就会一直穷着。这老人要是再生个病倒下或者没有了，这孩子的书就铁定念不成了。这样的话，要么回来继续在那几亩地上刨食照顾老人，要么就出去打工，这穷还是根治不了。”

“这就像种粮食，这苗不管你施多少肥，倾多少力，长得再壮，只要它最后没有结穗，你这工夫也就全瞎了。”

“王叔，这村里除了这种情况还有别的吗？”

“你瞧着就是了。”

我低头看了一眼表，八点不到的样子。我们从那户人家出来后，又折回主路上往西走了两百米，这才停在一户人家前头。

我并不是一个对场很敏感的人。对于普通人来说，场并不像人脸上的喜乐那样容易察觉。但对于一部分人例如火燎原来说，他的某类感官确实比我敏锐太多。举个例子：他寒暑假会去一些住宅做户型调研，在没进门之前他就可以把户主的性格脾气摸个七七八八。当然，他把主因归咎于他有着像诗人一样的细致入微的观察力，而那些玄之又玄的第六感所占比例则少之又少。又比如说，从一套门面房的某些细节来看，他就能推演出很多实际而又真实的数据。这就像为什么同样是懂堪舆学的人，有的可以为大工程在开凿前计山算水，有的则替人算命被唾为骗子，原因就是那一套玄之又玄的知识只是基本工具，不结合实际情况的应用完全可以称之为瞎扯，不仅准确率低还会遭受同行鄙视。

当然，像《易经》（还包括已经失传的《连山》和《归藏》），《梅花易数》等，我不否认这些古老经典中都有极其精深准确的算法。但是，如果说你在医院里观察了一个在走廊里的老太太，然后一夜间给她起了数次卦，最终得出的结果是：至亲生命垂危，这话等于没说，因为你推出来的结果和别人按照常识推断的结果没什么区别。别人一眼也能看出来，你却要花费很多时间去推演，那就是愚蠢。所以说在现在做堪舆工作，如果不结合实际情况，不采用科学方法论的话，就很难获得成功。

以上这段话，在我敲门时突然地闪现进我的脑海之中。不得不说，时代变了，岁月的变迁让一些古老神秘的职业变得十分魔幻和超前。谁也想不到，数千年前的文王和数千年后的哲学家，用这样的方式进行了一次深达灵魂的沟通与融合。火燎原不止一次地说过，时代的进步推动方法论的完善，这本身就是一件好事。墨守成规的人不能说错误，但是的确是愚蠢，因为算法需要根据时代而变，不然精度就会下降。

“精度下降的人，最后都成了骗子。”

我们进了院堂，王广安让我先留在屋外，开门领他进屋的男人没说几句话，我也没看清他的正面。院堂左边是个不足一人高的柴棚，棚上勉强糊了一层塑料布，有窸窸窣窣的声音从里头传出来，看来这是用来养猪的牲口棚，因为牲口的味道已经传了出来。

我往围栏里瞧了一眼，是两头瘦猪。猪的体型不大，长得长长的细细的，和人们心中的刻板印象相去甚远。目光扫过牲口，我这才瞧见棚子里面还有一个人，正在半弯着腰收拾猪窝里的秸秆。她看到我在外头站着时，就把手里的活停了下来。但是因为那棚子实在太矮，她也只能是半弯着腰抬起头，手里抱着一大把粘了屎尿的秸秆，不知所措地立在那里。

我把棚门拉开，那两头猪慢吞吞地挪了个地方。我进去时就得完全弓着腰了。那收拾秸秆的人是个女孩，看样貌不过十三四岁，却显得很枯槁的样子。

“我爹……在屋里……”她把秸秆放下，怯生生地说了一句。

“我是村委会的，知道你爸爸在屋里头，你多大了？”

“十……十六。”

我暗自吃了一惊，十六岁的女孩再怎么说也不该这个时候待在家里，因为今天不是周末。

“怎么不去上学？”

“我不上学……”

“小林！”

我从棚里出来后，看到王广安身边站着一个男人。那男人往我身上扫了一眼，但看不出什么表情。

“小林，情况都大致了解完了，走吧。”

“王书记，还有没有政策给我们？国家现在给我们贫困户的补助只能说是饿不死人，那老刘家有地还在吃低保，您这一碗水端平了吗？”

“政策都按规定落实到你身上去了，另外你问问自己，你又不是肖论国，你胳膊腿的都长在身上，还天天问国家要这要那的，你说你出去学个技术多好哩？包个棚也行啊！”

那男人还没有张口，王广安就已经转过身来。

“你家闺女都十六岁了，咋不去上学？”

“长大的闺女最后都是泼出去的水，读那么多书有啥用？能认个字就得了！”

“你瞅什么呀？！干你的活去！”

那男人咋呼了一声后，那棚里又窸窸窣窣地响动起来。

从院堂里出来，王书记的脸色都是铁青的。

“王叔，这户人家和之前的都不一样啊，他家里有什么毛病？”

“四个字：好吃懒做！”

“村里除了他们家，还有多少家孩子上不了学？”

“算上他们家，有七八户吧，这已经算是少的了。有的就像这家，孩子念完小学就不让念了。这种家长认为书念多了没用，不如在家干活。”

“都是因为这个观念？”

“也不全是，像刚刚那家就要复杂一些。”

“什么原因？”

“他家的闺女老早就许给人家了，那一家人害怕孩子念书念了出去，飞了就回不来了。”

“这男人怎么会任人摆布呢？”

王广安突然停下脚，面色相当凝重。

“这俩家人的事啊，说不清。”

第十四章

CHAPTER 14

晦暗如昨

徐家的婆娘要头胎的时候，是一九九三年。

徐家凿山开田的活计已经干了小十年了，地势最缓的一片山已经全都种上了粮食，再往后的山势陡然拉高，就开不了田了，便零散地种上了些果树。政府很早就下了批示，说农副业都要发展，所以不能光吃上粮食就拉倒。这一年夏天，天像火炉一样燥热起来的时候，长了三年的橙子树苗开始结第一批果子。

徐家的男人忙着经营山田，引水锄地，因为粮食才是根本，不管再怎么发展副业也得先保证吃饭。徐家的女人一整个春天，都背着盛沼液的大塑料箱子，上到半山去管理他家的几十棵橙子树。橙子树要是招了什么虫子，她还得再跑到集上淘换农药……等橙子一串一串地结起来的时候，徐家婆娘的肚子就已经坠得直不起腰来了。

那是橙子第一年结果，谁都没有经验，橙子都快落地了，销售问题也还没有个定论。这个时候别说是重型载货卡车，就连不用人蹬的三轮车都很少见。见着橙子一筐一筐地摘回来，农户都急了眼。七月前的一个晌午，一大队人跑到县政府去求办法，这才知道收购计划已经在批示了。

那一年春天雨水比较多，天又温热，头茬的橙子虽然还是酸度较高，但是风味却是上上等。县政府的人实地采察以后，以特色农产品推动农副业发展的思路，上报给市政府。三天后批示下来了，采购计划算是落地了。但是这个消息没下来之前谁心里都没谱，所以前后几天的时间，大家都急。

天太热了，不是人等不及，是这橙子实在等不及，所幸上边的动作也不算慢。

因为是第一年试种，没有多大的规模，只能算是尝个鲜头。但话又说回来，万事开头难，这第一年的大事就是立招牌，第一年的牌子要是立不起来，那么树就等于白种了。所以就算是鲜头，也得是最鲜最好的。

天气热得像个火炉，谁都知道这水果怎么着都存不住。

拉货的大车进不来山，这徐家的夫妻，就一整天都背着半人高的箩筐在山与大路间往返。那时候三轮车都属于稀有的大件物品，所以干活都得靠手提肩背。徐家男人看着自己的婆娘，心疼得滴下血，但是那车是不等人的。

等到天快黑下来时，不管男人怎么求司机，人家也等不下去了。司机把黑麻布一盖，上车就走了。到司机走的时候，他家里还有两筐橙子没来得及抬来。

看着喷出一股子黑烟后开走的汽车，这男人向地上啐了一口。

殷红的太阳在西山头上烧着。他从裤袋里摸出来那刚才没有送出去的飞鸽牌香烟，又掏出一盒洋火。那廉价的烟从鼻腔里喷出来的时候，他开始剧烈地咳嗽。这算是他第一次抽烟，此前他也只是见过罢了。

脊柱的疼痛开始溶解扩散到全身，他弓着腰一步一步地拖着身躯往家里赶。想着此前已经回家做饭的婆娘，他脸上露出笑来。结婚三年来，虽然老婆肚子一直没啥动静，但是他一直非常自信，都是吃庄稼喝井水长起来的汉子，不能就他有问题。今年开春后，终于让他彻底心安。家里的醋瓶子也从三周一打变成了一周一打，酸儿辣女嘛，指定是怀上小子了。

离收割打谷尚早，田里的事情离不开人，这多余的两筐橙子就必须让她女人上集上解决。这东西算是稀罕物，所以卖不卖得出去谁都说不准，但是不卖又白瞎了这好东西。一碗粥下去，他盯着他婆娘的肚子盯了半晌。就算是纯外行也知道，这样的肚子应该躺倒在床上休息了。但是家里又实在没有多余的人丁，无奈之下还得她去。

那女人没有多说话，天一亮就缓缓地拉着送粮食的板车上了路。

刘成国的老婆生姑娘的时候死了，样子很惨，血流了一大摊，临终前一直在叫唤。

那孩子是在十一月份生出来的，是个又瘦又皱巴的小女孩。刘成国把孩子抱回家，哭了一晚上才想起来孩子得吃奶。于是又挨家挨户淘换大米，写了十几张欠条，为的是熬米汤上的那层皮给孩子喝。

那孩子倒是对这个世界非常留恋，顽强地活了下来。只是顽强归顽强，喝米汤长大的孩子，到两岁才勉强可以站起身来颤巍巍地走几步路。这男人白天就把她锁在屋子里。他在床上放了两个碗，分别装上水和馍，然后就锁门出去。没有人知道他去干什么，也没有人关心他。

有时候，他会坐在地头上抽半晌的烟，等到中午时才拖着锄头随便翻拉几下地，或者干脆什么也不做，只是呆坐在田垄上。他的生命力的一块缺失了，就像被掐了花的树，枝繁叶茂但是不会结果。他的一部分在几年前就死了，另一部分却仍然像野草一样蓬勃地生长着。

徐家女人拉着板车在集上一直待到快天黑。这黄澄澄的果子实属好看，但是上来问价的人却不多，因为这东西不是像柴米针线一样的生活必需物品。此时又不是年关，水果属于不必要的奢侈零嘴，也就是家里阔绰的人会上来挑三个两个的。直到傍晚时，那两筐橙子还剩下一筐多。不过，这个大肚的婆娘心里也不焦躁，因为这集上仍有些卖油卖盐的喜欢以物换物。只要不是太大的买卖，零碎地换点东西，山里人觉得也都正常。她算着时辰，觉得不会再有人来买这橙子了，就决定拿几个去换点盐巴，允许的话再换点香油，怎么着这也属于紧缺的稀罕物，不能说交换的东西就吃了亏。

卖盐的人不错，拿了四五个橙子后，递给她一包盐。到打油的这就不太行了，对方斤斤计较不说，还嫌这嫌那，女人挑了几个最大，品相最好的橙子，才勉强换了小半瓶香油。她把换来的东西放好，转过身准备往家里走。

她走了不到百步，就被路边扑在地上的瞎子拽住了板车。

这个瞎子常年混在集上，说是给人算命，但是没人说是准还是不准。他面前放着一个漆黑油腻的盒子，盒子里放着黑乎乎的签。瞎子嘴里经常念叨些神神怪怪的东西，他算命也不要钱，当然也主要是因为没有人给他钱。大多时候都是他抓住人家的裤腿，嘴里冒出一句句看着不着边，仔细一想却还挺对的话。人家要是感兴趣，由着他算算，他就会屈起指头来念叨，说些文绉绉的话，叮嘱对方要干些什么不干些什么，但大多数人把他的话就只当耳旁风一样，听过就算了。

“鲜溜溜的果子甜橙橙，夫人你路上慢点行。路上艰难又险阻，好事却是快添丁。”瞎子眼球上蒙着一层白翳，头发花白，嘴里不快不慢地说出这几句话。

徐家女人倒是听明白了，她定下步子，从筐里掏出来两个小点的橙子，放到了瞎子的手上。

“男还是女？”

“夫人，不瞒您说，是个小子哩。”

女人一笑，“是个什么小子？”

那瞎子问了几句话，便低下头去，还把橙子递了回来。

“夫人我这话不知该说不该说啊，这果子我还是不要了，您走吧。”

听到这话，徐家女人倒是移不动脚了。

“你说吧，说了再给你两个。”

“夫人，今年春天你干活太多了，孩子也累着了，回家歇养着吧。”

徐家孩子是在七月最热的时候出生的，只是不知道为什么先出来的是腿，等脑袋出来的时候发现脸色青得像是夜叉，稳婆拍了好一会儿孩子才开始咳嗽啼哭。等孩子到了一岁多的时候，徐家才发现这孩子不会说话，脑袋也直愣愣的。徐家婆娘这才想起来那

瞎子当时说的几句话，再上集上找的时候人已经不在了。听人说冬天的时候这人就再也没出现过，或许是走了，或许是死了，没人知道他去了哪儿。

那孩子也一天一天地长大了，像个没开口的硬核桃，没人知道他在想啥。他嘴里有时候会支吾几声，除此以外倒是手脚健全身体也健康。春天的时候，他跟着他爹去田里；夏天时他瞅着有蝉的杨树发愣；平时总会盯着村口的地方傻笑……人家说他是傻子，他也笑。在他三岁时，有一天他突然抱着他娘傻笑。不知道是谁告诉他，他要当老大了。

徐家第二胎的孩子是个姑娘，生得非常水灵。一岁不到就开口学语，眼里像养着两条小鱼儿似的。她哥哥时常牵着她在院堂里转圈。徐家两口子的心渐渐地就平了下来，不再去想那瞎子那年夏天说过的话。

刘小雪长到好几岁的时候，掌握的词汇量仍旧非常贫乏，因为没有人教过她怎么说话。她有限掌握的，都是靠天性学会的。她该识字的时候她爹并不管她，最后多亏了原来教过书的村东老李，她才开始识字。老李全当作是爱好，他把旧报纸裁成纸片，做成写字的本子，将村里几个这样的孩子，带到家里学习识字。等她七八岁的时候，有人来做义务教育普及工作，他爹觉得上也行不上也行，最后还是勉强同意了。

那一年刘小雪八岁，个子却只有六岁的样子。黑瘦瘦的她，跟着别人家的孩子，一起去了镇上的小学读书。

二〇一二年的夏天，天气燥热难忍。刘成国把锄头杵在地里，拧开塑料瓶子灌下一大口半温不凉的水。他远远地瞅见徐家的大儿子被他妹妹牵着走过来。他们俩都戴着斗笠，缓慢地在山路上行走着。那个大男孩黝黑的脸上泛着笑容，看不出来什么毛病，只是走路慢些。走在他前头的二妹步伐轻巧，像是一点不热一般，走几步就回头拉拽一下她哥哥的手。

他们两家的地挨在一块。这个时候家里的大人该都回去做饭了，想是两个孩子贪玩还没有回家。说是孩子，其实也完全是大人的模样身段了。

刘成国又灌下一大口凉水。这时，田头的热风刮了起来。那两个孩子跑到离他不远的地方背着他站住，他们的薄汗衫被风一刮就贴紧了人翻飞起来。

徐家二妹的白布衫翻飞起来后，露出来一截像长颈陶罐一样的细腰。刘成国看到那个半大女娃子的腰后眼就直了，半晌后他的脸腾起红来，就在地头上蹲了下来。

他老婆已经死去整整十年了。十年来，他生命的一部分，仍然在蓬勃地发展与生长，并没有随着死去的人死去。有些晚上，他要翻很久的身，才睡得下去。

他感觉那天不管是天气还是脾气都助长了燥热，一股子邪火升起直冲天灵盖。正值中午，田间地头没有别人，这姑娘的身边就只有一个傻子，怎么看都是个机会。反正这辈子都已经彻底烂掉了根，大不了就被人打死或者进去监狱。他管不了那么多了。

刘成国从地头上站起身来，一步一步地挪向现在坐在那的两个人。他从怀里掏出来准备中午吃的半个杂面馍馍，一脸嬉笑地递到那个傻子面前。那徐家二妹认得他，见到他后还脆生生地叫了一声刘叔。他点点头不去看她，只是拿着馍掰下一块递给那个傻愣愣的哥哥。那个男孩呜呜了一声，接过一小块放进嘴里，之后笑出声来。

刘成国挨着男孩坐下，搂着他的肩膀对他妹妹说，我跟你哥去地头上解手，你坐在这别动。于是他就拉着男孩站起身来，拐进一条道上旁边的小树林子里。然后，刘成国把剩下的半个馍塞到男孩手里，又扶着他坐下，就转身出了树林。

那个半大的姑娘仍旧安安静静地坐在地头上，摆弄着地上的野草。她看见只有刘成国一个人回来，就怯生生地问她哥去了哪里。刘成国心不在焉地坐下说他解大手去了，一会就回来。那女孩低着头也没说话。

天气太燥人了。

徐家的哥哥吃完了馍看不见人急得呜呜叫唤，他瞎转了几圈后走出了林子，然后就看见地头上的妹妹被人摁在地上，他就冲了过去。刘成国没料到这个傻子这么快就出来，他裤带只是解了一半，背上就吃了一拳。那男孩疯了一样，骑在他的身上将拳头砸了下去。燥热的太阳底下，混杂着哭声、喊声、人嘴被堵住的呜呜声，以及拳头砸人的声音……

姑娘被吓坏了，人抖得像筛糠。刘成国受了惊吓，裤裆里已经潮湿一片，火一下去就全都成了懊恨。

事情的发展一点都没有给刘成国留情面。

徐家两个孩子到了饭点还没有回去，徐家的男人就沿着地头上山来找。到山上后，他一眼就看到了三个人。后来，徐家男人把刘成国几乎打了个半死。

徐家姑娘受了惊吓，好久都没有缓过来。多亏了她的傻子哥哥出现得早，她只是上衣被那禽兽不如的东西掀了上去，不然后果不堪设想。

那徐家的父亲打了刘成国一顿后不解气，又把他拖回去吊起来打、挂在树上晒。直到刘成国上小学的女儿刘小雪知道了情况，急匆匆地赶了回来，见到被吊在树上的父亲，哭得脸都肿了后，徐家男人才把刘成国放了下来。

刘成国本来应该被送去吃个几年的牢饭，只是刘小雪说，只要别送他爹去监狱让她干啥都行。徐家两口子虽然被气得七窍生烟，但是知道这是笔行得通的买卖。刘成国被放了，自此他闺女就成了徐家的童养媳。

刘小雪读完小学后就再也不读书了，她害怕她爹会被送进监狱。她平时就在自家干些农活，徐家的人也明里暗里地看着她。等到她年龄到了，徐家就会立刻将她娶过门去，

算是给他家儿子有个交代。

我面前的茶都凉了，王广安的也是。

天色已经接近黄昏，云层的颜色渐渐转深，气温也开始逐渐下降，我们两个人的表情都比较凝重。

我站起身来，被最后一点透窗而入的光线，照出一条很长的影子。

第十五章

CHAPTER 15

噩梦

进山以后，噩梦成了我某种意义上的习惯。

从中旬开始，我的梦境真实得像是彩色影片，一帧一帧地伴随着巨大的声音，在午夜时分循环播放……我的睡眠本来就短促深沉，再加上这些梦境，让我几乎被压抑到窒息。

我在四五年前有个习惯，就是在晚上的十点到十二点之间，不在固定场所里待着。在这个时间段里，我一般都会穿着外套骑着车，在市区里乱窜。我那时候上高中压力不大，我爸又基本不在家里，所以我也就无心回家，便在晚自习后骑着车顺着各条干道出行。

那段时间里，我的行程就像一张蛛网一样，以我们学校为圆心向外铺陈出去。那时候，我的胆子比拳头都大，什么半开放的公墓、死了人的废弃工厂、半塌陷的楼房废墟等等，就没有我不敢去的。

我记得最瘆人的是一个破厂房。那里原来是搞养殖的人住的，后来那块地被人买了过去。但是棚子还没来得及拆，金融市场便大跳水，导致那买地的老板资金链断了，那棚子就一直没有人动。

那时候是十一月份，都开始穿加绒外套了。我从我们学校出来后就一直往南骑行，想去那边看看有没有什么有意思的东西。在一般人来看，我这就是吃饱了撑的，但是我就有这癖好。

等我远远地看见一排两层高的厂房横在那里时，就知道地界到了。因为就只有我一个人，所以我有一种压制不住的兴奋。我下了车子，看着周边没人，就偷偷地顺着铁丝网翻了进去。

厂子的门早都不知道卸到哪里去了，满场的鸡粪味，还有麸皮腐烂发酵的霉味。因为我的夜里视力很强，所以不用开手电筒就可以查看里面。我一排一排地扫过去，没发现什么特别的东西，无非是长鸡笼，还有干瘪的鸡尸。这就得出结论了，看来当时交接得挺急的，或者是那场金融大跳水来得太突然，不然也不可能出现这种情况。

整个厂房大概有十几米高，一百多米长，走在水泥地上的回声能传回三遍。我一向对声音敏感，但是怎么压脚掌都避免不了那种声音。这地方不用想，肯定会有老鼠什么的。我往那片堆着的鸡饲料堆走过去的时候，事情就发生了。

那是我听过的，最邪最尖最难以辨别的声音——起初还只是像小石子扔进湖里乍起微澜，后来一圈一圈地扩大，再后来越来越刺耳，越来越扎心。我当时被吓得头皮发紧，产生了绝对不亚于看到黄福贤爬窗户进屋时的那种恐惧。

那个声音一圈一圈地在巨大的厂房里回响，加上那巨大的空间自带混音，使得整个空间显得极度诡异和恐怖。我听了几声后，心绪逐渐缓了过来，便开始去找声音的来源，这才发现那声音是从厂房上空传来的。我抬起头，看见上面三角形的钢架上蹲着一只直勾勾地看着我的猫头鹰。这玩意一边低着头死盯着我，一边嘴里还一声接一声地“拉防空警报”。

我当时心里发毛，索性打了一个比它的声音还悠长的呼哨，意思是咱们是同类，你别叫唤了。但是这玩意一听到我的哨声反倒是更激动了，在这之前还是三声一个八拍，现在倒好，直接跟救护车的叫声一个频率了，那种声音和回声混一起简直能把人吓炸。我不得已打开手机屏幕晃了晃它，在光线的刺激下，它扑棱着翅膀飞走了。之后，我也没了夜探厂房的兴致，赶紧戴上帽子翻出墙去骑上自行车往回走。

那一晚有惊无险，但是回去却被我父亲狠抽了几下。他告诉我以后不准再干这种事情。

虽然这件事情听着相当刺激，但是很多时候的经历都非常无聊，无非是些烂墙上喷写着的办证号码，几个破碎的烂酒瓶子，数十年降解不了的各色垃圾等等。即便某个地方曾经真的发生过什么骇人听闻的事情，也因为年久积灰掩埋了过去的事端而没有什么特别的氛围可言。

那个梦不同于我以往的梦，在梦里，时间被刻画得相当准确，显得特别恐怖和真实——

十点零几分，我和朋友离开了南区的觅知音酒吧，我记得我喝了将近一瓶的野格酒，此时脑袋沉得像坨铁。过了约二十分钟，我父亲给我发短信说让我去厂子接他回去，我当时正蹲在树边稀里哗啦地吐着。

但是正如《盗梦空间》里小李子（莱昂纳多·迪卡普里奥）说的“所有的梦境你都不会记得是怎么开始的”那样，我根本记不起来我为什么要去喝酒，可能是谁的生日或者是谁考上了研究生？

我身边的那棵行道树长得半死不活的，可能是因为长年受到酒精的侵害。我吐完后把车钥匙递给了身边的一个人，明明都喝酒了，但是我还是把钥匙塞到他的手上，说去北区奉昌路四十三号，把我爸接上一块回去。

在梦里，那个厂子没有开灯，我下了车，脑袋开始从麻转为剧痛，但是疼痛让人清醒。我示意我那同学不要下车，我自己进去就行。

在梦里，那个楼的结构和与现实里相比发生了变化——整个长廊被设了数道门，我一道一道地奋力推开，然后听见了我父亲的声音，不知道他在跟谁说话，对方的声音我从来没有听到过，但是又感觉到很熟悉。

最后一道门沉得像是由陨铁制成，我推开那道门后跌了进去，像是身上插了羽箭的将军。我父亲还在说话，但是由于我的意识比较模糊，只能感觉到那话声不是从桌子或地面上传来的，换句话说，那不是人站着或坐着发出的声音。

他们一直在说话，我虽然恶心难受得不行，但还是平息凝神地希望可以聚集一点力量从地上爬起来。大约过了十秒钟，我骤然惊醒，一身冷汗涔涔，因为我意识到那声响是从天花板上发出来的！我费劲地抬起头，看到我父亲倒悬在梁上，一双眼睛直勾勾地盯着我，最恐怖的那不是一张人脸，而是一张狐狸的脸，此时说话声突然开始变得尖锐，我一动也不能动，被迫地接受着这骇人的一幕。

按常理说，这个时候人就该醒了，但是我的梦境明显更吓人也更瘆人一些——那张狐狸脸开始向下悬垂，它在我的视野里一点一点地变大，两个眼珠愈发巨大。我开始奋力地挣扎和嘶吼，胃酸也在此时开始第二次抗议，我的脖子怎么都抬不起来，以至于浓稠的酸性汁液从我的口鼻里渗出。我呸呸地吐着气，希望把秽物弄远一些。我的样子非常可笑，像一只侧躺着的吐泡鲤鱼。

那张脸越贴越近，我艰难地一个字一个字地往外吐字说，爸，咱回家啊，人家还在外边等着。那张脸突然悬住，就在这个时候，我用了最后一点力气吐出“临兵斗者皆阵列前行”九字，然后一股酸水忽的一下从我的胃里翻了上来，随后我骤然清醒，此时屋外是巨大的风声。

我艰难地抬起上半身让自己坐起来，然后看了一眼表，是凌晨一点二十二分，这时候我的肚子里翻江倒海。今天晚上我贪口吃了一碗多鱼杂，指定是吃出了问题。我打开包查看，发现只带了几种止痛药。这种情况下呕吐和大量喝水都有用，随即我拆开了一瓶矿泉水，就着水将布洛芬吞了下去。胃痛太影响一个人的行动力了。

此前有几天我接连做噩梦，我梦见和那命运被绑定的姑娘聊天，她说的每一句话都裹挟着浓稠的黑暗与无奈。在梦里，我感觉自己的灵魂逐渐变轻，虚空充斥着肢体。她告诉我，这是他们自家的事情，外人进不来，他们出不去。

要问我这么多年最感谢我父亲锻炼了我些什么，我会说是心理素质。虽然这几个小时的睡眠堪比酷刑，但是情绪的平复比我想象得还要快。我打亮手机，重新看了一遍日程。

说实话，王广安说的故事里有个细节非常有意思，就是他谈起来当年徐家头胎那个傻儿子的时候，说了一嘴：有一种迷信的传说，说有一类人在投胎前甘愿去掉三魂几魄，转世为疯傻之人，一世不会离开村子，这种人就是守村人。

我之前从来没有听说过这样的传说，并且也打电话咨询了火燎原问他有没有这样的事情，他表示并不清楚，得咨询更专业或者常年收集民俗文化的人才成，但是他手头上暂时还没这样的资源，所以我就只能打消了这个念头，最后决定亲自走一趟去看一看。

说实话我很少接触残障人士，所以这件事情我没有一个很明确的结果预估。不过，这只是我的主页外一个可有可无的支线副本而已，就算没有线索，我仍旧可以该干啥干啥，并不耽误正事。

胃痛消减下去了，那张巨大的拉长的青色狐狸脸却又浮现上来。显而易见，一些负面情绪开始不自觉地翻涌。我重新回到卧倒姿势，试图不去想这些东西，之后我又睡了几个小时。天亮的时候，我收拾好东西后离开屋子向着徐家开拔了。

数个月后我重新整理笔记时，仍旧对一些发生过的事情产生了确确实实的怀疑。

那时候是晚上七点，我坐在静谧的阁楼里，整理了一大摞资料，但仍然被几个月前的事情弄得焦头烂额。回过头来看，整件事情不仅诡异，而且很显然地掩藏了某种难以探掘的线索，我对此深信不疑。

相比于第一次进山时的潮湿与阴冷，天气已经变得非常炎热。那些听说我回来的人一个一个地发消息约我喝酒，在他们看来，山里的事情更显得新鲜和清奇。头一周的电话我全都推掉了，因为需要重新适应回来的生活节奏。

看着桌子上放着的香烟盒和茶杯，我忽然想起来我父亲生前问过我的一句话：“你分得清茶气和烟气吗？”

我到了徐家，看到只有女人和徐家的大儿子在家，想必是男人出去干活，女儿出去上学或是出嫁了吧。那女人并不认识我，但是很客气，我介绍了一番后就被她领进屋去。女人明显已经是半老的妇人态了，她的儿子正值青壮年，正在暗沉沉的屋子里从筐子里挑出花生来搓皮。

她儿子叫徐路生，看见我坐下后，他有点费劲地把脑袋抬起来看了我一眼，大概是因为不认得我，又转头看看他娘，他娘微微地一点头，他就继续低着头搓他的花生去了。

他手上的活儿相当细致，花生米不搓得十分干净不算完，一点点皮他都要抠下来。他娘也坐了下来，一起搓花生。

她告诉我说，这个孩子虽然傻，但是从来不迷路，放到哪里都能自己转回来，就像家里养的鸽子一样。另外就是喜欢看字画地图，他一看这到些东西就咿咿呀呀地发声，高兴得像是要结亲。

我从包里掏出一幅十里八乡的线路图，图原是折叠的，我一摊开，就见他的眼里放出光来，然后用手使劲地摩图上的某个地方。

我递给他一粒花生，他使劲地把那花生摁在地图上的一个地方，炒过的花生米不堪重负在图上化作一摊油渍。

我看了一眼那个地方，那里是山，连片的山。

他开始呜呜地从嘴里发出一些细碎的音节。

他的母亲贴着他倾听，半晌后说："路生说灯，有灯。"

"哟，林哥来了，坐。"

这是个静吧，说不上是南区还是北区，因为总的来说南北的划分是人为的，也是模糊的，这地方正好在南北的中心分割线上，算是一个过渡地带。

这个吧藏得很深，在这条东西街上，基本都是些花店书屋之类，但是因为这里地势比较高，所以就往下开了一层出来，而喝酒的地方就藏在这地下一层之中。

受整条街的气氛影响，这个地方也比较安静，非常适合朋友聚会聊天。吧内地方不小，但是卡座不多，中间偶尔会有人上去唱唱民谣。

"林哥，回来这么多天了叫你也不出来，咋想的？这城里的生活是不是过不习惯了？"

几个人都笑了起来，这些人都是我上学时玩得很好的朋友，毕业后基本都选择留在本地发展了。本来火燎原也能回来，结果他因为感冒打吊瓶留在沪城了，只能跟我们在云上碰头。这几个人里就有当时帮我出谋划策把刘叔揪出来的朋友，大家对于我进山这件事或多或少都知道一些。

整个厅很暗，但是灯光相对柔和，不知道谁喷了大吉岭茶香水，这是唯一显得突兀的地方。

"林哥，你这是瘦了一圈啊。"

"还说呢，李池渊，你怎么样啊？上班了是不是比上学难多了？"

"嗨，就那样吧，老板跟你差不多，一天天见不着人。咱先说正事，喝点啥？我去点。"

"经典的套餐吧，咱们几个人能喝多少？今天咱们这个场主要来干啥都知道吧？听林哥讲故事啊！"说完几个人又放声笑了起来。

时间是晚上八点多，还没到人最多的时候。

我换了个姿势半躺着坐下，这时李池渊已经把烟点上了。

点完了酒的朋友回到卡座上，气氛开始逐渐安静下来。

我抽出一根南京牌香烟点上，等烟气逐渐喷上来时，整个厅显得更暗了。

"你们见过像人一样的狐狸吗？"

第十六章

CHAPTER 16

奔走中存亡

事情的始末经过其实非常简单，但是由于过于超脱现实，导致我在事后回忆的时候，总有一种难以磨灭的不真实感。但这种不真实感并不会消减我心中一丝一毫的顽强存在的恐惧，它刷新了我的认知，也使我再次拓展了对未知事物的接受极限。

那是一场首尾呼应的噩梦，它的发生甚至动摇了我心中极为坚定的一些想法，其中包括我是否真的应该来到山里，以及我在听过我父亲留下的话后，是否真的做过仔细且慎重的考虑，这些东西远远比一张歪头微笑，瞪大了眼睛盯着你的狐狸更可怕，虽然后者的出现也十分瘆人。

我做足了心理准备，在酒精与香烟的联合麻痹下，缓慢地展开了回忆——

在很久之前，我父亲出席了一次公益活动。其实，他很少掺和社会上那些打着杂七杂八的幌子捞金逐利的活动，按他的话说，这些人全都烂到了根里，他们不过是掌控了些社会资源，通过那些活动共享互换罢了。

那次活动是个关于抵制皮草的民间联合活动，本质上和其他的活动应该相差不大，很奇怪的是我父亲竟然很热情地参加了。自那以后，南区的一些皮草加工小作坊就陆续地关掉了。那些原来的野生动物贩子，也就该转行的转行，该离开的离开。在我父亲看来，即便是被他们夜里骂娘，最终能让那些动物得以免死也是值得的。

这件事情发生的时候我还在读初中，属于不太懂事的年纪，也就没有问过他具体的原因和经过。几年之后，这个活动当年的组织负责人找上门来，意思是经济发展把一些灰色产业又重新带了起来，例如南区的一些铁坊开始接擦边生意：改造气枪之类的活计。他看到这些不见光的野事又有死灰复燃的趋势，所以想再组织一次活动，进行一次彻底的宣传，彻底断了他们这条路的市场。

但是，这次我父亲没有参加。他当时说，这件事如果仅仅还只是有苗头，那么就说明还没真正开始，没有罪就没得罚，组织也好，宣传也罢，如果这个东西有市场，那么不管是让谁去说话都没办法彻底禁止，如果可以，应该通过政府渠道跨省联系周边几个有野林野山的地方，卡死关口，不放那些人进去，从源头上杜绝才行。

其实这条路明显更难，但是我父亲说不会多么难，就查那些养狐狸的地方就行了，那些地方喜欢打养殖的擦边球，实际上很多东西都见不了光亮。

我当时已经上高中，开始凡事都喜欢问个为啥。我问他，关于这件事他为什么不那么上心，他只对我说了一句很简单的话：你祖师爷说，黄皮红裘，别沾别惹。

黄皮子这东西大部人都听说过，就是黄鼠狼，这东西长着一双豆豆眼，看上去比猫狗还温良，但是民间却将这个东西传得很邪性。

至于红裘，人们知道的相对就少。其实红裘就是指狐裘，因为狐狸皮毛颜色火红艳丽。狐裘保暖性很强，自古就是上等的衣料。在岑参的诗歌《白雪歌送武判官归京》里边就有一句“狐裘不暖锦衾薄”，说的就是塞外冬天寒冷彻骨，连狐狸皮做的大衣都不保暖。后来，红裘一度成为这个物种的代名词。然而这里真正要说的，是狐狸这种动物异于其他野兽的智慧。在很多流散在民间的乡野传闻中，都记载了狐狸的狡猾。狐狸和黄鼠狼一样，属于顶尖聪明的野生动物。

在我这一辈上两代的人，大概就是在现代和古代接驳时候的人，如果靠深山而居，大多都会知道一件事情：具有九个孔窍的动物，它活得越久，就会越精，并且会在经年累月中变得像人一样聪明。

这些聪明的动物很多天生就喜欢钻土打洞，有的就喜欢往坟地里钻，躺在棺材盖上，钻进棺材里。至于它们为什么喜欢钻进棺材里，从科学角度来说，这可能和其天性喜欢收集闪光的物件有关。在墓穴里如果有沉重的闪光的陪葬品，就会对那些小动物格外有吸引力。另外，墓穴里宽敞，恒温，虽然对人来说是避讳的地方，但对于打洞的老鼠狐狸之类来讲，那是有吸引力的。

在我没去徐家傻子给我指的山头之前，我也一直这样觉得。

傻子用花生在地图上留下一个大点，这个点根据比例尺换算是一个半径约七公里的圆。抛去村子不说，这里面山头至少有四个，分别是鸡顶山、长坡、老梁顶，还有一个大须沟。从卫星地图上搜索来看，除了地形复杂得让人头疼以外，这些地方完全没有让人感觉到奇怪之处，这里都是在古老的地质作用下产生的岩脉褶皱，在卫星地图上显示的就是一片绿色的马赛克。

第二天，我跟王广安说明了想法，虽然他对我这种四处游荡的行为并不是很理解，但是仍然放行了我这个自由兵。此行的意义我也并不十分明确，更多的应该是先行的试探性行为。

整个国道是一个倒着的“几”字形状，因为地图实在太模糊，我没有弄太清楚这种

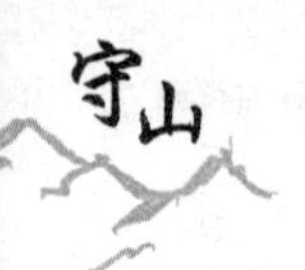

绕山的公路建设和地形到底有多大关系，但是经验告诉我那中间夹着的地方铁定是不适合通车了。

我开得很慢，因为不熟悉路况，并且对目的地全然陌生。等我顺着国道到了那摊油污最近的村子里时，已然是下午时分，所以我要做的第一件事必然是解决食宿问题。

和我想象的相差不大，这地方能借宿的地方也就是村委会的那两间平房。接待我的是常年驻村的扶贫干部。这个村干部对我的突然到访很是惊讶，接连问了我三个哲学上的终极问题：是谁，哪来，去哪，最后还加了个要干啥。

我告诉他我是某地的联合扶贫人员，正在四处走访考察，了解一些民俗人情，以便于开展工作。因为跨了好几个县，这人还是有点发蒙，我就把之前拍的照片翻了出来——是一个月前去隔壁扶贫先进县组织考察学习时拍的，他一看就明白了。他说他姓于，然后把我让到了那两间平房里，又给我从暖壶里倒了开水来喝。

我们谈了近乎一个半小时的扶贫工作，从表谈到里，而等我说到村民情况时，天就已经黑了。

“于书记，这村子里有什么人家懂民俗吗？或者有没有老一辈的进过山的人？”

“唔，这个事情呀，不过我才来不久，这个事还不是很清楚，不过我可以带你去找找村主任，他是很清楚的。不过，小林同志，天不早了，你先和我们一块吃口饭吧。”

“这太麻烦你们了，我自己车里有吃的。”我一听这句话，有点猜不透他是真实意思还是想送客，遂先把身子站直。

“不麻烦不麻烦，你自己先稍微转一转，我这燃气灶一会就能把饭做熟。”

于书记是个实在人，听他说他老家在鲁北一带，早些年因为结婚南迁了过来。说起为什么南迁，这位大个子鲁北汉子嘿嘿一笑，说因为自由恋爱，他媳妇别的没看上，就看上他那张大学文凭了。不过他要不是真心喜欢媳妇，也做不了倒插门的女婿。说到这，这大哥脸都涨红了一圈，端着面条的手抬起来又放下。

“小林，鲁北可是个好地方，有机会一起去玩，俺们那别的不多，但是饭管足，酒管饱。”

“不过，小林，你这突然到访弄得我也没什么准备，我这宿舍里就放着一张行军床，一床冬用的厚被，也只能委屈你将就将就了。”

第二天一早，我就见到了村主任。关于我的问题，他也是摸不着头脑。村里的老人的确不少，专门研究民俗地物的一个没有，但是对这方面都能多少懂一点。这就让人犯了难，毕竟这东西没法量化。至于这些老人年轻的时候进没进过山，就更像是个外行问的问题，因为早些年月里，烧火砍柴，采草药打兽皮，每一样都得从山里拿，就没有人没进过山。

他这么一说我就真的犯了难。我吸了一口气，换了个问法，问村主任能不能带我走访一下村里的老人，以男性为主，如果以前是猎人、护林员或者樵夫的优先考虑。这些职业都带着明显的时代色彩，可以作为一个标签。

半天内，我走访了三户人家。

第一家的老头七十有六，干过一段采药的营生，后来就种地为主了。他早些时候都是在大须沟里采药，那地方在最东边，离那几个山头最远，因为沟深有水，经常生长着一些不常见的药草。他是村里最懂药理的人，算是半个赤脚医生，村里有谁头疼脑热的，都得管他要些晒干了的黄芩和葛根吃。后来，有医保了，路也通了，找他的人就少了，他也就安心种地吃饭了。

说起进山，这身体健朗的老头略一思索，就告诉我这几个山头都属于进去容易出来难的地界，尤其是长坡，那地方坡型先缓后陡，坡底下长着密密麻麻的野树，即便长了些珍贵的草药，他年轻的时候也是能不去就不去的。按他的话说，进了长坡，一天之内是走不出来的，必须得在林子里过一夜，而林子里有什么谁也说不准，要是再下个雨着个凉，六七成就出不来了。也只有等到秋收后，天气干燥一些，为了去长坡上采摘野生的决明子，他才会冒险进去，当然也绝不多待，两天内就会出来。

“进山的时候，您遇到过什么东西吗？”

“我进山的十几年都是在最壮年的时候，那时候倒也没有遇到过什么特别的情况。但是就是觉得山里头不太安全，尤其是长坡西边有两座山，一座是老梁顶，一座是鸡顶山，秋天山风一过，老是跟狼嚎一般，瘆得慌。”

在第三家，我看到屋子墙上挂着的老猎枪壳子，心里就大体明白了。村主任跟我说这家的老爷子年轻的时候，是这几个村子里打枪寻猎的好手，但是一九七〇年以后法律条文逐渐完善，再加上人一老，就基本不进山了。再到后来，这枪都差点没有保住，最后把撞针、击发装置、扳机等全都卸了下来，才勉强把这东西给留了下来，但是就只剩一个空壳了。

这家老爷子和我同姓，也姓林，这让我觉得有点惊喜。进了门，这老爷子正戴着花镜坐在八仙椅上看着报纸。他见我们进屋，便用带着丹田气的声音先问明了来意，啥也没说呢就先自己哈哈大笑了两声。我隐隐地觉得找对了人，我甚至觉得我的父亲可能在这个人身上藏下了什么东西。

事先我就跟村主任说过，自我介绍时各说各的就行，严格意义上说我也不是干部，只是一个编外人员。因此当这老爷子面带笑意地问我是谁，是干什么的时候，我全都没提扶贫之类的字眼。

“林大爷，我是村外头来考察民风民俗的，您可以把我当成写故事的人。这好几个村子的人都说您是顶尖的人物，我慕名而来，想听您讲讲故事，您看这茶叶是给您特意带的……”

他又一笑说：“小伙子想听些什么？”

我说，就讲讲您年轻时进山遇到的事情吧，有什么说什么就行。

他微微一颔首，此时村主任已经出去了。林老爷子起身把我带到厢房里，从一人高的双开门玻璃书架里取出一样东西来。我一看是个绢布包，便下意识地看了一眼窗户外头。这老爷子倒是不怎么避讳，声音依旧带着丹田气地讲道：

“我是一九三六年生人，在这马南村活了一辈子，方圆四十里大大小小的山头我都进去看过，我在山里讨了半辈子的食儿，遇到的怪事没有一筐也有半斗，但是这印象最深刻的还是六十年代初测量老梁顶的事情。

“说起这事啊，其实上一辈的人多少都有点印象。我虽然在山里开枪打了大半辈子的猎，但也是地地道道的农民，如果按照成分划分，也绝对是赤贫以上中农靠下的位置，基本就是吃不饱也饿不死，也就是在生产队集体下河捞沙或者进山绞皮子之类的时候能打打牙祭。因为我们这就是山里，会写字的人也不多，我这也是后来跟着政策扫了盲。那时候军队进来，但穿的却都是老百姓的衣服，后来才知道他们是咱们国家专门划出来的一批军人，他们解除武装后，投身于咱们国家的土地山川测量事业之中。这些人了不起呀，那时候没有先进的设备，那些山头都是靠人一步步地踩着测量上去的。他们风餐露宿，全都晒得黝黑精瘦的。但是因为我们这山头太多，路很难走，他们是需要从附近的村子里找几个带路人的，一是为了省事；二是为了安全。这样的事情也就都落在我这样的常年进山的人身上，和我一块给他们带路的还有南边大流湾的一个，他和我情况一样，属于背上有一支枪杆子，龙潭虎穴也敢去的那种人。

“他们的测量图纸我瞅过，不过当时看不太懂，都是些三角啊，四角啊，五角之类的图形，后来我才明白那是啥意思，这一圈一圈的叫等高线，这有多少圈，这山头就有多高。那时候觉得太厉害了，老百姓都在山里，一年到头干苦力，看到新鲜事情自然是好奇。那时候这些人也不端架子，测量完了就在村子附近扎下营地，晚上点起火来唱军歌，小孩还都喜欢去凑凑热闹。

“这项工作是从南到北展开的，前面的山头都很顺利地测完了，开始逐渐往北边推进。这里最南边的两个山头是鸡顶山和老梁顶，说实话这两个山头我是不愿意凑热闹的，太靠南不说，这山容易进去出来难，整个走势是一个回型弯，但是中间的山脊是断开了的。这过山的人都知道，如果山脊像人的骨头一样连着的话，从上边走不容易迷路，但是要从下头走，就很难说了。但是这脊一断，路就断了，人没办法从上边走，只能从底下的谷中穿过去，然后再爬到山头上。这样就耗费了不少时间，但是没有别的办法，只能这么干。当时带队的测量队长是个三十岁的皖西人，他说这里地形虽然险峻，但是测量工作却是极好展开的，因为两个山头正对着，几乎一模一样，特别像古时候盖房时两头的梁架子，而这也就是老梁顶名字的由来。这样的地形便于直接观察数据，中间没有其他地形物阻挡，用不了几天，这地方就会被顺利地推进过去。

“当时爬山头的一组是东边大流湾的翻身鹞带过去的，这个人属于心眼多，名堂也多的那种人，当然他脑子灵光，身子也灵光。他有个绝技——灵巧得赛鹞子翻身，就是从高枝上翻下来一定是腿先着地。队长跟他说尽量把人带到那个山头上去，他听后就吹着哨子带着人下去走谷了。应该不出半天的工夫，他们就能在老梁顶上打旗语了。这些在鸡顶山上待着的人，就都先坐下说话等着。我当时听他们队里有人开女同志的玩笑，女同志脸都红到耳朵根子上了。

“事情不对劲的是这些人下去以后就没音讯了，过了半天也没有任何消息传过来。到了下午时，队长一看不行，就赶忙吹哨子。那哨子特别响，但是吹了小半刻钟，也没传来一点回音。那时候那个队长的脸色就变得相当难看了，过去的十个人，全都跟蒸发了一样。又过了一会儿，他来到我的面前，问我是不是翻身鹞把这些人给害了。我当时心里也狐疑得够呛，就问这些人身上带什么值钱东西了没有。队长摇摇头，说都是些吃国家饭的人，哪里有闲钱可以带在身上。我说这翻身鹞就算本事再大，也不能一手闷死十个人。他身上是背着家伙不假，但是这么个地方，就算开闷枪，也不能一点声音都没有。他身上虽然也有猎刀，但他面对的好歹也是十个正儿八经的军人，他不是神仙也不是妖怪，不可能一下子要了这十个人的命。

“那队长没再说什么，虽然没把我绑起来，但是原来说笑的人也都不说话了，开始站在离我三四步的地方。我这就回过味来了，也明白是什么意思。现在这队长是进退两难，他想让我下去找人，又害怕我借机潜逃了，让我带几个人吧，又害怕这几个人也跟着没了，所以只能是立在山头上干着急，不过每过一段时间还吹上几次哨。

“事情的确是出现了转机。那天晚上风挺大，我们一直蹲到后半夜，忽然看到那山头上有光亮闪起来，那是有人点了一个火把，在使劲地晃着那个火把，然后哨子声音也响了。那队长一听就刷地立起来吹哨子，那哨子声音有长有短，是可以交流的一些最基本的讯号。过了一会，那个火把就看不见了，那队长回来说：那一队人让我们先撤。

“这个事情就很蹊跷了，虽然当时我们没有人想撤，全都想弄明白这山底下究竟发生了什么事情，但是那个哨语吹了好几遍，又急又凶，并且就重复了一个指令：撤退，撤回去。我们没有任何办法，在山头上做了记号后，就连夜往回赶了。整个路上我都被盯得很死，枪和刀都被人保管起来了。

“我们走了三个半小时后，连人带设备都撤回来了。但是事情比我们想得更为惊悚，因为早先去老梁顶的十个人已经全都安然无恙地坐在营盘里了。那队长问他们咋回事，他们都摇头摆手不怎么说话。但是我一看就知道出了问题，因为翻身鹞不在这队列里头了。我心想这问题可能没有那么简单，但是具体事情我就不得而知了，肯定都属于军事机密。我就问那队长这些人里头有没有少什么东西，他说没有。我问真的没少吗，他说值钱的东西都没少，但是据他们说，翻身鹞半道上消失了，他们没有办法，只能根据之前的测绘地图原路返回来了，问他们为什么不跟我们打声招呼，他们说害怕找不着路。我当时心里只有一个感觉，那就是头皮发麻，因为这些人的速度太快了，根本就不像是人的行进速度。按他们的话说，他们下到一半时肯定得原路返回，原路返回就得经过我们，不可能像鸟一样翻山过去。那些人一回来我就觉得出了什么问题，但是是什么问题我就不清楚了。

"这些人没有再继续测量，他们在三天内就全部撤走了。我不知道这是为什么，但是他们撤走之前我跟那个队长说，能不能给我一份这个山里地图的草图，我们这些山民进山打猎大半辈子全凭感觉，也没有个确切的图纸之类的。他想了想说行，就抄了一份最简单的图样给我，也就是这个东西了。"

说完，林老爷子打开绢布包，里边是个纸筒，他把纸筒打开，里边是一份图纸，虽然粗糙，但是能看出来是专业的经过定位的图纸，上面把南边几个除了老梁顶和鸡顶山的山头地形都给画了出来。我看到这张纸，就问能不能拍个照留念。他略一思索，说可以拍照,但尽量不要宣传,因为这算是当年军方的东西,泄露出去可能是要被追究责任的。

那份图纸其实还没有卫星地图的一半清楚，只是比它多标了进山的线路图。我点头说保证只有我自己知道，他这才把纸摊在床上，让我用手机拍下来。

"林大爷，当年那个翻身鹞最后回来没有？"

"据说这个人并没有回来，只是后来人家说他本来就住在靠东靠北的一带，所以半路上不跟我们南下也是正常。他村里人说他这个人无亲无故，来无影去无踪的，真就像只野鹞子一般。"

我心里突然咯噔一下，紧接着浑身发紧。

"林大爷，那一年您还记得是什么时候吗？"

"那一年怎么着也得是一九六六、一九六七年这样。我这人老了，记不太清了。"

"大爷，这山北是不是还有什么村子？在老梁顶北边或者东边，有什么地方地图上显示不出来，但是的确住着人的地方。"

"有，那老梁顶北边，有个几十口人的小村落，里头住着的都是老山民。我年轻的时候去过，现如今不知道那地方还有没有人。"

"那地方怎么过去？"

"小伙子，听我一句话，不管那里有没有人，都不要再去凑热闹了。那地方没有公路，全都是盘山的匝道，最近的路就是横跨鸡顶山和老梁顶，去的话你一天可能还到不了那里，再说你这城市里来的娃娃，不要一个人往山里钻，容易迷路，也不安全。早三十年的话，看在咱们同门同姓，你林爷爷我还可以亲自带你过去一趟，但现在我老了，就只要得动嘴皮子了。”

“没事儿，您放心，我要是去的话肯定是怎么去，怎么回来。我虽然年纪小，从小在城里长大，但是对这大山有种莫名的亲切感。您说的翻身鹞，可能是几十年前的我的父亲。”

这老头一听我这话立马吃了一惊，一副欲言又止的样子。之后忍不住问了我几遍，这个人是不是真的是我父亲，我也只能说有可能是。从当年办事来看，风格的确是很像他。所以这个真相是一定要去揭开的，至于是不是我想的那样，很有可能谜底就藏在山北的那个村子里。

他点了点头说：“如果你真是他的儿子，这林子可能拦不住你，但话又说回来，谁也不知道山里究竟有些什么东西，如果一定要去，也最好是结个伴。”

我点点头，一下午和他商量着进山的路线。

等我真的进了山才发现，事情还是被我想得太简单了。这地界就没有路，就不是两条腿的动物能过去的地方。我花了五个小时才摸到鸡顶山的南界，此时已经到中午了。如果运气好的话可以用一下午的时间翻过去下到谷底。总的来说，这条线路不是没人走过，所以感觉上就要好走一些。等我真的登上鸡顶山山头的时候，是下午四点多，我看着两座山之间直线距离不超过四公里，心想这就算用爬，也能在天黑之前过去。加上我父亲之前跟我说过好几个爬山省劲的办法，在这种地方怎么着也不可能把人给困死吧。这么一想，我在吃了一包压缩饼干喝了一点水后，就义无反顾地下去了。然而，等真的到了谷底，我才发现了问题的严重性。

这底下是一片干涸的河床，并且看样子是个地势差相当大的激流河滩的河床。河床里遗留下来的卵石基本上没有小于拳头的，大多都是些嶙峋地插在地上的大型石块，树木从这些石块缝里长出来，形成了良好的遮蔽效果，这使得从上边根本看不出来里面的情况。

我盯着这些巨型的石块，终于明白了当年那批人为什么前行速度被大大地耽误了，但是同样暴露了一个矛盾点：如果他们真的是走到一半就撤回来的，那么这个时间问题怎么算都不对。我打开指南针看了看，总体来说仍旧是按着原定的路线在下山进林——在没有出发之前我就已经在地图上进行了标注，因此我并不特别慌乱。

这个河滩可能已经干涸了很久，石头上已经出现风化侵蚀的迹象，这代表水蚀作用应该已经过去了很久。至于这个滩子为什么干了，以及什么时候干的，以我这样的水平就很难推测出来了。这些石头因为没有了水蚀作用，形状会停留在一个相对尖锐和锋利的状态，因此走这种地方，很容易扭伤脚踝。

之前我父亲就说过，在这种地方你不能图快，你必须得一块一块地踩过去，因为你

不知道石头的重心稳不稳，一旦踩空了就完犊子了。我看了一眼时间，已经接近五点了，但是我这连边都还没有摸到，这个时候我才觉得出了问题。

因为石头的体积问题，我不得不伴随着一些爬上爬下的动作，因此我并不完全是在水平面上移动，这是我之前没有考虑到的。这个干涸的河床应该有几百米宽，这完全是靠着树种的演替特征推导出来的结论。在河床上生长的都是些相对喜水的树种，但是过了石滩，这些树就变少了。整个峡谷只有西边还投过来一点光亮，我一步一步地穿过古河滩，盘算着自己还剩下多少时间。

一路上我都在尽量无声地赶路，这算是一个很有意思的细节——在所有电影里，发出声响的往往都是猎物，而寂静无声的则往往都是猎者。尽量避免发出噪音是我父亲在我初中时告诉我的箴言，当然他当时的主要目的还是让我这个狗都嫌的屁孩子安静一点。

除了必要的声响，我都在仔细地听着周围的一切可能的声音。

一切都安静得有点匪夷所思，这感觉有点像我第一天夜里，独自守在山里的林屋时的感受，安静得仿佛只剩下我自己还活着，甚至这地方居然都不起风。我又走了半个小时，看到天色黑下来时，知道再往前走已经不现实了。周围都不是开阔地带，全是横七竖八生长的乔木，我挑了个分叉大一点的柳树爬了上去。等躺在一根十足粗的枝杈上后，我开始给火燎原发消息。

他劝我要像一只猫一样安静地过夜。信号的确太差，微信消息转半天才能发送出去，可能是这附近没什么基站。我开始很平静地等待夜晚的到来。

我用包里带的一节绳子把自己捆在了树上，虽然姿势别扭了一点，但是跋涉了这么久的我还是很快地睡着了。

等我从树杈上悠悠转醒的时候已经近午夜了。我听到了一些不太寻常的声音，准确地说是一种让人头皮发麻的咕咕咯咯的声音。

天色已经黑得像摊墨水了，我给自己松了绑，尽量把声音压住，压死。之后，我从树杈上翻起身来，但是什么都看不清楚。

那咕咕咯咯的诡异声音，根本就不是一个动物发出来的，至少有一群一样的生物在发声。我虽然心里犯怵，但是有着很强烈的好奇心。我的眼睛在黑暗中适应了一会儿，开始逐渐看清周围的环境。

这个声音距离我应该不到二十米的样子，我听了一会儿，觉得实在头皮发麻。这觉肯定是睡不成了，于是我悄默声地滑下树去，准备去寻找那个该死的声音源头。

“我的天啊，林哥，你究竟看见啥了？！”李池渊兴奋地似乎有点手抖。

我呷下去一大口啤酒，整个屋子都开始变暗了。

那可能是我这辈子见过的，最诡异的最匪夷所思的以及最恐怖的场景：整整十条狐狸，它们围成了一个圈子，中间是个坟冢，一个隆起的坟包。它们站起又趴下，一会举起前爪一会放下，它们在跳舞，然后唱歌——咕咕咯咯，嚓嚓嘎嘎……有的狐狸咧开嘴，它们在笑，在跳，它们简直不像是狐狸，而像是一群人！

它们散开，把圈子放大，又聚拢，把圈子缩小，像在围着篝火唱歌一样。我盯着它们，瞬间像是被人掐住了喉咙。

我不敢打出任何光亮，只能借助星光看着一张张拉长的狐狸脸。这些动物完全不像是正常的狐狸，它们像是结合了一部分其他动物的生理特征，整个脸都被拉长了，就像是古代志怪小说里的插画一样。它们就像是古智人在进行某种进化的特征：祭祀。

那是我人生中最漫长最扭曲最炸裂的几分钟。我在黑暗中默念那可以在关键时刻救命的九个字，同时一个字一个字地结着手势。开始起风了，我抬头一看，北斗星的位置露出来了。那些野兽好像突然感受到了什么阻碍，全都突然停止了跳跃和嗷叫，开始歪着头互相看着彼此。我趁这个时机，开始往北飞奔。

有一只狐狸似乎跟上来了，它一直不前不后地跟着我。我在林子里不得不动用浑身的肌肉以保持黑暗中的平衡，但是它比我容易多了。它没有赶超我的欲望，或许只是好奇，但我确信它就一直这样地跟着我。

我在黑暗中奔行了二十分钟，几乎没有脑子思考怎么应对接下来的事情。直到我认为它已经停止对我的兴趣之后，我从包的一侧掏出那根两千流明的狼眼手电，我一瞬间把它拧亮，然后转身……

它蹲在离我十米左右的地方，歪着脑袋，直着身子，拉着一张脸，微微地咧着嘴，似乎在笑。

我打着手电，照亮了它艳红色的皮毛，咦，好像有一个什么东西在反光——它的胸前，挂着一个银亮亮的东西。我如果没看错的话，那应该是一只山哨。

我们就这样默默地对视，它机械地来回歪头，仿佛得了颈椎病。我强忍住说话的冲动，对它做了一个手势：我把食指比在嘴唇上，意思是不要发出响动。它盯着我，脸上的笑没有了。

我不敢说话，我害怕我问出什么问题，它会顺从地点头。

我给它敬了一个礼，它叫了几声，转身消失在了林子里。

星星全升上来了，有几颗悬在老梁顶的上边，仿佛一盏灯最后的几点光亮。

原来这就是“梁上有灯”啊。

我细思极恐……

第十七章

CHAPTER 17

年轻人需要承认自己有极限

我在五月下旬的黄浦江畔成功见到了火燎原。

老实说，沪城这地方，人们在这里捡拾风景就像是在捡拾黄金。天气已经趋近于炎热了，火燎原居然还头上顶着白帽，上半身套着一件至少三斤沉的大绿卫衣，腿上裹着工装裤，脚上穿着一双一直撸到肌腱末端位置的篮球袜，他背上还挎着白天上班的电脑，整个人都写满了“燥热”俩字。他把我从火车站接出来的时候，我以为他得了精神科疾病。

“说实在的，你这件事情的处理方式和你之前的风格相悖。”

我们沿着江畔向北走，他拎着一杯梅子汤，我身上挎着一个挺大的旅游包。濡湿开始像爬虫一样，逐渐地在我的腰背上盘踞扩散。

一段相对较长的沉默时间。我在组织语言准备回答他，他若有所思地等待着我的回答。

“其实，包括我父亲在内，没有人知道他的出生年月。”

“所以……”火燎原接话。

“这导致他离世的时候我们全都不知道他享年多少。我们只能去猜，然后约定俗成为一个骗局。总之，这件事情是模糊的，就像一块打磨了四分之三的毛玻璃，哪都看不清楚。所以，你只能根据你看到的去假设，去估计。换句话说，这肯定会出错。”

“有很多这样模糊的东西，这是导致错误的致命因素。如果知道具体年月，我还可以去推算，哪一年，他多少岁，去干了什么，可能在想什么，然后，根据山里那边过去的记述，去推断某些事情中有没有他的参与。而这个模糊的数值应该在五年内浮动，差值相当大，几乎难以避免地会出错，就好像掷骰子，你希望出现面的概率只有六分之一，而这甚至比掷骰子概率还低。”

“你想说什么？”火燎原问道。

“刚进山的时候，我的信念坚定无比，我觉得就算遇到无法无天的事，我都可以有办法解决。但是自从了解到那个女人的死之后，我就开始意识到问题的严重性。当地有些人告诉我，其实每年都会有人失踪，真真正正地蒸发。这些人大部分遭遇飞来横祸，死于非命，尸体像丛林里的野狗一样湮灭。我开始意识到，有些东西是固有的，是相互连结的，它们有机地连为一体，它们共生。

“这让我一开始的想法开始动摇。我意识到自己无非是个知情者而已，即便是我来自城市、受过高等教育、还从小被我父亲训练过、身上流淌着的是山民的血液……

“翻过老梁顶后，我找到了那个村落，但是我几乎什么都没做——没有调查，没有取证，也没有和人交谈。说来可笑，我只是被远远的、稀疏的一个声音警告后，就火速地离开了那个地方。我猜测那个地方掩埋了五十年前的真相——关于我的父亲，关于古老的职业，甚至是我的师爷。我确信它就以某种形式存在于那个村子里的某个角落里——可能是一座厕所，或者一口井，一定就在。但是我告诉自己说，你肯定有什么东西遗漏了，并且是靠自己的力量绝对察觉不到的遗漏。这是致命的，我不想得到一个畸形的答案，虽然这只是一种直觉，但过于容易的答案会使我深怀隐忧。”

“所以你离开了。”火燎原说。

“对，我背着很大的风险离开——那不仅是一些工作上的事情，还有那些需要我的人，甚至说是那份真相。但是我必须取舍，必须像鱼一样上浮，以换取新的氧气。直觉以及认知，将我从前所未见的泥淖里拔出。我需要重新梳理所发生的一切，这才有可能去迎接那份我不期待的真相。”

“你在我这里住两天，而后我通知你刘叔把你弄回去。你再去的时候，我跟你一起去。”火燎原说道。

我抬头看了他一眼，他的五官全隐蔽在帽檐深处，什么都看不真切。

火燎原问我想吃什么，我实在想不出什么东西还能勾起我的胃口，就告诉他看着办吧。后来，我们决定找一个人多点的地方，把最近的霉运冲淡冲淡。

我们去了一家烤肉店，时间是七时一刻，正是人多的时候。我们很巧地赶上一张人家刚吃完的桌子。桌子上全是小孩涂抹的酱汁，另外还有成团的卫生纸、食物碎屑……不过这桌子正好靠窗，楼层又不低，所以感觉上很舒服。我们俩杵在那里看着服务员弓着身子擦桌子时，多少有点不自在。火燎原抱着胳膊，他鬓角的汗已经把白帽子湿透了，他在这种天气里穿得像个坦克兵一样，着实让人觉得有点毛病。

“你穿成这样是干什么？”

“今天出去干活来着。”

“不是我说，你们这些搞建筑设计，顺带着弄弄堪舆啥的，还有工夫出外勤？你们外勤干啥？”

“这事其实和我工作关系不大，但是和我师父有关系。”

我点点头，我知道他们这行一开始都是有师父带着的，并且师父让徒弟干啥徒弟一般都不能推脱。这个时候，那个服务员已经把桌子打扫完，我们对着坐下，他把帽子脱下，很轻松地长舒了一口气。

“吃什么？”火燎原问。

“你看着弄点什么五花肉泡菜啥的，对了，芝士年糕得整一份。”

火燎原很麻利地扫码点餐。突然，他声音压低，把脑袋几乎凑到我的脸上问我。

“我身上有什么怪味吗？”

他这么一问，我下意识地严肃起来，同时联想到一些其他的东西。这个时候，整个店里都弥漫着油脂受热发出的气味，所以人身上的味道也就没那么容易感觉出来。我仔细闻了两下，当下表情就变了。

“火燎原，你这外勤不太干净。”

他听完就把身体正了回去，然后起身去了厕所。他回来的时候手里抱着那件绿色外衣和工装裤——他里边居然还穿着一套衣服！

“这活的确是不太干净，尽管我总安慰自己，但是吧，给殡仪馆当杂工这事怎么着都会让人心里觉得有点不舒服。”

他重新坐下，把衣服塞进一个密封袋后重新装回包里。这时候服务员开始给我们倒水，于是我们两个人都很配合地缄口不言。

“你是工资奖金福利不够花？居然还跑去殡仪馆去做兼职？这事你同事们知道吗？”

“这要是兼职就好了，兼职的意思是他们得付我钱，但是我去完全是当义工的。什么脏活累活都是义务劳动，没有半分钱工资可言。但是这件事情我没法推脱，因为是我那老头吩咐我去干的。很多时候，晚上下班都累得要死了，还得坐地铁跑到大老远的城郊去，给人家当免费司机——运人，打扫卫生，维持秩序，有时候实在看不下去还得安抚安抚家属。周末是例行要去一次的，不管有事没事。今天的事情最棘手，也最让人头疼。”

“什么？”

“用电高峰期，跳闸，冷库断电。”

我倒抽一口凉气，某种程度上，我刚才联想的一部分是对上了。对于那种味道，我虽然称不上熟悉，但是那姓常的女人被发现的时候，空气中散播出的就是同种气味。

“冷库里的温度常年摄氏零下。但是屋漏偏逢连夜雨，今天早上正好送过来一个，人都已经死了几天了，你想想吧，这种时候冷库失温，确实挺那啥的。”

点的餐陆续送了上来，他把炉子烘热，铺上烤盘纸，开始往那纸上一片一片地铺五花肉。

“你师父为什么叫你干这个？”

“这事得从二〇一二年开始说，那时候我还在念大学。因为我们家是世家嘛，所以我除了念我的本科之外，还得把那些传统的东西一套套地背下来。那时候觉得真是绝望，本来我也不是特别信这个。一到假期，我就得跟着我老师到处出去干活。当然，我们干的活不是你想的那样，只是帮人上门看个格局。要我说吧，这种活就不应该上门干，而应该是人家上门求你干，要不然就真整得跟骗子差不多了。我一个暑假就用了四瓶防晒，开学后女朋友还是跟我分手了。我把全沪城的那些犄角旮旯都走了个遍，也跟着我师父把那些格局有问题的房子看了个七七八八。我不止一次问过我师父，为啥不弄个摊子，整个店面，挂个匾子，泡上茶等着人家上门来求你？他就说，真正需要解决问题的是找不上门来的，他们需要我们去帮忙，这讲求一个缘分。后来我才知道，他不是没这想法，只是沪城这地界，门面的租金能把他心疼死，所以我们不得不到处转。这期间，我也经历了不少事情，算是一个转型期吧。我师父话少，但是准，又有眼，基本上他说的事都八九不离十。

“还是二〇一二年夏天，我们大清早在街上转时，迎面撞上来一个老头。说是老头，也不算老，戴着一副眼镜，大夏天的西装革履，却满脸忧色。他走过去时和我的肩膀碰了一下，就停下来和我说了一声‘不好意思’。我当时没在意，但是我师父一步就跨了上去，他问那老头有什么心事？那人站定了，说自己是给人干殡仪服务的，行在路上，突然无端地忧虑起来，想着如果自己死了，这衣钵断了总是心生愧疚。我师父听完，就正色地说，若是有什么心事就应当趁早托付。那人后来真就把我师父的电话记了下来，说他死前会派人联系我师父，说完就走了。我当时觉得这俩人跟闹着玩一样，场景魔幻得像是荒诞派情景剧。所以全然没有把这件事情放在心上，我觉得我师父不应该随便接这种话。

“没想到，四天后，一个陌生电话找到我师父，说他们的馆长去世了。去世前留好了信件，信中提到了这个电话，让人联系这个电话，安托一些身后事。我当时惊得都快炸开了，于是就问我师父这人是怎么回事？他说当时就看他面色不好，恐怕时日不多了。

“我听完傻了，不禁感叹人生真是瞬息万变。不过，这件事情可以说是撼动了原本的我，对我算是一个很有意义的转折点。但是，我对我师父到处‘自找麻烦’的毛病，仍旧感到不理解。

“我师父把这件事推给了我。按他的话说，要广结善缘，做些好事，能帮人就帮，利人就是利己。”

“所以这事就莫名其妙地落到了你的头上？”

“对，并且我完全不知道什么时候结束。你说这件事是不是挺让人郁闷的？我们就和人在路上碰了一下，结果当义工当到现在。”

“这样啊，那是你的善缘，你就担着呗。”

火燎原白了我一眼，下意识地翻了翻炉子上的肉食，“你这次回来还有没有别的事要找我？”

“有。”

“说吧。”

“如果你有空，不妨跟我回去一趟。你自己说的，林子，没你不敢去的地方。”

“可以。”

这答案相当出乎我的意料。我是半开玩笑的，我根本不指望他可以从城市的快节奏生活里解脱出来，但他的回答却干脆得完全不像是开玩笑。

“确定？”

“人算时可以躲，天算时躲不了，你猜我为什么在这里？”

我这才注意到，烤盘里的食物被他弄了一个艺术造型：最中间的是泡菜，周围是五片五花肉，夹角几乎相等——一朵花的造型。

“三天后，北高架上见。”

第十八章

CHAPTER 18

联手进山

“我就是有病。”

现在是下午三点钟，天气转阴，云层几乎直接压到 SUV 的前挡风玻璃上。火燎原把帽子摘下来，然后降下来五厘米的车窗，对着我说。

我把车速从八十迈往下稍微降了一降，扔给他半盒发潮的香烟。

“我这月的全勤奖没了，不仅如此，林山语，我去之前我们组组长还很认真地问我想不想继续干了，我只能嬉皮笑脸地告诉他我老家亲戚生了病。就这么个事，任谁都会觉得荒诞，居然秘密过山找人。”

“我又没拿刀逼着你和我一块来，是你自己说的，等我回去的时候你要跟着一块去。”

火燎原从烟包最里头抽出一根烟，又降下来五厘米车窗。湿润的低山区对流风吹了进来，应该用不了半个小时，雨就会落下。他没说话，把烟点着。

“火燎原，我跟你讲，这不是度假。我给王书记打了半个小时的电话，申请让你住到我们村委会去，但是除此之外别的我都管不了，吃饭穿衣要自行解决。这个时候还不到旅游的季节，大部分的农家乐都不开，而且这时候属于农忙的时候，我要是去地里考察调研或者进城帮扶解决问题，就会一点也顾不上你，所以你要做好准备。我们等会先去县城里买东西，你先提前想好要置办什么，这里不比浦东，没有七杠十一便利店。”

“哈哈，去你的！”

他这一笑，我也笑出声来了。这话多少带点调节气氛的作用，带有班门弄斧的意味。说实话，我二十岁之前并没有严格意义地进山生活过，最多是我父亲带着我度假旅游，扎个帐篷喂几天蚊子，钓几条野鱼王八……后来，他的身体迅速出了问题，再后来就是医院陪护时间。

火燎原和我的情况不一样，他在没上班之前，有很长一段时间都待在各大山川里当

“野人”，这归功于他和他师父的工作性质，他师父对地脉和风物的了解相当深厚。在野外的设施建筑除了要请专业的技术人员勘测外，也会找一些在这些方面擅长的人去看一看。

火燎原告诉我他师父姓陈，师从的哪一派就不是他能提及的名讳了。老爷子是关门弟子，名门正统，学成了之后根本不愁生计，不差银两。但是他有个爱好，就是喜欢四处游研。可能过一阵子就失踪了，谁都不知道他去了哪里。据他自称，是为了了解民俗地物，做学考之用。这老头的家里人相当头疼，为了避免出现意外，想着最好有个人能跟在他左右，这个光荣并且艰巨的任务就交给了火燎原。这一跟就跟了十天半个月，他差点没死在外边。

火燎原把车窗摇上去，“我师父节衣缩食，靠一碗白饭加水，便可以气定神闲地走上一天，但是我没有这种本事。我那时候刚毕业，是一顿能吃两斤肉的年纪，我跟着他在山道上走，饿得头晕眼花，而他还能大步流星地赶路。有时候路上断粮，这老头就辟谷，我直接傻了。那十天我几乎一天减一斤，后来我就学聪明了，包里装的全是吃的和水。”

两三年的工夫，他们把许多名山大川走访了一遍，同时也爬了一些野山矮丘，经历了不少事情。两年之后，他师父就不让他继续跟了，理由是他必须得成家立业。火燎原得以结束了“野人”生活，重新拾起以前的专业，成为一名朝九晚五的上班者。

“所以说，我很能理解你们这些年轻人在想什么。可能是长这么大，在城里待腻了，觉得这种与世隔绝的生活还挺新奇，于是就去尝试了，结果却发现根本不是那么回事，但是又抹不开面儿，于是就死撑。你听哥一句话，这种事早结束最好。”

我没有理他，把车速提了上去，导航告诉我大概还有二十分钟到。这时候雨已经下起来了，这种天气基本不会有人出街摆摊，有些东西也就很难买着了。一个多月前，我从深山里撤了出来。从一个接一个的噩梦里头，把自己连根拔起……如今我做好了准备，再次进山，并且还带上了一个经验丰富的外援，不说有十成把握，但心里已经踏实下来，不管接下来面对什么匪夷所思的奇事，心里都算有个底了。

“其实说真的，除了某些特定职业外，人这辈子遇到的事情，百分之九十都是由人造成的。我的职业爱好够特殊吧，又堪舆又殡仪丧葬的，也几乎没遇到什么解释不了的事情。我和我师父进山那两年，什么地方没睡过？塌了半边的小庙都给我们躺热乎了，也没遇到过什么传奇机遇。所以说啊，对于很多事情你必须得用科学辩证的眼光去看待。你知道不，很多你觉得怎么样怎么样的事，其实都是心理作用作祟，根本没有那么多怪力乱神。我就不信什么狐狸还能围着篝火唱歌，这事要让我遇到，我就跟它们一块，看谁跳得更好，不行我还能给它们当 DJ，卡点我在行。”

“哈哈哈哈，行。要不是因为那破地方山高路远还不通车，我高低带你去体验一下啥叫奇异事件。我看你就是在黄浦江边上待久了，忘了当野人是啥感觉。等这雨停了，咱就弄一顶帐篷，直接往山里一扎，你晚上睡得着的话，回去我请你吃一个月的日料。”

“行了，到地了，下去买东西去。”

回家的一个月，我的确做了不少功课。关于之前一直挺吓人的，围着坟包跳舞的狐狸这件事，我去了解了一下——普通的赤狐寿命也就是八到十年，比家犬还少了不少。二十世纪五十年代到现在都七十年了，当时那一辈的如果还活着的话，现在见了得叫一声高祖了。所以火燎原说得没错，可能就是在特定条件下自己吓唬自己而已。至于某些解释不了的东西，也就不需要去解释。此外，我还去翻了下巫山这一块的地理书籍，发现这一块的野生动物资源的确丰富，所以长了什么玩意也都不奇怪。

采购进行了大概半个小时，大部分都是吃的，从方便面到火腿肠，再到真空包装的鸡鸭和饼干面包。火燎原还想要买十斤挂面，我告诉他反正得自己烧火，那地方油盐酱醋都得自备，吃鸡蛋你得自己养鸡下才行，他一听丧了一半兴，就只买了五斤。除去吃的，就是卫生纸、电池、插排、蜡烛、火柴、饮用水等。他问我需不需要买个柴油发动机之类的，我只能实话告诉他村里不是史前部落，电还是有的，不过就是有时候不太稳定，需要用蜡烛照个明。当然这些都是现成的，他自己带的还有铁丝、纱布、医药箱、工具箱、制式高帮作战靴和连体雨衣。我问他为什么不准备氧气瓶呢，到时候下水怎么办？火燎原一本正经地告诉我没事，他包里有没充气的便携救生衣。

等到我要发动车子准备回村的时候，他又兴冲冲地跑了下去。十分钟后，他举着一个箱子回来。

“我看到有卖小狗的，林山语，我走了之后你肯定会觉得孤单，所以你看这田园犬可爱不？”

“我真服了你。”

最后的结果就是，本来两个人的进山旅途，变成了两人一狗，而且那还是一条刚足月的奶狗。后座和后备厢全都堆满了各种东西，所以只能让火燎原抱着箱子坐在副驾位置。那小狗长得的确不错，是条黄眉毛的小黑狗，四条腿还包了金。

除此之外，就是我预想之外的一大堆麻烦——首先是王广安这一关，这人很轴，对于村务还好，其他的事就没持过支持态度。我带个人过去，就被他批评了半个小时，而眼下又多了一条狗……我把车发动起来，此前我足足抽了三根烟，才攒够了往村里开的勇气。

离村子还有十公里的时候，王广安打过来一个电话告诉我，那个傻子徐路生，人不见了。

按道理说，这种事虽然不常见，但是自打我进山以来，也已经不是第一回了。人口失踪这种事情一定要早发现早报警，全力配合警方工作是第一位的。要不就会像上次那

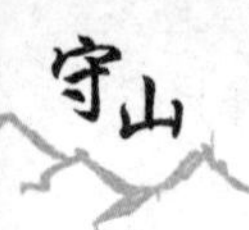

样，人找着了也没什么用了。所以在电话里我甩给他一句话：人找不着赶紧报警，要不然出事必担责。

后半句估计把他吓住了，电话那头停了有三四秒，而后他告诉我要是路上看见什么长得像的就多留个神，要是有可疑车辆也得注意着，这人突然就不见了，所以推测应该走不远。警察说失踪人口必须得走失满二十四个小时才能报案，但是这里情况很特殊，所以必须得注意。

我把车速降了下来，路过的每一辆车在我眼里都变了颜色。

“看吧，这能说是追求刺激吗？火燎原，咱这是第一天，还没到村里呢，这人又不见了，觉得匪夷所思不？警察现在还不受理，因为不到二十四个小时。当然，我可以很负责任地告诉你，这个人走丢都不是一次两次了。因为他家里的老娘有时候得干活，走的时候她儿子睡觉，等她一回来就不见了——不是跑到地头上自己回不来，就是藏到谁家的后院子里。因为是精神疾病，村里的人都会体谅点。不过，这人吓人的地方是，他虽然精神有问题，但是腿脚利落得很，翻墙爬屋像只猴子一样，锁好的门，关好的窗户，他能像蛇一样溜出去。而且据我们村委会的人说，他夜里几乎不睡觉，喜欢蹲在路边上或者柳树底下，两只眼还折光。”

“据我们书记说，这种现象越来越严重，并且伴随的怪事越来越多，比如说谁家院子里会出现了一幅用炭胡乱涂抹的画，没种东西的地里会突然冒出一个土包……但是没人看见有什么人出没。这次徐路生失踪，是时间最长的一次，田间地头，别人家的院墙都找遍了，也没刨出个影子来，所以怀疑他已经出村了，但是村子附近都是山道，两边不是树就是山，他往哪里一躲，除非是警察带着警犬过来，要不然找都没法找。上次失踪的那个人，找着的时候是在人家新迁的坟里。”

“回村再说。”

雨开始下大。眼下来看，这是个非常不好的事情，如果说这个人真的不见了长达二十四个小时后，警察受理后带着警犬过来，大雨也会把人的气味冲散，搜救工作就会无从下手。这种情况下，车子也根本开不了多快。等我把车停进村委会时，几个人已经全打着伞站在水里。

“卸好了东西，就去徐家。”

失踪人母亲的眼泡已经完完全全地肿了起来，她见到我们进门后只是呆滞地站着，什么话都说不出来。上次黄福贤老婆失踪的事，怕是已经传遍了。王广安把人扶住慢慢坐下，问她发生了什么，让她慢慢说。又吩咐我拿出本子和笔，告诉我所有的细节全都不能遗漏，要一五一十地记下来。

“我儿子已经半天没回来了。都找过了，不知道去了哪儿。村里有人没人的地方我们都找了。到点了，他得回来吃饭，他自己知道。”

“平时家里就我们娘俩，他爹在外头干活，逢年过节才赶回家来一趟。我早上的时候跟邻居老李去县城拉化肥，去的时候天刚亮，他还躺在屋子里睡觉，我就锁上门走了，结果中午一回来就不见了人影。”

“他喜欢往地头走，大家都知道，我和老李就去外头找，结果喊了半晌也没有动静，又往回走，我害怕他翻院墙到谁家院子里去，就挨家挨户地敲门，也没见着人。”

“你自己家找过没有？”

“找了，都找过了，床底下，院子里，茅房，柴房，能找的地方都找了，都没有他。”

整个叙述过程也就持续了十分钟，事情挺简单，但是挺匪夷所思的。王广安和村主任还有几个人听完后，脸色都僵得像盖了一层白布。现在的情况是，一群门外汉谁也不知道该怎么办，在警察受理之前的这十个小时前只能干瞪眼。

“王书记，跟你说个事情，我这个兄弟，姓火名燎原，他姑父和堂哥都是刑警。我觉得人口失踪这种事，还是得靠专业的人来，这个事咱得找他。”

火燎原的脸色一下子就涨红起来，他瞪了我一眼。几个人一听到刑警，同时抬起头来，气氛瞬间变得尴尬。王广安清了清嗓子，试探性地问了一句：“那……小火你怎么看？”

“父老乡亲们，是这样，我姑父和我堂哥是警察没错，但是我干的工作本身和警察八竿子都打不着，你让我设计个楼房还可以，去找人就实在太牵强了……”

“什么时候了，死马当活马医吧。火燎原，你给你堂哥打个电话，问问该怎么弄。”

火燎原蹲在门口开始打电话，雨却仍然没有要停的意思。这么大的雨似乎并不多见，未来几天内水位肯定会上升，江水的颜色也会发生变化，南方的雨季就要到来。

“是这样，我已经打电话咨询了我堂哥，因为事关人口失踪，现在这件事还不能定性，也不能排除有人进门把失踪人带走的情况。如果是这种情况，这里就是案发现场，案发现场务必保留完整性和原始状态，所以现在大家最好是换个地方说话，有些问题也需要仔细问一问，所以当事人的母亲最好是跟着一块离开。”

因此，聊天的地点就从徐家变到了村委会。问题由火燎原去问，留下我看着院子以防外人闯入。

“如果你要进去的话，我这有手套，但鞋套没带，不过影响应该不大。”

我把门掩好，开始仔细检查这间屋子。徐路生睡觉的屋子在正堂的左边，拉着一道塑料门帘，里头陈设简单，一张床，一个柜子，一扇窗户，窗户装着纱窗，从外边打不开，相比姓黄的家来说，这里干净整洁得简直像个女人的房间。

我蹲到地上，也没观察到什么明显的痕迹。徐路生虽然是个智力不太健全的人，但是正值青壮年，手脚麻利，想要用蛮力绑走这么一个人，想不留下点痕迹都不行。

床上的被子已经被叠好了，但是不能确定是他自己，还是他母亲所为。我从屋子里

退出来，转头去看门锁。徐家用的依旧是老式的门闩——一端带锁的结构，一根铁质门闩穿过两扇木门上的铁环。铁闩一端打孔，挂着一把门锁，门锁依旧完好，固定铁闩的铁环也没有松脱的痕迹。就此，基本可以排除有人来带走他的可能。

一个一百三四十斤重的人，失踪时间是白天，又是相似的人间蒸发剧情。

火燎原的电话打了过来，电话里他的语气非常凝重。在仔细询问细节后，情况显得不仅格外复杂，还透露着一股诡异。

第十九章

CHAPTER 19

理想化假设

警察在徐路生失踪二十四小时后受理了案件，一队民警坐着汽车来到村子里询问情况。如果事实确凿，不出意料的话就要开展立案程序，而后就是调查搜集证据——从村子里为数不多的摄像头查看，再到挨家挨户地走访……基础的调查取证完成后，就要关键性突破——对当事人一个字一个字地盘问，不会放过任何一个细节。如果再没有线索，就可能陷入一种被动的破案流程，这种被动如果没人打破的话，就可能进入僵局。

整件事情就像是带着一种离奇的奇幻色彩。当天下午，火燎原把徐母和邻居老李都叫到了村委会，目的是把当天所有的事情全部还原一遍，这个过程包含了很多细节，因此显得格外费劲。整场问话持续了近一个小时，事先他堂哥还教了他一些基础的沟通技巧。

就算如此，梳理到最后时，我们发现这件事乱得像一团麻线，真正有用的信息几乎没有，一片空白。

当天晚上警察就已经赶到了，因为我们都已经掺入到此事当中，便全都坐上车子跟着去了派出所，并且还很凑巧地见到了上次的那个老头。

做完笔录，那个老头意味深长地看了我一眼。天已经黑成一瓶墨水，我和火燎原的心头都压上了一块石头。这块石头本来只压在火燎原一个人心上的。

他告诉我，事情匪夷所思在徐路生妈妈出门前是锁了门的。这个门包括堂屋的门还有大门。据她本人说，因为他儿子腿脚灵便有喜欢爬墙上屋之类，只锁住正门是没什么用的，必须要把正堂的门也锁死。因为那三间屋子没有第二个门，并且所有的窗户也都关上，这样他儿子就无法擅自出门。

“这就是一个非常典型的密室环境。”

“我们现在已经知道他儿子不在屋子里边，也就是说人已经从密室里出去了，门窗

也都完好。”

“我进屋的时候有个细节，我忘记跟你说了——当时徐路生屋子里床上的被子是叠好的。关于这个，他妈跟你说过吗？”

“被子？”

“对。”

“嗯，她说了一嘴，她说她回了家，把两扇门的锁都打开，进了屋子之后没见着她儿子，只看见一团乱。当时她以为儿子在另一个屋里，就没多想，顺手就把被子叠了起来。但是叠完了去另外一个屋里找时，发现也没有人，她这才慌了神赶忙出去找，但是那时候就已经没人了。”

“我现在想的是，你确定当时他妈回去的时候就已经没人了吗？会不会有什么箱子、柜子、地窖、房梁之类的地方？如果说他妈只是粗略地一找，然而又急着出门，这人听见动静从什么犄角旮旯里钻出来，看到这时候两扇门全都是开的，他就可以想去哪去哪了。”

“理论上这种推测很有可能，但是你别忘了，他是个傻子。一个正常人都未必能如此迅速缜密，何况一个智力有缺陷的人。”

“并且现在问题的重点，也不是他怎么逃出去的，而是他逃出去后会去哪。之前他妈不就说了吗，如果是在附近，到了饿的时候他自己就知道回来，但是这次情况不一样。”

“你的意思是，他可能遭到不测了？跟上次那个女人一样？”

“从中午开始雨就下大了，他们家后头就是山。不过也有另一种可能，那就是他没在附近的地方，或者是迷路了。”

“麻烦了。那得跟警察说一声。”

记笔录的民警刚合上本子，带着几个人出来，火燎原又重新进去了。我眼见着那二十来岁的人重重地叹了口气，而后又回到位置重新坐下把本子摊开。火燎原说明了推测的情况，那警察沉默着不置可否，告诉他现在情况不确凿，所以也没法动用其他资源，一切还是得先上报，根据情况再来看是否需要动用特殊手段在周围地区搜寻。

“这话说跟没说一样。等人死了再说吧。”

他把后半句压得很低，只有我听见了。气氛变得古怪沉闷，派出所的民警开车把我们送回村里，路上只听见那徐母若有若无的啜泣声。

事情一下子陷入了僵局。现有的一切推测，都不可避免地被套上了理想化模型的壳子。在现代科技缺失或者不足的情况下，模型的所有参数都显得异常模糊。如果同样的事情发生在一座城市，那么发生的概率就会基本为零。借助于更多的人证、物证和监控系统，个人的行踪类似于分布密集且呈线性的点群，警察轻而易举地将这些点联结起来，构成一条平滑的行踪轨迹。但是在山里，这些点被大大分散了，它们构不成线条，并且存在突变的可能。一个人如果不怎么怕死，他大可以潇洒地溜进山沟子饿个两天两夜，没人能找得到。

“我个人觉得，还是必须得给周遭的亲戚打一遍电话，虽然这次的情况不太一样，但是根据上次的经验来看，在亲戚家的可能性不小。”

“已经打过了，目前都没有见到人。”火燎原压低了嗓子，“如果说见到了还好，起码人还是活的，并且完整，眼下这种情况却难说。”

车灯在丁达尔效应下，在山道上投射出两条细长的光柱。整个车厢除了姓李的老头呼吸相对沉重之外，就再也没有相对刺耳的杂音。大概也是因为疲倦，女人结束了啜泣，头靠在车窗上，不知是否睡去。对于她而言，儿子应该就是她全部的精神支柱。这种随处可见的捆绑让人沉重起来，然而对于超出能力之外的事情，火燎原和我都起不到什么作用。

回到村里时已经是后半夜了，我们一人吃了半包饼干后草草入睡。但谁也没想到，第二天事情迎来了转机——人找着了。

在西南方向的马南村有人报警，说发现有个人从昨天下午一两点开始就在村里游荡。一开始谁也没有搭理，因为谁也不认识。后来村里人发现这人举止行为不正常，有人害怕这才报了警。因为正好对上，警察开着车火速到了，发现正是失踪了的徐路生。人倒是没什么问题，也没有少零件，除了有些亢奋——这当然也谈不上是毛病。

而问题是，我们在的村距离马南村有整整三十五公里的路程，而且是盘旋在群山之中的山道。这人是怎样做到一夜之间出现在地图上另一端的村子里的？我的心里升起一阵巨大的阴影——数十年前，在丛林深处的十个人也曾经在密林中行军，用根本不可能的速度到达了目的地。

但是这阵阴影很快消去。

人找到了事情也就基本解决了。找回来的徐路生和之前没什么大的变化，在外人面前还是始终低着脑袋沉默不语。徐母失而复得，激动得说不出什么话来，硬是往村委会塞了一大碗煮熟的鸡蛋。我们一人拿了一个，剩下的又全都还了回去。同时告诫她一定要看好自己的儿子。

“其实我觉得呀，如果说我们没有搞清楚，她儿子是怎么实现这种几乎不可能的从密室逃脱的真相，那她儿子出走还是分分钟的事情。”

“但是眼下你不能全天都在破案啊，叫你来是去老梁顶后头的村子，帮我寻找真相的，不是叫你来帮警察破案的。”

“所以？这两者有什么本质区别吗？而且这件事情本来就很蹊跷——一个傻子怎么在几个小时内出现在毫不相干的，并且相隔几十公里的另外一个村子里的？当时我问了好几遍徐母，他身上不会有钱，也不会有任何值钱的东西。他也不具备和人交流的语言能力，所以不可能有人好心想要捎他，他也很难说清楚目的地。连目的地都说不明白的一个人，你会像傻子一样把他放到一个村子里吗？这不合逻辑。”

“你要说啥？”

“所以我就是很奇怪，不借助外力，他是怎么到的那个地方？靠两条腿吗？时间根本重合不起来。”

“讲真的，我一点也不奇怪。搁到两三个月前我可能得想想，但是现在我明白了，山里你想不明白的事可多了，没必要拿别人折磨自己。”

火燎原被我一句话堵死了，他瞪大了两只眼睛，随后一缕冷笑从他的嘴角漏了出来。我不管他，去找王广安了解最近的工作情况。

贫困户的走访已经告一段落了，档案也都重新更改梳理了一遍，整体来说变化也不大，让人心疼的依旧让人心疼，当然，让人头疼的也还是让人头疼。还有伴随着夏天的到来，防汛防溺的工作就要展开了，每年的雨季河水水位暴涨，哪个区县的水位到了警戒线都是大事。水汇一处，就算比平时多下那么一点，到最后的江水都可能暴涨，给下游的地方带去什么都不好说。当然防溺工作每年都是要宣传的，通过喇叭广播，还有宣传栏，几乎能贯彻一个夏季。但是没用，总会有小孩看见水库、野河心痒。虽然说水鬼水猴子这类吓唬小孩的说法不足信，但是三米以下的涡流吃人可一点都不开玩笑。

除此之外就是夏季迎来了一波农忙采摘期——夏橙之类都要准备收采。可是近些年，传统销货渠道越来越窄。王广安听人说现在电商售货越来越好，但是他对此是一头雾水，一窍不通。而后，他就找我了解工作。

这事就算是那啥看那啥，看对眼了。

区别于那个来度假的火燎原，我真正回到这里，就有一堆事情等着要办。

晚上我坐在木头凳子上给李池渊打电话，他女朋友在苏宁电商干过很长一段时间，前些日子辞职了选择自己开店送货，大概就是鞋服化妆品之类。

王广安想靠自媒体做品牌，他把命令下得很死。对此，我和他差别不大，当然也得从头学起。

一个多小时的电话打完，我心里才算是刚刚有数。渠道一共就那么几种，第一种就是借助短视频 App，建立品牌，引流吸粉，然后花钱推广，但是能不能做大还特别看运气和实力。这算不上万全之策，只能说是适用于少数脑子灵活，并且有一定经济实力的勤快人。

第二种呢，就是到当地政府部门申请助农项目，这种项目可以和外部对接，比如要卖橙子，那么可以和一些做得相对大的自媒体合作，不过大平台门槛高，对农产品的要求也比较苛刻。此外就是销量未必特别大，经手这类平台，价格必然水涨船高，一斤橙子可能当地一两块一斤，在广告里就变成了五斤三十九元九，翻了不知几番。大部分人也都是买鲜尝鲜，俗称一锤子买卖。当然也可以联系各大电商平台。

最后就是开户，这种算是相对容易，风险也比较低的方式了，面对的问题主要是同质化竞争，还有前期筹划准备时间长，难解燃眉之急。

门路越多越让人头大。

“我不明白你为什么舍近求远，你家不就是开农产品公司的？你来这里的目的是干啥的？不就是扶贫助农？你跟公司里的人打个电话，让他们派人来收购啊。”

“这样吧，你把今天徐路生案子的疑点跟我讲讲吧，这事你是咋想的？”

我话题的转换可能让火燎原感觉有点意外，他在原地愣了两秒，然后抽过来一个板凳坐下，他从背包里拿出一沓纸和几支笔，纸上边有一幅图。

“我们昨天回来的时候，我一直有个事情想不明白。关于他是怎么做到在两个点之间闪现的。通俗点说，就是想不通为什么他能在所有人视线之外到达另一个村子。”

他在摊开的地图上标注了两个点，这两个点的直线距离大概有二十多公里，但是盘山公路增加了里程，总里程大概有三十公里多一点。

“一个人不携带补给走山路，需要频繁上下坡，能不能做到在一到两小时内跑步到达？”

“显然不可能。”

“好，我们已知的是在当天午后有村民发现了他的踪迹。也就是说，他出现在那的时间只能早不能晚。这个可以用作我们推测的确切证据，一个确信的基点。那现在我们把它往前推，和之前我们做的假设进行核验，就是假设人是在他母亲到家之后走的，那么会出现一个矛盾。这个矛盾是一个时间上的矛盾。

“这个矛盾存有两种假设。第一种是矛盾确实存在，但是被解决了。第二种相对简单，矛盾压根不存在。

“在这个时候我们就得下注了。对于第一种情况，我们之前也进行了讨论，既然走路肯定不行，就一定存在别的交通工具。公交车也罢，顺风车也好。只要你身上有钱，他就有可能到达一个地方。但问题是什么？他身上没有钱，也没有可以当钱用的东西。那这种可能就会缩小，但并不代表这种可能不存在。如果说他上了公交车，没钱，但是有人好心替他出了，这是我们不确定的突变因素。

“我们再回过头考虑第二种假设，这种假设是，这个矛盾压根不存在。也就是我们推测徐路生离开的时间有误，他不是在他母亲回来的时候走的，而是更早——”

“你是说……”

“对，没错。如果说在他妈锁门之前，他就已经离开了，那么之前的假设就会被完全推翻。你看这张图，这是我大略画的一份他家的平面图。当时我们在村委会，盘问推敲细节的时候，有个地方特别值得推敲：他母亲进屋查看他儿子还在床上后，就带着钥

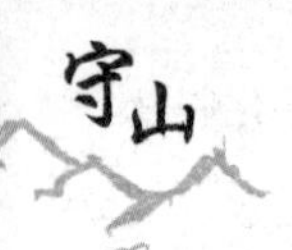

匙去上厕所了，结束后直接将堂屋的门锁死，没有再次查看屋里的情况。”

“也就是说，那个时候并不确定徐路生还在屋里？”

“你看，他们家的结构是这样的，正堂旁边是两间偏房。最右边的一间是他母亲睡觉的地方。这间屋子南边是灶房和厕所。厕所只在右侧开了一个透风窗，高度大概在一米八到两米。也就是说，在厕所里的人基本观察不到外边的情况。厕所和院墙之间有一条狭缝，目测距离大概在四十到五十厘米，不算宽，但侧着可以站进去一个人。

“我们假设这时候的徐路生根本不在睡觉。他在听到母亲离开后，立刻起身，穿上鞋子，然后跑了出去。但是他没有跑出这个院子，原因是李老头当时蹲在屋外头抽烟，他就在大门附近，如果有人出去，他一定会看到或者听到声音。

“所以他没有出这个院子。而是选择了一个地方躲了起来。他有两个地方选择：一是灶房；二是我说的那条厕所和院墙所夹的缝隙。他选择了其中一种。

“上完厕所后，徐母把门锁好，然后招呼李老头进来把车子倒出去。因为要往车上放一些东西，所以此前他就把车子停在了图上这个位置。他还需要把车头调过来，我对这个细节也关注了，他是靠两户住宅之间的小道调头的。他先把车倒着骑出去，此时车头在右边，然后他拐进小道，再把车倒着向右拐，这样车头就回来了。而后，他们驾驶着带棚三轮车离开。

“而问题是，他们真的就只是带着那些杂物离开的吗？”

第二十章

CHAPTER 20

衔橛之变

火燎原一双眼睛几乎喷出火来。他把台灯调到最亮，而后在纸上写写画画。

“你看，我们现在已经知道了整个流程。那个狭缝是平时用来堆放柴火用的，我们假设徐路生躲在这里，他在母亲锁门的时候踩着这些东西翻墙出去，然后他就躲在了徐家和他们家右邻的小道里。在这个一号点上，他可以同时观察到两个人的状态。他听到母亲叫人进去倒车，而后他就可以迅速转移到另外的小道上，比如这条二号小道。这是倒车路径对面的小道。在锁好门后，徐母上车，而后李老头开始倒车，当他把车子拐进那条小道上时——”

“徐路生就可以完美地上车！”

“对，没错。因为倒车速度缓慢，并且受到视野上的阻碍，如果动作足够轻巧，他就可以在车子进入后方盲区后迅速登车而不被发现。”

“偷天换日，瞒天过海。但我觉得问题在于一个智力上有缺陷的人，能做到如此心思缜密，在几分钟内用这么匪夷所思又绝妙的方法逃逸吗？我觉得不太现实，怎么看都太理想化了。”

“第二个问题的重点来了，这个人真的是他们家所说的智力有缺陷吗？他随便在地图上画了一个点，你在那个点的山上就经历了这辈子都没遇到过的奇怪事？徐母要去的地方经过马南，但是不在马南停留，他为什么要在马南村下来？你之前在马南听说过什么事情？这后头到底有没有人在指使？”

山月呼地一下升起来了。火燎原把目光从我的脸上移开。

“现在的问题就清晰多了，当然涉及的秘密也越来越深。如果你做好了准备，我觉得我们可以兵分两路，你可以去马南走访，看看有什么人家和徐家有渊源，或者问问那些见过徐路生的人，他都干了什么。而我就负责摸底调查这家人的情况，看看是不是隐藏了什么东西。其实说实话，我第一次进他家的时候，我就感觉到哪些地方不太对劲。

但是确实又说不上来有什么东西不对，我感觉徐母没说实话。”

“明天我动身去马南，我跟王广安请示一下，让他带着你去走访一下徐家。如果真的有什么隐情，你就把王广安支开，确保只有你自己能知道，同时注意安全。”

涨了十天水，山里的沟壑全都把水汇到聚龙河上游去了。这河平时是一副不着急的样子，但是一旦汇起水来，原先连浮萍都漂不走的湾子就真的像是底下伏了一条龙。虽然面上看着还是清凌凌的不到一米的水，但是从谷里出来的冷水七七八八一汇合，这聚龙河的水不能下了，原先淀在河床上的小石子、卵石全都不见了，只看得见露着四五个方尖的大花岗岩。

罗子文把烟屁股往地上一撅，整个人往上一耸，膀子上的锄头也跟着往上一跳。这男人身上背着一个大篓，篓里是几大捆黑纱布。他从马南村口出来，得沿着道往东南走上小五里地，然后爬到坡上去——那半山的一圈被垦出来种着几十棵茶树，天气热起来后就得在树边上支起架子来，在架子上搭棚子蒙黑纱。茶树太金贵，太阳暴晒了，枝叶就发萎发蔫。

快中午的时候，他已经忙活完了一半。他前几天打进土里的枣木架子打磨得实在不细，木刺斜着下到虎口里去了。忙时，人啥都顾不上，等到太阳几乎升到头顶上时，他闲下来喝口水擦把汗的工夫，才感到左手一阵一阵刺心的痛。他把那刺一下挑了出来，舒了一口气，准备把剩下的一半活一口气干完，忽听见老远处有人在喊，大约是嚷嚷着聚拢河的口子垮了，玩水的几个孩子卷到河湾里去了。

“这事是几天前发生的。卷到河湾里的一共三个孩子，大的十几岁，小的七八岁。那茶农罗子文的儿子十几岁，找着的时候肚子胀得像球一样了。

“横祸，凶灾。好好的河口子说冲垮就垮了。那水一下子涌了，孩子哪知道怎么办？当时是半晌最热的时候，大人都休息了。还是搞屠宰的赵右民去河边上清洗肉案的时候，远远看见水面上漂着什么东西，他这一看不要紧，那东西像鱼鳔一样沉沉浮浮，还伸手招呼求救哩。

“等把人弄上来的时候啊，这三个孩子有俩就基本上不行了。除去那罗子文的大儿子，还有就是杨日成的侄子。这孩子惨，爹妈进了城，对他管都不管，他跟着他叔叔过。杨日成当天正好不在家，这孩子就熬不住热自己溜出去了。”

林大爷说完，把头泡的水一倒——茶叶还是我上次拿来的。一大早我跟火燎原把事情安排好就分道扬镳了。马南的于书记任期满了，一个多月前刚调到别的区县去了。所以我也就没在人家村委会多停留。从那出来后，我就直接奔着林大爷家门去了。因为是本家，所以心里总觉得靠谱，加上上次聊得又相当融洽，这也算是我在马南可以驻足的地方了。

事情差不多就是这样。因为河里淹死了孩子，这死了人的人家就得安排白事。茶农罗子文死的是大儿子，十四岁，已经是半大的人了，所以不按孩子的一套来。一般横死的年轻人都不往本家大墓里葬，会找个不远不近偏点的地方，差不太多就行。但是这罗家偏偏上两代都是一个儿子一个闺女，而这罗子文就是罗家这一辈的长子，他儿子也是长子。这个地位就不言而喻了。

“唉，这长子遭横祸啊，我们这有说法。一是老天爷要灭这一家，就把那最尖最正的苗掐死。这种是要被戳脊梁骨的。老天不能无故灭他一家，这事出了就得想想是不是做了亏心损德的事喽。”

“那后来呢？”

“不过，小林，这话并非我所说，而是村北的瞎子老常说的。这话啊，要命就要命在他早不说晚不说，非得在人家白事上说。这罗子文家代代务农，性子又直，家里的独子突遭横祸，正是又悲又愤的时候。这瞎子说这么一通话，那真是火上浇油。隔着几步远啊，那姓罗的举着一碗豆腐饭就灌到那常瞎子脸上了，怒吼着叫他滚出去。这老常面皮划破，鲜血直流，倒是没有多言，一手捂着脸就走了。

“再后来，你说的那傻子就冲进来了。他咿咿呀呀地也说不清楚话，就是挥着拳头一副要打人的样子。这人谁也不认识，所以主家也愣了。这一会工夫，那傻子是上蹿下跳，伸着脖子叫唤，像个野兽一般。又像是舞狮子耍猴戏。一众人都摸不着头脑，这姓罗的过了片刻，便心烦意乱地抄起扫帚就往他头上招呼啊。没想到，却叫他一下子闪开了，接着他打了个滚就从门口出去了。”

“你是说这傻子见到瞎子一出门就进来了？”

“前后相差不过半炷香光景。之后，众人就都出门看是怎么回事，只见那傻子竟搀着个人往道上走。那人不是别人，就是被灌了一脸豆腐饭的常瞎子。这俩人走得极快，一会就看不见人影了。”

“您是说，这傻子认识瞎子？”

“这话不敢讲。不过当时我那一桌临近门口，我也按不住心思出门张望了一番。我只看见一个影子，那傻子挽住瞎子的一条胳膊，步子又大又稳，与之前的猴戏做派大相径庭。眼见着人已走远，我们就又坐回桌上，谁承想这怪事又发生了。”

“什么怪事？”

林大爷呷下一大口茶叶润气儿，而后开口道：“经历这一番闹剧，主家也都无心伺候了，草草上完几个菜式后，这白宴就算是结束了。我们吃了喝了也吊唁了，就相继离开。哪承想先前的傻子正立在一户人家门前，又要起了之前的猴戏，却比之前更甚。他见到女人小孩，竟伏身作一副恶犬龇牙状，把那胆小的孩子吓哭了不少。但那常瞎子却已经不在那了。”

“后来你也就知道了。村里凭空多出一人这般胡闹，还是要找警察的。电话一打，警察不一会就把人带走了。

“你要问再后来，这不你就来了解情况了吗？”

“那林大爷，你知道或者听说这傻子是什么时候来村里的吗？总不能啪一下人就来了。”

“你要问这，我还真不清楚。按理说是被这闹白事的人给唬来的。但是你说人是什么时候来的，我只能告诉你，这傻子昨天还没有，这一点我老林能打包票。”

听完这话，我就寻思火燎原他爹当年给他选专业的时候多少有点瞎蒙的意思。要是早些年选个警校什么的，估计他现在也能继承他姑父的衣钵。事情这么一看，的确是大差不差。因为闹白事就得往大路上走，路过的不管是车马还是人物，肯定都得减速通行。这人从这下车倒是真的说得过去。

“小林啊，你上次真的自己翻山过去了吧？有没有找到那村子？”

“这山倒是翻过去了。不过，林大爷，这事没法说。”

“嘿，遇事了吧？”

这四个字从茶杯后头说出来，我的头皮一下就被冷汗顶起来了。不单单是因为这老头料事如神，还是因为我想起来一些不怎么好的事情。

“那山自那一夜后就变了。”

眼见着话题要往不受控制的地方发展，我赶紧清了一下嗓子跟老头说，这山的事情以后慢慢说不着急。当务之急还是要弄清楚这傻子的相关事宜，即便很多地方显得自然合理，但是疑点仍旧是大把存在。趁着老爷子喝茶的工夫，我给火燎原发过消息去，问情况进行得怎么样了。但是四十分钟过去了，那边依旧一个字都没有回复。

事情突然焦灼了起来。

罗子文一夜间白头。横祸来得突然，加之儿子死相凄惨，就又寻思着找些人来看看罗家的宅地格局。这事情本是常瞎子的生意，却因为此前事情结梁难平。他思来想去，觉得那瞎子所言简直狗血喷人，一派胡言，但又隐隐觉得这人话里有话，真假难分。面对此端祸事，罗子文心中的惊怕已经代替悲愤占了多数。他夜里思来想去，觉得不论如何，动手伤人确实过分，于是暗里下了决心，待到明日去赤脚医生那里开几服止血化瘀药，到那常瞎子家中赔礼道歉，顺带着问一问那话头是什么意思。

务农人心里最开始的耿直逐渐散去，骨子里的后怕占了上风。他重重地叹了口气，听见床边上婆娘一抽一抽的啜泣声，便心烦地背过身去。

昨天的弦月已经消失了，满天空都是数不尽的黑色。

第二十一章

CHAPTER 21

守口如瓶

消息已经发送了至少五个小时，但火燎原愣是一个字没有回我。

天色已经黑下来，我从林大爷林方志家里出来。徐路生虽然是个傻子，但是四肢有力手脚灵活，如果徐家真的藏了什么见不得光的事情，并且有人指使这人下个狠手，火燎原没有防备的情况下不可谓不凶险。加之精神疾病类患者的过激行为免受法律制裁，被人利用的概率虽小，但要是被人钻了空子，就是十拿九稳的借刀杀人。

冷汗像霜一样从我的尾椎向上一层一层上浮。事已至此，再藏着掖着，要出了事就晚了。我拨通了王广安的电话，振铃时间被拉长了数倍，电话被接起来的时候，最后一点天光消失在云层深处。王广安告诉我，三个小时前火燎原就已经回来了，但是一直在屋里头，也没有出门。我告诉他赶紧递一下电话，那一头好一番交涉后，我才成功听到了火燎原的声音。

“你电话叫人吃了？！发了多少消息你当摆设？！看不见还听不见吗？！”

“……”

“说话！叫你去了一趟徐家，怎么还把你弄成哑巴了？”

“这事不好说，门下黑。”

这仨字一蹦出来，他就直接把电话挂了。其实听到他的声响，我的心也就踏实下来一多半，但是心里的火气一下子就升起来了。但听到“门下黑”仨字后，火气也就一下消下去了。

十年前，武侠和警匪片还没有退潮的时候，我就和他算是挺要好的朋友了，那时候他还没有搬走。十几岁的年纪正是想象力丰富的年纪，我们看了十几部港制的卧底片，从此迷上了不正经说话的江湖调调，并且还专门弄了一则自创的语录。类似江湖隐语，是指道上的专用词汇，不是内部的人稀里糊涂得听不明白。我们为这些词汇赋予了专门的汉语意思，当时完完全全是因为假期作业太少。十年过去了，大部分绕口的五个字以上的词儿，我们都忘得溜干净，但是“门下黑”仨字，我记得很清楚。

这仨字的意思是事情变化不可说。再引申一下就是内有乾坤，但当事人与知情者出于各种原因不便于透露。而之所以我记得清楚，是因为火燎原是个典型的“妻管严”，但凡我有点空去找他，想去酒吧放松放松，他十有八九就得跟我说这仨字。以至于长久以来，这句黑话和原文义基本搭不上边了，变成了“你嫂子在边上，晚上出不去”的专用意思。

我在车前一下子陷入了焦虑。事态从一开始就没有按照我的计划与推测发展，而这条线路的其中一条，已经因为不明原因封死。眼下只有瞎子这一条路。说实在的，也同样是希望渺茫。林方志说这老瞎子的嘴，像从里头焊死的铜葫芦，光听得见里头豆子噼里啪啦地响，但就是一粒都倒不出来。换句话说，这人最喜欢顾左右而言其他。让这人开口说话不仅看他本人心情还得看诚意。这诚意不是钱财，而是结合本人情况和心意送出的礼物。若这瞎子满意了，或许一只草果也能换几句金口玉言。不满意了，什么也挖不出来。而且即便是说，也不会多说——不超过三十个字，之后再想问出点什么东西来，就是如登天一般困难了。因为这件事情，这瞎子的名气是只大不小。更有传言说这瞎子心窍极多，心算很灵，因而几乎知天命，所言半掺天意。因此，老天摘了他的一双眼做交换。其多言之事涉了天机，因此多有不传之秘。而为了保全自己，这瞎子就只能守口如瓶。

半真半假，这是我听到这传言的第一感觉。如果不是听人说亲眼所见，我有理由怀疑这不是一个人。然而眼下的情况不是人在舟上桨推舟，而是风浪自推舟与人。线就那么一条，不查就没得查，没法细想里头有多少蹊跷，为了把这件事里头的道道先撬出来，第一件事是备礼。

先前林方志告诉我，走访过的赤脚郎中余有石话只透了三分。我告诉林大爷这人多年前就已经停了采药开方的营生，现在安心归田时，这老头笑得直摇头，他告诉我说，小伙子到底是眼浅，若是这郎中真归了田，他又何必多说一嘴？之所以说不敢行医问药的事情，是因为当下你可以给人看病，但是你得有资格证啊。余老爷子半辈子都是在山头树底的药草筐子里度过的，读的书、识的字仅够把药名标清楚，哪里还有什么能力去考取专门的资格证？但是这么多年都在帮人解除头疼脑热，这些东西绝对不能说扔就扔。他不想多生事端，对外称已经解下悬壶，一心务农。

林老爷子顺了气，“我们这些老的，有病痛的，嫌麻烦不想去医院的，都是去他家里拿几服药，他都知道是什么毛病。别的人他不管，怕给人治出毛病来，人家要是反咬他一口，他可是连一个字都说不出来。余有石为那些没什么钱的，又不愿意麻烦子女的老头老太太们开方问诊，只收几块钱的草药费用。这样一来，大家也就心照不宣，不会左邻右舍地宣扬。这人就这样，继续悬着一只药壶，只是壶悬在外人碰不着的地方。

“你若是找他闲谈还可以，他子女不在，见到人也都能说上几句热话，也喜欢跟人说。不过你要是求药，就得看你自己的本事了，能不能说得动他。他忌惮的事情多着哩，采了半辈子药，刚够一副松棺的本儿，不能叫一副方子全折进去是不？”

难题是一重又一重——先是火燎原无故闭嘴，后是瞎子金口难开，再到现在余郎中的药一方难求……从马南到好一点的诊所去，怎么着也得在山道上跑四十分钟。天色都黑透了。山里天一黑基本代表着人的一天工作结束，而对于这种半辈子信奉食补草药的农人，我剩下多少时间真是心里一点底都没有。

我上了车就踩动油门，顺着路往村子右后方开过去。等我站到人家大门口的时候，大门里头的栓头都上得死死的了。但是值得高兴的是，从门缝里看进去还不是全然黑，那瓦房的小窗里还透出一点黄光来，这就代表着还有希望。我在门前站定一会儿，才伸出手叩响了木柴门。半晌，听到有人从那瓦房里出了门走到院里低声问是谁，我如实回答：“小林，林山语。”

插在门后的栓头咣当一声滑动，余老爷子穿着一件背心露出半张脸来，他脸上浮着一层困色，低声问我是怎么了。这个时候门开了，就是眼见阎王批生死簿——怎么着也不能哭。我笑了一笑，心想倒也不必遮掩，就告诉他：“这么晚打扰您，实在是不好意思，想要求一服药。”

余有石面色一震，倒也并未着急拒绝，他又多拉开半扇门扉，上下打量了我一遍才把另一扇门也敞开，回了我俩字：“请进。”论年纪，他已经可以做我的叔伯之类，但是言语里却全都客客气气的，没有透出半点对小辈的轻慢。他把我引到房里，房子里面的陈设没什么大的变动，只是那一点隐约的光源让人惊奇——半根立在莲花铜烛台上的白蜡，那火苗由于开合屋门产生的气流扰动，剧烈地跳动了几下，随后恢复到平稳的状态。这一处光源燃烧在一张靠北的方桌上，桌上气味浓烈——铺满已经晒干的药材。

“坐吧。”

“哎。”

“我去烧些水，上次你送我的茶叶的确不错，我泡一点，咱们慢慢说。”

这个颧骨极高，六七十岁还不驼背的凤眼郎中说话外绵内刚。我着实想要推辞，要他不必这么麻烦，但他后半句话一出，两层意思就都显露出来了……他把炉子升起来，墩上一只铁壶，而后才慢慢地坐回到桌子前头，宾主意味非常明显。我吸了一口气，这次求药怕是真如林方志所说，六成铩羽而归了。

“余大爷，您这怎么就点一根蜡烛呢？村里都通了电的。”

“小林啊，进山不久吧？这山里一亩林子半缸虫啊。我图屋里亮堂，弄得屋子里灯火通明倒是不费劲，那这半边山的蚊子，就都会挤到我这巴掌大的屋子里乘凉啦。”

这理由让我惊了一下，确实是一叶障目不见泰山，答案比我想得简单了许多。

“这天一黑，我们这村里人没有正事的都习惯把灯给熄了，一来省电，二来是不招蚊虫，三来安神定神，天黑人得睡觉啊。”

“但是，我看您这也不是没有正事啊，您这桌子上摊着的应该是药方吧？这天都黑了，您都还在孜孜求学，让我们这些做后辈的看到了，都觉得自己惭愧。”

“哈哈，你们有你们的正事。再说这捣药抄方算不得正事，不过是人老了有点爱好而已。我这四十年都走在给人看病的山路上，到老来也没有摸透这里边的道道，中医草药博大精深啊。我做不成别的，只能继承我父亲的遗志。”

“余大爷，我听人说您这药是不开给别人的，不过我来求药是真心实意的，您看？”

炉子上水壶开始鸣哨，水汽从壶嘴里喷溅出来，余郎中从座上应声而起，将水倒进杯子里，动作中透出相当平缓的稳劲来，像是憋着一口气一样。

“那得看你求什么药了。”

“那您给开什么药呢？”

话一出口我就觉得这问法多少带点毛病，于是就又换了一个问法。

“那您看什么样的病呢？”

“你先喝茶，我先把这捣好的冰片收好再说。”

今晚起风，树影在小窗外头摇动，并且幅度逐步加剧。四方天井上空有些许星光洒下来，显得这晚上倒没有墨水瓶一样黑。那半根白蜡已经燃烧殆尽，气流从窗户缝隙里挤进来，光影在人脸的沟壑里浮动和游移，像云天下的日光在群山上投射的影子。余郎中背身朝着我，将桌子上的药按包扎起，随后又出门拐进另一间屋子。我看了一眼手机，时间是十九点三十七分。

这个点接近山民休息的时间了。

我心里的某处开始渗漏出焦躁，这是在进山之后，时间意识锐化的负面表现，在城市之中时，我并不特别注意时间的流逝。火燎原发来消息问我回不回去，事实上大概率要在车厢里凑合一晚了。事情没有解决，怎么着也没时间多跑一趟。余有石收拾好东西后从门外进来，又坐回到刚才的椅子上去，左手揭开壶盖，右手掌杯子，微微地在茶水上吹气。

“十二年前，我就只接外伤、跌打、虚损瘀血症，其余不再多接。”

我点了点头没有说话。

“所以，你若求的药不能治这几类病症，我也爱莫能助了。”

“您为何只看这几类病症呢？”

“此事话长，但主要原因是这样的，之前山里交通不方便，大家也都出不去山，谁家有个头痛脑热的，都是吃点草药就好。所以家家户户有空了都会去采些常见的药回来，如蒲公英、车前子这一类，有的时候不免就采多些。我作为这山里的郎中，自然知道这种情况，自然也是向他们收买多余的药材。可时间过去，村里路通了，懂药理的人老了死了，人们有了疑难杂症也喜欢往城里的医院诊所跑，这采药的人自然就少了。我一个人虽然也常常进山去采些回来，但相比之前就是杯水车薪了。山里危险，地势又复杂，我年轻的时候胆子大、手脚利索还可以昼夜进出，但是现在一把年纪了，眼神也不好，如果再贪恋几株金银花，或许就会喂了狼。所以有些病不是不能看，是留给最需要的人看。我的药太少了，小林，心有余力不足啊。”

郎中说完微微叹了一口气，而后又打起精神来问我求什么药。我告诉他需要一服疗外伤用消肿化瘀的药就好。这算是瞎猫撞上了死耗子，正好是在他的业务范围内。他一点头说好，转身又出去准备药材去了。

“小林，这一服是外用的，里面有黄芪、乳香、虎杖和白芷。作用就是消肿化瘀，一般外伤都不调配内用方子，人伤了就外敷即可，几天就好。”

“晚辈在这谢过您了。”

“小事而已，现在的年轻人还有人能信我这老古董的一套，实在是我没想到的啊。”

我笑了一笑。其实单论药效，我如果从火燎原那里拿两盒云南白药创可贴，肯定见效更快。但是瞎子看中诚意，所谓的诚意通俗来说就是不怕麻烦甚至是自找麻烦。我正要出门时，却被余有石一把拉住。

“小林，我看你面色憔悴，声嗓嘶哑，这两个罗汉果你敲碎煮水喝，利水消肿，清润。另外，这一荷包的丹砂你也挂在身上。”

这果子实在是我没想到的，他一双凤眼里柔光隐下去。我自然没有占老人的便宜，在那铜台下压了一张纸钞，只是他仍旧是一副欲言又止的样子。我看着那个装了丹砂的荷包，一下子立在原地。

“谢……谢谢您，但是您怎么给我这个？”

“近日不要进山，山里山外，都起了凶灾。”

第二十二章

CHAPTER 22

屋塌柱倒

罗子文半宿都似梦非醒。梦里闪回的都是儿子泡在水里的景象。这些零碎的极具冲击力的片段着实让人惊悸和恐惧，朦胧里他也落了水，肺里灼痛起来。他哇一声翻起身来才意识到这是个作恶的梦境。孩子娘已经起早，他支起身子，看到柴房里的烟火这才算安下半条心。东南角的脸盆架上放着打好的热水，罗子文颤巍地下了床，慢慢地游移到脸盆架跟前。他抹了把脸，抬头往架子上的镜子一照，差点没把自己吓死——一半的头发一夜花白。这让他瞬间清扫干净方才惊醒自己的噩梦余孽，同时添了十二万分的悲愁与苦闷。

又得生养一个孩子，从头开始。

一个人的苍老和悲哀，大抵是从清早的一声长叹开始的。持续了几天的雷雨，此时仍飘在北山前头。抹完脸，他趿着鞋走到房前吆喝早饭备好没有，没有声音回答他。今天要做的事情也不算少，他转身进了里屋。儿子生前的衣服大部分都被带进了那口薄皮棺材，唯独剩下几件他娘亲手织的小袄压在箱里，留个念想。这东西的确犯忌讳，但他也扛不住女人的无声泪流。玩具、书本能烧就烧，能埋就埋。屋子一下子空出来，像被掏空了一般。

罗子文的老婆从屋里端出两碗清汤面条，一碟酱菜。这面条还没挑起来，北山上的云已经按捺不住了，从那梁顶上直往南飘，盖住了没出一个时辰的日头。罗子文刚吸溜了一口，雨哗啦就下来了。

“咱儿夜里给我托梦，他说：娘啊，我好冷。你把那件小袄烧给我吧。”

“日后再想。”

“再想也不能把他冻着，他一个孩子在那头……”

“行……行。”

男人不耐地一摆手，脸上浮出一层霜。外头起这么大的雨，一切都像是泡在水里，被浸透了。过了早，他夹上一把黑伞带着一包火柴和那几件衣服就往山头走。

一地的泥泞，这男人越往前走心里就越不痛快。这雨断断续续下了一个月，河水涌上来，水库泄了洪，他儿子丧了命。罗家的独苗被掐了，他是醒着愧对牌位，躺下难面祖宗。四十年前，他爹生病暴毙，罗家在他母亲的强撑下勉强维持。这女人受了一辈子穷难，仗着一张利嘴才没有被人吃绝户，一辈子的心愿就是罗家能多生养几个。前年一场风寒，老太太在夜里走了。没想到这才几年光景，罗家却又添了新坟。

罗子文走了一路，想了一路，又记起常瞎子说过的话，心里腾起一阵大雾。四十年前他也不过四五岁，记忆中的一切都模糊而单调。那时，他爹正值壮年，一米八的个头，在队里搞生产，中午一顿能塞下四个杂面馒头，却也是说没就没。一天下午，小子文在院头拔草，远远看见走来一个人，这人告诉他前头几里路的地方晕倒了一个壮汉，像是他爹罗成坤。等他爹被人扶回来，面皮已经煞白，身上铁一样结实的腱子肉团像没了骨头一样软。夜里，他爹悠悠醒过来，告诉罗子文口焦，这孩子就从大缸里舀了一瓢冰凉的水给他喝，等到求药的母亲回了家，他爹已经凉透了。

罗家的顶梁柱倒了，罗子文早早就学会看人脸色。谁家有红白事，半大孩子罗子文跨了门槛就给人磕响头，为了一个馍，他能把好话穿成莲花从场头说到场尾，十八岁前吃饱饭的日子两只手都数得过来。熬了半辈子，他终于上了轨道包了茶田，命运的车轮却又把家里的房梁碾断。

他拎着一兜吃食踩着成了河的路向山里跋涉。空气中的水汽再次饱和，这种潮湿附着在每片树木的枝叶上，集结与坠落在房屋的每片青瓦上，飘飞在四处沾惹的雨丝里。罗子文的半边身子很快就像是从水里捞出来一样了，他把伞使劲往前压，视线里只有黑绿的灌丛与野草。

这种天气，东西能不能烧起来都难说。

他踩着前几天刚走过的路进了林子。这片树林里有罗家罗成坤迁来的祖坟，几个年份久远的土山包都是衣冠冢。到了罗子文的儿子这里，才算是真正的坟头。十几天前站在他跟前的还是一个不写作业吃一碗干饭爬墙一上午的孩子，转眼就进了一个四四方方的盒子里再也出不来。罗子文拎东西的手压不住地哆嗦。

横死的孩子不葬在正位上。罗子文绕过他父亲坟后的几棵小柳，往右边趄去。不管怎么说，这么小的孩子没担起担子怕是祖宗也看不过眼。往右走了十七八步，罗子文停步，毕竟也不能离得太远，不然得不到先人的荫蔽，那孩子的魂魄将孤苦伶仃无所依靠。

罗子文踩倒了不少嫩绿的青草，把那些新长出的植物重新栽到泥里。

他站定在儿子坟前，此时的他完全不知道自己是谁，做了什么，在这几秒钟的时间内，震惊、恐惧、惊悸像被聚集了数十库仑的白雷击中的桦木一样爆燃起来。他盯着眼前被扒烂的坟头，黑森森浸了水的棺材露出来，整个坑的水都像漏斗一样往下倒灌，缺

了一角的木棺像一只行将覆灭的沉船。

这个男人狂嚎着向前栽倒。他的嘴里发出了类似毒蛇一样的嘶响，随后是挣扎着要窒息和咽气的悲鸣。他的身体像木头一样吧嗒砸在坟前松软浸水的土里，土块与雨水因此飞溅迸射。他绝望而不甘地爬行到坑前，脸凑到那只黑棺前，透过那缺失的一角向里瞧去，里边是一盅宁静的黑水。他试图摇撼这只沉重的棺木，然而，隐没在湿土中的大部分却仍旧固若金汤。它被重新斜插进地里，露出的一角好似伏在沙砾下张开嘴巴的蚁狮。现在，它被水灌了个满当。

几秒后，他感觉四肢因恼怒而震颤得像是筛糠，完全无法站立。但这种震怒很快被如山洪撕开河堤般的恐惧所淹没和替代了。被吃绝户的言语风一样灌进他的心里，到达四肢百骸的根根神经。在强烈的恐惧下，罗子文只能爬行着试图堵上那漏水的一角，但那空洞大得惊人，他手无寸铁，只好拿拳头堵住洞口，把里头的水一点一点舀出来。泥泞已经浸透了他的里外衣物，濡湿爬遍了周身。

他像一只蛰虫一般趴着，完全无法接受眼前的一切。这不在一个农人的认知里。他想站起来回家去拿起子与木板，却没有再看一眼眼前情景的勇气。他也不知自己是该吼着冲出山林还是一声不吭，有那么一瞬间，他想让车把自己碾死，就算肚肠突然间被车轮从上下两头挤出来也无所谓。他完全成了一具空壳，见了人该怎么说？该哭？该怒？他的儿子死在一场暴发的洪灾里，新坟下葬没几日，却被扒开刨平打了洞，等着雨水倒灌。这的确是比那河水还汹涌的灾厄，席卷的恶气与恶魔般的行为吞噬了他反抗的勇气。几分钟后他才哭出声来，哭嚎声在安静的树林里尤显突兀。

如果罗家的新坟不那么远离人烟，罗子文也不至于在泥水里抽搐了半天才从震天的惊悸里狼狈地爬起来。事情完全超出了他的想象。他把所有东西都留在了原地，自己冒着大雨出了林，见了稍宽一些的大路就一头栽倒下去，这一次他连哭嚎的力气也一丝不剩了。

前一天，赵右民接到隔村常家村打来的喜宴电话，让他早上快中午的时候送十斤猪肉十斤蹄髈十斤下水。他从清晨开始忙活，等雨势稍微减弱就发动了车子。可天公不作美，雨势不减。他戴了斗笠出门，大老远隐约看见路头中间瘫着一个人。

他吓坏了。只半月光景，他就先后见证了罗家大小男丁相继倒下。他急忙下了车把人拖起来，昏过去的人死沉。此时这男人的脸已经白得像一张被揉烂的蜡纸，嘴唇抖得如鱼出水。赵右民把他搬到三轮车上，急忙驶到罗家门口。罗子文的婆娘正坐在方凳上出神，看见一早出门还好好的汉子现在却同纸一般惨白，差点惊昏过去。她哆嗦着自言自语："不就是烧几件小袄，怎么……怎么成了这个样子。"天色尚早，赵右民帮她把人安顿好才离开。他多长了个心眼，给人送肉前，去林子里转了一遭，他掀开黑伞，见到撒了一地的果子西饼，又瞅见了那骇人的大坑，像只猴子一样蹿了出去。

回了家，老婆还没有问，他便边脱斗笠边说："罗家的新坟，叫人掘了！"

消息不翼而飞，并且越传越玄乎。掘人新坟是何等恶毒，谁也不知道是谁和罗家结了梁子，也不知道始作俑者究竟意欲何为。常瞎子的谶言又遭灵验，风雨摇曳的同时，人们开始重谈数十年来的各家恩怨。

罗子文昏睡了一宿，硬凭着强健的体格在后半夜逼退了烧热。这一夜，罗家的女人在余郎中的门口敲了半时辰的门才终于把门敲开。余郎中从梦中惊起，顾不上心烦意乱，赶忙备上药材、嘱托事项，忙活完，天色已经微明。罗子文醒来后，意识变得呆滞迷乱，对于前天发生的事只字不提，好转后也只默默守着院子抽烟。新坟已破，他心里的最后一道防线也破了，他默认了常瞎子的话，于是不再关心罗家的生计。

关于凶灾的言论是几天后起来的。好奇胆大的村民接连进林子查看被掘开的坟头，发现那些被刨开的大坑四周净是些兽爪印。此地土葬多于火葬，显然那些林中的野兽不是冲着已经火化的骨粉而来。有人猜测，或许是那些被泡烂的果饼祭品引来了野兽。但兽爪印之多，让人生惑，因而也有人跳出来说是坟位太凶，招惹了人们不常见的祸患。

年龄大些的老者说，老梁顶的夜里又出现了野兽长鸣，多少年了，这山怕是又要醒过来了！

第二十三章
CHAPTER 23

雾里探花

第二天清早，我带着余郎中开的药去拜访常瞎子时，他家门口早已被堵得水泄不通，里外站着的人像赶集一样淹没了一整条路。不知又有什么热闹事吸引了他们。时间刚过七点，山里人真是起早。

等我走近，才觉得人多得不正常，事情根本不是我想的那样。

常家的大门口，跪着一个女人，她头上裹着一条兰花巾，神情相当麻木，仔细看就会发现她的脸上几无血色，两眼浮肿。我猜测，这女人要么受了重大打击，要么根本没休息好。

我拽了拽旁边一个老太太的袖管问发生了啥事，老太太告诉我这女人就是罗家罗子文的老婆，之前儿子横死就备受打击差点没挺过来，现在儿子新坟被人掘了，丈夫又受了刺激神志不清，她离走投无路上吊自尽仅一步之遥。常瞎子之前说的话，这女人估计信以为真，所以大清早就跪在这里求见常瞎子。

"哎哟，病急乱投医。"热闹看得差不多，老太太转身就要往外走。

我忙留住她继续问道："这女人跪在这里多久了？"

"不知道，听人说早上卖豆腐的张泉良上外头进黄豆的时候就看见她了，可能是天不亮就到了，也说不定是一宿没合眼等在这。"

有两个相对年轻一点的村民看了几眼就往外走，我上前抓住一人，问道："那常瞎子出过门没？"

那村民不认识我，脸上一惊。我一点头，话就说出去了。他盯着我上下扫了一遍，才开始思索我问他的问题。他告诉我常瞎子半小时前出来了一趟，只丢下一句话，意思就是天意如此，他连自己的眼疾都治不了，这等生死大事又怎能替人做主。说完就回屋把门关上了。

说完，他瞥了我一眼，抽身就走。这里的大部分人站了一会儿，等消了困劲和稀奇，就该干吗干吗去了，谈不上同情。有的人连看都不看，喷黑烟的三轮车载着农具上田下地，刹车还费油。人群离那女人始终有那么五六米的距离，我心里奇怪，怎么一个上去劝的都没有？那老太太要走，又被我留下来请到一边，央求她详细说说这常瞎子的规矩。

这老太太倒是面善，让我跟她去她家听她慢慢说。她一大早出来买粽子，到现在已经站了两个钟头了，腿脚吃痛。我搀着她，边走边听她说。

在常瞎子家门口，那女人跪在地上，有人拉她起来也不理，只是不停地说她家里多惨，说着说着就哭起来，恳求常瞎子出来给罗家指条路。再接着，她就满嘴跑火车了，说罗家遭了灾，就在山里，越说越邪，但她哭哭啼啼地又说不清楚是什么灾。

“她说得可真是惨。一边说一边号，哭丧也不见得这么卖力哩。她说她儿子罗晓春托梦给她自己冷，梦里孩子就泡在水里。家家都有孩子，我们听了也掉泪呀。后来我们才知道，她儿子的新坟被人掘了，天上下雨，水都倒灌到棺材里头去了。她男人去烧纸受了刺激，成了半个哑巴。听人说整天就是蹲在门口抽烟，烟抽没了就把扫帚拆了抽高粱秆儿，这东西烧的烟咋能往肺里去哟，我们这当邻居的都去劝过，她男人倒是不抽了，但还是蹲着不起来，成了哑巴聋子。他整个儿都瘪下去了，再这样下去，这一家子可真就难说能不能过下去了。”

“那这常瞎子是个什么意思呢？”

“这常瞎子啊，当孩子的时候还不瞎，后来得了眼疾，他爹听信了人家的偏方，结果方不对症，这眼睛就渐渐地看不见了。后来跟着村里的老野道学了些相术，这才没有饿死。不知道是老天看他可怜呀还是别的原因，他给人算的可真是挺灵。不过到后面，他就古怪起来，有人求他，他不开口，无人问他，他又憋不住送人几句。这不前些日子就把自己脸给豁了。这瞎子有个规矩，一天只算一卦，能见上一个人就算好的，多了就是一句恕难从命把人打发了，管你是不是天南地北来的，谁早上开门让他第一个看见就给谁算。这架子没边啦。”

我点点头，这和余郎中说的倒是差不多。

“当真他这一天就见一个？”

“这不清楚，我们家与他常家不太来往。他常明山年年都锁着大门，像藏着宝贝一样，搞什么名堂谁能知道。”

“他结婚没有，有没有子女啊？”

“他？嗐，到老了都没娶老婆。不过听人说他有几个义子，其中一个早早地就不上学了，有时会带些吃的来看他。有人夜里曾看见那孩子搀着他往山里走，不知道去做什么。”

“那孩子什么样？”

“个挺高，挺瘦，也就十几岁的样子。”

“其他的义子呢？来过这里吗？”

“应该来过，不过少见。最主要的还是我说的那一个。”

家里只有她和老伴，她收拾碗筷准备吃早饭。我知道自己该走了，她却多拿出一副筷子来，说：“小伙子，你这么关心他，想必也是有求于他吧，你年纪轻轻的，该成家该立业，可不要信这一套。受了挫折得知道扛，这么一早没吃饭呢吧，天巧了，我糊涂多买了几个粽子，你吃一口再走。”

这老太太十分热情地把我留下，乌龙归乌龙，心里倒是一下子热乎了。我接过一个红枣馅的粽子，她叫老伴给我打了一大碗热乎的豆子稀饭。两个老人都颤巍巍的，屋里没有子女的身影。稀饭刚从灶上盛出来，我吸溜了一口，烫得舌尖发麻。

“实不相瞒啊，奶奶，我不是受了挫折，我是找他来问事情的。我住在离这里三十公里外的程家湾，这不前些日子村里走失了一个人，这人精神不太好，第二天就到你们村了，这么老远的路，警察都稀奇。我是村里的干部，想来了解一下情况，人丢了不是小事，都是责任啊。”

“哦哦，你一说我想起来了，一个个子挺高的小伙子，在路上又叫又跳跟耍猴似的，吓死人了。那孩子我没见过，面生，是和那常明山有关系吧。”

“我听人说是有关系哩，只是不知道具体情况，这才来问问。”

“明白，明白。不过你今天可能见不上了。那女人跪了老半天都进不去门，这大早上整这一出，这瞎子估计脸上也不好看啊，何况你又是外边来的。”

老太太说完摇了摇头，开始唠叨老伴熬的稀饭水少——太稠了，嚼着费劲。我吃完了道一声谢，准备告辞。这事一开始顶多是萍水相逢，但是老人家留我吃了一顿饭，这就结了善缘。我记住门牌号，告诉她等忙完了再来看她，老太太脸上露出笑来，送我出了门。

常明山家门前的人都散去大半了，那女人已经停止了哭诉，只是不声不响地跪着。她脸上一点表情都没有，像一块雕了五官的木头，我走过去，经过那女人身旁，叩响了门。

半晌过后，门后头传来一个声音，声音压得很低，寥寥几句。意思是今天身体不舒服，闭门谢客。

我身上不知道还有多少麻烦等着，因此绝对没有可能因为问个话再开着车来一趟马南。瞅了一眼后头的人，我下了一个很大的决心，开了嗓。

“翻身鹞后人，程家湾林山语，前来问事！”

后头的人听到这一嗓子，顿了一下，四周都肃静了，但是紧接着又起了声响。那女人脸上也不再是完全的麻木，她显然吃了一惊，微微抬起头来看我。

事已至此，骑虎难下。正当我不顾面子要喊第二声时，门开了。

就这么一瞬间，我连里头的人长什么样子都还没有看明白，肩上就传来一股剧痛。一只手掐进了我的右肩膀，一把把我拽了回去。力气大得简直离谱，像是臂围五十的熊。我一回头，那女人就把我甩到身后，带着极大的决心一般将门撞开，拼了命地往里挤。

她收手的时候，我意识到她拽我那一下带着多大的狠劲。肩上丝丝缕缕地灼痛起来了，不用细看我也知道肯定被抓出了血痕。门里的常瞎子显然没料到会发生这样的情况，那女人半个身子已经进了门，围观的人这才意识到不能坐视不理。一个稍微年长的男人冲过来拉住她，两人挣扎着往前腾挪了几步，常瞎子往后一退，那门缝已经大得足够钻进去两人了。

常明山站在门口，像块石头一样看着：一个扒门的女人，一个劝阻的村民，一群看热闹的人，还有一个自称是翻身鹞后人的青年站在门口不知所措。

“大嫂，天无绝人之路，我今天来是有公事要问他，你要是有急事想问人家也得人同意啊。这样吧，你的要紧话，我可以替你传达，估计你一晚上没合眼，先回去休息吧！”

我扶住那女人的左肩，她已经完全支撑不住，身体跪倒下去，先前的紧绷情绪也在此刻崩溃，膝盖砸地的瞬间，这女人号啕起来。

“大哥，麻烦你和我一起把她送回去吧。”

将死与极悲之人，其身重如千斤。我和那位大哥把她架起来，人群自动开出一条道。这女人大概因为过度悲痛和体力不支已经昏晕过去，所幸罗家离这不远，叩开门后，一个男人慢悠悠地把人接过去。

不用多想，此人应该就是罗子文了。

与我同去的那位大哥姓郑，马南本村人。因为他家也包了山头园子种茶，所以和罗家走得挺近。

“罗家死了人，发生这样的事也可以理解。”

因为挂念着问常明山事情，我没有和他过多攀谈。从常家离开时，我往里瞥了一眼，那院门虚掩着，意思很明显。

夜长梦多。罗家女人被送回去后，十分钟前还相当拥挤的街道一下子变得门可罗雀，我从南北向的泥匝道里拐出来，一眼就看到了常家院门边正立着一个人。

拄着一根拐，戴着一副墨镜。不出意外，这就是被人称作雾里探花手的常明山。

“办的事情，是有他几分气度。”

他这一句话说出来，我一下子就哽住了，一时间也想不出一句谦辞来。

“我知道今天有人要登我常瞎子的门，请进吧。”

说完，他一拂衣袖，推开门进屋去了。来不及待在原地细细咂摸他话语里的意思，我忙跟着他入院，掩上了门。

即便是七月阴雨天，也绝不至于封锁所有雀鸟的鸣叫，但这常家后院高耸十几米的白杨只是安静地苍绿，这一树苍绿把所有声响都盖住了。小院里没有别的活物，只有西北方向立着几只大缸，红艳的芙蓉花从缸边探出头来。我不便细看，常明山步履极快，利索得令人根本看不出他眼睛有什么毛病，转眼工夫，他就已经在房里倒水烧茶了。

这种安静似曾相识，和我独自在村屋过夜的晚上非常相像。只是那村屋矗立在半山，数里之内杳无人烟，晚上叫唤的除了夜枭子就是蟋蟀。马南的村路铺着水泥，足以通车，院子和马路也不过一尺之隔。

“寒舍粗陋，入座，请。”

进了门，烧了茶，常明山就倚在太师椅上，我走到哪他的脸就转向哪。

“我是……”

“说过的话就不必再说一遍，我虽眼盲但是不聋。我知道你来问事，也知道你是谁，没有猜错的话，你手上还拎着几服草药，用来治疗外伤跌打。你有心了，不过时候晚了些，我这老朽的面皮，破相有几日了，外敷内用之类也就不必了，全凭天地造化吧。”

“先生神准！不过您怎么知道我是谁？”

话一出口我就觉得自己很蠢，整个屋子陈设简单，没有外人出入的痕迹，想必他是不怎么请人进屋的。

他笑着一摆手，道：“那红花的味道不弱于丹桂，哪有什么神准。至于你后边的问题，不是你自己说的吗？你是翻身鹞的后人。”

“如果这只是我的一面之词呢？您不担心我是故意这么说的吗？目的是引你开门。”

“那你为何不担心我同样是骗你的呢？”

此话一出，气氛也就瞬间缓和了，常明山仰头大笑，下巴到腮帮的伤口赫然可见，

“小伙子，我这里有两条规矩：规矩一，问人问事要备礼；规矩二，一天只见一人，帮他解惑。这两条规矩我已经恪守了有些年头，我今天一早已经见过罗家的女人，你知道我为何又为你打破规矩开了门吗？”

“晚辈确实不知。”

“不知者不怪，你既然不知我也就不必多说了。你是问事而来，便开门见山地问吧，常某不才，知道的能说的一定倾囊告知。”

刚刚稍显轻松的气氛瞬间又凝重严肃起来，虽然明知此人看不见，但我还是下意识把腰板挺直。

“我们村的徐路生前些日子失踪了，我在那村里干活，警察说人是在马南找到的，晚辈想要问问先生是不是认识他，如果认识的话是什么关系呢？”

“他是我的义子。在他母亲怀他的时候哇，我就与他结了缘了。前些日子他自己偷偷跑来看我，这件事他母亲不知，所以生了惊慌。我知道后就打电话把人给送回去了。”

“原来是这样。还有一事，恕我冒昧。晚辈调查了那天的情况，他母亲锁了门，按

理说他应该是被锁在屋里无法出门的，但是那天他不仅出了屋子，还跑到你们村来，整件事情竟然没人发现，蹊跷颇多，先生能否解答？”

“关于他是怎么来的，我确实不知。”

“徐家母亲说他有智力缺陷，按理说他离家来到马南是不可能做到的。”

“关于这个孩子，常某有难言之隐。我能明说的就是这孩子与我缘分深重，有些东西事关重大，并且这与你所问之事并不相关，请容常某不得已为之。”

“此事关乎徐家安宁，也事关村中管理。”

“常某向你作证，暑夏消散时，这类事情再也不会发生。我会亲自给他母亲打电话，作为他的义父，我自然有办法让他安生下来。”

“先生恪守规矩数年，却因为晚辈一句翻身鹞后人便开门待客，想必前辈与他交情匪浅。恕晚辈直言，家父于数十年前离开群山，临终时牵挂守山之业后继无人。晚辈立下誓言要完成他的未竟之志，前些日子误打误撞追查到这里，听闻了翻身鹞的传奇往事，觉得此人似乎与家父有颇多相似之处，这才斗胆借翻身鹞后人之名向您请教，请问先生您是否认得翻身鹞，他真名叫作什么？”

一听这话，常明山霍地站起，本是气定神闲的面容不自觉地激动起来。

“这不可能……请你把手伸出来，常某给你摸个手相。”

一时间，我诧异于他的反应，但也只能将手递到他的面前。他用食中两指先在我两手的脉络上游走一遍，又扶住我的脸，气氛一下子尴尬起来。常明山的手苍劲有力，仿佛树皮底下缝了兽骨。那双手在我的眼窝眉骨处停留了半分钟之久，而后经额角、耳朵、脖子直到肩膀。

“我就说万万不能，孩子，想必是你哪一步弄错了，闹了误会。翻身鹞几十年前就已经葬在那老梁顶下，他死时年纪尚轻，未曾娶妻成家，更不曾有后。”

“翻身鹞已经死了？！”

“翻身的鹞子终究是难聆万物啊。山中险压一重险，铩羽成魔终不归呀。

“孩子，你虽不是他的后代，却与我的一位故人极为相似，但此事尘封多年，我不便多言。若天佑你，你自可一路追根溯源；若缘分未到、心性不够或横生突变，则可能深陷迷途。剩下的路只能靠你自己，你若想继承衣钵，自然是要有些能力的。”

此话一出，我知常明山不会再多言，便道了谢准备告辞。此时的他，已然恢复最初那副气定神闲的姿态，脸上似笑而非笑。

“还有一事……”

“罗家所遭之难，与其说是天命，恐怕却是人为。孩子，善心可贵，能否逢凶化吉，事在人为。”

“晚辈受教，多谢前辈指点迷津。改日定当再来拜访。先行告辞。”

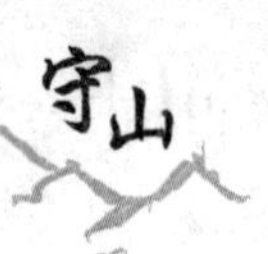

“且慢一步。常某虽有金刚葫芦之诨号，但愿代身后山林为你做些许指引，送你一首偈诗，记在心中。

“祸福生杀古来成，六耳聆摩败在争。假亦真时真亦假，闻采志梅气又清。”

出门时，常明山站在院里，问我芙蓉的颜色。

我告诉他，这几朵都是人心。

……

第二十四章

CHAPTER 24

门下灯黑

我开着车回到村委会的时候，火燎原正像个没事人一样蹲在地上逗那只还没满仨月的小狗——来福。来福正努力往上蹦跶，想叼火燎原手里的那块馒头，一块吸了菜汤的馒头。

我从车上下来，来福显然还不适应庞大的车身突然出现在它的视野里，本能地蹿出三四米远。

“你下次能不能停远一点，我驯了半天，才套了套近乎，来福又给你吓跑了。”

“我说，小狗不能吃这种东西。小东西肝肾发育不全，人吃的菜汤太咸。”

“还用你说？这当然不是菜汤，我找王广安问了，从人家里买来羊奶，至于馒头总可以吃吧，这也没别的东西，都是看家护院的，不至于这么金贵。”

“你上哪买的羊奶？”

“老程家啊，你不知道吗？他家里养了不少羊，没事就在坡上吃草。”

话题越跑越偏，我赶紧转回正题，问他为什么不回我消息。

话都说出来三四秒了，火燎原依旧左手端着羊奶碗，右手揉碎发黄的馒头在羊奶里泡上，嘴里“啰啰啰啰”个不停。来福缩在屋前最底下一层台阶边上，警惕地向前迈出一步，嗅了嗅那块食物。

“成啊，燎原儿，我叫你去走访走访，这还叫人变成哑巴了怎么？”

我插着腰，感觉火气逐渐顶上脑门，从昨天下午到现在，我就吃了两包葱油压缩饼干，喝了两瓶冰露，要不是好心的老太太请我去吃了一顿早饭，我估计我在林大爷家方便的时候又得像刚进山时一样干得像是吃了半斤蒙脱石散。

进山之后，我不是在绞尽脑汁地从茫茫大山里找出一两条和人有关的线索，就是在想尽办法尊重地方风俗求爷爷告奶奶地了解村民难题。这还不算完，我还得倒贴各种费用冒着受伤的风险，而所有能说出几句像样话的局内人好似家里全都藏了金库，而这个

金库的入口，全都不约而同地选在嘴上。

让他们把话说全说完整之难，实在令人无法想象。在山里冒着把轮胎开爆的风险，两天来得到的回答净是些“不可说”“不知道”“自己判断”，离谱的是，这居然是眼下最好的答案。

这么一想，我的火气就压不住了。

当然，我不会一脚踹上去，或者揪着火燎原的衣服把他狠捶一顿。他若无其事地弄碎了剩下的馒头，而后把碗放到地上，轻轻拍了拍来福胖乎乎的脑袋，这才不紧不慢地从地上站起来，表情肉眼可见地从轻松愉快变得凝重。

“把门关死。”

“关了，不至于吧，燎原儿。又不是地下间谍，你整哪一出？”

“那仨字你没看到？”

“看到了，但是这事除了我之外还有谁会关心？王广安？还是刘主任？”

“街坊邻居。你好歹得注意这些细节。”

“传出去是不好。”

“农村嘛，稍微一点风言碎语就能给你传得神乎其神。所以最好从源头上就重视起来。之前你我的感觉没错，这姓徐的人家确实奇怪，肯定是什么地方有问题。”

“说说？”

“我先问你个事，这村里的人户口登记时有没有详细登记职业？”

“你这问得莫名其妙，根本不可能。除了外出当兵的或者打工的，还有村委会的，所有人填的都是农民或者务农。”

“那如果他不务农呢？”

“那也是个体户，不会细分。你问这个干啥？”

“也就是说，其实人家家里靠什么赚钱你们村委会是不知道的？虽然填的是农民或者务农，但人家可能靠别的手段谋生，有这种可能吧？”

“老天爷，你不会是发现了什么黑灰产地下作坊吧？”说这话时，我刻意压低了声音，因为这个变通实在寓意非常。

“那倒没有。我只是想确认一下情况，看你们和村民之间是不是存在信息隔阂。”

我点了点头，这个问题我之前确实没想过，但这种隔阂会被别的信息渠道代替，因此显得有些无关紧要。

“所以你直接说吧，到底问出了什么事情？”

“我还没问完，你等我问完再详细地说。”

“问。”

“这些农村的房子建造的时候，村委会有人在场吗？”

“当然没有。村民现在住的这些房子，都不是近些年才盖的，都是很久之前的老宅翻新或者是一间一间陆续盖起来的。不着急住人的话，工期就拖长了。也可能有些房子从盖成后就没怎么动过，顶多是换个瓦片铺个地砖。”

“也就是说，没有建筑平面图，什么也没有，多大的宅基地盖多大的屋，用多少砖，和多少水泥，都只能看着来。”

“理论上这种平面砖房不需要特别专业的工程图纸，农村盖房一般就是单层，施工难度又不大，也就不用牵扯到你那一套工程力结构力之类的了。建筑队是属于经验派的，盖房的时候随便画两张草图差不多就行。”

火燎原坐在马扎上一言不发，他大学专业学的就是这些东西，完全没必要问我。沉默了半分钟后，他呼一下站起来，转身去找东西。

“干什么？”

“找纸。

“我知道哪里出问题了。”

火燎原掏出一张A4纸，又从文件夹里取出之前我画的徐家房子的平面草图。

“我是今天早上八点钟去的，天挺早，太阳差不多在地平线以上三十度。我大体瞥了一眼，现在是夏天，太阳初升在东北方向，到八九点的时候位置就会逐渐南移，夏天的回正值小，冬天会大一些，但总体来说，太阳在正午时分都会位于中天正南，专业名词叫太阳高度。这玩意因为和开发商品房的最低日照时间有关，所以我们相对清楚。八点多的时候，根据当时的太阳方位和高度表，距离夏至已经过去二十天了，所以方位角绝对不超过八十度。”

“所以呢？”

“所以如果这房子真的坐北朝南，那么，在这个时间点，太阳会把房子的影子投射在西南方，但事实上，我去的时候没有看到任何影子。”

“太阳没有直射的情况下，不可能没有影子。”

“对！这影子并不是没有，我刚才明白了，它是藏在房子与房子之间的匝道里了，这说明什么？这屋子并不是真的坐北朝南，它在东西轴上的角度倾斜了，换句话说，这个屋子的东西两面墙和现在早上八点的太阳连线是垂直的。因此它产生的影子只能是单面的，藏在西墙的过道里。”

“房子的东西两面墙连成一线，平行于东西向地线。”火燎原喃喃道。

“嗯，所以呢？”

“那条路不是斜的，为什么房子非得歪着造呢？”

“什么玩意儿？什么斜不斜？”

“废物。”

他白了我一眼，抽出一支笔来开始画图。他一边想一边断断续续画出线条，说：“你把卫星地图调出来，放到最大。

“你看，我猜得没错。这条进村的路绝对不是以前的路，就这个水平来说，我推测绝对是二十世纪八十年代之后修建的。徐家门前的这一段路，几乎完全平行于东西轴线，大部分的路段除去必要的拐弯和转角，都修建得非常平直。但是从徐家往后到下一家时，却产生了一个大幅度弯折。路在前面是直的，但是房子的前院墙也很贴合路延伸的方向，你做一条连线，就会发现这一点。

“但是这个院子不是一个标准四边形，严格意义上说，它有五条边。”

“五边形院子？这么魔幻吗？”

“没错，有点不太常见，一般适用于修建大面积公共建筑或者现代建筑，比如说电影里的五角大楼。在中式庭院中，这种形状算不上常见，甚至说有些罕见。”

“但是完全感觉不出来啊。”

“原因在于相比正五边形来说，它其实更接近于四边，因此并不明显。我在东西向这里做一条线，称它为 AB 吧，这个是房子的南墙，也是靠近路的唯一开门的墙，它垂直于南北方向，在 A 点建立一个笛卡尔坐标系，B 同理，这样直观，A 点 B 点分别是西墙和东墙的起始点，从这一步起，这个院子的构造和普通的院子就已经有所不同了。

“建好了西墙 AC，东墙 BD, 你就会发现角 CAB 大于九十度，角 DBA 接近等于九十度。”

“嘶……”

“有点眉目了吧？主屋的后墙 CE 垂直于西墙 AC，主屋的东墙 ED 平行于 AC，这样你就会发现 EDB 三点并不在一条线上。

“因此，有了 ED、EB 两段墙，这就是一个五边形了。”

“这设计是挺奇葩的，这也不符合传统中式庭院的建设啊。”

“我之所以想问你村委会是否了解各家房子的修建年份，就是想要对比房屋和路的建成先后顺序，这样或许能够给出一些合理的解释。

“如果说这条路的修建年份比这房子晚，和现在我们能看到的存在一定角度差，它和房子主体是平行的，但是可能后来出于需要不得不把这条路给修了，那么这种平行的美观就被打破了。

“在建筑设计中，设计者往往需要考虑到美学、民俗的问题，这在我们专业中有专门的选修课，叫‘建筑景观’。在这种仿古式的庭院设计中，墙院如果贴近道路，修建的时候往往就得平行于这条路，这是常识。如果设计者设计时有了偏差，将墙院修成斜的，那么，站在房子的角度看，路是斜路；站在路上看，院墙的门成了歪门。这寓意很差，是犯忌讳的。

“所以这有一种可能就是，这条路修好了之后，这家人一看，门歪了，就想要把路修回来。但是挪动整个主屋太麻烦，便产生了这样一种办法：打碎原来的南墙，使其平行于修建后的道路。因此，原来九十度的角 CAB 变大了，同时从 B 点新修了一堵墙，和主屋东墙连起来，于是就成了现在这个形状。

“这么做虽然显得奇葩，但是有一定的好处：整个院子的面积变大了，屋主可以在院子的东边新建两间独屋，这两间屋子四四方方，可以很美观。

“但是我很明确地说，这些全部都是没有依据的猜测，因为实在太理想化了，没有什么依据。”

“总会留下一些蛛丝马迹，燎原，下次再去看看徐家这五面墙墙根的颜色，或许能得到答案。”

他没有说话，眯着眼睛又沉浸到自己的世界里去了。

“那天你为什么给我发那仨字？”

“其实单说这房子的建制奇特倒也没什么，这是时代和历史的产物。走访那天，徐母挺客气，也给我解释了他儿子的病。她说她儿子徐路生从小就不会说话，心智发育迟缓，二十多岁了还是像个四五岁的孩子，情绪会间歇性爆发，但是大部分时间都非常安静。小时候去医院看过，但是医生给出的诊断并不明确，只说存在隐性遗传病的可能，进一步的检查费用过于高昂，徐母难以负担，就此作罢。她儿子虽然不太正常，但也绝对谈不上是精神分裂。据徐母说，他从小对动物、画册很感兴趣，因为经常被欺负，小学没上完就辍学回家了，偶尔帮家里做做农活。徐路生还有一个妹妹，读完初中就和东边梁家垭的一户人家定亲了，几年前嫁过去了。女儿外嫁，男孩长大，徐家的男人比较放心，就决定外出打工给徐路生攒彩礼钱，因此徐家常年只是母子二人在家。”

“这些情况我都了解了。有没有新的发现？”

“有。当我谈及家庭收入情况时，徐母的语气一下子就变了，她说虽然男人外出打工，但娘俩在家也没闲着。她家在南边有一小块地，种了些苞米，季节轮替耕种。院子后头也围了栅栏，养些鸡鸭家禽。我当时想，一个女人要同时兼顾农活和照顾儿子，是相当辛苦的，这份收入估计也就只够日常花销。我怕戳了她痛处不好收场就换了话题，询问她徐路生平时做些什么。

“她只说做些细活。但毕竟智力有缺陷，也做不了特别精细的活。就在这时，徐路生从外头回来了，身上带着一捆东西。”

“什么？”

“我跟着徐母出门一看，是一捆已经锯好的一段一段的青竹。”

“竹子？”

“对，竹子。”

“我当时很好奇，随口问了一句这竹子做什么用，没想到徐母一下子沉默了，她往后瞥了一眼灶房，大概过了几秒吧，她帮他儿子把竹子卸下来，告诉我是用来做些小物件，零碎的就用来烧火。”

“竹工艺制品吗？”

“她差不多就是这意思，我当时没有多想，那徐路生看见我就低头，我觉得可能是因为紧张或者自闭，所以没有多待，离开了。”

“敢情你这面子比保鲜膜还薄，你告诉我就这些信息，哪个值‘灯下黑’仨字？”

“让我说完。我也是后知后觉，从她家里出来后，我才觉得不对劲，我们都去过她家，哪里有什么工艺品制作的痕迹？不说现成品，就连半成品都没见过。那一捆竹子可不少啊，不是随便找个地方一搁半天就能用完的。你回忆一下，上次你去的时候见过什么半加工的竹子吗？”

“没有，干净得很。”

“回来的路上，我仔细想了想，这件事有两种可能性：第一，她把上一批加工好的竹子直接运走了，而我又正好赶上了新一批的开始。第二，她没说实话，竹子另有他用。”

“这玩意除了能编个篮子，弄个帽子，还能干什么？”

“门下黑吗？”

“这是一个线索，还有吗？”

“我想想。对了，你上次去的时候，他们家有没有神龛、香案之类的东西，或者是摆放祖宗牌位的小型祠堂？”

“你这问题都奇奇怪怪的。他们家我逛了一遍，家具陈设差不多就是我画的那张草图的样子。他们家陈设要多简单有多简单，除了衣食住行就没有多余的东西，更没有什么神龛、香案或者祠堂。”

“院子最南边的小屋子里有没有这种可能？”

“我去的时候就已经问过了，那是一个杂物间，堆着往年的粮食、农具之类的，因为不常用就锁上了。那两间屋子的小窗都糊了报纸，估计是为了遮光好保存粮食。祠堂一般不会建在黑咕隆咚的屋子里的。你问这个是发现啥了？看人家里有没有宗教信仰？”

“不是，因为我进屋子的一瞬间闻到了一股香灰味。”

“那种线香燃烧后产生的味道吗？”

“对，味道很淡，进了屋子一会就闻不出来了。所以我才问你他家有没有需要点香的陈设。”

“说不定人家就是点香静心除臭呢？”

火燎原白我一眼：“你如果这么说，也就没什么疑点可查了，全都有合理化解释，人家傻孩子都能日行千里，还能像贼鬼一样搭顺风车。”

“倒不是这个意思，但是你光闻到那个味道也说明不了什么，现在疑点有是肯定有的，但是我们缺少头绪，只能暂缓，等有机会再针对这些疑点重点检查一遍。”

“还查啊，人不会觉得咱有病吧？”

“你不懂，只要你有正当理由，这就是了解情况。当年刘玄德还三顾茅庐呢，不下功夫是不行的。”

我起身开始收拾屋子，一天多没回来，火燎原就把这当窝了。五分钟没过，王广安就推门进来了。

第二十五章

CHAPTER 25

草蛇灰线

“小林，回来了，这次去调查学习还顺利吧？咱们程家湾南边东边都是山，种的可都是无公害有机脐橙，所以你可一定要替它们好好找条销路。我听说城里这橙子几十块钱才区区五斤，我们便宜的时候也就不到一块钱，你和小火都是大学生，一定得好好想想办法。还有哇，马南那边淹死人了，你也肯定听说了吧，防汛防溺工作不能松懈。这样，你和小张去印几张宣传画，咱村委会的宣传栏也得与时俱进嘛。上一季度的扶贫工作任务汇报表已经报上去了，你刚来，我没想到，适应得不错，提出表扬啊。不过别翘尾巴，明天之前，你得提出一份大致方案，电商助农不能只喊口号，得拿出实际行动来，眼看着水果也下来了，可得抓紧。行啦，说这么多，赶紧去忙。”

说完，王广安就推门走了。我的脑仁迅速膨胀，火燎原倒是跟没事人一样，还为我这头上一堆工作幸灾乐祸。

“嗒，山鬼，这么忙啊，好好为人民服务。我没啥事就四处转转去，你好好忙你的工作。”

这次换我翻白眼瞪他了，他一拍大腿，从马扎上起来。

“难得有点空闲，还是山里空气新鲜。”

“徐家的事还没完呢，你要有机会就再走走山道。”

接下来的工作就显得相当烦琐了，我先从官网下载了十几张防汛防溺海报宣传画，然后带着同样从大学生扶贫助农渠道来实习的张文洋去最近的镇上打印文件。车开到一半才想起没有测量村委会宣传栏的尺寸，我赶紧让王广安亲自操着皮尺去测量板幅。别问为什么不让火燎原干这个，他忙自己事情的时候，只要是我的电话，基本不接，根本指望不上。到了镇上，唯一一家装潢偏现代的广告文印店说彩印的机子三天前就坏了，师傅说机子老化严重，所以喷墨不匀，效果很差。他拿出一张先前印的彩打图给我们看，那画就像被海藻泡了三个星期的抽象派作品，所以海报之类的，要么别打，要么就是黑白。一想起王广安那比飞机跑道还直的脾气，连村头老刘都得忍着他，我和张文洋根本没有自己做主的勇气。一个电话过去，话还没说一半，王广安已经火了。他愣是不信数百亩的群山之中只有这么一家能用的打印店，他对颜色这事无比执拗。挂了电话，张文洋想问一句还有没有别的店，几个字还没说全乎，二百斤的老板就已经不耐烦地说爱印不印，不印别浪费时间。这可把张文洋气够呛，张文洋名字是文雅的，但他当年可是靠篮球特长考进的农院。我一看他一米九的个子想要撸袖子干架，脑海里瞬间浮现出还有半年就退休的派出所民警老冯的马脸，连忙一把拽住他往外走，告诉他老板没正面回应肯定是因为不想把生意介绍出去，没必要上火。

这个生于内蒙古的二十二岁毕业生出门后啐了一口，以示愤怒。我们沿着镇里最奢华的四车道兜了四遍，逢人就问哪里有打印店，终于在饭点刚过一个时辰后，在售卖猪饲料的店边上停了车。

这是一家打印招牌的店。老板态度比之前那位好了不是一星半点，可惜的是最常见的就是黑、红、蓝、绿这几种颜色，海报少说十几二十种颜色，张文洋对此喜忧参半，他问老板一共有多少种颜色的墨盒。

他得到了一个确切的回复：加上黑色，一共八种。

“整不整，林哥，说要彩色的，又没说一定要完全按照原版。”

“但是那小孩老人啥的，给印成绿脸，他能高兴吗？”

“那咋整啊，咱要不一张换一个颜色，这有八个色呢，应该能行。”

于是我们卷着一大捆五颜六色的海报出了门，在卖胡辣汤和包子的摊子上胡乱对付了午饭，而后马不停蹄地往村子赶。

然而，说真的，我作为外来的助农人员，每个月的补贴也就只够自己这台切诺基的油钱。赶回村子，王广安打开一看居然没有特别失望，估计是已经做好了心理建设，也或许是长期的单色海报让他多了些许包容。六张充满元素风的素色海报竟然达到了差强人意的标准，书记大手一挥，让张文洋赶紧贴上，又把我叫到屋里，安排新的工作。

一份非常不寻常的工作，但又似曾相识。王广安说这一年雨多得不太正常，所以一定要做好防汛工作。为了普及防汛知识，光凭几张海报肯定是不行的，最好是多媒体共同传播，村里的喇叭也要用上。

他让我写几句响亮的警示语，录到收音机里，早中晚各播三遍。

主题当然得非常正能量，但是又不能夸大其词。

火燎原依旧处于失踪状态，消息一条没回。当然，我完全无心管他去干什么，在哪。这些事情处理完了，我又着手写电商助农计划，相比于蛮不讲理的老板以及录音警示语，这件事情才是真的棘手。好在一个星期前，我和张文洋就已经调查过了程家湾搞种植的大体情况，从作物种类到亩数亩产总产，报告基本初具雏形。这是个相当重要的步骤，但是大部分农户对线上销售都一知半解，所以他们对这件事并不热心。这种时候最常用的办法就是试点，要找胆大的第一个吃螃蟹。

一份报告有二十来页，这还仅仅是原始数据，不包括个人家庭情况以及意愿，想要依此做出个计划书来简直天方夜谭，而计划做出来后能不能如愿实现更是不可捉摸。凡是需要财政方面出钱的，计划实施的每一步都必须非常清楚。

毫无头绪。

张文洋刚把宣传海报贴好，大喇叭便有力地响起。我听到自己的喊声，尴尬万分，当然习惯了也就好了。王广安颇为满意地结束了试音，从办公室来到宿舍宣读今天的工作总结，也无非是已经完成了什么事情，下一个任务是什么，责任到人，具体期限，最后一定要批评一下不足，表扬一下先进。正常情况下就我们三人开总结会，而一旦我因为追查线索不在村委会或者到后山的林屋里去的时候，就只剩下张文洋一个人听总结。所以每天下午三点前他都会发微信问我回不回，一定程度上，我们俩是真正的难兄难弟。

当然，总结一结束，就基本宣告可以下班了。我可以去干自己的事了，然而，绝大多数时候，我俩都在加班。

今天王广安总结完就大踏步出门走了，非常意外地没有批评和表扬环节，留下我们两个发呆。

“林哥，什么情况，他今天结婚？”

“他多大了，孩子都上初中了。你这脑洞，上学期间没少挨揍吧。”

“哈哈，他们谁敢啊。我是我们校队的，平时要干点什么体力活，运化肥啊，搬培养盒啊，都是我们出力。农院嘛，女生挺多，力气肯定小。上个实验课弄两盆花没我们都不行，别说其他的东西了。

“所以其实我们老师都还挺喜欢我们的，也比较袒护我们。我这人闲不住，课上说两句闲话，没人敢说啥，笑就完了。”

张文洋嘿嘿一笑，递过来一袋瓜子，今天下班早了二十分钟，心情都跟着好了。

“你这一身腱子肉，不能是扛化肥扛的吧。”

“哪能啊，都是训练练的。其实我们实践课虽然不少，但是植物嘛，长在地里，让它长就完事了，我们主要负责记录。搬化肥那都是一个学期两次，迫不得已，因为那东西味道大，女生爱干净，所以活都是我们干了，训练就汗臭连天的，臭袜子臭鞋的也就不在乎那股子氨气味。光说我了，林哥，你在村委会干活，怎么隔天就不在村里待着，开着车到处跑，是为啥啊？

“林哥？咋啦，魔怔了？”

张文洋伸出手晃晃。

“唔……嗐，我啊，我老家都是这地方的，我父亲从小在这里长大，他不是放不下这个地方嘛，想让我来发展发展家乡。”

“不好意思啊……”

“没事，我是他的老来子。他年纪不小了，应该和你祖父年纪相差不大。”

天聊不下去了，张文洋一点头起身回屋，事情都没干完，还是得加班。

“一会过来吃饭，让你火哥给咱炒饼吃。”

“行，那我等着了，林哥。”

事实上这顿炒饼虽然是借花献佛，但绝对物超所值，原因只有一个：张文洋让我发现了盲点。

……

来福在院子里叫唤的时候，我就知道某个失踪人口回归了。没养几天，那小小的一只却是很快和他混熟了，照这个局势发展下去，这狗得跟着他回沪城。

我看了一眼表，七点零七分，火燎原慢悠悠地从外头晃进来。PPT 正做得焦头烂额，他啪嚓一下推门进来，第一句就是累死了。他把那四十斤重的工装包卸下来，一下瘫进了行军床里，除了砸下去的那一声外，就再也没了声音。

我懒得理他，天还算亮。中午的四个牛肉包子很顶饱，就是电商助农的事情让人头大。半晌，他呼一下从床上翻起来，开始从包里往外掏东西。来福在玻璃门外头趴着，看见火燎原一直摇小尾巴。

“你也不关心我去干啥了，你在那忙活啥呢？”

“姓火的，你也就是光长着这张嘴大放厥词很有一套。什么叫也不关心关心你，从上午王广安布置了任务，我出了门，你失了踪，发你的消息你有一条回了不？我在镇上开车绕了八圈，等一次红绿灯给你发一次语音，你真是躲在泥里的王八死不伸头啊，不知道的以为你死了，知道的也觉得你该死了。还我没有关心你，你这半天是穿越到塔克拉玛干找楼兰还是去南美盗墓了，玛雅人把你 4G 信号掐了是咋的？”

“啊，哈哈，是吗？我平时习惯手机静音，又不想充电就放包里了。而且今天任务特殊，你自己都说了，不行走走山道，我这不就照着你的意思办了嘛，而且有收获。”

“你就别说了啊，现在都七点了，赶紧准备生火做饭，我叫隔壁的张文洋一块来吃点，昨天咱不买的油饼嘛，炒了，冰箱里有西红柿和火腿。”

“敢情我来给你当伙夫了啊，不过算是没看你消息赔你一顿，爷今天就勉为其难地露一手。等会炒好了我给他送过去吧，不麻烦人过来，我跟你说个事。”

“抓抓紧，精神小火儿。”

整个村委就一台老冰箱，放在连接三个宿舍的堂口。但是灶台也只有一处就是真的不方便了，蹲在王广安的门前烧饭，实在难看，六月份的时候，我便自己整了一个电磁炉。这么干的好处就是不用借王广安的灶台了。俗话说得好，“三个和尚没水吃”，谁都想吃现成的，后来我们就制订了做饭表。每月轮着来，谁当厨子谁最大，做啥就吃啥，条件有限，我们吃得最多的就是炒饭和面条。有时候我馋得受不了了，就开车去镇上买十斤五花肉在冰箱里备着，半个月炖一锅，做手擀面的浇头。这玩意太爱人了，不管是王广安还是张文洋，不到饭点，就都蹲在我的屋子里不出去了。

火燎原进山之后，我大大解放了双手。这人嘴上总说着最后一顿，但是到了饭点绝对是第一个扛不住的。他脑子活跃，消耗大，半中午的时候，他从床上一下翻起来暗叹一声“不行”的时候，我就知道这还不是最后一顿，和寒号鸟有异曲同工之妙。他在沪城的时候就是出名的饿鬼，在这山穷水尽没有油水的地方就更别说了。

油煎鸡蛋的香味一起，我的 PPT 就彻底做不下去了。为了通风，火燎原把小方桌搬到窗户前头。电磁炉一热，基本等于在我面前进行厨艺表演，来福闻到味开始在门底下呜呜叫。火燎原相当麻利地把油饼切块，加上辅料又添了小半碗水，盖上盖就气定神闲抽起烟来。

“你别把烟灰弄进去啊。”

“老烟鬼还怕这个？怎么样啊？山鬼，今天任务不少吧，从早到晚啊。我在村里就听到你嘹亮的声音了。没想到半天没见，都这个点了还搞幻灯片，说实话，挺苦。”

“你再阴阳怪气我给你送走哈，你可别把我笑死，你嘲笑自由职业者做 PPT，典型的五十步笑百步。”

“嘿嘿，其实我是怎么也没想到，为了这一档子事啥都学会了，老实待在你家产业里头不比现在舒服？为了几斤牛肉起码十里路，浪漫是挺浪漫的，艰苦也是真的艰苦。行，熟啦，我盛出来你给他端过去吧，人送回来后你把盘子洗了。”

“做个人吧，燎原。”

张文洋有点诧异我给他端了过去，对此我就实话告诉他，我和火燎原要谈点事情，他很痛快地接过去没说啥，倒显得我有点不好意思。

“说吧，山道走得如何？”

“我今天搞了点非常规手段，我包里放了一架‘御’，本来是用来航拍景点的，没想到景点没拍上，今天用上了，并且再次发现了一些挺奇怪的地方。”

“‘御’？无人机？”

“对啊，车厢就那么大，我肯定不能拿一架‘精灵’吧。今天出去拍了拍，把整一片的地形基本都拍下来了。中午的时候我回来了一趟，把影像都导到电脑里了，其中徐家我多角度拍了个遍，力图把那天遗漏的细节拍仔细一点。”

“有什么奇怪的地方？”

“之前我说得一点没错，这院子就是一个不规则的五边形。正堂三间屋和东西水平轴之间，差了二十度不到的角度差。但是那两间小屋子的灶房和厕所是南北向建造的，俯瞰得一清二楚。”

“这么说，之前我们的推论还挺合理，这房子打破了传统建筑四四方方的规制，还挺超前。”

“我观察他家时，差不多在下午三点，院子里只有徐路生一人，我担心航拍器会让他有应激反应，所以就把高度抬上去了，‘御’在空中悬停了五分钟，院子里就只有他一个人。”

“他一个人，在干什么？”

“我也很好奇啊，然后就把焦距拉近了，发现他正蹲在台阶上处理竹子，就是那天他背回来的那捆，但是少了很多，可能已经处理了一些。他拿了一把细刀，把竹子全劈成竹篾，一条一条的。”

“劈竹篾？”

“对，他操作还挺快，先对半劈，再四分，竖着弄，一次到不了底，到差不多十六分了，才上脚把刀往下踩彻底劈开。别说啊，手还挺巧，加工成很细的竹篾。”

“他妈呢？”

“不知道，感觉不在院子里，拍了十分钟，徐路生就安安静静处理了十分钟，全程不见其他人的影子。院子里也很安静，没有什么动静。”

“按理说不该,上次的事情这才过去几天？这么心大,人要是一跑又是我们的责任。”

“我感觉不像。照上次的情况来看，他妈出门前肯定把他锁在屋子里头了。因为时间有限，不能拍很久，我觉得大概率是人待在屋里没出来，屋外头只有她儿子。”

“自始至终，他都在干那个活？”

“对，他一直坐在台阶上加工竹子。”

火燎原说完就沉默了，因为他知道我也无话可说了。我俩望着盘子里最后几口炒饼发呆，疑点越来越多，但每一个之间都联系不大并且莫名其妙。

“先不说这个了，我跟你说个事。今天张文洋无意间跟我说起他上学期间的事了，启发了我。你还记得徐路生失踪那天，隔壁的老李和徐母去县城的借口是啥吗？她说去运化肥，咱都知道化肥那东西味道不小，这东西放在密封的车斗里，最后免不了要手提肩扛。当天咱去调查的时候他们也都在现场，七八人站在院子里，距离不超过一米，如果有什么味不可能闻不到，那天你闻到味了吗？”

火燎原把眉头锁死，足足三十秒沉默，随后他给了我一个确切的回复。

“没有。”

“我也没闻到。不管是屋里还是人身上，我一点印象都没有。就算氨气挥发得快，徐母回了家肯定得把东西卸下来吧，从她发现儿子不见了到跑到村委会，来回不超过二十分钟，不可能一点痕迹都没有。”

“但当时的确没有什么怪味，如果有，我肯定记得。我肯定屋子里头很干净。”

“那往后退一步想，你那天看到和化肥有关的东西了吗？”

“也没有！”

“对吧，咱当天去的时候就没看见任何一袋化肥。我们还没法排除一种可能：她已经把这些化肥锁在南边的屋子里，收拾妥当了才去开门，然后换了个衣服才发现儿子不见了。毕竟一开始她可能觉得儿子是跑出去玩了，心情没有那么焦躁。”

“南边的屋子她自己说是放粮食的，虽然腾一块地用来放化肥也没啥大问题，但是臭烘烘的化肥真就堆在那间屋子里吗？”

于是我们再次陷入了长久的沉默。

“还有一种可能。如果说化肥是放在老李家呢？毕竟这东西死沉，放那老汉子家里也合情合理。而且那天下雨了，氨肥析出的味道极易溶于水，我们闻不到可能就是因为天气。”

“那我们就有办法了。”

第二十六章

CHAPTER 26

醉翁饮酒

入夜之后，天气竟然意外地晴朗起来。北部积云在四级阵风作用下加速往南消散，临近半夜，明月高悬东天，再没有什么能遮挡住它的清辉。再过几小时，久违的阳光就又能洒在山中了。

充沛的雨水滋养出草木的茂盛，村委会门前的两棵石榴树也见长不少，那是王广安种的。他在程家湾已经有两年了，据他说，当时这里的树苗比灌木粗不了多少，但现在也有小碗粗细了。石榴树细密嫩绿的树叶在阵风中作响，加入协奏的还有后山连片的杨树、山柳和百叶松。呼吸只要稍微平缓下来，枝叶摩擦的沙沙声就能覆盖整个声场。

火燎原已经瘫在床里睡成一摊烂泥，然而此时却远远不到我休息的时候。大体完成了王广安要求的助农计划书，又核对了一遍落成在纸面上的行动规划，我才想起来已经近十天没有进行任何复盘。我抽出一张白纸，尽量把台灯光线调暗，一阵风从窗户缝里涌入，白纸瞬间飘飞出去。捡起白纸的那一刻，我陷入了恍惚，不得不承认，记忆会在某些时刻自己流动着出现在眼前……

从京城南归的一年九个月后，我接到父亲入院的通知，医生说病情已经恶化，我捏着一张薄薄的化验单到楼下的药房开药，出电梯的瞬间，整个走廊因为空气对流起了一阵穿堂风，这阵风把我指尖的化验单吹起，我出了会儿神，直到远处路过的行人将它拾起并客气地递给我。那人或许是瞥到了化验单上的字样，向我投来一束复杂而又温和的目光。

谁也说不清楚那束目光里究竟都包含了什么，我匆匆取完药回到病房，父亲正在床上看一摞报纸，他用锐利的目光扫了一眼我的周身，问他的炖蘑菇汤到了没有。

当再次回忆起这个场景时，我才明白这或许是我生命中的一个节点，它无声地宣告着从这一刻起我的人生轨迹悄然剧变，也似乎明示着以往的一切已再回不去。也是从这一刻起，父亲似乎感知到了什么，身体迅速衰弱，头发愈加稀疏，并且回归到最不常见的严肃中去了。他时常让人把工作文件送到医院，亲自嘱咐事项，又亲自听他们汇报。

到除夕时，因为化疗他所有的头发都已经脱落，他的四肢已经无法支撑他的躯体，外出需要借助轮椅。从医院到菜场，再到满是青年的学校操场，他神情温和，只是不愿意多说话，偶尔会夸赞水果的鲜甜可口。

日子如常进行，只是心情再不相同，我深知以往单纯的快乐和放荡已经一去不返，不由得郑重地思考起自己的未来。也就是从那时起，我的梦里开始出现一株苍绿的在风中摇曳的树木。

那一晚，父亲听到我说的话，浑身的力气化成瞳仁里的一丝微光，击中了我的心脏。自此，我才明白，宿命是什么。

或许从我坐上火车的那一刻起，我的生命就已经和这茫茫千山定下了联系。而我所做的一切并不仅仅是为了继承父亲的遗志，这是一种双向意义上的选择与认定。

群山选定了我，我因此在茫茫黑夜中找到归途。

……

思来想去，这事不能由我和火燎原俩人单独去干。最近出镜率太高，村里人明里暗里都盯着我，这种情况从黄福贤事件之后就没消停过，而我选择在六月份暂时撤走也正是为了冷却某些流言蜚语。要是这次再出什么事，我估计就待不下去了。

所以我找到了张文洋，这是我和火燎原商谈了十分钟后一拍即合的人选。他是农院毕业的，在村里算半个技术骨干，刚来的时候就带着十几号实验种子。这地方不缺地，村委会后头的平头山他花了半星期开垦干净，再把种子全都撒上。除去王广安给他安排的杂事儿，他恨不得一天二十四小时守着自己的一亩三分地，这当然不是因为他对种植多么狂热，而是为了躲避王广安，而王广安也告诉他一定要把地种好，乡亲们都看着，不要打了自己的脸。

刚刚吃了早饭我就找到张文洋说了计划,那时候他正边打饱嗝边蹲着检查苞米叶子，听完嘿嘿一乐。我知道这事成了，而且可能正中他下怀。

“林哥，这事你别让姓王的知道就行，不然你在程家湾可能一席容身之地都没了。”

“你怕啥，逢场作戏，天知地知。”

“成。”

天还挺早，我们走上坡，来到李顺民家门口，他家门后头的栓头都还没卸。敲了八九下，才听到堂子里有人隔着院墙喊“谁”，脚步到了门口一下子就放缓了，估摸正顺着门缝往外瞅。

“李伯，吃早饭了没有，我是村委会的小林啊，还有小张。”

门闩咔一声被拉开，他瞅着我面熟，但是对张文洋面生，我又补了一句“这是村里的技术人员”，他笑了，脑袋往里一别，把我们让进屋。

“李伯，我们来得早了，您吃了没有？没吃我们歇会再来。”

“吃了，吃了。”

眼看着李顺民的面色柔和下来，家常话也就唠起来了，从今年雨水、地里情况，再到往年熟成，其间李婶还添了两次水泡茶。

“今年雨水不少哇，从春天起雨水就多，这地里种的玉米，花粉飘不起来，全教水打了，棒子都缺粒。”

“那这种情况有法子吗？”

“没法子。这想着找养蜂的来采采粉，人嫌地少，蜂子来一趟，吃亏，划不来，就不来了。缺粒能咋弄？只能是多打点肥。”

“噢，是这样，李伯，咱村的技术员小张啊，他研究的玉米品种防风防倒伏，不论雨水多少适应性都挺好，就在村委会后头种着呢，但是现在有个问题，他刚来，缺东西，地薄，不算肥，村委会也没有什么肥料，您看您前几天刚拉了肥料，能不能买您一点儿？等这玉米下来啊，您要看这效果还行，第一个就给您种子。”

“好是好，不过我这化肥，放到……”

李顺民迟疑了一下，话说到一半咽了回去，停了一秒又点点头，喝了口水后，跟我们说：“来吧。”

“我这肥料买回来就堆在车里，这不前几天才卸下来，田里着急用，我也就放仓库了，小伙子你用什么，我这基本都全，氮磷钾都有。”

“不麻烦，尿素就行。”

“行嘞。”

李顺民从屋里摸出一把钥匙来，这仓库拉着一道大铁门，铁门上挂着一只虎头锁。

“诶，对了，李伯，您那带斗的三轮真挺方便。我们小张也没有辆自己的车，他正愁没工具去镇上，也想买一辆这种车子哩。等会能不能给我们看看？您一看就是老手了，他要是操作不来还得来请教请教您。”

“唔……成。”

李顺民开了铁门，拉亮灯线，角落里蹲着四五个化肥袋子，张文洋凑上去，仔细看了几眼，指着一袋已经开了的说这就行。李顺民相当大方，二话没说，提溜着这半袋子化肥就往外走，张文洋一把拉住他，连声说用不了这么多，一半就撑死了，地块小。

趁他们倒腾袋子的工夫，我从仓库里溜出来，轻轻拨开一道黑色棚布，看见三轮车停在下头。这三轮车第一眼看上去十分破旧，银色的漆面已经剥落了一大片，再走近一看，系在车镜子上的红缨布被雨打得褪了颜色，成了久经风尘的绛紫，车棚顶悬了一把小斧头，也很有些年头了。

我绕到车后头，车锁是正常的挂锁结构，锁眼上挂着一把小锁，我心想八成没了戏，

手一碰才发现那锁扣没摁下去——假锁。

我一下拉开那扇斗门，黑漆漆的车斗里瞬间照进了光亮，里头什么东西都没有，冰凉的铁锈气，没有掺杂一丁点化肥的味道。

他俩出来时，我的心狂跳，瞬间把头拔出来，合上斗门挂上锁。张文洋执意要塞给他五十块钱，李顺民估计觉得太多了，不肯收，俩人推让起来，谁也没有看到我。我走上前去把钱塞到李顺民兜里，这老头仍是一副着急上火的样子。

“这些天麻烦您了，李伯，这钱您收着，化肥我们就拿去用了。是这样，我刚接到王主任的电话，他有急事找我们俩回去开会，电三轮的事就先放放，等什么时候有空了我们再来请教您。走了啊，李伯。”

“留下吃个饭吧。”

“不了，不了，您回屋吧，有事找我们，都在。”

“成……”

“化肥够用不？”

“下半年你就等着吃棒子吧，林哥。不过不是我说啊，我那五十块钱就想客套几句，你还真给我送出去了。”

“回去给你报销不就完了，废话少说，让你看的东西看了没？”

“看了看了，那明显的嘛，这就不是新肥，袋子上全是土，我看了看年份，都是去年的了。”

“能确定不是新的对吧？”

“百分之一百确定，化肥这东西我熟啊，时间长了，它是会挥发的，性质也就变了，林哥你关心这个干啥？”

“这老头鬼精，估计把好东西都藏起来了，不过这不是主要原因，今天我来找他事关重大，有些细节一核对，事情也就明了了。”

“是不是还是前两天徐家人失踪那事？这和化肥还有关系啊？”

“对，和这个有关系。我总觉得有人撒了谎，不过现在没有定论，所以还说不准是个什么情况。”

回到住处，火燎原正瘫在行军床上听歌，两天前他公司主管问他还想不想干了，他居然就真的开始考虑辞职了。他的理由倒是显得很冷静：累了，黄浦江的颜色多少年没变过了。在人家下巴底下站久了，腰都挺不起来了。自立门户也不错，这些年的打工仔当够了。

“起来，说事。”

“我没吃饭呢。”

“你来度假来了？都九点了，你要在上班还敢这样？我要是你主管早一巴掌把你扇飞了，我敢说他绝对是个老好人，心肠似海，不然也容不下你这尊大佛。”

“饿。”

“来福碗里还有半碗奶，你要是不嫌弃……”

“滚。”

他终于从床上翻起身来，头发乱得像羊圈，慢悠悠地到院子里头去洗脸。

“锅里还有俩鸡蛋。”

火燎原一屁股坐在马扎上，倦怠写了一脸，嘟囔着行军床床板太硬，他腰又不好，睡得实在累。他从锅里把鸡蛋捞出来又讨嫌地问了一句：“有没有牛奶？面包也行，更好。”

“爱吃不吃，我问你个事，你想好了回答。”

“有屁快放。”

趁他手上还在剥鸡蛋的工夫，我把一个东西递到他鼻尖底下。

“你那天闻到的，是不是这么个气味？”

火燎原的肩膀一动不动，脖子缓慢地扭过来，嘴里塞的鸡蛋差点噎出来，像看死人一样看着我。

那是一张纸片儿，巴掌大小。

……

“情况就是这么一个情况。李顺民大概率对我们，包括对警察都没有说实话。他也不至于把新买的化肥藏起来，他应该压根就没去买化肥，这从张文洋拿到的化肥也可以证明，所以那天李顺民和徐母到底去运什么东西我们不知道，三轮车车斗里就这么一片纸片儿，凑巧这张纸片儿的味道和你在徐家闻到的味道一致，不出意外，这运出去的东西就和这张纸片儿有关。”

“和纸片儿有关的东西多了去了，现在买卖个什么东西能没有包装纸？”

“重点是这个味道，这股我们都闻得到的香灰味，和香灰有关的生意就和神鬼脱不了干系。”

“问题出在他们家既没有香案也没有祠堂，更没有摆供上香，我们也没有见到他们家里烧过香，只是这么一个味道，没有直接证据也没有任何可供联系的物件。”

“做假设呗，你最擅长的不就是干这种事吗？这味道是某种物件上的，可能是烧香时粘上的，也可能是它本来就带着味道，如果说是前者，但这屋子能看见的地方没有烧香也没有摆案，换个思路，那就是香烧在我们看不见的地方呗。”

“如果说没有这张纸片儿的存在，我觉得后者的可能性更大，但是现在这张纸片儿上粘着味道，我感觉这就是专门买来的香纸，类似于礼佛的供品。我承认檀香或者其他

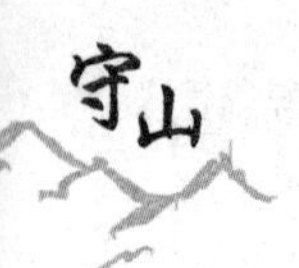

香烧着了，气味附着力确实不小，沾到衣服上不洗就散不掉，但是纸张这种致密结构的东西也能沾上味道是不是太扯了？”

“OK，那顺着你的思路说，如果这张纸片儿真的如你所言，它就是专门买来的，那么你仔细想想，你还在什么地方见过或者闻过？”

火燎原的瞳孔骤然缩小，他没有把那几个字吐出来，只是不可思议地盯着我：“林山语，你可能不知道，在我没跟你进山前，我觉得你遇到的邪乎事都是鬼扯，但是现在，我信了，这事怎么越说越邪门了？”

“很负责地告诉你，我来了这之后，邪乎事似乎就没断过，失踪案、迁坟埋尸、两个家庭的‘交易’以及老梁顶之夜，现在这个徐家是不是越来越玄了？”

数不清第几次陷入沉默，我们两个埋着脑袋盯着那张纸片儿发呆，我的心里有一个隐约的答案，只是不知道火燎原在想什么。

第二十七章
CHAPTER 27

山道放鹰，烽台起烟

“盘点一下我们现在的共识吧，事情越来越有意思了。第一，徐路生跑到马南去应该不是偶然，背后和那常瞎子有很大关系，只不过那瞎子不太承认。第二，李顺民和徐母不是去拉化肥，相反，他们不是运送什么东西回来而是把什么东西送出去，这东西我们还不知道是什么，但是可能和车上那张纸片儿有关。第三，徐家瞒着我们在做什么东西，不论是手工艺品还是别的什么玩意，应该都用到了竹子，但我们也不知道做的是什么。”

“至少比原来有头绪了,那么现在我们是再走一次山道还是起烽台？走山道要放鹰，起烽台熬人，咱都知道。”

这依旧是当年传下来的“黑话”，所谓走山道就是出奇招，铤而走险，高风险高收益；起烽台就是蹲守长期观察，风险低但缺点也明显，投入时间长，而且容易被人发现。

“我觉得我们可以双管齐下，不管是山道还是烽台，这个问题先放一边。我那天仔细看了看航拍照片，发现了一个很有意思的地方。”

“什么？”

“徐家房顶的瓦片颜色不一样，而且它们的分界线很奇特。你们村委会有没有村史之类的东西？这种档案往往都带着照片，如果说有一些当年民居的影像留存下来的话，可能会是一个突破口。而且不出意外的话，村路的修建年份不会距今很远，你可以请示一下王广安，就说想了解一下村史，便于开展工作，他应该不会拒绝你。”

下午两点，在我的软磨硬泡之下，王广安耐不住把档案柜的钥匙给了我，他急着要去开会汇报六月份的工作情况，因此无心顾及我到底要干什么，这些宝贵的档案也得以重见天日。

两米一柜高，四米柜长，遮天蔽日的文件。从村民个人档案到上级扶贫助农指示，我一柜柜摸过去，终于在柜子尽头摸到一个格档，铁板上贴着一个发黄的标签——村史

档案。字迹相当清瘦有劲，一看就不是现在这一批班子成员的字，我把足有十斤的档案搬出来，这玩意至少有两三年没人动过——灰尘没给我呛死。

一般情况下，王广安的工作汇报会议时间在半小时到四十五分钟之间，加上来回赶车，我只有差不多一个小时的时间。我马不停蹄地抱着档案就跑，火燎原恨不得一分钟催我三十遍，他的摄像机已经就位。

“抓紧看，看完把重点内容筛出来再细看一遍。”

这村子的村史不少，情况很是复杂。首份档案的编成入柜时间是二十世纪八十年代，根据档案显示，这村子最大的一支家族本家人姓程，村志村史大部分由他们族中之人负责编写、收录和保护。这份村史自清朝中期至近代民国初期的记载仍相对翔实，但从二十世纪初到五十年代则基本一片空白。这支家族曾在战火绵延初期就组织了集体迁徙，只有少部分本家人留守。在迁徙过程中，除去本家嫡长子一支外，其他的几支分别在华南和华西南等地区分散定居，这支庞大家族由此逐渐分裂。直到二十世纪五十年代，主支辗转数地由北上归来，却未与留守在区县内的其他本家人汇为一家，而是各立门户。他们最终在程家湾最靠山的一边定居，虽然仍旧姓程，但与半个世纪前整族迁徙的程家已有云泥之别。而据说留守的程家人在镇守故土的百年间，仍一直致力于保护村中最大、年代最为久远的祠堂，祠堂后头的石碑记载了清军南下荡涤抗清力量后的村史和家谱延续。留守的程家人相当顽强，在最艰难也最危险的时候也没有抛下祖辈生长的故土。

随着时间推移，这支曾经的大家族不例外地顺应了历史潮流。到八十年代，村子与外部的联系日益密切，村中人口也随之流动起来。以经济发展作为主要目的的历史大潮和人口变迁加速瓦解了本地大家族的影响力。到二十世纪末，这支横贯村史二百余年的大家族已经彻底成为纸面上的史料和少部分老人的零星记忆，村史的编写任务也不再需要大家族中的有识之士来完成，将大部分保存完好的资料上传数据库后，现有的程家人与其他姓氏的村民已无二致。

程家湾的历史其实就是这支家族的历史，而对这支家族的研究也与鄂西北群山中复杂的民情——涉及战争、贸易、交通、变迁以及古老民俗等方面——息息相关。然而，当人们发觉这支在历史中辗转迁徙并逐渐支离破碎的家族时，已经有些为时已晚。当地派发的探访人员不得不把精力集中于已经分散的山民村户，保留了二十世纪记忆的老人大部分已经离世，因此许多带着历史印记的记忆令人遗憾地永远消逝在了长河之中。

但数年的走访，仍旧让探访人员有了大量宝贵的发现，抢救性记录与发掘后，一部分程家湾历史资料得以保存和记录。这些资料为后来人的调查提供了参考，也为百年后的村子建设铺垫了砖石。

“这也太多了。不过翻来覆去地就那么几句话嘛，意思是这家人的历史就是村子的历史，问村史不如问老人。再就是他们不在本地的时候，仍有一些人留在了故土，产生了一个分支。”

“别管这个了，找图吧。找村路的修建历史，一条没有铺设沥青的石子路，修建时间不会很早也不会很晚，找找二十世纪末到二〇一〇年间的文件。”

“找到了，在一九九四年前，程家湾只有一条东南山道连接外部，因为南部矮山偏多，其他几面山高水深，自古以来就只有这么一条出路。但是这条路往东南走，需要翻越陈家垭和牛坝才能到最近的公路上。二十世纪九十年代，提议修路的声音越来越多，原因是牛坝往东的一片山砍伐严重，造成水土流失，河床积沙严重，一到夏天暴雨，河水上涌，那条山路一天就得换一个样子，前天还是土，后天就变成了泽国，低洼的地方积水可达一米深，严重影响出行。因此有人提出来从西边拐子山和小金顶间的鞍口打条路出去，在西南直接与公路汇合，不必再翻越垭口和矮山，上边也给出了支持的批复意见。但是这条路只修到进村前，村里的路则是村民出资自己修建的。

“因为这段自修的路与原来的山道基本没有重合，村人就把原来人走牛踏比蛇还弯曲的草路给取直了，这里有修前修后对比图。村里人口虽然相对密集，但各家之间还是相对分散，一到暴雨天，南部地势较低的地方就完全无法出行，所以这条路不仅仅是取直铺了石子，档案显示：村人当年还在某些地方垫高取低，为的是取得最好的排水效果。”

“我们关心的地方来了。这些垫高取低的地方可能正好是某家村户的院子，也就是说建成的路可能要通过村户的宅基地。”

“这上边没写，不过这条路有修成后的平面图，和之前的某些草路的确有重合……我天，你看！”

图纸显示：路没修成之前，从村口村委到徐家右边的郑家，草路是蛇行状，并且与主道成垂直态。而在徐家门口，新修的路拐了一个大弯，原本在徐家院墙南边的那个院子，在路修成之后，消失了。

“这里原来有一个院子，新路要从此处通过，所以这个院子就没了。”

“有没有修路的时候留下的照片？”

“没有，都是一些字据。还有当时修路留下来的契据，有一条契据很有意思，说今修路拆毁徐氏院墙十五尺，功德荣彪，千秋永记。我们都猜错了，徐家不是为了这条路把门和南墙修正的，人家是因为南边的院子碍着路所以把院子缩小了，所以在沿着路的方向新砌了一道墙。这算得上是很大的牺牲了，你看人家那时候村里主事的程家人还送了一块匾过去。”

“问题是他们家的宅子怎么弄两个院子？中间还要拉上一道墙，为此还多设了俩门，这不典型的多此一举吗？”

“可能是历史原因，这里头几间屋子的建成先后顺序我们不知道，不过眼下我们得到了一个重要线索，就是这几间屋子是变更过的，有几间被拆除了，而且现在徐家东南

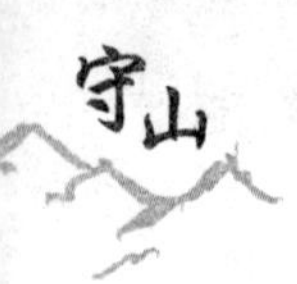

角的两间小屋在当时是没有的。”

“很有意思的是，路修成之后，原来东南的那条路就逐渐荒废了，二〇〇几年的时候有外村人走老路走失在林子里，程家湾村委就决定把那条路彻底封死，不允许通行了。过了牛坝，就是树丛，铺在山里的石头他们给敲碎全种上了树，自此程家湾外出就只有这西南的一条路，总的来说还是方便了很多。再往后也就没有什么了，没有特别引人注意的大工程了。也就是程家修葺了本家祠堂，立了一个本家小庙，每年定时举办一些祭祀活动。”

“本家祭祀？”

“这上边就是一笔带过，我觉得无非就是唱戏啊，祭祖啊，跳大神啊这些，我看一眼，还有拜火升烟祈求平安，这是什么活动？没听说过。”

“拜火升烟？”

“上面这么写的。”

火燎原翻来覆去地盯着那几页资料，表情相当疑惑。我看了一眼表，时间是两点四十三分，应该还来得及。所有有价值的档案应该都已经做了记录，我把材料重新装袋封存，三十秒的路程漫长得像是半个小时。

我生怕别人看见这个下午像做贼一样的我俩。

思考“拜火升烟”这个名词的同时，一个似乎隐匿在幕后十数年只露出少许线头的记忆迅速上浮，而后咬住浮漂，剧烈下沉，它愈发清晰明朗起来，像一条暴怒又恐惧的水蛇被人从深水处吊起来拖到水面上。

火燎原显然也在思考这是个什么东西，他仔细来回翻阅已经上传到电脑的照片文件，从一朵疑云降落到另一朵上。

“别瞎想了，我知道这是个什么东西，给你讲个故事。”

他把头扭过来，像昨天剥鸡蛋时一样，完完全全的狼顾鹰视。

“拜火升烟，是古楚巫祝通神的祭祀仪式。”

第二十八章
CHAPTER 28

拜火伏光

父亲每年六月都会消失一阵子，他会辗转各地考察，理由是寻找全国各地质量好但销路不好的农产品。但现在我知道了，他最重要的目的是回到他曾经熟悉的地方，不出意外，就是我现在脚下的拐子山和古江坡周围一片的村子。出发前，他会打包各种行李，从衣服到吃食，从书本到香烛供品。

这种“出差”他坚持了小十年，算是他后半辈子最重视最上心的活动。每年的这个时候，他简单嘱托母亲几句——无非是看好我不要乱走不要玩火之类——便出发了。接下来的一月中，他几乎没有任何音讯，我和母亲并不知道他在山里干些什么，但奇怪的是当时的我们也并不好奇。

或者说我们好奇的并不是这些事情。

十二岁那年，整个六月是我们最疯最野玩闹最不计后果的时候。南区的西北一片是几乎没有开发的城乡接合部，在北区没有崛起之前，那里是流动人口从农村到城市的缓冲地带，是市容整改波及不到的边缘区，无数的无业游民从那里经老火车站连夜撤离，也有无数陌生的面孔第一次在那里打量注视这座并不熟悉的城市。

那地方是初中生的寻乐宝地，也是故事的起点。

六月的天气已经逐渐转热，到了周末，母亲便给我一只保温桶和一个布包，打发我和另外两个伙伴去那地方批发二十支雪糕回来。西北区有着全市最大的批发市场，那时候物价低廉，一支小布丁也不过两毛钱。

中午时分，我们坐着三十一路公交出发，一路上闹得相当肆无忌惮，以致售票员每到一站叫站名时都热切盼望我们能赶紧下车。下车后，我们直奔批发市场，照例是先吃够了再往桶里装。在每人各吃了足有三支后，我们才叫老板用最贵的四个圈和泡泡奶把桶装满，随后放到布包里扎紧，肚里冰凉一片的三人便开始漫无目的地闲逛。

批发市场可不是只有雪糕，还有各式各样新奇的玩意，农村人养的鸡鸭崽子、制作的小工艺品，小贩子批量进购的五颜六色的劣质玩具，这些东西在当时可都是我眼中的宝物。

就在我们闲逛时，一个伙伴的肚子开始闹革命了。在刚才的十分钟内，他吃了五根小布丁，还不算上凉汽水。他捂着肚子急往外蹿，匆忙中，我们跟着他走出批发市场。就在这不到三分钟的路程中，另一个伙伴的脸色也变得古怪，好在我们的行动够迅速，在事情变得糟糕之前，总算在七拐八折的巷道里，找到了那个救星般的公共厕所。俩人一头扎进去，我则站在恶臭熏天苍蝇乱舞的门前等了二十分钟。在确定俩人没有半小时出不来的情况下，我加速逃离，决定自己去转转。

巷道里种着参天的垂柳，遮天蔽日的枝叶与高耸的违建屋顶一同把太阳遮挡得严严实实。巷道里没有路灯，到了夜晚，这里不会有一丝光亮。

就在这巷道里，蹲着一个摆摊的老头，摊子旁立着一个牌子，上面写着：算命看相，祖传手艺，信者自来。

和那种摆一个签筒或者挂一幅卦图的瞎子不太一样，那老头支着一个棋摊。规则很简单：想算命，先来上一盘棋。输了，给你算，你得给钱；赢了，他白给算一卦，算完后再请赢家讲两招棋。我当时不懂，认为这是画蛇添足的玩法。后来，父亲告诉我，这是种因得果，学人家的技术也等同于拿人家的东西，这卦不白算，公平交易。

“其实站在那里的百分之九十的人，都是托儿。”我对火燎原说道。

没识字之前，我就已经开始背棋谱，象棋上的那几个汉字算是我最先认识的中国字。我慢悠悠地往前凑，那老头一抬眼就看穿了我的心思，呵呵一笑，示意我和他过两招。

老头脸上堆笑，心里却忒狠，他在那棋盘上摆了一局七星聚义，此局棋路诡谲繁复，一开始我还能平心静气走上两步，但架不住身边围观者的嘟嘟囔囔指指点点，最终，我毫无悬念地输了。我心中不服，他便又各摆了一局火烧连营和野马操田，可惜，没过多久我就完全招架不住了。

按照规矩，我输了棋，他给我看相，还得收我的钱，可当时我的钱都已经变成桶里半化成水的雪糕了，身上剩下不到一块，那是坐车用的。

老头又呵呵一笑，问了我的生辰，给我看了手相。他说可以拿雪糕抵钱，但天太热怕雪糕化掉，让我带着雪糕跟他回他的住处。按他的话说，几支雪糕事小，但是既然他已经给我看了相，那这就是一个因，我需要还他一个果，两不相欠。

当时我听得云里雾里似懂非懂，不一会，围观的人也就跟着散了。他提着一个鸟笼挂到自行车车把上，告诉我他家就在附近的巷子里，路并不远。他似乎腿脚不灵便，走路不快。虽然我不认识他，却本能地跟着他在十几条破巷子里七拐八拐地到了他说的住处。

第一眼看上去，那门上就带着不讨喜的老气和压抑。他锁了车，把我领进屋，屋里头黑压压的没开灯，他拉了灯绳，等昏沉沉的黄光在头顶亮起来，我才发现那屋里的床上躺着一个人。

那人身下垫着东西，所以并不是平躺着的。她半斜着身子，一动不动地盯着我，一副行将就木的模样。

我一下子就被吓住了，老头并没有接过我的雪糕桶，他转身进了屋，嘴里咕哝着什么，像是自言自语。他从屋里取出一把用来裁纸的小刀，说我命里火气旺，他不要那雪糕，要取我几滴童子血，散散这满屋子的死气。我明显感觉事情不对劲，可竟没有丝毫力气去反抗，我失去了痛觉，任由老头牵着我的一只手，任由他在我的指头划开一道口子，任由那血流到一只碟子里，任由他把碟子一倾，将血倒入一个药臼子中，和匀了，往那一动不动的老太太嘴里倒去。

突然，老太太一下子从床上翻起来，脸色瞬间从苍白变得涨红，就像吃了什么东西被噎住了一样。我这才看清老太太的面貌——满脸沟壑，面孔扭曲，眼珠子往外瞪。接着，那只昏黄的灯在爆闪后突然炸开，散出一股烟来，屋子顿时陷入黑暗。黑暗中，我听到老太太哇一声干呕，那声音苍老干瘪，就像车轮轧过竹子时发出的声响，老头赶忙拍她的背。我感觉身上重新生出力气来，连雪糕桶都没要就夺门而出。

出了屋子，我根本不敢往回看，只是一个劲儿地凭着记忆逃窜，跑到了厕所才发现两个伙伴正四处张望着找我，俩人满脸虚脱，完全没在意我手上在流血。回家路上，我们三人都像丢了魂一样。到家后，我睡了很长一觉，梦里混乱一场。没想到，第二天父亲就回来了。

我对此事只字未提，但奇怪的是，父亲一进门就急切地询问我昨天的行迹。

原来，昨天他的心脏忽然一阵无来由地抽疼，晚间就梦见了我，于是第二天匆忙赶了回来。

然而，直到我十八岁，父亲才在一次醉酒中，第一次跟我讲起这么多年他坚持每年六月进山的缘由。

在群山深处，历史最悠久的村落仍保留着古老的祭祀仪式。这种祭祀仪式源于先秦古楚地，而其中最神秘最古老的一项仪式就是拜火伏光，礼祭火神祝融。作为火神祝融的后代，楚人一直认为自己是诸夏的一员，他们向往中原先进的礼乐文化，同时又融合了南方文化特色，创造出诡谲又灿烂的楚文化。

父亲此前一月去往的地方正是楚地，也叫荆楚。醉眼蒙眬中，父亲说，火是人的眼睛，也是通向另一个世界的门。他在每年六月进山，为的是找到举办这项祭祀的村落，诚心礼祀，祈求火神祝融庇佑子孙。

到现在，我仍记得父亲说起这个故事时的眼神。他告诉我，相传，每当祭祀的火苗升起时，神明的神识便可在人的心中种下一颗种子。这颗种子便是火种，此火燃于四海八荒，诚心明志者使之汇于心窍，下抵涌泉，上顶天灵，经肩颈而成如炬大火，由双目透射精光神气，自此，邪祟鬼魅皆不能近身，乱象不迷眼，心性也如那火焰一般光明炽热。

回忆起我十二岁时的那件诡异之事，父亲说，那老头摆摊算命是假，实则是想从过往行人身上借气。家有久病之人，必会招致死气横陈，那老头见我年纪小，无知善良，便想到从我身上取一些童子血做药引，祛病除邪。

他眯着眼，断断续续吐出几句不成章法的话，意思是在我遇到那老头当日的前一天，他就已经在庙中拜火升烟，祈求火神庇佑子孙，那火便化到我身上，我因此受了庇护，加上少年本身的阳刚之气，是以并不怕那老头取血借气。只是那血已为至阳之物，进入老太的将死之躯，大概是火破三宫，气血攻心，因而那老太才一口血涌上来，脸色涨红堪比桃符上的神荼郁垒。

说完这些，他似乎已经一吐为快，不愿再多言，只留下一句：拜火祭祀几近鬼神，祭祀之人不可大意更不可欺心，稍有不慎便会适得其反，引火烧身。

“所以说了这么多，这其实就是个祭祀仪式，表达了人们的美好希望和对未来生活的诉求，其他东西一概不知呗。

“只能说很遗憾，今年六月份我回去了，没待在山里，所以也没有亲眼见到这个祭祀是怎么举办的。照我父亲的意思，这应该仅仅是少数地方以家族为单位组织的祭祀活动，并没有大范围地普及，所以，这祭祀的时间不会像过节一样固定，可能有早也有晚。”

一旦我开始说这类没有证据的话时，火燎原就会比看到低枝上有昆虫的射水鱼还聚精会神，他像固定在底座上的石雕一样，只有眼皮每二十秒眨一眨。

“以上纯属猜测，之前咱俩又不是没出过错，这事儿就是这么个仪式，我够忙的了，还能指望我带你去体验民俗？除非……”

“要不这样吧，我去把徐家的事情摸查清楚，你就麻烦麻烦，在这山里头问问，哪里还有这种拜火的祭祀，我好歹也姓火，是人家火神的本家人啊。”

第二十九章

CHAPTER 29

兵杀两路

事实证明，和火燎原这样的人一块干事只有两条路可走：第一是比他聪明，而且是绝对压制的那种，下棋看百、观云撑伞或者看人取物，心眼比常人多个八九窍，和他玩就没什么压力，还能让他把一个连一个的小聪明如数家珍地倒出来。第二是相当能忍，因为他可以在水通路坦的情况下毫无半点进展，对火烧眉毛的急事漠不关心，吐出一大堆完美避开关键信息的废话让人心灰意冷的同时，告诉你他有三个窟窿，而后说出一个惊人的秘密或者完备的计划来，再然后他就会信誓旦旦地告诉你他也山穷水尽了，没了就是真的没了。

你永远不知道他下一秒会是什么样的状态，他的没了到底是不是真的没了。

火燎原的话，永远只能信一半。

就在事态即将陷入僵局的时候，他煞有其事地告诉我一个让人哭笑不得的细节：徐路生对所有鸣禽的叫声都表现出了非常大的兴趣。

“他家后头的树很安静，没有麻雀敢停在他家院子里，门口都不敢，你猜猜为什么？

“所以计划是这样的，明天晚上你带一只鸟哨，摸好点，根据计划有规律地吹，让他听到并且出去找你，但是你不能出现在他的视野里。这时候我们把动静闹大，把他母亲从家里引出来，然后你就往林子里跑，我带上装备趁机摸到他家里去。我们保持联络，如果他们不追你了，你就开始往回走，然后我再撤退。你争取的时间越多，我调查到真相的可能性就越大。

“林山语，你以前的工夫可以重新拿出来了，别告诉我你爹练了你这么多年，这个事情把你给难住了，那你还是乖乖种地吧。”

“你听听，你找个稍微正常一点的人听听，这是不是人干的事？调虎离山，你演《水浒传》还是《三十六计》？你长点人的脑子行吗，正常点？”

“既然你说要走山道放鹰，那当然得做好思想准备。咱一不杀人二不放火，只是稍微做个调查，不图人财不害人命，你担心什么？”

自此夜之后，我的人生愈加魔幻，并且所有的正常思维都被一个“疯子”带着一去不返。

“明天一早，咱先去后山打点踩步，你跑的时候注意环形绕着跑，不能太远也不能太近，以多争取时间为目的，以保障所有人的人身安全为基本原则。成败在此一举。”

火燎原一锤定音。

翌日，白天的一切相对顺利。徐家后头的院子有一块五六百米的林草坡地以及一条东南—西北向的溪流，小溪最窄的地方有三到四米宽，上边没有建桥。过了溪流就来到古江坡的山麓下方，往西，树丛愈密，难以通行，到达此处便只能往回绕过数个矮坡，穿过坡上不同种类的乔木，找到一条小径，由此迂回，重新返回村中的主路。全程连跑带走在十到十五分钟之间，这是理想状态，夜晚无光的环境下，为了保证安全，速度减半，则至少需要二十分钟通过。

此外，考虑到突发状况，火燎原还制定了三条不同的撤回路线，基本避过了险要地形和过于茂密的树丛，但只有第一条路线相对平坦，视野局限在十米开外，最利于在这个奇葩游戏中为他争取时间。

至少有五年没有玩过这种逃窜的你追我赶的游戏了，以前偷偷翻到别人的院子里被人追了八条街的惨痛回忆仍历历在目，所幸在山里的日子我也没忘记保持运动的习惯。

等天色完全黑下来，差不多已经九点了，火燎原和我分别就位，他在路对面的巷道里猫着，墙面的影子完全笼罩了他，御在夜里升空，摄像头被他整改后，变焦能力达到了一个新的高度。

我蹲在院子后头鸡鸭栅栏旁边的树上，下树只需一步，这是一个制高点，我花了近十分钟才适应了周围黑暗无光的环境，不过白天踩点时我对方圆十米内已经比较熟悉，所以总体上不算复杂。火燎原在拐弯处最显眼的树杈上系了白布条做标志。

“汇报情况。”

“鹰已经放了，院子里没人，屋内亮灯，可以尝试吹哨了。”

所谓的鸟哨就是一根细管，里边有个气塞儿，气塞儿连着一节铁丝，吹时拉动铁丝，不同强度的空气震动产生不同频率的声音，声音尖细悠扬，达到模拟小型鸣禽的效果。

尖细嘹亮的鸟哨声从枝头飘飞出去，整个安静的后山林场中迸射出一股来自深渊的寒意，犹如一万头狼盯着一只低头饮水的鹿。

“目标没有出现，再次吹动。”

哨声再次响起，比上次更加尖锐凄厉，这次吹动断续了三十秒，我开始四肢发抖，上一次神经如此紧绷还是在林屋之中。

没错，就是黄福贤像鬼一样爬我窗户的那晚。

“尝试最后一次，三分钟内目标无响应，计划停止，按原路返回，收到回复。”

“收到。”

我脚下的鸭子已经从睡梦中醒来了，这些严格遵守日落而息规律的家禽因为陌生且刺耳的叫声，纷纷把头从翅膀下拔出，开始发出咕咕嘎嘎的怀疑声。这种动静引发了雪崩效应，一大群鸡也跟着开始醒来，声响已经不是我在一家独奏了。

这三分钟漫长得像是一锅想烧到一百摄氏度的高原水，永远没有尽头。御的眼睛安静且敏锐地在十米左右的上空监视，耳麦里只剩下火燎原起伏不定的呼吸声。

“计划失败，返回吧。收到回复。”

“收到。”

那股劲一下子在瞬间轻松的命令里消散，我试着活动了一下脚踝，把哨子挂回脖子上。

“等等！目标出现了，正在迅速蹬墙翻越中，目标视野消失，吹响哨子，执行原计划！”

“我就知道。”

我塞好耳机，从树上一个鱼跃跳下，习惯性回头看了一眼。

黑暗的巷道里是一颗急速奔跑的人头，人头上还镶着两颗微微发光的眼。

我像子弹一样弹射出去，同时拉动铁丝制造出今晚最慌乱最躁动最绝望的鸟叫声。或许是感应到突如其来的强刺激，我身后的人从嗓子里炸出了一阵比狼嗥还尖锐的长啸。我一边暗自佩服姓火的做足了功课，观察到了极致，一边马不停蹄往林中冲刺。徐路生听到哨音狂扑过来，而后我听到了屋里传来的女人的喊叫声。

一句分贝巨大粗野异常的方言。

开始的二百米是个下坡，雨水下渗已经完成，表土重新变得凝实坚硬，我急速穿过最先前的十几棵人工白杨，转头迈入树丛，作战靴掠过草叶制造出飞禽扑翅的假象，通过声音可以判断，那人仍在我身后七八米的地方穷追不舍。

已经不是一只麻雀那么简单的事情了。经过短坡尽头的野荆丛时，我死命抓住捆在树杈上的白布条往下拉，布条牵动枝条向下弯折，我松开手，富有韧性的枝条急速回弹，在空气阻力的作用下制造出巨大且突兀的声响。

这声响就像是一只逃窜的野雉扑动短胖的羽翅全力飞上一根细弱的树枝，臃肿的身躯在飘摇的树叶和即将折断的枝梢上惊悸，一切都是那么唾手可得。

一百七十拍的电音从我的耳机里漏出声响，一句飘在风里的呼喊飞入我的耳腔。

“报告，目标二号已经离开正门，按计划折回，制造声音吸引目标前往，我开始行动，收到不必回复。”

最关键的人离开了，调虎离山的第一步才算是大体完成。短坡尽头的林草开始逐渐被灌丛替代，高速跋涉显然不切实际。我稍微降了降速度，从坡上滑下。在坡的底端与回折的山沟中有一块巨大的石头，那是我们先前制定的转折处。

我越过巨石，爬上相对高耸的断层岩坡，这里是一个相对完美的视野盲区。因山沟中的视野被石头阻挡，那个穷追不舍的人明显放慢了速度。

断层岩坡上长着一棵枝繁叶茂的大杜鹃，飘飞的白布条已经等候多时。

在疯狂拉动布条后，枝叶碰撞的啪嚓声以我为中心迸射出去，那声音实在大得惊人。听到他踩着落叶一路下坡，我便转身九十度折回，从岩坡的另一边猫腰悄悄行进，透过灌丛缝隙，隐约可见他的身影。

他的一双眼睛，越发光亮得吓人。

又一声嘹亮粗野的呼唤穿透树丛，飞入我的耳腔。他明显迟疑了，当再次听到那声呼喊时，他选择了转身低头。

眼下我和徐路生的直线距离不超过十米，成年人的三个箭步，他的两个大跳，我们就能撞个满怀，在这里吹哨的风险实在太大。

“我已经进入院内，屋内无人，开始调查，保持联络。”

来不及细想，一声嘹亮刺耳的哨音划破紫黑的夜幕，一些古老的记忆在林地中复苏。

坡的顶端有这样一块石头障碍物，我拉直身体，小腿腓肠肌收紧，下一秒直接弹射起飞。

不可避免地，我的落地声音大得像悬挂在桅杆上的海鱼坠水将浪掀高三尺。

紧接着，他向我扑来。

最初的加速在两秒内结束了，我到达坡顶，在影影绰绰的乔木中一边俯冲，一边估算石头的位置，那块像龙龟一样伏地的巨石，是我摆脱追尾的最后一块砝码。

在些微月光的帮助下，我看清了那块石头，它静静横在坡上，刹住了其他去路。

发力起跳，四肢着地，从竖到横。

双臂前伸，不可锁死，手腕注力，仰头目视前方。

零点五秒后，我的双手碰触到石面，一股踏实感瞬间从手腕传到肩膀，随后收腹，蜷腿，存储多年的肌肉记忆在暴雨中被唤醒，一阵电击般的酥麻感觉从我的颈窝一路向下到尾椎，古猿般的我瞬间越过石头。

只是落地时稍微出了点意外，左脚下几张叠加在一起的腐叶在微生物的作用下分解出湿润的汁液，我的左脚迅速前滑，重心失衡，我开始后仰。

右脚不会等闲视之，我很清楚地记得后脑被磕的痛苦，足腕弓起，前脚掌反拉，一个近一百八十度的大弓步后，我的重心再度回归，这个动作在一秒内结束，而后就是继续狂奔。

他显然被那石头绊了一下，在我跑出去近十米后他才狼狈地绕过石头，在黑暗中用燃烧在瞳仁里的两盏鬼火搜寻藏在树影里的我。心脏跳速已经飙升到前所未有的程度，我极度渴望那一头的火燎原动作能够麻利一点，但也绝对不希望我这边自乱阵脚。我藏在几束一米高的叶冬青的阴影下，透过间隙抬头看向前方，那个搜捕我的人剧烈地喘息着，声响大得像看默片时咽下的口水声。

他完全不像是一个由智人进化而来的生物，当他的眼睛探向我的位置，简直就要触发我的生理恐惧。

他是一个站着的，但被什么东西赋能的野兽。

又一声嘹亮突兀的咒骂穿透夜幕同时落到我们俩人的耳中，一束光亮在远处扫射，于我而言，这成了一个随机的致命赌注。分针在表盘上挪动了四十度不到，时间仅仅过去了六七分钟，眼前的那个人明显又陷入了迟疑，那声我无法辨别内容的粗粝咒骂很有效地压制住了他内心追逐我的欲望，如果让这声音再响一次，他大概率就会完全放弃。

但同时这也是之前从没发现的盲点，是黑暗版图中褪色的一角。

一声凄厉的鸟鸣强有力地把位于北方的目标的兴趣拉回到了眼前，第二轮追逐拉开序幕。他不再兴奋地嚎叫，在我转身的同时，冷气大抵从他的嘴角迅速吸入，无声的狂怒在月下疯狂发酵，他或许因为这次“狩猎”如此吃力而感到困惑，但很明显始终在暗处追逐只闻其声不见其物的状态挫伤了他内心隐晦的高傲。

他的第一步启动属实太快。我不能再向南行进，那束光已经从遥远的村落自南向北逐渐拉近，若是迎头相撞，今晚所有的大费周章就将悉数泡汤。我不得不重新向北偏折，与此同时，我和“狩猎者”的角度也相应地发生了变化。当我俩之间不再是直线距离，他就可以抄近道，而我被追上的概率就大大增加了。好比我们本来在直道上赛跑，但现在必须要进入弯道，我在外道，他在内道。

火燎原现在一声不吭，根本不知道他究竟在屋里头干什么。我拼了命在山里跑让人追的同时，还得时刻注意避开他的老妈，为火燎原争取时间。

“如果在关键时刻，你需要拉开距离但又没有条件，记得用这个。”

出发前一个小时，火燎原神秘兮兮地往我裤兜里塞了一把东西。

“需要的时候揉一把扔出去。”

那是一包用字帖纸包起来的细砂，当时对它有多嗤之以鼻，眼下用起来就有多得心应手。在徐路生还在狐疑不前的时候，这包细砂已经从我的右手中飞了出去，越过他的头顶，在空中爆开。沙砾撞击到路径上的枝叶再次制造出羽翅扑飞的假象，这声响随后在沙砾的坠落里二次升华。徐路生明显察觉到了不对，但是下一秒，他就反身起跳了。

那是一个可以和标准篮筐平筐的高度，但我无暇细看，迅速朝十点钟方向冲出。

我的速度绝对不慢，对此我抱有很强的信心。十年前，父亲让我参加市半马拉松青少年组比赛的时候，我在这方面的天赋就显现了。当然，这并不是我跑山充满信心的理

由，除了在墨脱，在高原适应了仨月的我，曾经在雨林里差点折戟沉沙：受限于高原气压以及迟滞的血红蛋白再生速度，在终点前三公里，我倒地彻底陷入了昏迷。

云层再度压低是今天后半夜的事情，墨绿的表盘上，气压数值显示为一千零三，因而我有足够的力气和他在漫长的夜色里跑和追。

我不敢拉开太远，在十五米的距离内就开始摇动树干，野柳的枝条在我的焦躁中大幅摇曳，我借着声响，把话压低泵入耳麦。

“汇入 B 路线，迅速调查，如已结束，迅速撤退。”

另一头的火燎原依旧处于静默状态，只有细微细碎的脚步声像死寂的星光飘落在草叶之上猛烈锤击着我的心脏。

突然，那束光源消失了，伴随着消失的还有那粗粝尖锐的咒骂与呼喊。又一次扑空后，“狩猎者”再度伏下身子调回原来的位置，我停止制造噪音，他丧失了方向，一瞬间周遭归于平静，只剩下他强而规律的呼吸声。

但我的心狂跳起来，比之前更加惊悸，伴随而来的焦虑像海啸一样压过我。

徐母停止寻找乃至消失是最坏最棘手的情况。大概率下，她会回一趟家看看人有没有回去。我们之间的距离并不算近，但仍不能确定她是否真的听到了什么。如果答案否定，她一定会折返确认，家中不可能有她要找的人，但是情况也和她预想的还有些差池：她很可能会和正在翻箱倒柜的火燎原四目相视。虽然火燎原有扯谎圆场的机会，但如果她生出疑心，她完全可以大声喧嚷，即便她对火燎原没有疑心，她的第一目标仍旧是寻找儿子，因此不管怎样都会横空生变。最糟糕的情况是她去村委会报告情况寻求支援，和上次的情况如出一辙，王广安给我打电话，我则像个野人一样出现在众人面前，而后尴尬地随众人一同到达徐家，在心知肚明的情况下和火燎原面面相觑。当大家对眼前状况无法解释并创造性提出去后山搜上一圈时，我不敢想象我会怎样。

“注意，目标二号可能已经折返，如果还在调查，请立即终止后撤离，我已将目标带入路线 B，请求开始加速撤离，避免突发情况发生，收到回复。”

说这话的声音低得都快把我的喉结压碎了，声调已经比草原上的积雨云压得还低，完全顾不上他听得到听不到。同时，我再次转身，开始悄无声息地向南奔袭。

“收到，突发情况发生，我已坠崖，执行预案。”

这是他说的最后一句话，随后电话因为通话质量不佳自动挂断，此时我与他的联系彻底切断。

积雨云从西北方向压过来了，巨大的震惊与恐慌已经过顶。坠崖是和走山道相对应的话，意味着出奇招遇险，或者行动已经失败，遭受了没有预想到的变故。而预案则是处理变故的最后一张底牌。

但我不知他到底经历了何种变故，如果仅仅是被别人抓住还远远不到坠崖的地步，徐母从消失到回去至少也得二到三分钟，我在她消失的第一时间就已经告知，就算再不济也不至于和她撞个满怀。

眼下我面临一个艰难的抉择，把智力缺陷的徐路生留在暗枝横生的林子里着实不放心，可徐母又的确是一颗即将爆炸的定时炸弹。

最坏的一条路摆在了我的面前，借助白天探路的记忆，我预计距离那条半米深的静水溪湾只有不到三百米的距离，最后的道具还没有用上。我再次吹响鸟哨，距离上一次足有两分钟间隔。我和徐路生，将在月下进行最后“一场游戏”。

徐路生似乎不知疲惫，从与刚才相反的方向再度折回，脚下已经是遍布灌丛的湿土地形，我稍向西北迂回，不一会儿，苍茫的古江坡已经来到我的眼前。水声响起的时候，我们之间的距离不过八到九米，这是黑暗中视野的极值。再靠近一到两步，他就会发现自己追逐了半个晚上的“猎物”是一个高大瘦削的活人。

最后拉开一次距离，暗中的树丛可能会绊断我的脚踝，这里并不是溪湾两岸最狭窄的地方，起跳的瞬间，我才发现身下的水湾有近三米五的宽度。

我高中立定跳远的极值是三米零二，但在强大的冲刺动能下，这个距离还不至于让我狼狈落水。我看见河面上自己的倒影，而后鱼跃前滚，我滚过潮湿的岸边，随手抓住一根蔓藤，闪到最近的树后。

这个等待了一晚上的道具终于得以登场，一只藏在背包里为了防止叫唤嘴上被缠了一圈胶带的活鸡。

我把它抛向溪湾中央，那追猎一晚上的人正跑到对岸，眼中透出我不能细看的光来。

他显然看到了空中扑飞的东西，当然也无法在一瞬间得知那是个什么玩意，但他毫不客气地就扑了上去。

一声巨响后，伴随着家禽闷哼的惨叫，他和鸡一同砸入水中。两秒后他站起身来，手里拎着追逐了一晚上的战利品。在确定他不会有生命危险的同时，我在苍凉的古江坡的凝视下转身向南跃迁。

那是我半生中奔袭过最漫长也是我动作最迅速的一次。什么东西刺破了我的脸和手心，但是脚下的踏实感逐渐把身体拉轻，在隐约可见灯光时我给张文洋打过去电话，此时我的心率仍旧不低于二百。

“有人落水了，出来，有人落水。”

电话挂断时，我已经跑到村委会对面的刘主任家，黑暗中我踩空了一脚，伴随着大到吓人的一声咒骂，鸡鹅全被惊飞起来。我把包随手挂在树上，正好看到徐母一路小跑着过来。

张文洋已经不明就里地出来了。于是一个焦虑的母亲，一个始作俑者——我，一个被蒙在鼓里的热心技术员成功在月下会了面。

“我儿……我儿又找不到了！”

“什么？！我刚听到那边有喊声，张文洋你快带上她往那边走，我去叫人。”

“在哪？在哪！”

“南边，两点方向，我听人喊的，先去找手电，抓紧！”

心率这东西不可能马上降下来，我成功让徐母没空隙说出第二句话来，拔腿就往东边跑，当然喊还是得喊。

“救人！有人落水！”

我的目的是营救姓火的。在他们找到落水的人并带回来之前，我至少有十分钟的时间。

头上开始滴汗的时候，我已经站在灯光亮堂空无一人的徐家院子，电话拨过去，没人接。整个院子极安静。张文洋的电话一个接一个地打来，我完全没有勇气去接。只能微信狂吼一句语音过去：人应该就在坡前头的溪水里边，抓紧！

与此同时，我身后的杂物间发出了动静。

不是老鼠也不是什么东西坠下来，我打开手电把门拉到最大，让光射进弥漫铁锈味的门缝里，与此跟进的还有我的右眼。

一张晃动的狐狸脸。在一米五六的高度凝视着我的瞳孔。

一张惨白得无法言说的恐怖狐脸。

我下意识往外退，在这一瞬间如坠冰渊。

……

“是我！我被卡死了，门在主卧的衣橱里，单向锁，没钥匙，别把门带上，不然里头的人出不来！”

我冲进灯光通明的里屋，在徐母的房间里果然立着一个巨大的通黑衣橱。我拉开衣橱，拨开几件泛着樟脑味的衣服，在最左边发现了一道隐藏的暗门。正如火燎原所说，门上是个单向锁，我拉开栓条，火燎原这才连滚带爬地蹿出来。

“你怎么进去的？你脸上是个什么东西？”

“全都查清楚了，这是面具啊，出去说。”

火燎原一秒也没有多待，我跟在他后头出了门，远远看见一队人在路上疾行。

“你抄小路回去，不要声张，别让人看见你，把我挂在村头的包取下来，我去把人弄上来，等我回来再说。”

火燎原眯着眼点了点头，很反常地一言不发消失在净是黑影的巷道里。

我放下心来，开始提速狂奔。等我到达现场的时候，电棒子已经把溪湾围了起来。溪湾的水面已经恢复平静，我与张文洋会和，他告诉我水里没人，所以才给我一个劲地打电话。他把射出一道灯柱子的手提式电筒举过头顶，水面上一丝波纹都没有。

徐母絮絮叨叨地跟村里人说，半小时前她儿子突然翻出墙不见了，所以落水的可能就是她儿子。她拜托村里人在附近林子里找找，村民们四下里散开，化作好似夏天捕蝉的数处灯点。

突然，一声巨大的惊吼彻底震碎了我心里刚刚沉淀下来的安稳，那声吼叫来自东北方，接着一个男人朝灯光最亮的张文洋奔来，他因为惊悸狂奔半天说不出一个字来，只是打着手势让我们赶紧过去。

大约二十秒，或者半分钟。

在射灯的光亮下，我们看到一个人影坐在分岔的大槐树上，衣服因为湿透不停向下滴水，与此同时还有不停飘落的鸡毛。

他正用嘴把那只鸡的羽毛一口一口撕扯下来，从率先光秃的鸡脖开始撕食。

血腥气弥漫。

这人正是徐路生。

第三十章

CHAPTER 30

古技

两个人一夜没睡，也一夜不敢点灯。

火燎原已经坐在床上整理完他的发现，他并不知道林子里具体发生了什么。从巷道折回取下我的包后，他就悄无声息地进了宿舍，原本以为我和张文洋花不了多少时间，可他瘫在床上等到后半夜也没等到人，一个电话打过去，听到我正在嘈杂的院子里说话，才明白出了问题。

事情的发展离脱离控制只有一步之遥。即便是在柱状灯的照射下，徐家的儿子依旧坐在离地四五米的高枝上进行着让在场所有人都毛骨悚然的进食活动。听到惊吼的人们开始从林子周围向槐树聚集，我让张文洋把手电掐灭，赶紧组织其他人撤走，知道的或者已经看到的告诉他们不要声张出去，就说人生病了，尽量压住不要传开，也不要散布谣言。

徐路生一声不吭地吃着，张文洋估计也没见过这么诡异惊悚的场面，转头走出去几米就扶着树吐了，闹出的声响不小，因为好奇而来的人看到他呕吐的场面也都刹住了脚。

“忍一下，事关重大。”

我拍了拍他的肩膀，他把胃里翻滚的酸水强压下去，点点头吆喝着把人撤走。人已经找到，大部分人也就安下心来不想凑这个热闹，各色电棒调转了方向开始四下散走。林子转眼安静下来，徐母木然地站在树下，等我意识到时，她已经站着沉默了至少五六分钟。

她的双手无力地垂下来，连带着两个松垮的肩膀。黑暗里，失去光源后完全看不清头顶上方的情况，但她仍旧昂着头，用一种我看不清的神情看着树上的儿子。

这一刻我的心里升起无以名状的负罪感，我并不能确定她是否已经习惯了这一切，又或许辛苦隐瞒了许久，当血腥直白的现实与过往重叠暴露在众目睽睽之下，她细弱单薄的脊骨是否承受得住。

“先把你儿子叫下来吧，他应该听你的话。”

磅礴苍凉的吼声从她的胸腔里喷发而出，树上的人终于停下了手上的活计，他似乎还没意识到自己在做什么，只是低着脑袋缓缓地环顾四周，几秒后他再次被袭来的吼声震慑，便把那只剩下一半的死禽从树上扔下来，而后双臂攀住粗糙的树干缓慢而艰难地从高处爬下。

他站在离我五十厘米的面前，这是我今晚第一次仔细打量追逐了我整场的男人——头发蓬乱，浑身湿透，满脸是血，目如鬼火，瞳仁里折射出月芒，寒光凛凛。

“我送你们回去。”

回到宿舍的时候，已经是后半夜，天色已经不是纯黑的一块大布，玄青的积雨云再次飘到村子上空，气压已经下降到九百，我拧开水管把手冲干净，看了一眼北方。

大雨将至。

火燎原像死人一样躺在床上，直到我推门而入的瞬间，他直挺地翻起上半身，黑暗中他只是一个模糊的影子。我的神经已经疲惫到极点，因而生产不出一点因刺激而产生恐惧的神经递质，我把椅子搭到凳子上，我们都没有说话的意思。

“这次，算是彻底进了虎穴。不仅进了虎穴，还得了虎子，通晓虎性，最后差点喂了老虎。火燎原，我现在也闹不清今天这出是弥天闹剧还是一针见血了，篓子都把天捅破了，但是咱俩都没有徒手补天的本事。”

“我刚跟我主管线上交了辞呈，我辞职了。”

“你发疯了，燎原。你女朋友咋办？拿啥养人家？”

“我就跟你说一声，今晚的重点不在徐路生，你先把这个倒在门口，把来福抱到屋子里。”

他递给我一纸杯大米，来福已经在纸箱里酣睡。我看着他一脸严肃的脸，完全不明就里，但还是按他的指示照做。来福在摇晃的箱子里一动不动，它已经比来时胖了一圈。火燎原依旧没有把灯打开，他蹲在凳子上，只有一颗暗红的烟头燃烧在他手里，烟气弥漫了整个屋子，他一字不吐，比后山的林场还沉默。

“我们谈话声音要低，如果来福叫唤了就不能再谈了，天亮之前咱俩都别出这个门，如果明天早上米起了异样，我就得去问我师父怎么办，事情比我们想的还要复杂，我原本以为那屋子里头是普通的邪气鬼魅，现在看来并不是。那东西邪性得很罕见，超出了我的预知。”

时间回到数小时前，九点零五分，所有准备已经就绪，我蹲守在一棵树上，朝向一个最利于狂奔的位置。火燎原耳朵上挂着麦，此时航拍器已经升空，监视着院子里的一举一动。

零八分，第三声鸟哨吹响，火燎原盯着发光的屏幕一动不敢动，但这两分钟内屋子里什么动静都没有。他抬头确认了一下御的飞行状态，就在这么抬头的一两秒，徐路生从院子里走出来了。他若无其事地从门口出来，但是下一秒就像喝水一样轻易灵巧地翻过了院子的西墙，整个过程不超过五秒。当火燎原回过神来的时候，目标已经消失在视野里了。

他开始在麦里狂呼，所幸那条巷道并不算短，而我在听到警报声后迅速下树向北狂奔，因此算是没有一开始就被追上撞个满怀。一分钟后，徐母意识到了什么，她先在院子里环顾了一圈，进到厕所和灶房试探性地叫了几声后意识到儿子再次翻墙出逃，于是她回屋找了一只手电出了院子。

整个前期追逐的过程噪声相当大，徐母可能在出门后听到了声响便往北寻找，此时的火燎原冒着极大风险，收回无人机，迅速潜入了徐家。

在最初的两分钟内，他把院子里独立小屋的开间进深全都大体摸查了一遍。也就是在这个时候，他发现了最关键的线索：正堂东厢房与灶房相连，灶房与茅厕南北外墙相隔不下十米，但进了灶房就会发现这间屋子出奇的狭窄。他敲了敲墙，确认后边并非实心结构。换句话说，灶房的北墙与东厢房的南墙之间有个不小的空间。

这个距离接近一点五米，但从屋外来看并不能看出什么异样，三面墙都是砖砌结构，没有任何对外联通的通道可言，也就是说，这是一个没有窗户也没有门的内部封闭空间。他盯着灶房的墙，听到了我那边传来的巨大噪音，索性暂时把麦静音，开始寻找进入这个密闭空间的途径。

一开始，他以为那灶房的墙上或者地面有隐藏的暗门，但灶房里除了角落堆放着的枯黄秸秆，连个老鼠能钻的洞都没有，地上全部糊了水泥，没有常见的地砖活板。他意识到玄机可能藏在里屋，于是飞快地重新开麦入室搜寻。

进入正堂，他再次闻到那股淡淡的香灰味，循着气味，他来到东边的房间。

一进房间，他就看到那个巨大的黑色衣橱很突兀地立在墙边，意识到这东西应该就是问题的关键所在。打开衣橱，只有寥寥几件衣服，他看着那几件明显是儿童女款的小裙子和用竹竿做的衣撑，知道这是用来掩人耳目的东西。他一扇门一扇门地拉开，终于在最靠左的位置摸到一个插销暗锁，一种罕见的暗锁结构。

表面上看，那就是个普通的插销，火燎原毫不犹豫地把这扇藏在衣橱里的门向外拉开，不出预料地，这屋子的隐藏空间一片漆黑。他把手电点亮，瞬间被眼前的景象吓了个半死。

扑面而来的香火气息，以及一串一串挂在屋顶的纸扎。

或者说一串一串用丹青描摹了的狐狸面具。

由于气流的扰动，这些静止的纸扎面具全都在一根细麻线的牵引下缓慢转动起来。火燎原把手电调到最亮，整间屋子极其狭小，没有任何窗户，因而也就不可能有光可言。

角落里有一张半平方米见方的桌子，地上有一张小凳，旁边都是些杂乱无章的香纸和支撑纸扎内部结构的竹篾。悬挂着的除了面具，还有纸人元宝、微型车马，由于空间狭小，它们都被放在篮子里吊了起来。

火燎原举着手电仔细观察这些纸扎，令人头皮发麻的是数个悬吊起来的纸人全都是人身狐首，而最怪异恐怖的则在于这些纸人全都被点上了眼睛。

这是纸扎行当里最忌讳的忌讳。火燎原跟随他师父多年，涉猎众多，自然深知这东西一旦被点上了眼睛就是至阴之物。火燎原不敢细想，他把目光从转动的纸扎上挪开，整间屋子安静得吓人，此时耳麦里丝丝缕缕地漏出我的声音，他转头想出门，却发现门已经被锁住了。

这是一个怪异的单向锁，在正常情况下，柜门只能向外拉开，而当门往回关闭时会逐渐靠近一个危险的临界值。不知是技术失误还是风力作用，柜门向内旋转到负五度的时候，一声清脆的咔嗒声响起，带着弹簧的插销在外边划过门框插进第二个插销孔。火燎原意识到门从内部没法打开，他被困在了这个漆黑一片的纸扎屋子里。

一股剧烈的恐慌感袭击了他，那些旋转的面具在手电光挪开的瞬间全都折射出微弱的绿芒，又倏然消失。狭小的屋子里只有四处弥漫的香灰味。他听到自己的心跳陡然加快，这时候我的语音穿过林区飞进他的耳中，徐母一旦回来基本就宣告了他的计划直接死亡。火燎原意识到自己正身处一个前所未有的复杂困境之中，于是说出了最后一句话。

“我已坠崖，执行预案。”

但是他很快就冷静下来，意识到香灰味并不单纯是那些香纸散发出来的，所有的纸扎物件都只是附着了一层很淡的味道，远未到刺鼻地步。这也就从侧面告诉他，这里并不是线香烛火燃烧的第一现场。在关麦仔细搜查了一圈后，他在桌子边的杂物下发现了一个可以向外拉开的活板门。

他蹲下来敲了几下，确认底下中空，便从包里翻出一把小刀，在沿着地缝敲打一周后，找到了那块门板的缺口。随后，他把刀插进缺口里，将那一平方米的木头猛地撬起，底下也是漆黑的一片。借助手电光亮，他发现下面是一个竖向打了铁镫的通道，类似于水井结构。这次他学聪明了，把整块木板暗门掀起来放到一边后，才一步一步小心迈了下去。

整个垂直结构相当深，足有四到五米的样子。下到地底仍旧是伸手不见五指，但却出乎意料地宽敞。地下甬道大概一米五宽，两米高，有别于影视剧里钻个黄鼠狼都费劲的圆形盗洞，这是个四四方方的水平甬道，已经有古代贵族地宫的规模。

甬道里的香灰味较上面的纸扎屋子更加浓烈，因此他确信这地方藏着一个供奉神灵或者祭祀祖先的地方。火燎原沿着甬道往前走，指南针显示这条道路修建得相当笔直，整体方向就是东北向西南，并且没有任何垂直方向的海拔变化。于是他放下心来往前摸

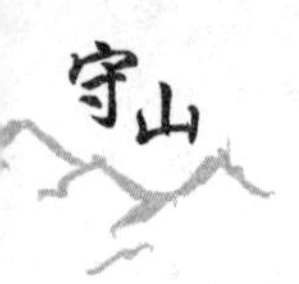

去，在前方不远的地方或许存在着别的空间，那是他脑中唯一的想法。

走出去七八步的样子，在甬道的右边果然出现了一扇门，区别于这屋子地面上所有门的结构，这扇门是双开的朱漆大门，门上没有任何锁头插销，两扇门的中缝应设门闩的地方空空如也。但他还是把包放了下来，在确定门可以正常打开并且不存在那种坑人的外锁结构后，他开了门迈了进去。

相当聪明地把包放在地上做了门挡。

不出预料，整间屋子火光摇曳，不足四平方米的微型祠堂里，摆放着一张供案，案桌上燃烧着瓶盖粗的红蜡烛，摆着瓜果祭品，另外还有三炷燃烧的线香。案桌上方悬着一个巨大的神龛，火燎原抬起头端详这位安坐在神龛里的正主，香灰一点点剥落在香炉里。

一位他从来没见过的正主。

准确地说，和那人身狐首的纸人类似，坐在神龛里被供奉起来的似乎也不是一个正常样貌的人形神。那是一尊泥塑彩像，下半身坐在一只巨型的火焰莲花台上，上半身则半赤裸半裹衣，一副打坐模样。但再往上就显得诡异起来：这泥像怒睁双目，青面獠牙，比金刚还要狰狞数倍。泥像的脸并不像是一张人脸。

神龛之大，足有半人之高，在这泥像边上竟有数只或坐或卧的狐狸，这些彩绘的小物件显得极为传神，甚至在那泥像上还伏着一只，细细一数，足有十只之多。火燎原惊异于这传神的彩绘手艺，先前的恐惧已散去多半，他掏出手机想要给这祠堂留几张照片，不谈是否作为本次到来的物证，这东西单论制作工艺就有宝贵的民俗价值。

他打开手机摄像，还是上一次洗完脸看自己长没长痘而选用的前置摄像头，猛地，通过摄像头，他看见自己肩膀上露出半张狐脸——一张白中透青面无表情的狐脸。

他在地下四五米的祠堂里大吼出声，声响在狭小的地下祠堂里折射震荡又重新灌入他的耳腔，来不及反应，他抽出刀来猛然转身。

什么也没有。

火燎原意识到这个祠堂里应该还有什么别的东西，他低声喊了句“多有得罪”后，全然顾不上拍照，拿起包夺门而出。

但很可惜的是，他本应该往回跑，此时却跑反了方向，在黑暗里迈了几步，再次出现了一个竖状的水井结构，他推算这竖井的出口应该还在院子里，于是想都没想就爬了上去。火燎原恍然醒悟，这上边是那个杂物间。

他在黑暗中摸索前行，结果一转头把头瘫进了一张悬在架子上的面具，也就是那个时候我把手电光从外边的门缝向里射去。

“后边的事情你都知道了，我害怕有东西跟着我跑出来，所以才让你在门口撒了米，不过现在看来应该是多此一举了。”

“我感觉啊，你就是在地底下二氧化碳中毒，导致产生了不切实际的幻觉。眼下我们能确定的徐家干的事情就是做纸扎，这东西我了解过，属于阴气很重的古老手艺，一般都是男人着手。不过就算是和丧葬有关，徐家有必要藏着掖着吗？”

“你就光看看那纸扎面具邪性不邪性就完了，我很负责任地告诉你，我在上大学的时候，冬天就是一件毛衣过冬，因为我命属火，生辰也是，姓氏也是，我师父说我背后的那三把火有一丈之高，从小到大，我就没觉得冷过。但当时在那屋子里，我觉得冷，你不说我也能猜出今晚林子里发生了什么事情，那孩子不正常，现在看根本不可能正常，你得看那祠堂里头藏着什么东西。

“我火燎原活了二十几年，学了十五年的周易，又系统学了堪舆，我就没见过把祠堂弄在地下的，连案例都没见过，这是个创举。徐家上辈子应该是积了什么大德，这太邪门了，就算我师父来了，我也敢肯定他都不能一下子给你一个解释。

“这已经不是简单的堪舆上出了纰漏，而是有人故意这么干。但为什么这么干，我脑子里一片空白。”

火燎原在黑灯瞎火的屋子里抽完了三根烟，吐出一大堆话后陷入了沉默。今晚的信息量着实太大，我们都需要时间消化。外头的天色已经隐隐发白。

“我先去给来福弄点吃的，顺带开你的车去镇上转转，你有没有要买的东西，我还得给车加个油，这事没有一开始那么简单了，之前我们看到的都是水面上的冰山一角，现在算是刚把头探到水下面，你休息一会儿，可以的话，复盘一下。”

火燎原把手上的烟掐了，由于一整夜的激烈搜查，疲惫和严肃布满了他脸上的每一条沟壑。天色转亮，但如天气预报所说，程家湾的整片上空已经被浓云所覆盖，这场蓄谋已久的大雨在火燎原发动车子后拉开序幕，当几滴雨划破低空击打在翠绿的石榴树上时，纸箱里的来福才悠悠转醒。

村头老刘后院的鸡开始聒噪起来。我把门窗悉数打开，积攒了满屋子的烟气被涌入的冷风稀释带走。这股冷意打在了来福毛茸茸的屁股上，这小狗鼻子抽动了一下，而后睁眼，发现自己并不是以天为被，于是很快兴奋地站起来四处闻嗅，它钻到冷却的电磁炉下，一脸讨好地摇动尾巴，锅里是昨天剩下的面条汤，但是显然不能给它吃。

我把冰箱里的羊奶倒出来一碗，锅子洗干净了热奶。这一团绒球般的小东西安静地蹲在我的脚边，抬头观摩乳脂受热升腾起的热气，低头使劲啃我的塑胶拖鞋。火燎原在冰箱里屯了一大袋干馒头，我把羊奶盛到来福的专用碗里，掰碎半个馒头泡到碗里，奶味一飘，小狗子就按捺不住了，我给它放下，居然给我看饿了。

“你个小东西，吃得比人还好。”

不到半分钟，来福就吃了个干净，开始在局促的屋子里打转。雨已经转大转急，开窗通风透气也就被迫结束。屋外头天昏地暗，先前的紧张惊悸全在这一刻转化成疲

惫，这疲惫像化冻猪肉渗出的血水。来福玩累了又钻回自己的纸箱里，我跌在床上失去了意识。

梦里是数张模糊晃动的脸以及摇动的树影，雨势太大了，一个人跑过来告诉我山洪来了。

磅礴的雨帘遮挡了我的视线，在场的人们开始狂奔，连身后的山影都开始倾斜。

一个老头从雨里冲出来，脊梁被雨水压垮。

“不周山倒了！”

山洪从天上倒悬下流，就像有人把云天捅了个对穿，云天之上是大海最深处。

醒来的时候，火燎原正在椅子上发呆，这一觉足够久了，雨已经彻底停了，但屋子里开着灯。

“我回来的时候听见你在说梦话。好家伙，直接和水神一对一干起来了。我没忍心叫你，让你多睡了一会儿。”

“我不能睡了一天吧。”抓起表来看了一眼，四点五十，好嘛，这下也根本管不上梦里周山不周山的了，直接一步翻起，这要是让王广安知道了，非得把一整个月的批评名额都留给我不可。

“事情堆着，下次该叫我就叫一声。你回来多久了？”

“已经喂了来福一顿，回来的时候差不多中午吧。好家伙，我钥匙还没点燃发动机呢，那雨就跟雹子一样砸下来了，这天气怎么跟闹着玩似的。我临走让你复复盘，你可真是，一头扎进天姥山和周公复盘去了。不过我开车的时候没事想了一下，先前有些想不通的地方现在可以连一块讲通了，回来的时候我还给我师父打了个电话，问了些事情。所以你赶紧洗把脸清醒一下，找张纸记记。趁现在还热乎，要不然过了今晚，咱俩脑子里就只有吃啥了。”

“张文洋没事吧，一上午也没露面。”

“我回来的时候遇到他了，他把昨天的事大概讲了讲，光听就觉得挺邪乎的，他没啥事，都年轻。我说正事。

“首先就是这个纸扎的问题，我们之前讨论过，这是相当有年份的手艺，一般来说，一家干这个，那祖辈上就都是干这个的，祖传外加世袭，很稳定。这东西在湘西和福建北方一些农村地区很流行，主要作用就是祭奠死者，安慰亡魂。生前人没有的东西，死后家里人就找扎纸的手艺人扎什么烧了，一般也就是纸人，包括女人、童男童女，还有就是车马、花轿、元宝。现在花样多了，各种仿真电器，什么冰箱彩电，更有夸张的什么别墅、军队、皇帝的龙椅龙宫，只要你出钱没有不敢给你扎的。总的来说，这个意义从没变过，是给死者的。

“但是在所有的纸扎中都存在着一种忌讳，那就是不要给纸人点上眼睛。以前的人认为眼睛是人九窍中最具灵性的，因为它不仅能吸收外界的，还能传达内在的。纸扎和死亡相关，这些东西阴气都很重，容易招邪致祸，在很多野史民俗里都有关于纸人的记载，虽然带有很浓的封建色彩，但是这东西并不是全然的空穴来风。千百年来，只要是师从纸扎师父的徒弟，都必须记住这个忌讳。这样的忌讳还有几条：第一，纸扎招阴，所以练习扎纸的往往都是男丁，男人阳气重，不容易被邪祟沾染。用科学的解释就是人在心理学上有种效应叫恐怖谷效应，有的人玩娃娃，看第一眼时觉得它可爱，但是看的时间长了就会觉得瘆人和害怕，就是说人在看到似人非人的东西时，会在某一刻达到害怕的峰值。纸人似人非人，也是同样的道理。第二，不会给仍旧在世的人扎纸，就算他只剩下一口气，也不行。自古以来，生死两立不容混淆，人活着不能盼人死去赚那个钱，纸扎师父觉得会损阴德。

“但是徐家这家人却与众不同，他家的纸扎几乎把可以犯的忌讳全给犯了一遍。首先，他们家有这门手艺，但是男人出去打工了，留下一个女人学这个干这个。其次，在一间暗无天日的四处避光的屋子里扎纸，整间屋子的形制犹如一口棺材，无窗独门，死气沉积。不知道是无奈之举还是有意为之。最后，就是纸人点睛。除去这几条，还有一些现象相当奇怪，纸扎是门手艺，但是光有手艺不行，还得有招牌，招牌越响，生意越旺。但他们家却恰恰相反，整得跟地下工厂一样，生怕别人知道自己家会这个。我都好奇，他家是哪来的生意？

“再说他家那个地下祠堂。严格意义上说，那也不叫祠堂，祠堂里头是供祖先本家人的，但是那神龛里头是一位泥塑彩像，我问了我师父，他也没有听说过这样的。泥像身边围着狐狸，我知道在东北某些地方有请仙家的本事，狐狸也算是五仙之一。再者和狐狸图腾有关的地方就是青丘和涂山了，这些地方现在的地名估计你听都没听过，青丘是现在的菏泽，在山东境内。涂山的名声可能大点，在安徽，据说四千年前大禹就是在这地方劈山把淮水导出去，并娶了涂山氏。除了我说的这些地方，我遍查中国地图也没再找到和狐狸有关的图腾。这些地方距离咱这都不是一条河几座山的距离，所以这供的是谁，完全查不明白。还有那团影，我想啊，我站起来一米八多，那香案才一米不到，蜡烛着得好好的，二氧化碳比空气沉吧，那火苗一蹿一蹿的，凭啥我能中毒呢？那就不是幻觉，符纸本身冒青烟就说明了一些事情，那影子很可能是他家家仙。

“最后是徐路生上次的失踪，有些地方当时我们没有意识到有问题，现在来看有些结论完全站不住脚。我推测李顺民和徐母往外运的是纸扎。你想为什么罗家一死了人，他们就往马南走？为什么徐路生会平白无故出现在人家的白事宴席上？如果他们仅仅是途经马南一刻都不停，徐路生又怎么下得了车？这一切就只有一种解释：徐家知道罗家死了人，所以为人家提供白事纸扎供品，而徐路生搭了个顺风车，一路跟了过去。

“这样之前的细节也就说得通了，运化肥的三轮车没有一点臭味反而有一张香纸。

那常瞎子是徐路生的义父，这也是为什么在我们都不知道的情况下他徐家人可以精准上门送货。再结合之前常瞎子说的话，常家和村后头的鸡西、老梁顶，可能存在着千丝万缕的联系。

“你之前在酒吧跟人吹牛说在山里见过十只狐狸围着坟头跳舞，我当时全当你是在胡说，但现在祠堂里那泥像身边也围着十只狐狸，这就有意思了，所以你好好想想，那坟头里的正主是谁？这泥像又是谁的原型？

“我师父告诉我，所有的古老手艺初创时多少都带着一点邪性。我们不知道徐家扎出的东西除了那些最常见的用途外还有没有别的用处，那悬在屋顶上的一串串面具又是干什么用的？

“所以说我们现在还是在水面上。山道已经走了，你我都遭了一劫，至于接下来的烽台还起不起，还是看你的意见。”

“眼下的情况还不好说。当天晚上有不少人都看到了徐路生的样子，所以估计绝对瞒不住人，后边怎么办也要结合这件事的处理结果来看。如果说徐家的人愿意合作，说不定会事半功倍。

“所以不着急继续下一步，炸出来这么一个大坑我也没想到，静观其变吧。走一次山道没半条命啊，燎原。”

我边说边穿上外套，天气预报说这大概会是华中地区最后一场暴雨，这场暴雨过后，高压带就会逐渐控制整片华中地区，阵雨带北上。但随之而来的反气旋控制也绝对不值得人期待，下沉气流的到来意味着从潮湿泥泞向万里无云的干燥闷热将无缝衔接，如果伏旱到来，防汛防溺的工作方向估计就得调一百八十度的大弯——变成抗旱保收、保障生产生活用水。

千万别刚指挥人固坝转眼就又去打井。

第三十一章

CHAPTER 31

祝融

从春天开始，今年的雨势就只增不减，根据气象水利部门发布的报告显示，今年的河流水位已经比去年同时期高了六十厘米，是历年来水位线最高的一年。因而在上游水量充沛的情况下，各支流出现断流干涸的情况基本不会出现，伏旱来临，总归是有水可用，虽然听王广安说往年的取水工作都会费些力气。

完全无法猜测潮湿泥泞和闷热干燥哪个会更让人忍受不了。但眼下还有更重要的事情等待我完成：在这崇山峻岭里，找到仍在拜火升烟礼祭祝融的村子或者家族。作为之前对火燎原的承诺，在亲眼见证他完成一系列操作后，我心悦诚服地迎难而上。这事很扯，但不会比前一天晚上发生的事更扯。

令我没想到的是，事情进行得比我想象的容易许多。本以为又是一场大海捞针式的碰运气走访，在我的印象里，这应该是个小众的几乎没有知名度的祭祀。但是，养羊的程老爷子直接用实际行动告诉我他们程家就是组织祭祀的一把好手，在我和他进行长达四十分钟的交谈后，本以为的板上钉钉也被事情本身的不确定性替代。

在大部分人的认知中，祝融只是一位偶尔见之于神话传说和影视作品中的神仙，但程老爷子告诉我，在三皇五帝时期，祝融是夏官火正的官名，世上有诸多不同的祝融火正被封为各方火神灶神，而楚人信奉的祖先是老童之子——祝融重黎。作为掌管火的夏官，《国语》中就提道：“夫黎为高辛氏火正，以淳燿敦大，天明地德，光照四海，故命之曰‘祝融’，其功大矣。”这位火正干的就是以光火照彻天地的大事，自然在后续的历史推演中成为人们祭拜的火神灶神。在神话中，祝融因为功德浩大，被黄帝封王在楚，因此也就成了楚人的祖先。数千年的历史长河中，因为荆楚之地多山，交通闭塞，且气候复杂多变，古楚民在这片土地上生活得异常艰难，直到火的运用大大改善了先天的困难处境。南北祝融氏也正是在此时开始融合交汇，虽然在历史的巨浪下，这个神秘浪漫的久远国度最终被来自北方的强权利剑所统一，但漂泊在野的楚声里仍旧牵系着人

们对这位古神祖先的执念。神话早已远去，但当卷土重来的洪水冲毁家园时，人们总会想起这位一统南方水火的神明。在夏天，人们沐浴燃香，伏光拜火以祈求大水早日退去，此时这位司火的神明就会在腾起的火焰中隐隐显现。

“小伙子，你来得不是时候哇。这礼祭祝融已经逐年没落了，在以前这还是相当隆重的活动，村里老少都会诚心参加。现在村里的青壮年少了，出力出钱的人没了，光有人牵头行不通了，再说现在讲求科学，这类东西啊，也就跟着从简啦。而且这祝融祭啊，是有讲究的，那都是起了洪水或者数月下雨，粮食要绝收了，才组织人进行的。因为历史上这祝融就是教火用火的神，他还是用大火战斗的将军哩，相传火攻蚩尤时就是用了他的掌中之法，杀鲧的也是他。所以这火神不可乱祭，弄不好是要生出灾变来哩。”

“大爷，这山里头有没有人家或者什么村子还在搞祭祀的？”

程老爷子显然没有想到我会问这么一个问题，他足足停顿了三四秒才缓缓开口。

“程家湾已经有些年头没有组织人们进行这拜火伏光的祭礼了，至于各家私下里进不进行我不是很清楚。其他村子嘛，出了村，往东北方向，有一个村子叫曹田口，那里多河湖，据我所知，那里的人会在冬夏两季礼祭祝融。夏祭往往就在端午前后，现在大概都已经结束了。不过与程家湾不同的是，他们多是各家各户私下自办，所以这时间早些晚些都有可能，如果你感兴趣，可以去看看，说不定有的人家到现在还没有结束，你还可以凑个热闹。”

“大爷，那这祭礼除了祈愿水灾退散粮食丰收，还有没有别的说辞？比如保佑家人平安之类？”

“唔……因为是祈福嘛，自然是想求什么就求什么，只要不是太过偏门的就行，像是求子求学这类得去求观音拜孔子，火神可管不了这个。但要是你求个家人平安、健健康康、家宅和睦、蒸蒸日上之类也是对路的。要说这特殊啊，只有一项特殊。”

“是什么？”

程老爷子眯了眼，似乎在擦拭记忆表面的铁锈。他回想了一会儿，大抵是沉默着有些尴尬，于是微微一笑，这才不紧不慢地开口。

“传说啊，祝融手心里的那把火，不仅能照彻天地，也能通明六道，是一把通灵至幻的真火，也是去往另一个世界的口子。所以很多礼祭祝融的人也是在祭奠亡人，这个亡人可不一定是死去的亲人，也可以是客死他乡的故人、杳无音讯的至交，如果说这人走了再没回来不知生死，尸骨无存也无坟无冢，人们没法给他烧纸上供，就会在祭祀祝融的时候一并烧些东西给他，火神真火就会把人的思念与牵挂转达给亡人。”

“这么灵验吗？”

“这东西啊，信者自然灵，不信当然是子虚乌有。都是神话和传说，人有时活着是为什么呢？不也就是图个念想吗？”

出了程家，我顺带打了几斤羊奶，不出几天来福就可以吃干粮了，所以它锦衣玉食的好日子基本宣告结束。我琢磨着这仪式为什么父亲如此执着，原来是还有祭奠亡人的说辞。对于这里的故人，他虽然一句未提，但我还是能猜个七八，大概是为了他的师父，也就是我的师公，也许当年师公大限到时，自己一个人进了林子就再也没了音讯，如果这祭礼真有这么神，恐怕父亲对我说的神火庇佑之类全是胡扯，这个才是他的真实目的。祭奠亡人是这祭礼中捎带上的，程家湾的祭礼日渐式微，父亲凑不上热闹了，这也就是为什么二〇一〇年之后他不再热衷回山的原因。

我回来的第一件事就是去查看张文洋的情况。

他一反常态地连游戏都没打，一米九的大个缩在屋里看书。我凑近一看，好嘛，《聊斋志异》，还是线装本！他头发没梳，见我进来动都不带动的，只是眼珠子滚了一下，隔空喊了一句林哥。

“我说你没事吧？再把你整出毛病来，可没法跟你父母交代啊。你这自己带的书？”

“这我借的。王广安的书，他好歹算半个知识分子，我自己带的东西光种子就装满包了，哪还有空带书啊。”

张文洋讪讪地合上书，从马扎上站起来，一把把眼镜薅下来，又顺手抓了一把头发。

“林哥，我昨晚回来想了又想，横竖觉得徐路生不像是生病，倒像是中邪，夜里回来害怕，本来想找你和火哥，但看你们灯都关着也就没去，半宿没睡着，这才借了王广安一本书，他的书也不算多，《红楼梦》看不进去，所以就看这个了。别说，还挺有气氛哈。”

“王广安呢？他今天还没开会呢吧。”

“这不是了解情况去了嘛，就昨晚那事，咱政府其实一直有政策，对于重大疾病的诊断和后续治疗都是有补贴的，对于明确诊断出来有精神疾病或者智力缺陷的其实是提供免费问诊的，但是徐家人对这个事情一直比较抵触，他们的意思是徐路生只是从小受了刺激不会说话而已，根本谈不上精神疾病，所以一直没把他送出去。介于以前村里也不是没出过傻子，他虽然行为怪异但到目前为止没有伤过人，上边也就没有强迫。不过就我说，就算不伤人，他隔三岔五飞檐走壁闹上一出谁也受不了啊，所以王广安的意思还是挺明确的，就是想游说他们，也不知道情况怎么样。”

“八成成不了，他们家情况挺特殊的，如果这孩子送到外头，这家人就只剩下他妈一个女人了，那城里打工的男人就得回来，收入什么的都是问题，咱们还是具体情况具体分析。不过，他家孩子倒是真的不用害怕，有些人先天就带着毛病，如果年幼时受了刺激产生应激反应，这毛病就可能会一直伴随他的一生。人现在都带回去了，你也别害怕。”

“嗯……”

“你火哥跟你说了啥吗？他说今天中午看见你了。”

“也没说啥，就问我害不害怕，还有就是夜里如果做噩梦让我在屋里薰点艾草，他还给了我一包这个。”

张文洋从桌子的抽屉里掏出一个红布包，准确地说，是个香囊。是我上次回山时和火燎原在集上买的，当时也不知他为啥对这玩意那么狂热，竟买了好几个。

“就这个，我问他这是干啥的，他说助眠用的。其实，咳，真没必要，我在地里捯饬一天的玉米棒子，晚上睡得死。”他一笑，把那东西重新放到我手里。

好家伙，典型的吃里爬外。我接过来闻了闻，香味淡了。这东西都是古装剧里女主送男主的，大老爷们搞这个，一阵别扭。

我还给他：“他还说别的了吗？”

“他说村里的种植业一定要加油干，但是和人搭边的村务最好是交给你，意思是他觉得我刚毕业，容易吃亏。”

“别听他胡扯，你该干啥干啥，我找你干啥别有负担。不过有一点注意就行，这村里人员复杂，人心隔肚皮，发生了什么事除了爹妈，咱什么都别往外说。行了，你继续吧。昨晚上反应很快，估计这月的表彰有了。”说完这句我就看见王广安虎着一张脸把自己甩进门里。

“行了，阎王回来了，没好事。”

火燎原最近烟瘾极大，据他说还没有别人知道他辞职的事，所以除去帮我，他还有个相当重要的日程就是在这段躲山里的日子里想好给家里人的说辞。他只要一起锅，话匣子就跟煤气一样关不住。他一边拍蒜一边叨叨主管的光辉事迹，这些破事至少重复有一万遍了。而后又吐槽某些统共不到三十平方米的房子，某些业主还要求吉利得像皇庭。

“人皇帝一张椅子比他主卧都大。”

火燎原磕了俩鸡蛋到碗里：“不是我说，我想回江宁去，节奏比沪城慢，其实我女朋友还好说，主要是我爸妈，他们觉得我在沪城工作他们倍有面子，其实他们是不了解真实情况。说真的，跟你进山两天，比待在那里一年还有意思，也可能是我前两年在外头野惯了，心收不回来。”

“你自己想明白就行呗。你就算跟我在这蹲一年也没问题，不过你没编制，也就没工资，只能倒贴。说点正事，王广安今天去徐家了解情况了，顺带着又说服了一次，想要他家把人送出去，但是不出意外地被拒绝了，他一肚子气但也说不清到底是个什么情况，这倒是意料之外。另外，我答应你的事我也去问了，程家湾有几年没有进行过那个祭祀了，比较愁人。但是东北边的曹田口还有人年年祭祝融，你要是想去的话，趁早吧，人从端午就开始了，距离端午也过去好些天了，不知道现在还能不能赶上。诶，有个问题，人家大多都是自家私下祭祀，所以你一个外乡的去凑热闹总得有个理由，不然人家会觉得你有病。”

“这简单。但是针对祭礼，你没问出点什么来？”

“问了。完全没提什么通神之类的，更没有我爸说得那么邪乎，纯鬼扯。只有一项比较特殊，就是可以通过这个祭礼祭奠亡人，传达思念，就算是没有尸骨、生死不明，只要祭祀祝融的火一烧，就可带到。”

“好邪乎啊，都不是突破地域限制了，直接突破‘两界’啊。不过既然知道了，好歹去看看，说不定会有意外收获。”

“再问你个事，你说你个大老爷们给人家张文洋送香囊干什么？”

“那个啊，镇邪用的。”

“他用得着这个？”

火燎原把葱炒鸡蛋盛出来，又把两张饼放到锅里加热，完全没看我。

“昨晚的事儿邪得很，我都差点劈了岔子。”他一抬眼，拣起一块鸡蛋扔到嘴里。

第三十二章

CHAPTER 32

歪打正着

“你说咱为啥非得半黑天才动身呢？去倒是容易，到了住哪儿？”

副驾上的火燎原依旧是一副不过脑子的白痴做派，对于他问出的这种问题，我一般能不回答就不回答。等我把要干的工作处理得差不多，日头已经斜到大西山去了，就这样，我还是请示了王广安才能出来。我多挂了一挡，希望油门踩下去的推背感替我闭上他的嘴。

“住野外，以天为被。”

他吧唧着嘴没回我，车里几包我用来解乏和应急的零食被他吃了。

“但是咱们为什么这么晚才去？”

“你要问几遍啊，拜火神祭祝融哪有白天拜的？你是拜火还是拜日？合着白天村民啥也不干也不生产劳作，就为这个停工停农？你用肠子不也能想明白吗？再说你除了清明节，哪次烧纸是在白天？火是在白天显眼还是晚上？人哪里点了火，咱看见了直接过去不比你一户一户问强吗？”

“这里头不也有运气成分吗？万一都黑灯瞎火一户没有咋整？”

“呵，那失望的人反正不是我。”

曹田口在整个县的南缘，距离程家湾并不算太远。南边山少且低矮，地势比北边平缓，村子的人口流动也比北边的村子大。这样的村子，近现代以来外来人口占绝大多数，主家本家也大多是二十世纪到山里避灾的商贾。但就是这么一个村子竟把不少古老习俗承袭下来了。这种情况很难说是偶然还是必然，我在查阅了有限的历史资料后仍旧难以猜测其中藏着些什么原因。

单次车程大概一个小时，刚下了雨，山路路面湿滑，我在片刻加速后就把车速降下来。火燎原已经闭上了嘴，兴味盎然地翻看我之前的笔记，我六月回城时没有讲到的部分基本都已经诉诸纸面——有些东西无法明说。很快，他那刚吃完零食的轻松愉快的神情被严肃安静代替了，他已经看到了关键部分。

“我觉得你之前经历的那些事很蹊跷，我不知道你是什么感觉，反正我说句不太负责的话，就像是有人刻意安排的一样。”

后视镜里有一辆捷豹想要超上来，我便往边上靠了靠。火燎原的这句话把一些已经沉下去的东西重新激起，最后一点红里透黄的日光淹没在左窗下舷，拨亮近光灯，天已经黑了。

“如果说你爸当时什么也没有给你留下，这个东西不是说钱，而是说工作账本之外的回忆录、笔记本一类，可能涉及过去的一件都没有，也从来没跟你口头提过，那你就得考虑考虑原因。他是单纯地不愿提起过去，还是不想让你了解他之前的事情？其实如果没有你爸最后说的那四个字，我觉得第二种可能性更大，但这四个字是你爸亲口告诉你的，所以重点应该放在马南一带，然而就目前来看，马南不是重点啊。”

“老梁顶那地方，我去不了了。那天晚上我就在山林里找不到路了，撞邪，没得说。林方志大爷说那地方从二十世纪六十年代后就变邪性了，据他说是因为发生了一些事情，而这些事知道的人很少。过去六十年里老有人在那山里走失，最后在水里发现被淹死了，还有的人进了山直接就消失了。所以那地方的情况在我没摸清楚前，只能围绕别的点查。

“我爸是守山人，也是走山人。他不会在一座山上来回走动，也不会蹲在一个地方一辈子。那时候他走了很多垭口、谷地、野河和林场，吃的是百家饭。他去世了，给他吃过饭的人也基本都入了土，我不能因为那四个字执迷不悟，只能走到哪查到哪。”

因为说话，我再次把车速降下来。

“这就是矛盾的根源，他其实希望我继承他的衣钵，但他又绝对不会希望我一无所知地接过这个担子。我爸有事瞒着我，不瞒我他也不叫林常青。纸不能包火，瞒是瞒不住的。”

“可是你有没有想过，他到底想让你干吗？”

“看见你右前方的山头了吗？知道叫什么名不？”

“不知道。”

“我也一样。”

……

一小时零二十分钟后，我明显感觉山道放平变缓，视野里开始出现大片矮山茶田，导航提示目的地到达。区别于深山里吃土的几个村子，这地方显然要气派规整得多。七八米的石雕村牌，还是仿照古代祠堂牌坊的样式，上头写着遒劲的三个大字：曹田口。拐过这村牌就是近八米宽的双车道水泥路，这和之前的村子相差简直不是一星半点，以致火燎原都放下笔记开始兴奋地叫喊：“这才是农村该有的样子！”

的确，差距很大。程家湾的特色泥胚茅草房在这里已经绝迹，最次的也是由砖瓦垒起外头刷浆的独院平房，气派的甚至有二层三层小洋楼，一个宅基地占地四五百平方米，道路两旁的绿植都赶上二线城市的绿化标准了。不能怪火燎原激动，这的确是新时代农村该有的样子。

“所以别再问今晚住哪儿的傻问题了，你有钱住人家家里都行。这种村子能没有招待所之类的？”

当然，第一件事是联系村委会。网上一顿乱查之后，我们终于拨通了曹田口村委会的电话，但是令人无语的事情也相继发生：相较于北边小村子的淳朴民风，这地方显然要正式和官方得多了。电话那头的人冷漠而客气地告诉我俩他一没接到电话，二没收到通知，我们没有提前沟通，也没有经人介绍，内部的招待所是不对我们开放的，别说白住人家的客房，估计喝杯茶水都可能计费。这种情况当然是没法向王广安开口了，挂了电话，我告诉火燎原今晚可能得睡车里。

“先办正事，据我了解，本地的一般比外派的要靠谱，先找到村主任一类的，把事情问明白了再说，如果说没戏，咱不用在这待着，直接连夜回去。”

于是我们再次拨通了电话，那头的人显然没想到我会再打一遍，在短暂的躁动后吐出一串号码，我谢谢都没说完他就挂了电话。

村主任的语气比接线员可好太多了。电话那头的他显然没听明白我们想干什么，语言可以沟通人，同样也可以生出隔阂，这个说话实在发沾的鄂西北汉子终于在我吼了十分钟后明白我想要见他，他允了诺，我俩才松下一口气。五分钟后，主干道上出现了人影，我从车上下来，于是尴尬的一幕发生了：男人搓手站在门边杵了半天，问了一句你们是干啥的。

理由事先已经想好了：两个记录民俗的记者想要在鄂西北一带的茶农家里采风，拍点照片做记录。火燎原伏下身子，把身上的相机摘下来，用非常缓慢的语气解释了半分钟。这个五十多岁的男人看了看他又看了看相机，才终于听了个七八，大手一挥说走噻。

然而令人失望的是，走路十分钟，在村头家里坐了五分钟就已经知晓了最坏的消息：祭火神这事半个月前就结束了。因为今年雨水多，不等到端午就有人家陆陆续续开始了，这有一家开始了，其他家也就跟着一起了，大概也就是一个星期，长的半个月，现在都快一个月了，就算是火神本神待在这村子里，香也不够烧了。所以我们来晚一步，现在雨停天晴，该有的效果也都有了，没有哪户人家闲得没事还不结束。仪式简化，大部分人家就是普通的敬香摆供，大费周章的几乎绝迹了。至于拜火伏光更是早都消停了，现在这年头谁还唱巫辞啊，家家户户图个心安也就是了，没有我父亲和程老爷子说的那么邪乎。

当然，在我们问到有没有例外的时候，村主任明显犹豫了，得到的答复是受限于各户自办，时间上肯定是有出入的，他也没有挨家挨户地问过，自然不打包票。而问到他们家自己做不做这祭祀的时候，村头嘿嘿一笑说那自然是做，正是因为拜了火神啊，他们家种的茶叶才能旱不干涝不死，一年四季稳定创收，虽然不是直接意义上的五谷丰登，但是这日子确实一年过得比一年好。他指了指头顶，告诉我上面那一层就是用茶叶换的，他儿子儿媳去年刚结婚，今年年初生了一个大胖小子。

“所以说，神话都是咱俩这样的闲人创造出来的。”

出了村主任的气派茶园，蚊子显然已经盯上了我们。

“怎么着，现在先回去还是继续转转？时间反正还有点。”

“你带花露水风油精了吗？”

“你觉得呢？”

“算了，往回走吧。”

“你能不能说说你为啥对这事这么上心不？”

“其实没啥。就是一家人，他是火神，我姓火，虽然姓氏可能不同，但关系肯定是有的。你遇到祖宗了不得拜上一拜？视而不见心里过得去吗？”

“我没有你这个麻烦，天下林家那么多，我连我亲祖父是谁都不知道，更别说祖宗了。”

“走吧……往回撤。我开。”

“车里有苍蝇。”

“咱等会去吃啥？”

火燎原一舔舌头，告诉我冰箱里没啥菜了。

“你还有心情管吃，咱这大老远开车来一趟啥也没捞着，别说是看到火神祝融本尊了，就是做祭礼的平民都没见着一个，贼还不走空呢，就这样回去你甘心？”

“那能咋办，生不逢时，只能说你这个六月份回家的决策多少带点蠢，脑袋一拍，说出一句不着边际的话，屁股一抬，直接走人。属于我们谁都看不懂的操作……等会，什么声响？”

“我要不回去你现在还在上班吃沙拉，什么什么声响，走了。”

火燎原一皱眉头，把钥匙插上，引擎发动的瞬间，我习惯性瞥了一眼后视镜。这一瞥不要紧，顺手就把车钥匙拔了。在镜子里，一棵大白蜡树底下几个半大伢子像泥鳅一样搅成一团，乍一看还以为是在地里打滚闹着玩，但其中一个很快倒下去，另几人跟着上了脚，我知道不管是干啥铁定不是闹着玩了。

“后头有小孩打架。”

我和火燎原下了车就是两嗓子过去，为首踢得最狠的听见声音收了脚，站在那盯着我不知道在想什么。我跑过去又吼了一声，几个人彻底心虚了，见我气势汹汹地冲过来全都一溜烟跑了，只留下地上躺着的那个。他蜷缩着，不过十岁上下的样子，被人踹得灰头土脸，虽然没有明显的外伤，但仍是疼得站不起来。

“你叫什么名字？谁家的孩子？嘶……”

那孩子半驼着背挪到树根边上，手里拿的东西已经被弄碎了，变成了泥里的一摊碎屑，他因为疼仰起头来，我才发现不对劲：从左边脸的颧骨到眉心，一块巨大的青黑色胎记横亘在这半大孩子的脸上，看上去就像是被人朝脸上结实砸了一拳，但到眉心那胎记由青黑色转红，显得不那么像是瘀青，这才看出是一块巨大的骇人的胎记。

他不认识我和火燎原，出于对陌生人的恐惧，他只是摇了摇头没有吐出一个字来。他徒然地看了一眼手里的东西，而后仰面叹出一口气。根据我以前的经验，疼痛会在一到两分钟内有所缓解，五分钟内就会基本消退，但他没有起身的意思。火燎原回车取来一瓶水和一盒湿巾，这孩子迟疑了一会儿才缓慢接过去，他抽出一张湿巾抹了把脸和手，这才艰难地从地上站起来。

“孩子你住哪里？哥哥不是坏人，把你给送回去。你别害怕，那些欺负你的都跑了。”

“我现在……不能回去。东西坏了，奶奶会生气，她等着我呢。”

我和他对视了一眼，那一堆已经化成碎屑的东西显然已经完全没有修复的可能，零星地可以看出来是折纸之类的玩意。那孩子待在树下不知所措地撇嘴，我四下里张望，已经完全没有刚才那些孩子的踪影。

“没事儿，东西坏了咱再买，你能不能告诉哥哥，那些人为什么打你？你奶奶现在在哪儿？我带你去找她。”

“他们不喜欢我，觉得我是外头的，不是他们村的……”

“那你奶奶在哪里？”

他站起来缓慢地朝村子外头的方向移动，这个十岁上下的孩子并不是沉默寡言，只是在习以为常的恶意欺凌下变得麻木和警惕。一包饼干的交换下，他告诉我他奶奶在田头等他回家把东西拿来，可是这东西被同村小孩给扯烂了。至于为什么要称他们为外乡人，这孩子也并不能说明白，只是不断重复着奶奶说过的话，告诉我们如果家里男人还在，他们的境况就不会像现在这样了。他越说越激动，不一会儿连饼干都吃不下去了，开始抽噎起来，咬着牙把泪一抹，本来已经黑灰的衣袖显得更脏了。

“唉，要是我……我爸……回来……就好了。”

从这孩子的讲述中，我们大致明白了这样一个家庭的特殊性：他和他奶奶姓彭，但他们住在姓田的一户人家里，他父亲早年外出打工，一年打不回几个电话，他奶奶勉强做些纳鞋底、缝香囊一类的针线活儿，为这家人烧火做饭看孩子打扫卫生，以此换来一席容身之地。这孩子名叫彭志海，十一岁了，还在念三年级，因为总是拖欠学费，加上长期被霸凌，农忙的时候又要去帮农，所以学习一直难以维系。田家的人大概是不想再养这两个外人了，孩子奶奶年纪大了，作用越来越小，可毕竟他俩住了好些年，问题就显得棘手起来。

穿过村口的村牌，顺着山路北下，直到天色尽黑，在茶园与民居房之间的防风林中，这孩子放缓了脚步。不远处，在潮湿的泥土上燃烧着一堆熊熊烈火，一个人影藏在火后，被摇动的橘红色光影出卖。孩子胆怯地靠近这个人影，我们向前走近才看清是一个坐在凳子上的老太太。她或许有些疲惫或许有些困惑，眼神望着我们，手上仍不住往那跳跃燃烧的火焰里填充什么。我和火燎原的到来并没有引起太大的波澜。

一堆堆被燃烧的都是香纸元宝，然而离中元节还有一个多月的时间。我暗中猜疑的时候，火燎原已经顺势坐下了，完全不知道他从哪里掏出来一张纸，默默往火堆里放。他见老太太安静地忙自己手上的活，也就自顾自地开口，完全一副自来熟的做派。

“阿婆，您孙子刚才在村里被人家小孩欺负了，我们看见就给您把孩子带来了。阿婆，天黑了，时候不早了，这地方没灯没亮，不安全，都是树，烧火也不好，我们把您送回去吧。”

“谢谢你们噢。”那老太太扭了扭头，脸上微微一笑，随后叹口气说，“这是最后一次了，烧完了也就心安了。”

“阿婆您这……中元节都没有到呢，您这是给谁烧的啊？”

“孩子，这是我们这的习俗，夏拜火，祭逝去的亲人。要祭好些天呢，我这是今年最后一次了，这把火着完，那边的人就知道啦。”

我和火燎原对视了两秒，这两天被祝融祭礼弄得里外憔悴神经敏感，老太太刚才虽然没有直接提那俩字，但是“夏拜火”一出，我们立马反应过来，调查半天无果，顺手帮被欺负的孩子找到奶奶竟然误打误撞地踩上了这祭礼的尾巴。火燎原把一闪而过的兴奋强压下去，他看着星点的纸灰向上飘去，长吁了一口气，问道：

“阿婆，我听过，这就是拜火神吧。人说这火一着，见不着面的亲人就收着这边送过去的话了。是这样的，阿婆，我们刚在路上听您孙子说了一些事情，这祭礼敬的是那司火的夏官，也是祭给心里最想的那个人啊，听志海说您很挂念他爷爷，这火是给他烧的吗？”

“唔……是啊，是啊。”

老太太拿东西的手忍不住发起抖来，随后她呷下去一大口气，眉眼低垂下来，一股说不清剪不断理还乱的苍凉浮了上来。

“是烧给娃他爷爷的，五十多年了，年年烧，年年盼，盼了一辈子，他呀，没回来。

“这么多年过去了，不知他生死，权当他已经死了吧。我不留念头，可是我又想，他要是哪天回来了呢？这火亮堂，什么路都照得亮堂，他总得想起我来……”

火燎原比一只猫还安静，他轻轻地把粘在元宝上的纸灰拍掉，递给老太太，老太太的动作慢下来，轻轻把孩子搂过，抬起头来。

第三十三章

CHAPTER 33

坠鹞难归

梅牙儿刚从井里把水打上来灌进铁壶里，柴火都还没生起来的时候，父亲已经打着赤脚从门外进来了，还带着一裤脚的泥。他身后牵着一头青水牛，牛安静地站在门边，等着主人把身后板车上的谷子卸下来——扎成垛的青黄色的饱满的谷子。

“爹，血呀。”

一只没拍干净的蚂蟥在青筋交错的汉子脚面上爬着，已经吃成了肥胖如豆荚的一团。汉子低头一看并不在意，他把手里的一大扎谷垛摊在院子里，一滴血顺着脚面落到地上，牛往前缓缓挪动了一步。这十岁出头的梅牙儿于是赶紧开火，把那从灶膛里落下来的温热的草木灰装了小半碗，拉住弯腰忙活的父亲。那一滴饱满的在这庄稼人身体里流淌的血此时已经划过了整个脚面，显得格外扎眼。

不是这男人不痛恨这吸血的小虫，只是今年的稻子一熟，一家人的饭碗就坐实了，要趁着好天赶紧把稻子打了。他一笑，扶住那水牛青黑遒劲的角单腿站着，看女儿把草灰洒在那吸血的虫子上，不一会儿，虫子就像累了一般自己滚了下来。

“今晚吃饭早，把字帖写好，等班子来了，咱听戏去。”

男人其实已经腰筋酸得很，但还是把板车上的谷垛一个个摊在地上，汗滚下来。“今年丰收啊，牙儿，爹给你买米花吃。”屋里的水烧开了，咕嘟的沸水蒸气把那年秋天给顶了起来，大雁从北边来了，排成高天下的人字，它们有的要往南走，有的就停在冬天上不了冻的稻田里下蛋。那些仍往南去的悠悠地消失在了山里，梅牙儿的心一下子飘起来，怎么也不想去管桌子上的铅笔头，笔头旁边的几帖描红也跟着受了冷落。她看着父亲把谷垛摊平了，又拉住想要低头卷上一舌头的青牛，把它推到棚里。这时候戏班子的声音已经喧腾起来，传来台上戏子的翻跳蹦跶声、花鼓的咚咚作响声和台下米花的香甜味，她索性把那笔一推，唱起歌来。

夜幕拉下来，女人新熬的新稻稀饭青绿青绿，梅牙儿一心想着看戏，男人舀第三碗

时，她就跑去解开青牛的麻绳，男人才沿着碗沿嘬了一口米皮，咸菜还没就到嘴里，漫天井里就响起了清脆的山调来。男人女人笑了，这孩子催人是有一套哩，于是新米也就草草进了肚子，男人牵了牛，孩子坐在牛背上，往那村外走。

“今晚上，有角儿。”

戏台上的角儿哦哦呀呀地唱起黄梅戏来。南边的江水奔涌，往上游去一二百里，巴东的老猿挂着枯藤哀哭，清澈的巨浪翻起来拍碎在礁石上化成一层层水汽，偶尔有筏木船从那险滩上漂过，穿羊皮的拉帆汉子就要赤了身子挽起脚来，手里的长艄都要发抖。江水日夜奔流，就好像是活着的巨大的动物。

可这跟戏台上角儿眼皮子底下的脂粉，跟四处丢在地上的落花生红白两皮关系都太小太小。水袖子一挥，那一串愈旋愈高的嗓音从他喉咙里出来直往天上去，人群里有一个带头叫了好，于是人声就烧沸起来，把那唱戏的声儿都压下去了。

梅牙儿不算小了，但还是骑在父亲肩上，男人感觉姑娘的两条腿像一个岔开的麻袋，他要时常走一走颠颠脚来缓解这种疲惫，自然也就无心看戏了，开始盼望着窗户下头拿湿布子擦过的凉炕。过了那么一会儿，人大抵是更多了，他把梅牙儿放下来，梅牙儿也无心看戏，一边扎一小辫的孩子手里拿着一根寸尺长的米条儿嚓嚓地啃，那东西可真是太勾人了。

唱了黄梅戏敲了花鼓，就要请人上来唱打作祭，几个戴着假面的孩子跃上台来，齐齐地翻开跟头，动作规整得就像是说书先生嘴里三头六臂的孙悟空。几个人上下舞动，为首的腰上挂一个牛皮响鼓，咚咚一敲，几个人又交错着在空中杂耍起来，巴掌声喝彩声又沸起来。

等明亮的北斗一悬，乡人的瞌睡也就跟着升上来，第二天仍要打谷子的人拉着自家孩子往回赶，夹杂着乱哄哄的哭闹。留下的也有些扫兴，把吃完的果子皮往地上一扔也不紧不慢地走了。梅牙儿的父亲忍不住哈欠，心里也就起了往家里去的心思了。

可梅牙儿还没吃着米花。

卖米花的已经推着洋车往西走了，经不住磨，男人告诉梅牙儿在原地乖乖等着，他去买上一根，回来了就往家走。

说话的工夫，台上的几个孩子已经翻完了跟头齐齐鞠起躬来，人们一看今晚的戏到了尾巴，就纷纷转身往那大路上走。小梅牙儿望见生人觉得害怕，于是沿着人流的边往那戏台的台柱子上靠了靠，直到靠着拴着棚布的老枣树。她定了定神，看见幕布后头有几个孩子，他们脱下戏服面具，手里各自拍着一个花鼓，又笑着玩闹起来，那鼓在七八双巴掌下咚咚不停，不一会竟有了调子。她看着那鼓，全然忘了米花的事。

几个半大伢子拍累了就开始收拾戏台，一个负责拿扫帚把场下边的皮核扫到树下，剩下的一个叠行头，一个卸胭脂。星星一颗一颗，梅牙儿离戏台近，那星星一照什么都看得清楚，老师傅端着茶盏子气定神闲地坐着，孩子把东西收拾好了锁进箱子。她看了半天终于想起来要找父亲，可四下里人都走干净了，父亲却不知道往哪里去了。

梅牙儿慌了，一慌这眼泪就像是珠子断线一样往下掉，她一只手捏着枣树，好像生怕连这棵树也跟着跑了，另一只手不停地抹泪，直到一个影子立到她前头。她一抬头，是之前幕布后面的一个孩子，比她大些，也高，安静地蹲下来。

“你哭什么？”

这小姑娘抽噎着话说不清楚，那少年从台子后头拿出一张马扎，梅牙儿脚酸，坐下还哭。这少年于是又去了一趟幕布后头，变戏法地递给她两个温热的马蹄。晚上就喝了一口粥，只一心想着看戏，现在肚子咕噜起来，她抹抹脸上的泪，用牙啃起马蹄青黑的皮来。

少年看见她不哭了就笑了，没有说话，只是倚着枣树安神。天已经黑下来，场下有人在吆喝，吃完马蹄的梅牙儿很害怕眼前这个临时的依靠也被吆喝喊走，她把啃掉的皮儿攥在手里抬起头来，这少年只是偶尔吆喝回去并不挪窝。

“你叫什么？住哪里？”

他蹲下来，盯着小凳上的丫头，借着光，丫头看见他脸上有块青黑的痕迹，以为是没卸干净的脂粉，扑哧笑出声来。

“我爹喊我梅牙儿，我住北边的常村。”

“噢噢，常村，师父说过，那你姓什么？”

“姓彭，你呢？叫什么？”

“我叫林清秋，双木林，清水的清，秋天的秋，你饿不饿？我还有。”

梅牙儿不好意思说饿，只是低了头，没说话。

这少年不多言，单手翻上台子，又藏到那幕布后头去。

“给你。”

两只菱角，端正地躺在他的手心里，一头被咬开了，露出白白的肉来。

“谁带你看戏来的？”

“我爹。”

“他去哪儿了？”

“不知道。”

一说到大人，梅牙儿又想哭，但好歹是被吃的堵住了嘴，少年依旧靠着枣树，把那儿声吆喝还回去。

“你认不认路？我把你送回去。”

说完这句，梅牙儿远远地看见一个人影，是父亲，他手里握着两根米花，一路小跑过来。

原来父亲买米花的时候遭了贼。末了，梅牙儿朝那少年挥了挥手，一笑，露出两颗小牙来，少年也笑了，但是没有挥手，他翻到戏台子后头去了。

……

雪花飞不过巫山，可那年的雪硬是飘下来了。

天太冷了，母亲用一只蛋鸡换了几斤白棉花，可这小袄还没缝好，梅牙儿的鼻涕已经淌下来了。等到下了学，她就揣着手去生炉，等到洋火把那受了潮的荆条烧起来，她的两只手就已经哆嗦不停，等到那火苗终于把冷炉子烧热，她的脸依旧带着苍白。

冷呀，真冷。

可也就是这个时候，母亲又生下一个孩子，梅牙儿多了一个弟弟，于是要给她缝的棉袄成了小棉褂子，匀出来的棉花要做一个厚实的襁褓。母亲半卧在床上，梅牙儿就坐在床边，看她穿针引线，梅牙儿觉得可以自己来，就把那针线拿过来，把那厚实的棉花纫到布上，窗门下溜进来的风把她的手一舔，拿针的手就要一抖。这样她准扎着自己，可是裹着几件单衣的弟弟一哭，她就顾不上手疼。待到年关集的前一夜，梅牙儿的手再也不像笋芯一样嫩了，手背上起了密密麻麻一层皲裂，睡一夜第二天起床水一泡就钻心地疼，只是弟弟在襁褓里酣甜地睡着，她不说什么。父亲把牛拴好，又往棚子里添了几捆干草，屋里头还是潮，梅牙儿盼着那年关集，这一天的集格外热闹，父亲照例会去划几斤猪肉，拿鸡蛋换小半斤花生橘子，若是还有结余就还能换一小串红纸裹的小鞭。想到这她也就忘了疼，朝着院子里的父亲喊什么时候上集。父亲给青牛喂了料，也隔空喊回去。

“雪一消就走，莫着急。”

到了过年，家里可以吃上蒸腊鱼，还有从北边运来的干枣。母亲把那黄面黍子揉得甜了整个屋子，加上黄灿灿的橘子、香喷喷的花生，锅上的蒸汽一升，年就到了，梅牙儿打心眼里喜欢过年。

这一天终于到了，该干的针线活终于干完了，一早上梅牙儿就见父亲给青牛套上板车，母亲递过厚厚一沓包起来的花鞋垫和一筐垫在稻草上的鸡蛋，这是用来换花生和米果的。男人把青牛牵好，梅牙儿爬上板车揣起手就上路了。

这一天的天色真好。天上终于不再飘着冷雨，亮堂的白光照在路上，梅牙儿揣着手唱起最喜欢的赶山歌来，这是她放牛的时候听山那头的人吆喝的，调子真好，于是记在心里也跟着唱。她唱一声，青牛就哞一声。

“天青青的云哟，赶着山跑。瘦溜溜的娃儿哦，看着牛吃草。”

太阳升到南边的时候，人渐渐多了起来。贩红窗花的老太太在小树上拉了绳子，一张张红喜鹊和大福字像要飞起来一样。刚宰的羊挂在大铁钩上，五短的汉子用锃亮的铁刀把羊蝎子上的肉剔下来，那刚接的血还冒着热气。梅牙儿撇撇嘴，直到她看见伏在地上拿布袋捂住米花炉子的老头才笑了。“嘭”一声，她一惊差点从车上翻下来，老头擦擦黑手，把袋子里又香又热的米花抓出来，她一咽口水，两眼放光。父亲一拉软绳，青牛也不敢停下，于是梅牙儿只能眼巴巴地看着米花被别人买去了。

在一条集的末尾，他们终于停下来，除去一沓鞋垫和一筐鸡蛋，还有一大箱父亲日夜烧好的木炭，他吆喝起来，有人过来看看摇着头走了，谁家这时候会买炭呢？山里人自己烧供自家用，但总有人家不靠山。一位戴棉帽的先生走来，他的样貌不很寻常：脸上戴着眼镜，像个学者。他一下子要了半筐木炭。给钱的时候，梅牙儿看见这先生手上又光又亮，一点皲裂都没有。她不由得缩了缩手，父亲告诉她这或许是镇上教书的先生，人家的手是写粉笔字的哩。梅牙儿好奇，问粉笔是什么，父亲想了想，说粉笔就是石灰。

青牛旁边有个蹲着卖柴的人眼红了，他见柴卖不出去旁边的炭倒卖得好，于是吆喝起来。他一吆喝，赶集的人就凑过来，那声嗓子比公鸭子还粗。梅牙儿跳下板车，父亲把鸡蛋交给她，告诉她鸡蛋要一个一个换，几个花生一个鸡蛋，两个橘子一个鸡蛋，换得少了可就吃亏了。梅牙儿答应下来，高兴地挎着篮子换花生去了。

年集太大了，什么都有，漆了彩的泥人、城里运来的糖，还有要猴戏的老头。她一路走一路看，把换东西的事抛在了脑后头。

一个支着小台子玩皮影的老头用几根细棍把五颜六色的皮影要得活灵活现，梅牙儿不认识那红色的皮影人是谁。在一块布上，那小人叩首作揖，它后头还跟着几个。那老头手上动弹嘴也不闲着，咿咿呀呀叫唤，原来是演的《三国演义》的三顾茅庐，她听父亲讲过这故事，有时说书先生还会在村里唱戏时说上一段。这边是皮影，那边便是要彩碗，那小球在三个碗里扣着，眼见着是进了这一个，结果碗翻过却没有——扣在另一个下头呢。

梅牙儿因此着了迷，结果挡在人道上，来往过路的都要搡一搡她，她在人堆里来回摇动，看那红球一会在这个碗里，一个又在那碗里，全然没注意一个骑骡子的汉子就要踩着她了。

她一下被人拉开，这一下劲可真大，差点把那挎着的鸡蛋撒了，梅牙儿这才回过神来。那汉子低声骂了一句脏话，小姑娘委屈地一撇嘴，抬头才发现面前站了个人。

“我想着今天你会来。”

这人嘿嘿一笑，不是秋天里跟着戏班子翻跟头的林清秋林哥儿吗？他戴着一顶大帽子，梅牙儿差点没认出来，她还想着碗里的小球呢，一时间竟然说不出话。少年一看这丫头不说话，就从身后掏出一个纸兜。

纸兜里头是滚了白糖水的山楂，晶晶亮亮，白里透红，看着就叫人滴口水。

于是梅牙儿把碗里的小球一下子忘了，梅牙儿又笑了一下，她还想起来吃了人家的马蹄、菱角，现在倒是不好意思起来。她低头把嘴巴抿紧了，手背到身后还是不说话。

“吃呀，吃一个我带你看好东西去。”

反正都吃了人家的东西了，又不差这一个山楂，这么一想梅牙儿也不用不好意思了，伸手捉起一个放到嘴巴里，甜，然后是酸，酸里还是甜津津的。白糖一化，口水就涌出来了，山楂却脆，一咬就冒酸水，好大的山楂两口就咽下去了，甚至还没回味，果核也没吐。

“甜不？这山楂是我去山里摘的，酸得很，叫人家裹了一层糖水。”

梅牙儿点点头，其实山楂还是酸，但她还是咧了嘴，斗状的纸兜里还有五六个呢，她不好意思再拈一个。这时候她才想起来身上挎着鸡蛋要去换花生、橘子，便开始四处寻找贩花生的小贩来。

“这里是啥？”

“鸡蛋，爹让换花生还有米果。”

“走，我带你去。”

一下子梅牙儿有些恍惚。大雁飞了才没几天，这比她大些的林哥儿却又长高了似的，他从纸兜里又拿出一颗红溜溜的果子放到梅牙儿手心里，拉着她的衣袖就往集南头跑。花生紧俏，炒熟的花生喷香，那卖花生的夫妇一早就在集上支起了摊子，一个简灶，罩上一口可以炖羊的锅子，地下是细细的柴烧着的旺火，没去壳的落花生在金黄的沙子里翻炒，路过的都停下步子来闻闻香气。这男人大方也精明，见着牵孩子的大人就往孩子嘴里填两颗炒熟的花生豆，这下可不得了，不买上一些，这些祖宗就不挪窝了。光这还不行，男人手上炒着，嘴里还翻花似的蹦吉利话，脸皮薄的因吃了人家的要抓上一些，听了好话受用的也点点头抓上五两一斤的。那些软硬不吃的就得让女人出马了，女人年轻，脸小，汗湿了头发，脸上白里闪着红，笑一笑露出一口洁白如玉的牙来。“到年关了，省几粒花生作甚呢？”她边笑边把那足一斤的花生抄起来拿纸包了塞到人手上，“算八两的！”她转过身子把头发往耳朵后头一别，那没结婚的后生小伙不由得发痴。

“你等着，我帮你换了去。”

这少年拿着鸡蛋一下闪进人堆里，梅牙儿有点担心，父亲告诉她换少了可就不够吃了，可得想好了不能叫人骗了鸡蛋去，这哥儿走得急，什么也没说呢，要是换少了怎么办？

但是很快她就不想了，手心里的山楂握得津津的，她摊开手，觉得这白糖黏糊糊的，于是把它放到嘴里，依然是甜里透酸，这次她吐了核。除了花生，那鸡蛋还可以换上些橘子米果，可别全换了。她看着手心，伸出舌头舔了舔，化了的白糖一丝丝的，她突然就又不担心了。

没一会儿这戏台上的少年回来了，筐里少了四五个鸡蛋，却多了一大捧花生，一大捧炒熟的喷香的花生。这下她又馋了，挑了一个个小有点黑糊的吃，还给林清秋也剥了一个，但是他一低头说你吃，又带着她往卖橘子的摊子跑。

这橘子的品相比花生就差多了，有些已经发烂出了水，大概是摘下已经有些时日。少年没多问，只是换了七八个品相稍好点的，皮还算是结实，到此时筐里的鸡蛋已经所剩无几。卖橘子的老太撇了撇嘴，把那几个鸡蛋悉心裹好又小声吆喝叫卖起她的橘子来。

然后就是一开始梅牙儿看见的米花米果了。这东西她最馋，这爆米花的老头也卖年糖，一根一根，甜得很。吃一小块就黏在牙上，像要把那上下两排牙粘起来一样。可父亲没说要换这个，她有点担心若是起了私心换这糖回去又要打手板，犹犹豫豫想不明白时，那少年已经前去了。

他愣生生地在那老头前头翻起跟头，像一只晴天里扑飞的大雀，又像是大风天里的水车，这举动一下子惊住了来往的过路人。人们下意识往后一躲又马上醒悟过来围上去，那老头都忘了手上的活计，大张着嘴看眼前的半大伢子杂耍。等原地翻完了，又侧着像花一样翻，翻定了身，他清清嗓子用带京腔戏的话吆喝起来。

梅牙儿立在原地，一下子被定住了，等再回过神来，人们已经拍起了巴掌，老头也不是榆木脑袋，作势也跟着吆喝起来。没一会儿工夫，一炉子热腾腾的米果就卖个大半。那老头忙着点钱时，少年却一下子刹住，不翻不唱。人们见没有杂耍可看，也就往四下里散，各忙各的去。那老头回过神来，急在心里，他一把拉住面前的半大伢儿，讨着笑脸说再翻几个。

这下可好。这少年先是装作累了摆摆手要走，又折回来看看那做好的一条条白如象牙的灶糖，老头回过神来，知道自己要被敲竹竿，但刚才人实在是冲着热闹来的。于是就这样，两个鸡蛋一刻筋斗花腔，换一兜米果加三四根灶糖。这可是金不换的便宜，少年翻完了就拉着梅牙儿跑，那老头像是牙疼一样想反悔。

“你等一等，我再去给你换个好东西。”

原来筐里还有一个鸡蛋，在干草下面藏着，没有被换出去。

梅牙儿看着他跑出去，望着满满当当一筐子东西不禁笑出声来。这些平时想都不敢想的吃食现在静静躺在筐子里，尤其是灶糖，一根一根被红线扎好包在纸里，父亲一定高兴，怎么也不觉得亏了。

天上的太阳已经过了正中，梅牙儿却不觉得饿。她挎着篮子看那剪纸的老太太剪出一个一个喜鹊和福字，铁剪子在红纸上游动，纷纷扬扬的红纸屑飞出去，不一会就好了。老太太手一抖，那缩成一角的纸一下子展开，变成一个喜庆的福字。

少年跑回来，往她手里塞下一个东西。

“什么？”

一个小小的铁盒子，凉凉地躺在梅牙儿手里。

“猪油膏，天冷，擦手。”说完少年笑了，“一个鸡蛋换的。”

集尾响起“梅牙儿梅牙儿”的叫声，是父亲在喊她了。

“快去。”

她转身带着东西往北走。

光底下这哥儿站着，搓着手，拈起一个山楂放进嘴里。

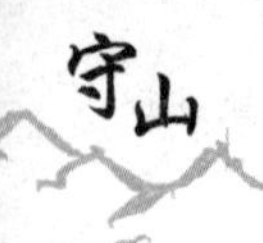

天真晴啊。

……

三月份的时候，坡上就长出林林总总的青草来。地上还是冒三个岔的牛筋草的时候，梅牙儿就要牵着青牛往山坡上走了。除去扎在地上的牛筋草，还有刚发芽的车前草和狗尾巴，零零星星有些蒲公英的芽。没有开花，这些杂七杂八的植物基本都是团团伏在地上的嫩绿。温度一升上来，这些苗也就跟着往上蹿，春耕前家里的牛得吃点新鲜的绿草，父亲嘱咐她，这时候还有荠菜和马齿苋可以采，要是晚些日子，荠菜连片地在山上开了细碎白花，那叶儿就老了。

湿冷的空气已经悄悄散往北边去了，可谷底里的湿却仍旧沉在人家的屋檐下，变成一团一团雾蒙蒙的烟在晨间暮色里接连升起，什么都养在这雾里，因而树后隐隐地像藏着一个什么东西似的。父亲点柴时总要叹气，最干的荆条也像从湾里捞出来一样。那荆条极不情愿地被点上，在炉膛里攒烟，一口气吹进去，烟气一下子飞出来把人呛得直咳嗽。什么都是凉丝丝的，空气里是一团水，黏在牛的鼻子上，牛也要喷几个响鼻。

下雨了，又下雨。父亲告诉梅牙儿什么都指望着这一头牛呢，清明到了脚前头了，地要翻，种要下，太瘦的牛踩不稳土拉不动犁，因此要到稍微深些的山里走一走，找草茂盛的长坡，让牛好好吃饱。梅牙儿有一件自己的蓑衣，她点点头，赤着脚披着青黄的蓑衣出了门。

青牛缓缓跟在她后头，刚下了雨，空气里还飘着毛茸茸的雨丝，路上的泥全成了可以捏胚子的陶土。没有鞋子的梅牙儿也不怕脏，她觉得真有意思，泥巴很软，一脚下去就沉了，不过埋住几个小趾头也就沉不下去了，一拔脚，水直往下淌。一人一牛走在道上，牛有时踩上人的脚印，那本来浅浅的泥窝就成了一口小井。村子里安安静静的，各家的烟火和晨雾都煮进了锅里，南边的鸡偶尔叫上一声，谁家的狗也跟一句。

梅牙儿往东边走。哪里有路就往哪走，直到走到了山前头，这青牛眨眼很慢，梅牙儿觉得它认路，所以她只管牵着绳，有时也不牵，后头的大家伙不是拴住的狗，撒了绳子就没了影，但可不能让它瞅见青色的拉拉秧苗，别说是梅牙儿，父亲来了也不一定拽得动，那时候得拽鼻环了，牛疼了就松嘴，不过梅牙儿不喜欢牛疼。

路边开着零星的紫地丁，梅牙儿采来几朵，边走边编花环，这紫艳艳的花好看得很，她把花环戴在头上，在牛前头转圈，转累了就又往山前赶，戴够了就又摘下来套在牛鼻子上，牛一抬头就用舌头卷到嘴里，她就笑起来。

“你也不挑食。”

此时山也到了眼前。

地上的草全都清凉凉的，梅牙儿摸了摸牛比冬天时更突出的肋条，心疼得不敢坐到牛背上去，只能踩在稍微干些的地方。这里再往东就是连片的山了，父亲叮嘱她不能走太近也不要走很远，山里有虫子还可能有狼，所以不能往山里去。她抓着绳子又往前走了一百步，突然想起父亲教她怎么吹柳叶，于是满心欢喜地去找那发了芽的野柳树，牛跟在她后头，也不敢低头吃草。

到了山前的缓坡，梅牙儿把牛放了，自己去找柳树，四下里仍有半层隐隐的雾气，什么都像是融化在了这潮湿的雾气里了一般，只是偶尔传来几声百灵的叫声。但是鸟儿一叫，四野里就更加安静。她跑远出去，到处是湿漉漉的，粘着清润润的泥土腥气。一棵插在坡顶沟边的柳树已经发了鹅黄的芽，可是没有成片的柳叶，所以没得吹了。梅牙儿心里有点失望，但是又突然想起除了吹笛还能编花环，于是捋着新发芽的柳枝往下拽，这柳树可当真不乐意，二月柳枝折不断拽不烂，梅牙儿一松手，手里的枝子自己又弹回去，捎带着把前夜的露水像小狗抖水一样涮下来，淋了树底下的梅牙儿一身，幸亏戴着斗笠，不然又要着凉。

她终于拽下一根，仔仔细细编成环，戴在头上开心地顺着坡下去，牛还在安安静静地啃草，梅牙儿想要放声唱几句山调，可一开口惊了自己一跳，牛也抬起头来看她。还是不唱好。她想着，取了筐子，筐里有把小铲，满地都是荠菜刚露头的嫩芽，挖一筐带回家拿开水焯了拌了吃，什么都换不来那一口鲜。牛也爱吃这个，得跑远去挖。

弯腰弯累了，梅牙儿站起身来，她眯着眼，西边似乎有什么东西朝她跑过来了，只是影影绰绰的雾遮着，看不真切，像只扑飞的雀鸟，又像是起跳的狐狸。

这一瞬间，她想起了翻跟头的林清秋，那哥儿跑起来也如一阵风一般，拉都拉不住。她又想起年关的灶糖，疲惫的母亲嚼着嚼着就笑了，弟弟安稳地睡着，有星星的爆竹在四野里炸开，父亲一直搓着手，他老是透过小窗子往外头看，不能真有年兽把小孩叼走，梅牙儿吃了一肚子花生米果，肚皮涨得像个牛肚，于是就早早躺下了，一家人就这样高高兴兴睡下，把年过了。

她再抬起头来时，本在岭上奔着的影子已经到了她的面前，她暗自吃惊没想到真是翻跟头的林哥儿。他气喘吁吁地走来，身上背着好大一个筐子。

"怎么是你呀！你怎么跑到这里来。"

"我走山呢，我看见你了。"

"这么远。"

梅牙儿看了看，这少说也有两三百步远，又下了雾，人怎么能看得清。

"你以前说过，说你放牛。"

"唔……走山是啥？"

"走山啊，走山就是从山里翻过去。"

梅牙儿似懂非懂，看到林清秋，她又想起那一小盒猪油膏来。她真舍不得擦，有时候手疼得忍不住才拈起指甲盖大小的一块点在手背上，细细揉搓好一会儿就怕抹不开，

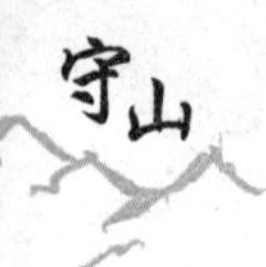

其实早就摊成了薄薄的一层。

“你什么时候回去？”

这才转过年来一个多月，他似乎又蹿高了一截，摘了斗笠，头发全都粘到额头上了。

“牛吃饱了就走，你呢？”

“我？我不急，山已经过来了。”

“哦……”

他脚上踏着一双草鞋，腰上挂了个什么东西，梅牙儿又低头弯腰去挖那刚冒出头的野荠菜，牛已经吃了好一会儿，这牲口并不怕凉，卧在湿冷冷的坡上静静反刍。

百灵又叫起来，脆得像笋。她直起腰来听了一会儿，小筐里的荠菜沾着土，新鲜得很。

“真好听。”

“你喜欢呀。”

“以前村子里有人养这个，逗好了说人话。”

林清秋笑了，他一笑露出两颗尖尖的虎牙来：“那是八哥儿，这叫唤的是百灵，你等着，我给你捉一只。”

“这怎么……”

话还没说完，这已经十五六的少年把筐子卸下来，而后一个箭步上了坡。那鸟儿大抵是在坡上野树的枝儿上欢腾地叫，可是百灵机灵，人怎么扑得住？

她心里有点紧张，就好像父亲抽出戒尺来，手心里直冒汗，万一他真的扑住了一只百灵怎么办？牛还在嚼刚吞下肚的爬地虎，这和它倒是没什么关系。坡上什么动静都没有，连欢叫的百灵都匿了声，或许是已经飞走了。梅牙儿又一心回到能吃的东西上来，头发从斗笠里垂下来，湿湿的挂不住。

日头一下子慢了下来。

林清秋缓缓地从坡上下来，他的手心里真的捧着一只百灵鸟，那只鸟乖巧地卧在他的手心里，像有点害怕但是并不飞走，仿佛那双手是一个泥土垒成的窝。

可这百灵缩着翅膀并不叫，百灵不叫就不叫百灵。梅牙儿摸了摸这鸟儿的翅膀，心里其实想编个小笼子。

“让它走吧。”

“好。”

少年一撒手，于是这鸟儿扑棱棱飞远了，山里又寂静下来。

大雁从南边回来了。

梅牙儿挖够了菜，就把牛牵起回家，她感觉心里糟乱乱的，像是几百只鸟儿又飞又叫，可这山里的鸟要找食都没出声。牛带着她回家，林清秋走山去了，戴着斗笠跑过了岭没了影子。半中午时，雾也就消散了。

秋天和春天，林清秋就从岭上跑来找梅牙儿，他不大说话，有时候带些吃的，有时候就只是为了看她。他不做工，不种地，在梅牙儿眼里是个怪人。她问他都做些什么，他告诉她帮人操办红白喜事吃百家饭食，得了空就去山里采药，晾干了拿到集上去卖，到了丰收，还要去给戏班做衬，他身子巧，跟头翻得快，师父喜欢他这副骨架子，但是嗓子稍微差一点，所以最后也没有强留他。有时他会拎着一只灰绒绒的兔子或者尾巴怪长的鸡来。开始他还去梅牙儿放牛的地方，后来就守在屋后头的柿子树上，学那老山民一般放哨，吹够了三声就不再多吹。到了夜里，梅牙儿做完了女红，就找个理由往外头去，每次他从树上跳下来都像猫儿一样静巧，但半大的丫头还是忍不住惊得跳脚，俩人说会儿话，或者连话都说不上两句就静静坐着看月亮，看一会儿那哥儿就起身说我走了，顺着山道融到夜里，像是吹了光的影子。

梅牙儿心里就住下这么一个人，几个星期见不着，走针的时候就要扎着自己指肚，有时她觉得那春天的百灵没有飞到林子里却是在她心里扑棱棱地乱撞，她一想到那因为咧嘴露出的虎牙就忍不住看一眼屋后头的柿子树，可等那霜降下，碗大的柿子红得像装了太阳，他也没有再回来。人去了哪里她不知道，去哪个村子里帮事她也问不到。只是这人的的确确来过，在月下头往她手心里放又红又酸的山楂，比她高一头的个子投下一道很长的影子。林清秋一双结茧的大手在光里做手影，一会是孔雀，一会是吞月的天狗，她憋着想笑，但是四下里安静得连鸟叫声都息了。

她偷偷拿剩余的布头缝了一个荷包，这荷包藏在她日夜睡觉的枕头下面，若是他还来就把这个东西送给他，告诉他，去哪儿了什么时候再来要留个信。一想到这儿，梅牙儿心里就有点生气，但生的气也没处撒，索性把荷包拿出来一顿搓搓，对着绣了梅花的荷包撒一通气，但撒完了还是要藏好。弟弟都两岁半多了，正是狗也嫌的年纪，家里的瓶罐都垒到高处去，平时白日里爹娘都去干活，她就得看好这个闹腾的娃儿，尤其是那灶台锅碗，但凡沾着火的东西都得分外当心。

这荷包可不能叫他看见。

孩子太小，什么也不害怕，正是喜欢哭闹的时候。到了点，梅牙儿要生火做饭，就用一条宽布把弟弟拴在炕头上。父亲稀罕这个儿子，用枣木削了几个小车放在木匣子里。梅牙儿一生火，就把木头车放到弟弟手里，等升起了烟坐上了锅，弟弟没哭，她就要对着天长舒一口气。

可多数时候，那小小的孩子不喜欢被扔下，梅牙儿刚要把他放下，哭声就像哨声一样翻过来山。

这样的日子就把年岁挨了过去。梅牙儿在一年年雁去雁归的日子里长大了，不再是一个什么都不懂的孩子，成了秋天挂满枝头的红柿子一般讨喜的姑娘。小时候挂在脸上的雀斑全淡去了，有时候洗了脸，母亲都要看着闺女的脸出神。过年的衣服越做越大了，一天夜里，女人把男人支出去打水，拿出一件绣荷花的肚兜来。梅牙儿看着那短得像孩子衣服的肚兜霎时羞红了脸，母亲却笑一笑说闺女大了。她把这绣花的小衣穿上了身，半宿都臊得翻来覆去睡不着，似乎窗外头的月儿格外亮堂一般。她觉得身上像压着一团火，她想拽一拽那小衣，却怎么都遮不住腰，一翻身就要往上卷。迷迷糊糊终于睡去，却是极不踏实，梦里柿子树上坐着人，却看不见他的脸。转醒时，她觉得脸上像发烧。

母亲笑她脸上起了红霞，她映着水盆细细地洗。夜里她在院子里洗衣时，听见屋里隐隐约约的声响，女人轻着声对男人说，也该给她说门亲了，闺女大了要成家。

皂角一下从中折断，她的心陡一下就乱起来，压在枕头下面的荷包香味都淡去了，可他依旧没吹哨子，她心里嗔一句，再不回来就给别人当媳妇了。洗完了衣服，她坐在院子里发呆，月亮挂在东南的枝儿上，婆娑隐约，把梅牙儿心里的一塘水搅碎。

他去了哪里，天上的星星也说不清。只是那鲜红的柿子在院子里成了结霜的柿饼时，头上裹着兰花巾的女人上了门来，有时还带着几张相片。到这时梅牙儿就悄悄躲出去，她不过问也冷着脸，父亲有时训上几句她就牵着牛出去，可那春天的紫地丁早已经谢了，她把牛牵到树下头，自己倚着树发呆，望着岭。

可日子过去了，再挑就要落了人口实。父亲做主把亲事定下，等到天一开春，就把姑娘嫁过去。都是有几亩地的农民，那男子也是二十出头，跟人学了一门木匠手艺，憨厚得像是一棵槐树，上门定亲带了鸡鹅染了的彩布，梅牙儿躲在房里不见，那人话也少，留了一盏茶的工夫就起身走了，不往屋里头瞅一眼。

父亲托人问过，那人家里门风正，识字，做活都是一板一眼，除了木讷也没有别的，于是放下心来。母亲开始劝她，洗衣服的时候要说，过早的时候也要讲，一句一句劝，姑娘大了要成家，就像树大了要结果子一样，哪有一直待在家的呢。梅牙儿被难住了，夜里偷偷掉泪，早上起来枕头都是潮乎乎的。

又要年关了，柿子树只剩下骨，鸟儿都坐不住，天寒。

等不到的人就要忘了，梅牙儿打定主意，人再也不来了，就一心定下亲，那邻村的男子待她真，总不能负人心意。弟弟已经会说话走路，渐渐懂事，也要识字念书，衣服一年多做一件，家里的西院墙已经多年没有修补了，连定一批新砖的钱都拿不出。出了嫁，能帮衬家里就帮衬些，那一家人日子虽然也苦，但到底是一技傍身，不纯是看天公脸色吃饭，等来年就可以割上几捆新茅草把屋顶换一换，不能再漏雨。

林哥儿的脸她都忘了，什么都变得模糊了。秋收了戏班子来她也无心去看，要在家里做些女红，听人说那戏里仍有戴了假面的半大伢子翻跟头，她也只是心一颤随即走起针线来。人大抵是难回了，她不再多想，娘的话也听得进去了。

梅牙儿要把林哥儿忘到脑后去了，但依旧不见那定了亲的男子。父亲觉得在正式过门前就不必见面了，因此人一来她就躲在厢屋里，厢屋里有扇小窗，朝北，柿子树的枝条伸过来，她于是就发了呆。

她裹上小袄，那边的人送来了信，若是这事定下，便要开一坛酒把人请去，酒一旦喝了，下了婚书，这婚事若没有天灾人祸就是板上钉钉的事情了。

这场酒定在了腊月二十七。

照例的年集，男人牵着青牛，一个人往那集上去，梅牙儿无心去了。她坐在炉边上安稳地在新被子上绣花，红针线在滑溜的面料上勾出鸳鸯的图案，绣着绣着就打起瞌睡来。梅牙儿把顶针松下来，家里养了几年的蛋鸡全被父亲带到集上卖了，去为她换一套好的胭脂。这是母亲特意嘱托的，女儿眼看着要成了别人家的媳妇，自然要俊俏水灵的好。

梅牙儿还没抹过胭脂，炉子热着她的脚把她舔瞌睡了。天色还早，她把被子重新垒到床上，坐在窗户边看外头的天。母亲忙着收拾，从箱子里掏出叠得整齐的一件衣服，这是她结婚时穿的衣服，那也是冬天。如今这场定亲酒就又把它翻出来，一件绣花短袄，做了四个精细的扣子，只是褪了些颜色，看出旧来。母亲把这衣服往梅牙儿身上比比，她穿或许正好。梅牙儿敛好了针线，弟弟已经学会了拿笔，一个人小小的，伏在桌子上临摹。外边的日头发白，风呼呼地吹起来。

夜里她又睡不着了，屋里头响着鼾声，一声高过一声，偶尔又沉下去像鱼匿在石头下边。屋外头起了小雨，渐渐地屋里头也凉下来了。梅牙儿静静地睁着眼，窗外头的天淡紫里透着黑，星星和弯月都藏了起来。她怎么能这么快忘了一个人呢？一伸手，已经淡了香气的荷包还静静藏在底下，她攥着这软和的东西，泪就又滑下来。

她侧着躺，这滴凉泪就划过鼻骨落到另一只眼的眼窝里，她觉得委屈，为什么一句话不说就走了呢？不回来也不知道说一声再见，就算再也不回来也应该道个别。这可好，像一片叶子落到泥里，可他不是没有来过，分明是高大的一个人，笑起来露出两颗尖尖的虎牙，手心里永远藏着她不知道的吃食。就是这样一个人，怎么能说不见就真的再没有来过呢？

可他就真的再也没有来过。那一天，离秋分还有好些日子，他坐在树上吹响了哨子，一身水汽，天尚热，单薄的汗衫贴在身上，整个人清瘦得很，裤脚也都挽起，人似乎黑了些。她听了哨子知道是他来了，心都漏了一拍，赶忙停下手里的活从小窗往外瞧，看见是他，小声嗔一句就趿上鞋跑出去。

见到她，林哥儿就笑起来了，从树上跃下来。梅牙儿说他是个水鬼，问怎么这么潮湿，他指了指南边的山，告诉她跟着人走筏子去了，给人运木头，他水性好，有时要跳到水里去稳筏子，可这天雨多，天又热，汗湿了没有风吹，就这样一直湿着，又不能赤着身子，就这样一路过来了。

太阳还老高呢，他笑一笑就走了，只是走的时候也没说何时再来。梅牙儿回了家，脸烘得像冬天被窝一样热。

南边的水是江水。听人说江里头藏着龙。父亲说巴东三峡巫峡长，向来滩多水急，人若是翻进水里怕是听不见猿哭就要见了底。他是不是遇了险？在那水里走筏子吃的是苦饭，一旦入了水尸骨难存，无衣无冢，连惦念的人都没有。

可他手大脚大，像白鹅的脚蹼，他说自己水性好，又年轻，总不能入了水一动不动就溺死在水里，筏子上有长篙，抓着总能探出头来，他不是一个人走筏子，怎么能说没就没了呢？

她不信，可是越想越怕。他不能忘了她吧，他在江里放筏子就再没回来。想到这她再忍不住抽噎起来，一股伤心泛上来，若是他真的沉到江里，总有人来跟他家人说上一声，再怎么样也要吊丧，戏班的人也不能没有一句消息，可这一道上谁也说不知道他去了哪，没人说他死了。

她抹了泪，哭累了就迷迷糊糊睡过去。屋外头又下起了雨，梦里她停在一处大湖边，她看见湖上起了雾，雾里有影影绰绰的人影，又不太像个人，像个站起身来的什么动物，她睁大了眼睛去看，那雾就往后退，她去追，那雾就远离她，等到她焦急地想叫住那道影子时，一下睁开了眼——天已经大亮，窗外头的早晨灰蒙蒙的。

年关近在眼前。

这一天似乎格外漫长，父亲烧了一大桶水，把脸、脚、腋窝全擦洗一遍。末了，桶底沉下一层土，这些土记载着农人身上最隐秘的角落，是农忙的产物。擦洗完了又收拾衣服，母亲把小袄穿上，一下子又年轻了几岁，仿佛定亲的不是她闺女是她了。晌饭一过，屋里的气氛一下子肃穆起来，父亲略显得局促慌张，问母亲找剪刀把指甲鬓角修了个干净整齐，布鞋几天前就洗上了，怕天阴晾不干。只有梅牙儿和弟弟没觉得什么，还有两天就除夕了，年货比去年更少些，一多半都办成了嫁妆，但仍旧压不住一家子的喜气，屋子里但凡是能擦洗的地方全都擦洗了一遍。母亲忙活一天不忘了念叨：门脸干净，人就亮堂了。

到了日头偏西，天色转了暗，门外头就听见骡子嘶叫，梅牙儿知道人来了，就赶忙牵着弟弟进了屋子。不一会儿男子的声音传进来，她从门缝往外瞧，一身粗布衫，虽然谈不上新但是干净。这人客客气气，手里还提着什么东西。放到桌子上就和父亲谈起话来，不过大概是做活久了不善言语，说几句就搓手坐下。母亲烧上水，父亲起身进了屋。

“今天喝了酒，亲事就定了。嫁人总得要看看人家的面，咱也不兴别的，春天来了就过门了，去跟人家说说话。”

梅牙儿一下子愣了神，她瞅见屋外头那男子接过水去，朝母亲微微一点头。不出意外，这个人就将和她下辈子捆在一起，同吃同睡，吵了架也仍是一张炕上调个头。她再也不住在彭家的屋檐下头，成了别人家的媳妇。

她的脑子里一下子闪过林清秋的脸，低了头说不出一句话。父亲一下子窘迫起来，但还是带着讨好的语气说了几句软话，可梅牙儿不想，慢慢摇了摇头。这下父亲脸上起了愠色，可总不能在未来姑爷面前发作，他甩下一句话出了门，转眼又神色如常地说笑起来。那男子脸上似乎有些落寞，可转眼端起碗来啜了一口说走吧，他站起身点点头，于是父亲母亲赶紧带好东西，母亲进了屋子嘱托梅牙儿照顾好弟弟，晚上还要送到先生那里去学写字，随后正了衽襟，跟着出门。

干枯的柿树还在窗外头刺着，人声和骡蹄的嘈杂渐远，屋子里头一下子空落了起来。发了一会儿呆，梅牙儿转身准备去生火，碗里的水还有半个底儿，冒着些热气，她一并收拾了，用打好的水洗净了菜，从悬挂的腊肉上旋下两片，洋火擦着了，炉膛里渐渐热起来。

菜少了，可盐还是按正常菜量撒的，咸了。梅牙儿把水壶里的半壶热水一人倒一碗，弟弟拿着筷子撇着嘴，吃了几嘴就缩回屋子里，大半盘菜剩下，一下子凉了大半，梅牙儿也没了胃口。收了碗筷洗刷干净，天色完全暗下来。出了屋子，又冷又潮的风从云间扫过去，依旧是冬天的样子，这风一吹，屋里的热乎气就溢出去一些，梅牙儿赶紧把门掩紧，转手又绣起那被子上的大红鸳鸯来。

红线一针一针，细密扎实，大半个图案已经盈出来，大红大绿，的确好看。屋里安安静静，她起来点上一根蜡，这才想起来得让弟弟去村里的曹先生家交今日的字帖，于是又慌慌张张收了针线踢上鞋子，叫上弟弟彭天心赶紧把那剩下的几张字帖临完。一星期一交，这曹先生可严得很。几年前梅牙儿调皮得十足，可没少吃这手心板子。这几天过年气一蒸，孩子毕竟是孩子，忘了年末临帖，这娃儿磨磨唧唧，临完了都到酉时末尾了。当姐姐的连声催促，牵着他就往先生家走。先生教几个孩子怎么持笔，几张小凳过了除夕直到十五才会是空的，什么时候都是如此，寒暑不迟。眼看就要迟到，顾不上风冷，梅牙儿一路小跑，带得这孩子手里的草宣纸哗啦啦响。

两人都受了训，都是自己的学生，曹先生自是不多客气，等梅牙儿回了家，一根蜡烛近半都化作了蜡泪，只有那铜台上燃着一缕红。门一开，火苗闪一闪，又恢复了原样，爹娘今夜里不回来，她又找出针线，在被子上绣起来。

一声旷远的哨声吹响。

起初梅牙儿以为听错了，只是略一抬头，红线穿过原样的翅子，而后那哨声不甘地在安静旷渺的夜里又响了起来。那红线一下子穿歪出去，十七八的女子一下子心颤起来，没等到第三声就推了门奔出去。

第三声吹在她耳朵里，吹到她心上，过门槛的时候竟然险些摔倒。分明是他的哨子，也分明是柿子树。天色黑得像墨，她出了门又拐了个弯折到树下头，树下头分明是林哥儿，林清秋。他安静地把哨子放到口袋里，一抬眼就看见跑来了她。仍旧是一顶围帽，高高大大，手里攥着什么东西。梅牙儿一下子停住，一句话顶在胸口，在夜色里涨红了脸。

“我以为你死了。”

“我好好活着的。”

“南边江水急。”

说完这句，一股莫大的委屈像火一样蹿上来，梅牙儿撇了嘴，泪一下子上涌。

“你来找我做啥？”

“我托人写了信，要请人说媒，我想娶你。”

听到这梅牙儿再也忍不住了，泪一下子呛上来，边哭边说晚了日子，人家都喝了订婚酒了，她是别人家媳妇了。这二十出头的男人一步踏上来，把她拉到怀里。这一拥，像是绝了口子的堤，梅牙儿哭得更凶了。她多少个日夜睡不安稳，觉得他沉到江里喂了鱼，她不怪他。可现在人分明好好活着，像一棵树一样直立，又像刚烧完的柴火一样温热，他呼出来的热气把她的头发拂起，他的双手像钳子一样把她抱得紧。

两人进了屋子，依旧是安安谧谧，一根红蜡烛要见了底。林哥儿把手叠起来，墙上的影子像一只扑飞的百灵，一会又成了一只天狗，要把月亮吞下，后又成了一只孔雀，在林子里环顾，梅牙儿被他逗得咯咯笑，那红蜡在林哥儿脸上造影，照亮了他的左眼，那瞳仁像一池子水一样的清灵。她一下子转过身不敢看且羞红了脸，心里升起一阵说不出的惊悸与渴望来，这股近似于委屈与难过的新潮一下子打翻了她的心船，好像是一瞬间什么都忘了，又似是什么都记得。猪油膏和灶糖，跟头与菱角，安稳地停在手心的百灵鸟，洁白的虎牙尖，几颗透红的山楂……

那些记忆像是秋雷覆上了原上的荒草，转眼便燎烧起来，又像是河鲤翻身，在静谧的湖心炸起波澜。那一颗心几乎要跃出来，从肚腹穿过嗓子升到眸子里，变成这股喷涌的情意与念想。林哥儿盯着她看，他摘下帽子，把手搓热捂住梅牙儿的脸。

她起身从屋里拿出那个荷包，把荷包放在他的手心。

最后一点蜡烛烧尽时，两人翻倒下去，枕着一床没绣完的鸳鸯。

……

老太太不再叹息，她站起身，在那堆余烬边上缓缓舞起双手，她念着些什么，念着念着变成低沉的哀唱，孩子跟着她跳了起来，只是显得更灵巧熟练。

那堆余烬里还有零星的上升的火星，但已经映不亮人的脸，我们看不清彼此，也无人出声，夜空仍算晴朗，只是被层层的树影遮住了光。风穿过防风林的枝叶缓慢下来，枝叶摇动变成和鸣的乐声。暗里我看不清火燎原的脸，只是我隐约觉得心底一片潮湿。

那是一种古老的舞蹈，起于巫山云深之处。祝舞起时，寄托哀思，老太太边唱边挪动着步子，她的动作愈加缓慢，声音愈加婉转哀伤。

“人啊，隔了水。

“那峡头长，滩多，船上几只哨？

“人啊，见了山。

“那山高，谷深，飞去几只鸟。”

第三十四章
CHAPTER 34

线索归拢

眼下的情况就是这样。

把老太太和孩子送回田家的院子后，我与火燎原对目前了解到的情况进行了大致的梳理和补充。由于有一部分故事老太太讲述得相对隐晦，听者也就难免有所臆测。

在梅牙儿即讲述故事的老太太与她的林哥儿温存后，这个名叫林清秋的年轻男子就带着荷包信物离开了，他将一纸字契留给了梅牙儿，并告诉她自己会在来年春天的时候回来娶她，希望她把婚事退了。然而，直到他离开后，梅牙儿才意识到问题的严重性，不幸的事情发生了，她的身体出现了异样——她怀了孩子。这件事情自然无法掩盖，并且一度让这个可怜的家庭更加难堪。得知这一消息后，男方果断取消了原定的婚事，索回了全部定亲财物。此事自当地的村子传播开来，梅牙儿的母亲一病难起，父亲因为门风受辱日日指责谩骂自己的女儿。

当时，支撑她活下去的唯一希望就是春天过后她的林哥儿会如约归来娶她，这也是维系这个家庭的仅剩不多的希望。但直至春天结束，夏天到来，日子一天天过去，这个青年都没有再次出现，也没有任何讯息传来。当雁归去时，梅牙儿生下了这个孩子，面对再度消失的林哥儿已然满心失望。但是当孩子也就是彭志海的父亲约半岁时，彭家收到了一封书信，在信中，笔者声称林清秋在南下放筏子时已经遭了劫难，并且已没有追回尸首的可能，因此作信告知。

年轻的梅牙儿对这封来历不明的信件十分怀疑，她始终认为林清秋还活着，只是出于某种原因不能回来。在孩子周岁后，她终于忍受够了打骂无度的日子，某个夜晚，她简单收拾了行李就悄悄踏上了寻人之路。她的足迹从北至南，沿路打听可能知情的人和村子，个中艰辛难以想象。然而，遗憾的是，即便足迹如此之广，沿江东去一二百里，她也没有打听到一点林清秋的消息。数年奔波与堪比乞讨的日子使她心灰意冷，于是终于决定归乡。回到家乡她才得知父亲已经去世，徒留母亲照料年幼的孩子。而在母亲也

去世后，她带着孩子投奔了一个不远不近的亲戚家，以给人做工的方式寄人篱下。

这个继承了父亲很大特质的少年渐渐长大，成了日渐苍老的梅牙儿所剩无几的希望与念想，而盛在她心底的思念与痛苦也在时间的流逝中渐渐转为不甘和遗憾。她并没有查获任何关于这个消失的男人死亡的事实，也再没有收到过来历不明的信件，因此埋藏在她心中的疑惑又或多或少成为她活着的支撑，也许某天这个人还会突然出现在她的面前，只是出于某种原因这些年隐匿无声。年年的祝融祭礼便成为她与那个心里的丈夫见面说话的时刻，对于这个生死未卜的林哥儿，似乎一切的扑朔迷离都可以被这光火照亮。

当然，这个沉重凄婉的故事也只能是我在这群山之中诸多经历的一小段插曲。把老太太送回后，火燎原煞有其事地告诉我今晚他还有一些事情要办，让我自己先回去。这简直就是胡扯，在一个距离程家湾几十里路，别说他就连我都人生地不熟的地界，一个常年在沪城工作的人竟然要在这露宿一宿。但他显得相当执拗，相比于这股严肃，我确实没什么精力再和他较劲，但连夜回去基本是不可能的了，因为这意味着第二日我还得不辞劳苦地把他接回去，所以我告诉他有事抓紧，我在车上凑合一夜，天一亮就走。

时间已经很晚了，按照山里人的作息，人畜都已休息。沿路没有一丝光亮，我拧亮了前照灯，火燎原在村口与我分开。我把车停在临近村委会的地方，这才意识到我的车没有纱窗这一说，这个季节开窗通风基本等于把自己送给蚊子，开空调又不现实，这是个麻烦事。我给他发消息让他务必在天亮前结束这一切，他反手就是一个你先回去，油钱我出。话到这份上了，我一点牢骚都没有，插上钥匙设好导航，锁定了程家湾，摇下车窗就走。

接下来的一天，火燎原杳无音信，我乐得清闲。他的目标很明确，就是要看看本家祖宗的祭祀，在没彻底了结心愿之前估计是不会回来了，所以我根本不着急催他。眼下的事情一件接着一件，我只能诚心地请求别再节外生枝闹出什么幺蛾子了。

直到第二天中午，火燎原才联系了我，他传来一张照片，是一张被裁开的破报纸，空白处记着几个问题。

林清秋是生是死？

此人葬身鱼腹或其他？

信是谁写的？

看得出字迹相当潦草，大概是在进一步询问后产生的新疑惑，但是相较于其他任何时候，这些疑惑都显得无比荒诞与不切实际。暂且不说讲故事的老太太会不会故意隐瞒重要情节或者记忆有误差，整件事情就像是游离在主线剧情外的孤岛，与当下境况不存在任何联结。退一步说，如果故事是真的，那么老太太数十年的寻找尚且没有任何结果，现在的我们又能有什么作为呢。

巨大的信息断层摆在面前，这是必须承认的难题。

看到那张破报纸，我大致回忆了一下老太太讲述的细节，在键盘上编辑了一条回答：事实上，我觉得那个神秘的只存在于老太太讲述中的男子是生是死应该已经不重要了，如果他出于某种不可说的原因而不能去找她，就一定会伪造说辞，而如果他是真的走筏子翻到水底，也应该会有家当遗物，不能什么都没有留下。可惜这份东西也没有出现，至少没有出现在老太太讲述的故事里，只有一个比他更神秘的信件提了一嘴，所以这一切都不符合常理，以致难以推断最开始的问题，我们没有其他的线索可查。另附：这是你参观祝融祭礼的插曲，不必太上心。

我点了发送。

当然，如果说咱们当时早走五分钟，在那群孩子搅打成一坨泥鳅前发动车子，那么这个故事也不会进到你的耳朵里。

消息发过去就石沉大海了。从昨天回来到现在，整个村委会都处于一个异常忙的状态，电商助农方案已经提交了一个星期，但第一步却是谁都迈不出去。情况的的确确十分复杂，说好的试点，在谁家试？怎么指导？试成功了怎么推广？不成功又得做何打算？这些问题烦得王广安几乎把火从胃里喷出来，今年的橙子大概是赶不上趟了，筹备工作不可能在几昼夜的光合作用下完成，养成一个能带货的视频号，最靠谱的是直接找人直播，绝对不是零散地教人怎么耍手机。

毕竟有些村民的手机还不算智能。

但这并不是最棘手也最磨人的事情，最让人头疼的是可大可小的鸡毛蒜皮所引起的村民心照不宣的邻里矛盾，这些砸在暗处的钉子随时会成长为某种助力，因为各种说不清的消息而助力一碗水端不平的谣言。

这种问题需要调解。

在首次接触这种事时，我和张文洋都变成了空张嘴的傻子。两户比邻的人家，其中一户在墙头下圈了个圈子养了几只家鸡，凑巧这家的小孩正处在一个精力旺盛的阶段，他咆哮着扑向那群安静的家禽，意识到危险靠近，它们本能地向上扑飞，一只年轻的雄鸡格外害怕，直接垂直过墙进了另一家院子。

当然，如果这个时候家里有人发现并且敲响隔壁的门，这只失踪的鸡仍有很大可能回到失主手上，问题在于男孩不厌其烦地惊扰这群家禽许久后，他奶奶才意识到少了一只。毫无疑问，她去隔壁家找鸡，得到的回答让她火冒三丈：没有东西过来。

这种明着占便宜的事情的确让人愤怒，这个上了年纪的老奶奶开始骂街，语言之粗俗使来往行人无心多听一句。她插着腰中气十足地叫骂，直到有人打来电话报告主任老刘，主任又带着我和张文洋过去，距离这只家鸡失踪已经过去了四个小时。老奶奶喝了碗水接着骂，另一户人家门头紧闭，并不应战。但想都不用想，这关系已经到多么恶劣

的地步。我们劝住骂街的老奶奶，在把她按回座位上时她仍旧血气上涌，结局是村主任隔日买了几只鸡仔送了过去，并且叮嘱老奶奶一定要把鸡的翅膀上最长的几根毛剪掉。

清静没有持续太久，晚上九点一刻刚过，张文洋又板着一张脸推门打断了我在电脑上的 PPT 工作。他告诉我又有麻烦了，依旧是徐家，门口已经吵起来了，本来都躺下一片的村户又接连爬起，带着怨气加入了争论，并且有愈演愈烈之势。

我的心再次被看不见的细线提起来。

我赶到的时候，两个女人正在争吵，在费了老些力气后，我得以悉知事情的原委：和徐母争吵的，是徐家对面的女人，姓陆。这家女人晚上把洗衣服的水端出门时，发现墙上蹲着个人，黑暗中她本能地后退一步，以致把一盆脏水全洒到自己身上。她带着火气敲开了徐家的门，大概没说几句就吵起来了，进而演化成喷脏的叫骂。鉴于之前那件事在村里已经引起议论，被惊起的村户也大多同意陆家人的观点：有病早治，别祸害正常人。

把这些人劝散后，我第二次正式坐在徐家的堂屋里。这个已经哭红了眼的女人断断续续告诉我事情是这样的：一年中，徐路生也只有夏天最不寻常，前几日突然不知怎的蹲到南墙上对着南边叫唤，墙头不算矮，她一个女人在下面无能为力，只能任凭他玩累了自己下来，他平日里也不说话，只做些小活，并不这么疯癫。

我对徐路生带着无法言说的愧疚，在之后的半个小时内，我询问了他的相关病症，并且记录了他的发病时间。他今年的第一次异常就发生在失踪那天，那天是六月二十八日，农历五月十五，七月四日晚上我们进行了那个迫不得已的计划后，每隔两天徐路生就会在夜里出现异常。

我能做的工作就是咨询相关医师以及安抚徐母的情绪，并且尽可能地压制住外边的流言。此时的徐路生已经恢复到他母亲所说的常见状态：低着脑袋蜷缩在角落里，一直不抬头，一动不动。外边的人都散干净了，我又带着张文洋来到对面的陆家，在听这家人宣泄了十五分钟怒气后开始劝解，最终打消了他们心中狂热的报警把人送走的念头。回到宿舍时，已经到酉时末了，火燎原打来电话让我现在过去接他。

来回两个小时，我几乎要把手机捏碎，在短暂的失态后我还是保存了 PPT 把车钥匙插进了发动机。严格意义上来说，每天下午五点到次日清晨八点都属于不必报备的个人时间。

我几乎是像拎着一提矿泉水一样把那个在野外露宿了一天的人弄上了车。虽然才过去短短一天，但这个人的皮肤已经因为疲累浮肿起来，头发蓬乱，但是整个人显得非常亢奋。上车之后他就打开车窗，于是天地都成了他火燎原一个人的烟灰缸，他什么也不说，一根接一根地消灭着香烟。

“你现在这个样子，让我很难和你家里人交代。”

我稍微降下来一点车速，因为要开始谈话了，并且我有一种预感，他又藏着什么东西，好比整人时的一肚子坏水，非得看看别人前后不一致的荒诞表演才能满足的恶趣味。

“其实，怎么说呢，这件事虽然现在还说不准到底是怎么回事，但我相信五分钟之后你的心情就会和现在完全不同。”

“我求求你，敢情我还得感谢你给我五分钟自由快乐的时间是吗，你赶紧说吧。”

“别着急。两张照片，这是第一张，小孩那天手里拿着的，但是被人撕碎的东西。”

我再次踩了刹车，迅速一撇头，拍得很模糊，但还是被我看出来了，一张纸糊的狐狸面具。

“天杀的。”

“这是老太太跳舞时戴的，和徐家人扎的不说一模一样吧，也差不多了。”

“样式应该大同小异。”

“别着急，还有第二张，喏。”

我吸了一口气，再次撇头，这张就清楚多了，是老太太的身份证，没有那么奇特，我拿着火燎原的手机，车速已经降到了二十五，防止因为我的心态变化而发生意外。

一张普通的身份证，住址是曹田口也没问题，再往上看，老人名叫彭芝梅。

“看完了，给。”

大概有五秒钟的沉默，我把车速提上去，什么也不是，这张照片比第一张的信息量少多了，至少我什么也没看出来。

第六秒的时候，车子一下子被刹死，从五十迈狂跌下来，我死命踩住刹车，安全带瞬间镶入我的肋骨。

“我说吧，你现在的心情会和五分钟前很不一样。”

一道天雷闪过，这雷劈入我的脑海，把一潭死水激起，并且炸亮了远处雾气森然的黑暗。

“你得感谢我多磨蹭了五分钟，以及那一坨搅成泥鳅的孩子。”

……

“我觉得这些也太巧合了，火燎原，整件事，我是说我要彻查的一整段过往，都在我的非常不经意间的举动里串联起来了，这就像是有人在策划一样。”

“我思考过你说的这个问题，整件事我发现问题是因为那天晚上，就是那老太太讲故事的晚上，有一个细节让我觉得非常匪夷所思，但是你应该没有注意，就是她烧的东西。”

“你是说纸扎？”

“对，纸扎，我一开始觉得没什么，可能是当地习俗，没什么值得怀疑的。但后来我开始帮她往火里扔纸扎的时候才觉得什么地方很熟悉，纸扎一旦燃烧起来就会产生

草木灰，这种味道很明显，那晚火那么大，气味相当浓烈，但是我隐约觉得燃烧的气味里并不纯粹是纸扎烧着的气味，有些味道源自纸扎本身。我随手拈起一个，凑上去一闻，觉得简直不能再熟悉，这就是那天你给我闻的纸片的味道。纸扎不是由个人生产的，我只是觉得有点巧合，但你注意到那天都具体烧了些什么吗？除去正常的元宝银钱之类的。”

我开始仔细检索当晚的回忆，我站在老太太的对面，隔着火焰，只能看到一件件纸物化成明亮的光火中的一缕，但除此之外什么也想不起来。

“我一开始只顾着扔，后来才发现了蹊跷。那里有一堆用纸折成的动物，一些纸鸟，不是那种平面的千纸鹤，是里头有骨架撑着的纸鸟，而且点了眼睛。

“这事让我一下子不自在了，因为你知道徐家那户人家折的纸扎也喜欢点睛。那一堆祭品里没有纸人，所以我不敢确定，但觉得常识被颠覆了，两个村子之间相隔也不算近，这徐家人有什么本事还能搞这么远的跨村业务？

“而且从我接触中国民俗这么多年的经验来看，这件事有点诡异，为什么要给人烧纸鸟？除非是主人生前特别喜欢鸟类，但是那些纸扎里还不只是鸟。”

“这就是你留在那的理由？”

“那个脸上有胎记的孩子不寻常，我感觉得出来，但又说不清哪里不寻常。如果说这只是一个和你查的事情完全无关的插曲，我可能不会有这种感觉。但其实我看见他打架那会就觉得有什么地方不对劲，被一群缠在一起的孩子压住，他几次想张开嘴咬人，但又给憋回去了，你当时没看见吗？那几个压住他的孩子脸上都有红印，后来我们带他过去的时候这孩子一直背着手。

“当然，这只是没有依据的直觉上的诧异。当时主要疑点集中在那一堆纸扎上，我问他能不能给我看看你拿给你奶奶的东西，没一会儿他就拿着一个面具出来了。这面具你看过，就是画法独特的狐面。正面用玄青上了色，黑乎乎的，两只眼睛都被点上了，盯一会儿就觉得很不自在。我问他这是从哪买的，他说这是半个月前，有人骑着电三轮送来的。

“我一想就知道错不了，虽然这三个村子之间的距离都不算近，但是三个点之间两两的距离相差不算多，姑且算个稍微离谱的等边三角形吧，骑电三轮送来也未尝不可。我问他为什么要买这个，他说奶奶要烧，因为买得多，所以人才送来。

“这就完全不是巧合了，或者说完全是个巧合。你从马南回来，我看见桌子上放了张纸，上边有几句不着边的话，我当时就看了一眼。后来你才说是常瞎子送给你的。”

“假亦真时真亦假，另采芝梅气又清。”

“所以说啊，林山语，触物留痕，物质交换的铁律万年不变，这些东西没我你自己看得见？

“我发给你的问题好好想想，这根本不是独立剧本，而是隐藏支线，我有些不成熟的预感，把这几个问题弄明白了你可能离所谓的真相就不远了。

“哦，对了，之所以有这种预感，是因为这个东西。”

火燎原掏出手机，仍旧是一张照片，是夹杂着繁体字的婚契。

兴山常村人林清秋欲迎娶彭氏长女彭芝梅，兹于明年春日商议嫁娶事宜，特立字据为证。

“当年的人留下的唯一的字据。”

“细节。往后看。”

再往后就是一个章印了，相当模糊，并且是篆刻的单字印。

“我查过了，这是鹞，繁体的鹞字写法，翻身鹞的鹞。”

我再次倒吸一口凉气，身上半数寒毛已经耸立起来了。

“现在来看，我估计用不了几天，可能明晚，眼下的一切都可以真相大白了。”

……

事态似乎一下子明朗了起来，至少所经历的一切正在以一种我无法察觉的方式联结起来，这里头必然存在联系。从马南到程家湾，再到眼下刚去过的曹田口，从常瞎子的谒诗到徐家的重重疑云再到伏光拜火的祝融祭礼，这些看上去毫无关系的事已经成为整片疑云的各个尖角。然而，这些事情依旧杂乱无章毫无头绪，谒诗的四分之一已经得到了印证，剩下的三句仍旧让人云里雾里。

显然，我和火燎原不可能再靠满世界乱跑看人打架破案，纸扎仍有谜团，而下一步行动的线索已经断了。我在略一思索之后发觉到难以表述的诡谲之处，在闭合的逻辑环中，我的父亲，我最想查清楚的关键人物却被游离在这些尘封的历史疑云之外。从与常瞎子的那场谈话之后，我就彻底切断了与父亲之间的联系，让事态的发展愈来愈荒诞与剑走偏锋。我脱离父亲的指引已经有些时日，不敢保证之后不会事与愿违。

这种隐忧可能会成为动摇一切的祸根，或许，还会在某个节点吞噬先前的全部努力与想法。同时，这种隐忧所伴随的是期盼真相前的懈怠，当一个人在面临重大的生命节点时往往会显出惰性，潜意识里想维持现状的避患本能会跳出来。这种懈怠会在某一刻剧变成紧张，那就是节点到来的时刻。

数月来，我由浅入深地接触这座山中的古老传闻，并试图从传闻中知悉一些有关父亲的往事。时至今日，我仍时常思索我现所做的一切是否与父亲想让我做的背道而驰，在这个摇摆的天平上我彷徨已久，并更进一步成了我深入群山解开谜底的瘴雾。

我的一生面临过很多选择，但这一次，我并不确定我能与六十年前的父亲保持一致。去路与归途，我向方圆之内的山岳草木祈求：这一次，我们可以得到相同的答案。

……

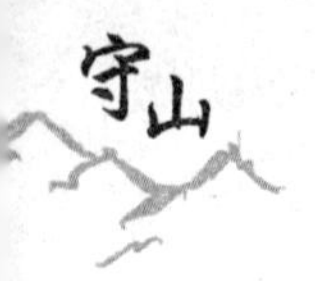

“我觉得眼下的线索够多了，可以开始梳理和复盘了。”

火燎原已经放下了一摞白纸，这一夜相当安稳，月亮都藏了起来，没有鸡飞狗跳，更没有邻里纷争。我和他都是少有的严肃，我们上一次这么严肃还是在沪城的烤肉店。

“我先来说明一下咱们现在知道的东西吧，之前的事你还有遗漏的吗？咱俩之间就别弄出啥信息误差了。”

“没有，那些没关联的就不说了，比如那场黄福贤老婆的案子。”

“OK，那咱开始。”

答案在火燎原的意料之中，他抽出纸来，开始在上边逐条罗列。

你第一次听到翻身鹞这个名字是在数月前，是马南的林方志大爷告诉你的。并且他告诉你，这个人带了一队人进了山，之后就消失了。

常明山常瞎子告诉你翻身鹞已经死了，并且告诉你他没有娶亲，没有后代，同时还提及了一位故人。

彭芝梅有一位相好，这位相好给了她一张婚契，并且署名的章印是“鹞”，不出意外，这应该是翻身鹞的物件。

“这三条就是主要线索。”火燎原把纸递给我，“如果说这个人并非子虚乌有，这三条线索都是真的，我们就可以根据做一个大致的推论。首先摆结果：翻身鹞已经死了。第二条和第三条均指向这么一个人已经死了，自从老梁顶测绘夜之后，我们就没有收集到任何关于此人还活着的证据，并且常瞎子相当明确地告诉了你，他死在了老梁顶。我觉得他可能压根就没去过南边走筏，而是一直活动在常村西边的马南一带，他对山林环境相当熟悉，所以有机会为勘测考察的测绘队带路。我猜测，就在那天晚上，一定发生了什么事情，他翻身鹞因为此事死了，这也变相符合第一条线索。”

火燎原一说话就相当激动，他深吸了一口气，用暖壶倒上一杯水，一口下去大半。

“可是当时林方志大爷没说他死了，也没人确切地目击现场发生了什么。最主要的是当时测绘队的那十个人也什么都没说，那之后的信怎么解释？据林大爷所说，当时翻身鹞带领十个陌生人进山，我们假设那时候民风淳朴，他们路上家长里短地聊天，翻身鹞把自己相好的住址连同走筏的事情都说了个遍，然后他遭了不测，没人救得了他，但是有人替他写了这封信，你觉得这种解释合理吗？”

火燎原眉头紧锁，我们都不可避免地发现了一个结论。

当时在山里的一定不止这十一个人，可能多于这个数字，至少大于十一，这些人可能目击了发生的事情，并且确切地知道翻身鹞死了。

“这个人……”火燎原和我同时倒吸了一口凉气。

“常瞎子！”

“如果是他，一切就都说得通了，他知道翻身鹞不少事，包括他有一个相好，他一定跟这瞎子提过。而这瞎子为什么这么确定这人没有娶妻留后？因为他知道婚书的事，并且知道这张婚书没法兑现，于是帮他写了信。如果找到了他，当年的事情也就清楚了。”

血液开始倒流，大概是冰山沉入了岩浆，在短暂的沉寂后开始升腾起浓烈的烟雾，这股血气几乎把我的天灵盖掀开，我早知道那常瞎子知道所有的实情，却根本没想到他就是这些事情的亲历者。能够安安稳稳地坐在八仙椅上讲故事，两只核桃盘在手里就把人给戏弄了，这人在我眼中越发深不可测起来。短暂的死寂之后，我和火燎原不约而同站起身来，工作已经对接完了，之前的助农计划我已经拜托刘叔联系了平台，合同不出几天就能下来，王广安的意思是怎么着也得跟上这一茬橙子，我也难得在事最多的七月得出几天空闲。

空闲都用来查线索了，但是车子就一部。我和燎原仍旧分头行动，他需要回一趟曹田口。上次虽然已有采证，但我们意识到一定还有没查明的线索，关于彭老太太的往事，绝对不会像火燎原拍的三张照片那样单薄。而我需要证实的事情则多得多。首先就是找到常瞎子，如果一切推论坐实，他知道翻身鹞是谁，甚至能牵扯出我父亲的往事。再者就是求证翻身鹞是否身死，如果推测不是建立在这一基础上，那么所有的结论都是一纸空谈。事实上，这就像是一个数学定理的证明，一个反例的出现就会推翻所有的结论，即便没有天文数字级别的例子证明他死在那一夜，但如果之后仍有人见过他，推测仍旧会是一团谬误。

“我先把你送回曹田口，我再开车去马南。把所有细节都记下来，实在不行就录个音，等我们查清楚了再回去感谢人家。”

气氛不可抑制地压抑与沉闷了起来，我第一次感觉夏季七月的每一天都如此漫长，炎热耗散心力，汗水滴落时似乎原来无知的外壳也跟着剥落。我想起某个寓言：码头停有一艘老船，年老的船员每天会更换一块甲板，直到有一天，云层压低，行将就木的人不得不加快速度，在风暴来临前他必须换完所有的甲板。而在第一滴雨坠落之前，谁也无法预料这帆桅扛不扛得住。船员唯有把骨头里的血髓全部榨出来，以最大程度的努力迎接未知的灾难。

“你开慢点，别在知道真相前自己先折到沟里去。”

悬挂已经濒临极限，火燎原在安全带的束缚下依旧不时从副驾上腾起来，这根带子成了他不被车顶戗烂头的唯一保障。我松开油门，降下一档，已经完全没有了回话的心情，此时手机却突兀地响了起来。

“帮我看一眼。”我把手机递给火燎原。

“是合同，你刘叔发过来的，以你爸公司的名义。你这面子不小啊，章都盖好了，不过我觉得你可能还得再盖一个。你代表你们村里的人，和帮你们外销的平台定下合同。不过话说回来，村里的人信得过你吗？把橙子交给你卖。据我所知这种事情都不是小打小闹，量太少就是耍人了。”

“工作张文洋和我都做过了，火燎原你动点脑子，这仅仅是意向合同，下一步就是我们寄东西给人家，货源、质量都有检测报告，人又不傻。而且我的计划不是写明白了吗？公司加快收购，冷链运输，不是农户单个地卖。”

“那你做好工作就行。昨天我听王广安说最近农忙，村里老少基本都在搞生产，所以出不了几天估计就得派车来了，还是那个问题，你盖个章估计就行了。”

我又把车速降下来，这合同一式两份。一份是公司和村里对接，另一份是公司和平台对接。确实需要我签个名盖个章，只是事先完全不知道，我的私章根本不在手头。

“麻烦了，火燎原，赶紧给我妈发条消息，让她帮我把章邮过来。”

“发了，保守估计也得两天。这合同没写期限，不过我觉得不必这么麻烦了。都是一家人，你让你刘叔去你家拿章盖上就行。”

“那我怎么签字？你是不是多少有点蠢。”

“那么严谨吗？没必要吧。虽然立场不同。”

我把车速又提上去，白了他一眼：“这合同是村委会开会商讨确认风险和收益后，动员了村里的人家，看着我签字盖章的，你以为一家人不说两家话，这事玩脱了那就是两头不是人，公司上下多少人等着看我笑话，所以这根本不是一个章的事。”

“你妈问你，那东西在哪。”

我的思维一下子刹住了车，我的确有这样一个东西，并且样式精美，用一块上乘的缅甸玉篆刻而成。照例我的东西都锁在阁楼里，但更严重的问题浮上来了：我阁楼的钥匙此时挂在我身上。

“行了，彻底完蛋。”

“不是，林山语，合同就得盖合同专用章，那都是公章，是你们村委会的东西。怎么着也不可能盖你的私章啊，你还说我蠢，我才反应过来，到底是谁蠢？”

“我跟你妈怎么说？不用麻烦了？”

火燎原索性把手机扔过来，但我完全被另一件事淹没了。对于我自己的东西，我都可以清楚地报出它在我的屋子里的方位，我的脑中里有那些东西的图像。但这块印章却像凭空消失了一样，完全是一片空白，这说明我有很多年没有触碰或使用过这个物件，我可以回忆起这东西的样式、字体以及它的玉石手感，但就是想不起来它在哪里。

“林山语，别这么自我，这归根到底是你自己的事。”

“我想不起来那章放哪了，这种事其实不常见，我一般都记得很清楚。”

“你怎么弄来的？就那么一个？”

“就一个，我十八岁高中毕业的时候我爸找人刻的，他觉得这是能印证人身份的东西，算是成人礼的一部分。但是这东西我从收到后就没印象了，我隐约觉得当时是事出有因，导致我对这东西挺不喜欢甚至还有点厌恶，但是什么原因我一下子想不起来了。火燎原，我不喜欢那东西。”

“能具体到这么小的物件？”

“对，我当时是有个具体的理由的。”

“前面就到了，曹田口。你准备下车吧，别忘了我跟你交代的东西。”

放下火燎原我就调头直奔马南，车里一下子冷清起来，因此车速也就相应地被提上去。火燎原无疑很了解我，我的确很少把某种情感倾注到某一具体物件中，即便是做工粗糙的小工艺品也顶多是无感罢了。我不喜欢那块章，所以我把它弄没了？这疑惑从前挡风飞进来，我被自己吓了一跳，这似乎像是女生的行事风格。

车子迂回接近马南，北部高大山体上空盘踞着些许阴云，天际线被压得相当低，气压数值再次下降。低气压带贼心不死，似乎仍在酝酿着一场突如其来的暴雨。

一个小时后我把车子停下，几乎连滚带爬地进了村子。农忙时节，大部分劳力都在地头忙活，因此村子里并不热闹，偶尔有行色匆匆的村人，手里提着胶鞋蓑衣，天又要下雨了。

我跑步穿过街道，凭着记忆来到常家大门前，这次倒是一个人都没有，大门紧闭，没传出一点声音，屋前一棵细槐树纹丝不动，没有一丝风。我拍了门又高声叫嚷起来。

细槐树上的乌鸦飞走了，但是无人应门。门后头上着暗栓，人应该在家，但是院子里的确没有一点回音。

这老头怕不是在装死。我暗骂一声，心里的焦躁一下子升上来，四下无人，事出有因，也就管不了那么多了。我绕到屋子侧面，墙体大概三米高，我穿的鞋还行，蹬两下就能翻过去。四下里的确一个人都没有，墙头也没有玻璃碴子，或许人终将成为自己讨厌的人，我蹬一步墙，翻进了常瞎子的院子。

院子里静悄悄的，似乎无人。我心中一下有了做贼心虚的愧怍感，试探着又叫了一声，仍旧空荡荡得连大缸里的红莲都惊不起，人在不在屋里我当然完全不知，眼下到了这般地界，也就不差这一步了，我咬了咬牙推门进去，但是直觉已经给了答案。

一股冷香味，这是线香燃完后沉淀在空气里的余味。屋里一览无余，什么也没有，别说人了，猫窝在哪都显眼得很。气味的源头在于桌上的香炉，香已经完全烧完，并且香灰已经冷下来，假设这人一点上香就走了，少说也有半个时辰。

空白再次袭上了我的脑袋，我预感这人能掐会算，在意识到这个问题后几乎用了最快速度赶来。但很明显，这人要不是未卜先知就是提前几天就走人了，屋里干净不说，连他平时走路用的拐杖都已经消失了。

线索又一次中断，我立在空无一人的屋中不知如何是好，这种感觉非常复杂，夹带着一种尴尬与绝望。

我掏出手机来，火燎原没有发来消息，大概还在追查和询问，他的追查范围比我的大得多，并且大概有数不清的细节需要核实。就在我准备转身撤走时，我被一个东西吸引了注意，三条腿的铜香炉下头压着什么东西。

用毛笔小楷写成的一张纸条，上书：

“若常某言中，不必羞恼，君无备礼，矩不可破，恕不接待。”

紧接着下面还有一行：

“若为梁上君，则非灵心悟。半解无一知，五十笑百步。”

我将那张纸条抽出来，眉头锁死。这就是为我准备的，后四句明显是戏谑。我把纸条对折收好，心里好比冷水注入冷却罐，这一大团未知的疑云再次把上头的热血压下来，但绝不至于像刚踏进这屋子时的空虚与绝望。我的脚底隐约踩到了什么，只是现在仍不能弯腰去捡。

相比上次的偈诗，这次常瞎子给出的四句打油诗显然隐晦得多，我随后从包里抽出一叠便利贴，撕下一张压到炉子下头去。

“贼不走空，但‘盗’亦有道。”

缸里的芙蓉似乎谢了一朵，一条黑色的鲤鱼静悄悄地藏在叶底。

它的鳃盖起伏，什么声响都没出。

第三十五章

CHAPTER 35

南辕北辙

秋天时，我等不到他，使劲儿哭了一场。

母亲已经病倒了，父亲不再白天出门，出门也都避着人。他叫郎中包好了药包挂在树上，他提前付了钱，夜里去取。

父亲有时骂我，有时看见我就出去。我知道我伤了他的心，也让他们没了脸，叫人戳脊梁骨。我一次一次拿出那纸来看，一遍一遍念给我母亲听，她厌腻了就撇过头去，这于他们讲，是一纸空谈。

可这不是空谈，对我这是活命的东西。我一次一次盼他，盼他，从秋天到冬天，整个春天都过去了，夏天过去了，人也没有音讯。我总觉得柿子树下头立着人，总听见有人在外头吹哨子，可是哪里有人呢？树下头空荡荡的。

一日，父亲铁青着脸进屋来，我以为他是叫别人说了坏话，提着胆子想安慰他，还没有开口，他从怀里抽出一包东西摔到我的脸上，我一下子什么也记不起了，只想死，看着他那一张脸，我的心里只有一个死字。

我把那东西捡起，是一封已经拆开的信。信里说林哥儿走筏的时候淹死了，再也回不来。末尾没有署名，什么也没有，我翻来覆去地读，一个字也看不进去，我曾经想过他会落水，可还是完完整整地回来了，他手脚大，大得像鹅的脚蹼，怎么能叫水淹死。

父亲一下子苍老了，他很确定那个人不会回来，如今也没有人愿意娶我了，家里门风被我坏了，弟弟以后娶媳妇就要多花钱。我一下子慌了神，不知该怎么办。

家里人都丢了魂，我的孩子太小，他和林哥儿一样有一双很亮的眼睛。他一到夜里就哭，声音很响，我不知怎么弄好，母亲有时会帮我看上一眼，有时看也不看，任由他哭。

夜里我梦见月下有一条狐狸化成了人，他看着我，不说话，转眼就走了。后来我看见那路边上有座坟包，等我蹲下去时，土还湿。于是就醒了，我醒了就开始哭，知道他大约真的死了，所以托梦给我，我不知道他葬在哪里，梦里有水，或许他真的在江里死

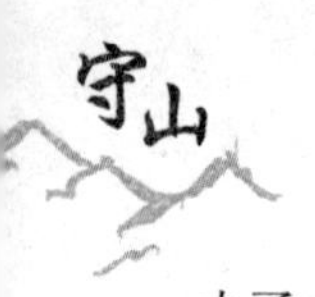

去了。那一夜我下了决心，等孩子大些，我便去寻他的下落，他活着要见他的人，他死了要见他的坟。

后来我离了家，这一走就是好些年。我跟人说寻不到我就不回去，我是没有丈夫，可我的孩子他有爹……

这段录音断断续续的，中间一度完全卡住。里边的声音是彭芝梅老人的，从常瞎子的院子里出来，我就收到了这么一个压缩文件，除去这一段录音，还有几张照片，不过已经没什么新的东西。火燎原把一些关键物件重新拍了一遍，有些细节还给了特写，比如那张已经破烂的婚书末尾的章印。

一个已经褪色到看不出轮廓的“鹞”字，我坐在驾驶位上，开着车门对那个字左看右看，确实让我不舒服，并且越看越别扭。等了一会儿，没有新消息过来，我决定再去一次林方志大爷家，这老头也是出了名的不见底。常瞎子没见着，但该核实的东西不能少，天上开始滴雨的时候，我就又坐到林大爷对面去了。

“小伙子，比上次来瘦了。面色这么憔悴。”林大爷依旧异常矍铄，看我登门又赶忙烧水，按他的话说，平时儿女都不在身边，有个说话的人就好得很，别说是大后生小伙子了。我心里一阵愧疚，老人心思单纯，可我每次来却基本都在问事。

我笑了笑，努力让自己看上去灿烂一点。“最近村子里事情多，可能睡得晚。”

“说吧，小林，咱本家人不兴客套，你都这么疲惫憔悴了，想必是有事登门，俗话好说，无事不登三宝殿，你快讲讲吧。”

“那我开门见山了，大爷。这不半个多月来我一直在追查我父亲当年的事情，这事情一件又一件全都连到了一块，先是我们村有个傻子出现在你们马南，后是那装神弄鬼的常瞎子，接着我们又在曹田口遇到一位翻身鹞的相好，她有一张当年的婚契，打了章子，单刻一个鹞字。我觉得这常瞎子必定和以前的事有所联系，就赶忙开车过来，没承想这人先一步离开了。事到如今，林老大爷，我也不隐瞒，因为太想查清真相，我也做了一回梁上君子，可进了他家院子却发现没人，只有一张早就备好的纸条，上头是几句打油诗。本以为接近了真相，现在眼看又要扑朔迷离起来，这不来这里跟您唠上几句，心里头闷着一口气啊。”

林大爷听完哈哈大笑起来，他起身倒了茶，我也跟着站了起来，他一双手相当遒劲，滚烫的茶汤溅到手上不抖不颤，仿佛老松树皮裹着筋骨。斟上了茶，他又回到自己的位置上，慢悠悠一口，把气吐匀了，才缓缓开口。

“这事啊，老朽我也看不明白。当年我与那翻身鹞只有一面之缘，不过并不是老梁顶测绘之时。我见他时还是六十年代初，他身形高大，谁家死了人他都去帮白事，但他并不是做这个的，只是为一口饭吃。他有个面部特征，那就是眉角有一颗黑痣，两眼有神，不常言语，但有时开口会带着丹田气。再后来我就没有见过他了，老梁顶时只是远远望见，时隔三四年，不知是我眼花了还是怎么，觉得人变了一些。自此之后，我似乎就没有再见过他了。”

林大爷又喝下一口茶，似乎在等我发问。

“那自此之后，有没有听闻过此人的消息？只是听闻，见没见过也没关系。”

林大爷把茶杯放下，眉头拧成一团疙瘩，眼见着陷入回忆之中。

“似有若无，那时候我没有再见过他。只是在那十年里，村里有些人听闻镇上有一户陈家人，这家人因为宣扬封建迷信被人举报，陈家的男人吊死了。当时有人说翻身鹞给人收了尸，不过不知真假。在这之后，就再也没有这个人的传闻了。”

“关于他有没有什么传言？诸如他死了之类？”

“他没有死，我没有听说他死，虽然没有人再见过他，但是人都说他是出世的高人，救了人就隐居了，人们说他应该藏在一个山坳里，不再提及自己的名头，因此人们也就渐渐忘记了。”

“他还活着？”

“这说不准。只是当时没有什么传言说他死了，他这人本事之多之广，犹如林中老狐，一般的劫难都能避过去，北边的人不少都知道他的名号。传言他日行百里嘞，这样的人就算给人卖个苦力也绝对饿不死，一身本事去山里打猎采药也可以维系，怎能说死就死？

“至于你口中的常瞎子，几日前就看到他背着个行囊由他一个义子带着往林外走了，不知是去往哪里，但是看样子不像是短出几天，倒像是带着家伙出去避难，不知者还以为是出去躲债的哩。不过他是午时走的，路上人多，他也并不避讳，想必也并非是你所想。”

“这样啊。”茶水已经凉了，我呷了一口。

“还有最后一事想问，林大爷，您知道这附近有专门刻章的人家吗？世袭的或是数十年前就有此手艺的？”

“这可不少。老一辈人能刻碑的也会习刻章篆印，石头脚料都可以拿来练手，不过如果你知道这印章的形制或是字体，我或许还能猜上一猜，这印章最懂行的是老陆，他走南闯北手里好多名家印章，也跟人学了些技术，我与他交好，也懂一些皮毛。”

“就是这样一个印。”我把火燎原中午发给我的特写照再次放大递到林大爷跟前。他站起来戴上了老花镜，这才开始仔细端详。

“鹞字，小篆，阴刻。”他滑动屏幕，“这样式我见过，不过这印可有些年头了。”

“您仔细想想，在哪里见过？”

“这个字印很独特，左右两部分大小不等，左边稍大，右边稍小，有分家之嫌，这在四方印里不多见。”

“那这是谁的手笔？”

“小伙子莫急，听我一讲。一般来说，这印石四四方方，刻印的也是方块字，不过有时候石料不规整，石匠懒得修整，也就在断面上锲刻，这种字体是篆书的变体，密者更密，疏者更疏，显得古怪错落，这本是刻匠无心之举，后来却被好事的人认为别具一格而宣扬出去，有些甚至故意歪扭，仿佛偏旁部首各自为家。而最早篆刻此类印章的是西北悬山坎子的左怀玉，此人专用左手刻章，又称左成怪，这个印有些年头，边际已模糊，但左手篆刻的印体和右手篆刻的有些区别，右手刻章，印到纸面上，像一阵风自右向左将余料刮走，笔画左边圆润而右边凌厉，这是由发力的方向所决定的。左手刻章则正好相反，此印就是如此，如果你能看到石章，仔细观察一下篆面就能明白。”

“所以这就是悬山坎子的左怀玉雕成的吗？”

“老朽虽然不敢打此包票，但也有七八成把握。近些年他已不在山中，也不再从事篆刻。听老陆说他本人身价极高，上门求印的规矩很多，诸如他不备玉石骨料，需求印者自行准备，而某块料要是不合他的眼缘心意他也绝不动手。又因近年来风气日下，这种怪疏篆体竟然也有人竞相模仿，所以他就在成章不显眼的地方刻一个左字，表示这是出自他的手笔，有些人自然无法接受。因此他的生意也就以熟人为主了。”

“谢谢林大爷，今日一行颇有收获，不瞒您说，有些事情突然想起，之前的纰漏才被察觉，相信不久后我就能查个水落石出，到时候我再拿着好茶来看您！”

林大爷微微颔首，不多留我，我略一欠身，起身告辞。

出了门，我给火燎原打过去电话，三秒后接通。

“怎么样？常瞎子说明白了？”

“火燎原，之前我们的推测，如不出所料，应该与真相本身，南辕北辙。”

第三十六章
CHAPTER 36

黎明前夜

事情发生了戏剧性的转折。在我尚未展开足以颠覆火燎原认知的推测前，他已经率先抛出了一个核弹。电话那头的他压住激动告诉了我一个出乎意料的消息：翻身鹞仍活着，只是名号早已不提，并且真的在群山中隐居了。地点非常确切，在马南北边，老梁顶的北麓山脚，存在于林方志大爷的臆测和传说中的村子：焉山龙脊。

那地方后边是成片的林场，再以北，就是一条又一条高山的支脉，是人活动在该区域最后的烟火驿站。焉山回折，在谷底藏着针尖大的小村，那夜我翻过老梁顶看到的村子，便是这个今日才知道名字的地方，换句话说我曾经离真相只有一步之遥。

他是活着的翻身鹞，这句话从电话里传出来的时候，我刚修建好的世界再次无情崩塌，推论又出现了一个巨大的黑洞。彭芝梅老人告诉火燎原，这个人确有此名，但并非林清秋，多年前她苦苦求索，四处打探消息，终于得知此人的存在，可是当她满怀希望地来到那里时才发现并非同一人，这人与她并不相识，脸上也无胎记，更未收到过荷包信物。失望至此，她自然无心核实此人身份，当问及名头之事，此人也只告诉她是多年前有人相赠，而当年之人早已不知所踪。彭芝梅老人因此心灰意冷，不再细问。

这个消息至关重要，但同样在我心头种下疑云。在告别林方志大爷后，我火速前往曹田口去接火燎原，目的地只有一个：那就是真相本身的村子。

我们在一个多小时的车程内一个字都没说，火燎原全力抓住车顶上的扶手，以免在车厢里失重起飞，我知道他已经濒临呕吐的边缘，但他全然没有劝我减速的意思。在山路上开车绝对不能太快，我承认这时候还能稳住的确实是将才。卫星地图上的移动定位向目的地靠近的速度格外缓慢，仿佛稍微慢一点，这个活着的人就可能从容离世。

“人一时半会死不了。”他开了窗户，并且试图点上一根烟，但是颠簸状态下烟没点着还差点烧了自己手。他摇下一半车窗，让凉风缓解因为前庭敏感而产生的恶心，风响一下剧烈起来，我下意识松开油门，车速的确有些超标了。

“其实这个人的出现让我之前的猜测又有点站不住脚了，但是关于常瞎子的那个推断肯定错了。”

“到了再看。”

“我先给你扔个结论，看看咱们默不默契。加上这个在焉山里的，世上一共有三位翻身鹞。”

火燎原剧烈地咳嗽起来，他的脸色已经十分阴郁。

“等会要走多长时间山路？”

“至少一个小时吧。”

“跑步呢？”

“二十五分钟。”

“吃点东西垫垫。等挂上导航咱就往山里跑，这次不管怎么说也不能再扑空了。太熬人了。”

时间比我们想的更加漫长，这些线索的更新停留在数十年前，因此可能存在着巨大的信息误差，人还在不在世都成了未知数。如果这个人找不着了，这件事情基本就可以宣告结束。我可以安安心心在程家湾帮人卖橙子，这和守山可能需要经年累月的时间才能拉上一点关系，等这工作结束可以回家继续做无业游民。

“七个月了，火燎原。”

“看着点路。我这都知道人叫啥了，到地了一问准能问着，如果人死了，你就认命吧。但是人死了路不会绝的，你还有最后一条路，在马南堵那个常瞎子，什么时候他回来你就可以把事情问清楚了。说真的我不信他不回来了。”

“其实那个村子我在老梁顶的北边坡子上看到过，我当时虽然预感到那里藏着什么东西，但我就是没有一点多余的力气往下头走了，那种感觉就像是强弩之末缟素不能破。”

“怪谁？”

“到了，下车。”

路岔口有一条通往山里的窄路，这路顶多能走摩托车。我们找了个犄角旮旯的地方把车停了（这词还是跟张文洋学的），燎原先是点了一根烟稳住翻江倒海的胃，而后拿上东西就冲了进去。我锁上车子，最后确认了一遍自己的位置就跟着他扎进了葳蕤茂盛的林子里。

数月后我开始系统整理这些故事，在阁楼的幽灯下感叹当时冲进山道是这辈子做出的选择中最为传奇的一个，我向命运下注赌，我会得到一个答案。当时的我渴求真相而奋不顾身，有无数个岔口会让我与最后的真相失之交臂，让我无数次徘徊在疑云四周茫然无措。我因此剑走偏锋，在全然不知的情况下，凭借命运的眷顾掷出了手中的骰子，即使我心里明白与父亲的二十余年相处中，我已经学会了许多他想要教授于我的技巧和信念，并从他身上传承了某些特质，但我仍不得不承认，在最后一刻我的心里满溢绝望。群山之巨，已经吞噬覆盖了全部可以追索前尘的细节，我们得到了无数破片，可最后想要探查的核心却如幽灵一般冷眼旁观，不在局中。

命运的无情与传奇在最后一刻显现，在漫长的余生中我都会在白天夜晚交替的黄昏时感谢自己所做的选择，这是我一生中寻常的一次求根问底，但也正因此我寻到了祖辈的来路。

老梁顶的星星亮了，梁上燃起了通天的炬火。

而如芒在背的命运身后，是隐隐显化的终极。

……

这似乎是一个很漫长的故事，因此在正式讲故事之前，我们要回到翻身鹞仍活着的那一天。

我们以最快的速度穿过山路，闯进村子。村子非常简陋，生活着几户老人，简单问过姓名后我们就确定了是哪一户人家藏着正主。而后我们又跑步前进赶往那一户院子，用最急切的声音叫开了门，一张年轻陌生的面孔打开了门，火燎原核实了姓名，我们就不由分说地冲进了人家的院子。

那个年轻人受了惊吓，告诉我们屋子里头祖父正在会客，我们顾不上礼节，道一声失礼就冲进了屋子。

两个年迈的人正在交谈，其中一位我们早已见过，正是生活在马南村的常瞎子，人称雾里探花的常明山。

看到这一幕，我顿时狂笑不能自抑，我知道这次没有弯弯绕绕，没有玄奇野折，更没有一大堆努力之后和真相本身南辕北辙风马牛不相及，上天做好了安排，正中靶心。

常明山把声音息了，并且知道我来了，即便并不能看见，因而也朗声大笑起来。随后是火燎原，先是低着头抿着嘴，终于忍不住转过头去狂呼。这一幕另一位老者大概是早有准备，只剩下他的祖孙不明就里一脸惊恐，对他而言，这一切应该比电影还要荒诞离奇，三个人显出一种异于常人的狂态。在这一刻，历史的疑云被打得稀烂，所有东西都藏不住了，对此我们心知肚明。在这一刻，我明白我没有辜负这份临危受命的遗志，我可以安心地在夜里睡下不再惊起。

这是一个历史性时刻，如果父亲仍在世，他一定会收起面上的萧索严肃，露出笑容。也就是在这一刻，我明白我有资格了，一切的一切，可以再次薪火相传。

我知道在读这个故事的你仍旧如坠云里雾里，为了把这个故事讲清楚，我需要做出必要的解释，让时间往前推一点，回到林方志大爷的茶桌上。

……

火燎原与我同时得到的结论，让我产生了隐忧。

我们跳过了关键性的取证环节，贸然得出结论：瞎子常明山就是唯一的测绘夜目击者。这一结论的确符合先前的所有线索，但问题也同时暴露出来，这一问题一度让我觉得有误打误撞之嫌，在追查以我父亲为核心的疑团中，故事逐渐深入，我们得到越来越多的边际线索，但最关键的人物却一直游离在外。关于这个问题，我并没有与火燎原谈过，但只有两种可能：第一种是我们的确查错了方向，并且为了查清真相，钻透了别人家的一箩筐家事儿，但这种可能带着非常强的偶然和侥幸；第二种就是他曾出现在这一时间跨度极长的谜团中，出现过，至少一次，但是出于种种原因被我们完全忽略了。这两种可能在我未登门拜访林方志大爷之前保持着八二开的比例，我一遍一遍复盘整场案件，但是始终找不到可以切入的疑点。如果说唯一可能的突破口是那封未署名的信件，那么尚有对比字迹的可能，可惜这东西完全湮灭在历史的尘埃中，常瞎子的失踪让正常案件所有的可能突破点都死无对证，两首偈诗更是没有半点启发。

但我们知道的是，常瞎子显然已经知道了一部分真相。对于他的消失，我和火燎原产生了分歧，火燎原认为他应该是出于某种原因离开，但我却觉得他像是在刻意隐瞒。然而，后者与我之前的见面说辞形成矛盾，我们就此建立了一个基点，这个基点是个结论：我们已经出了错，但是他并不想解释，他用后一首偈诗巧妙隐晦地表达了这种态度，同时对我们戏谑了一番，他认为我们一知半解。

在当时的情况下，我显然不明就里，缺乏现实支持的预言无异于天书，我收好了纸条，却在将要离开时，陡然发现一个细节：在常瞎子的书桌上有一套某出版社出版的四大名著，在近十本码放整齐的线订平装书中，有两本显得很奇特：《西游记》上下两本左右的顺序颠倒了，下册挨着右边的《水浒传》，上册则在左边。

我靠近了一点，发现那些书都不属于盲文版，但转念一想，他身边有个义子，或许可以给他诵读，我因此不再关注这个细节，只是记录下来，并且抽出便签留下了这个疑问。

真正的转机则在于林大爷的茶桌之上，事实上他的无心之谈却几乎把整座要沉入水下的冰山直接拔起，因为他与翻身鹞的一面之缘，事情重新变得明朗起来。

我的父亲眉角有一个疤痕，这是一个鲜明的标志。他从没有提起过，但是只要离他一米以内就会注意到那个疤痕是一颗黑痣被激光削去留下的残骸。这个疤痕贯穿了我的童年记忆，因此可以推断出这颗痣消得相当早，在当时不够先进的技术下，这颗痣只是换了一种方式存在。

这是一个致命的巧合。林方志大爷完全没有提及青色胎记，也没有任何其他相关的面部细节描述，而我也绝对没有给他任何提示。在正常的逻辑认知里，人的胎记当然会比一颗黑痣显眼得多，我最后特意确认了季节，是为了排除厚重衣物对面部特征识别的影响，但得到的答案打消了我的疑虑：那是六月份，人人披着汗衫。

而后他提起了印章，我因而猛然惊醒，回忆起关于印章的细节。

准确地说，我回忆起了奇怪的没有源头的厌恶。

我讨厌私人的东西是个二手货。用火燎原的话说就是，我是一个自我的人。

那块印章我一次都没有使用过，父亲知道我的癖好，因此什么也没说，至少在我的印象里是接受了，不做任何解释——这是他的作风。那块章的左边中间的部分并不光滑，我在夜灯照射下用放大镜才发现那里刻了米粒大小的一个字。一开始我并不知道这是篆刻者的私人手笔，以为是印章规制之类的。直到有一天我在盛印的锦盒里发现了一张纸片，这纸片压在盒子最下头，上书：左成怪作。我才明白这东西原来是制印者在别人的东西上留下的自己的记号。

那个年纪，我对这种无异于鸠占鹊巢的行为厌恶至极，一度想要把这块价值不菲的玉料砸在制印者的脸上。因此它被我尘封起来，一次都没有使用过。父亲听后反常地将其收回，在半个月后又给了我新的一块，这次没有奇怪的痕迹，但篆刻还是那个东倒西歪的风格。这件事很快过去，人们并不擅长记住一个替代品，直到林大爷说出那个人的名字，这一段关于十八岁的不快记忆才电光火石地飞蹦出来。

而父亲之所以如此喜欢这种怪诞的风格，我相信有一个原因非常重要：父亲林常青是一个左撇子，并觉得这一点让他深有受益。他常常觉得自己的思维异于常人，原因就是他惯用左手。

世上难得有这么巧合的事情。现有的情况下，我们的工作是在两个悬崖之间架设桥梁。两崖中间夹着一团浓雾，我们从此端出发，深挖彼岸线索，尽量使两个崖头靠近。我们无法做到像本格派一样万无一失，但至少，我们是在延伸最远的地方起跳，以此降低这个惊险一跃坠落摔死的可能。

我想，那个印在彭芝梅老人手里的婚契上的章印，大概率并不属于那个叫林清秋的人，而是属于我的父亲。这也与他为我准备这么一块印章互为伏笔。这东西或许对他意义深远，又或许这里头有谜题难以消解，出于某些因素，他找到了当年篆刻印章的人为我刻了一块章。

至于我喜不喜欢则完全不重要了，他明白我对这东西产生了明确的厌恶，意味着这东西进了我的脑子，成为我日后可以顺势想起的记忆。

一旦这个结论成立，那么之前所做的推论就与事实南辕北辙了。如果这的确是父亲的东西，名号就错不了。翻身鹞日行百里的传言也就跟着不攻自破，原因并不是说他像鬼魅一样来去无踪，而是因为翻身鹞，根本就不是一个人。

这个结论一冒出来，我浑身上下的血液全部沸腾了，如果结论成立，那么这个游离在整局之外的人物就不可避免地涉身其中。从林清秋死后的信件到老梁顶再到常瞎子的两首偈诗，全都有了合理化解释。我用了一分钟把这些细节串联起来，压住内心的澎湃，给火燎原拨通了电话，却从电话另一头得知了更震惊的消息：这莽林之中，一共有三位

翻身鹞。

……

这或许是我漫长人生经历中最戏剧最传奇的一幕，我看着眼前眉眼凹陷从瞳仁里射出精光的老人，感叹造化弄人。我花了一下午听他断续讲述故事，而后正式接手了一把解锁疑云的钥匙，我和火燎原笑了笑，七个月内最后一次大笑之后，正式步入了上一世守山人的风尘中。

“我认识你的父亲。”

“我的父亲林常青吗？”

“对，他还有东西让我保存好，到时候给你。”

“什么时候？”

“话已至此，现在吧。”

“什么……东西？”

“跟我来吧。”

老人起身，他的头发已经相当稀疏，但精神矍铄，我紧跟在他身后，不知道那个东西是个什么物件。

“那是个什么呢？”

“进来就知道了。”

我跟着他进了一间仓库，这不是他家的仓库，而是一个废弃了有些年头的不知所属的地方。老人告诉我这东西在家里放不太下，所以只能放到那里，因为不值钱，所以也不担心失窃。

一件大体积的同时又不值钱的东西。

仓库里相当昏暗，我咳嗽一声，老人或许是常来，在黑暗环境里也能行动自如。他绕过杂七杂八散乱一地的杂物径直走到了最后，内有一扇门，但是没有锁头，他使劲推了一下，巨大刺耳的响动后，门开了，但里头仍是一团黑。

“就在这了，孩子。”

我扶着门进去，适应了一会儿黑暗，看清横倚在墙上的是个什么东西。

一根木梁。

“就是这根梁，你父亲当年换梁换下来的，执意要留给你。”

“嗯，知道了大伯，您先出去，我想想办法。”

“你一个人怎么能弄出来哩？”

“我不搬它，我父亲留着这根梁是想有个纪念意义，我来到这里看到它，他就已经高兴了。”

“好，那我先出去了。知不知道路？”

我点点头，目送他离开。这根梁斜嵌在墙上，用手一摸满是尘土，这起码有十年没人动过了。我走向前，仓库顶上有个通风口，微微有点光，能照见灰尘飞舞。

"何必呢，爸。"

我自上而下摸去，摸到那根梁的中段，卡在前面一米三四的地方，我用手把这一块扫干净，打亮了手机，用手稍微敲了敲，声响比冬枣还脆。

这里头存在一个暗箱。我顺着四周摸了一圈，在这根木头的上面摸到了一个凸起，这凸起被尘土盖得很死，我夹住它用力往下一按，哗啦一响后，梁下头弹出一个东西，一个很简易的藏匿装置，把插板抽掉，露出了里边的空腔。

我用手掏进去，摸到一个黑匣子，外加一卷书一样的东西。

借着光我看清楚，是一个锦盒外加一卷满是灰尘的笔记本。

锦盒里有一块印章。

我带着这两样东西离开，老人仍在外边等我。

他似笑非笑，双手背在身后，盯着我的脸。

我笑笑，第一次觉得那些巨大苍翠的山体是如此的不真实。

"摸着什么没有？"

"摸到了，那梁上装着一个灯呢。"

第三十七章
CHAPTER 37

常青之路

林清秋的身子已经凉下来。

林常青跪在草里，任由坚硬的两个膝盖陷进了泥里，他托着这个已经死去的人的后脑，一句话也说不出来。他闭紧了双眼，脸颊也凹陷下去，林常青知道这个人永远地没了，不论他再做些什么，人也不可能再活回来。他像一只狸猫一样呜咽起来，在嗓子里滚起一大团悲凄，接着全身像西风里只剩下枝的老柳一般颤抖，他伏在已经凉了的尸体上，哭泣起来。

这个死去的青年腰杆断了，存在体内的一点尿液不受控制地染湿了裤子。天色全黑，林子里到处都飞着乌鸦一般的风声。林常青哭了许久，从泥土里拔出膝盖，咬了咬牙，使劲从一边的野树上扯下几根尚有水分和韧性的枝条。他不能让死在这里的人没地方埋最后喂了獾。林常青把他扶起来靠在树上，在腰身上捆死了枝条，再连同死去的人一同捆在自己腰上，手上使劲一拱，那人于是安稳地趴在他身上，像是睡着了似的。他抹开了泪，免得看不清去路。嘴里衔好了刀子，冰冷的铁锈气浸了一嘴，舌头忍不住地刮那刀背。他背好了人，确认松脱不了，说了一句什么便往林外头走。他动作很快，像一只年富力强的家犬。

四野里的风声十分尖锐，就像是几个女人在炕上哀哭，几个老妪在远处啸叫，风声追着人的影子，在几棵树上盘旋游移，像水一样重新汇聚，带着日落后暗沉沉的苍凉暮影淹过了群山最高的地方。这风里夹杂着别的东西，是野兽不全的声带不安的震动，因而粗粝的哭吼像鼓上的飞尘般激荡开来。林常青驮稳了身上死去的人，步子又轻又快，出山前一次也没有回头。任由那一声又一声的哭喊砸烂了五脏六腑，他心里只有一个念头，一个念头。

他对不起他。

这事还没结束。他得把这世上仅剩的亲人安葬好，林清秋死前发了愿，林常青哭着答应下来。

此时他的心里只剩下悲哀了，那满腔的泪在他的胃肺心肝来回地滚沸，把人烫得生疼，但愣是再没一滴从眼窝子里淌下来。他带着人悄无声息地下山，林清秋安稳地在他肩上睡着，就这样不知走了多少时辰，林常青在一家人门口停下，在夜里敲了门。

……

从六岁开始，这孩子的手就开始像树皮一般粗糙，那不是孩子应有的手。这个年纪的手正是冬天擦猪油都像研磨一样柔得白嫩，里头的骨头比腌好的山椒还脆，不敢使上一点力气。但是林常青没有这么一双手，他从记事起就活在另一个世界里。

院堂里有一根一丈长的枣木，悬在两棵笔直朝天的白杨上，树面糙如板结的苦咸井盐。起初，这根枣木只悬在离地一米多高的地方。不等鸡鸣第一声，鸡冠子还埋在翅膀底下的时候，师父林川武就敲响悬在院堂里的破鼓，鼓声震出去半刻之内，林常青出不来这屋子，这一天就别想好过了。

刚吊梁子的那几天，他手心里几乎是一团血泥，但他不能哭，不能落下一滴泪，他可以叫疼，在空中疯子一样踢脚。师父一抬眼，要是允许下来了就吐两个字，要是觉得不行就一字不出。后来连疼也不准喊了，皮已经死透了，手也不会鲜血横流地抽搐。师父会在晚上煮好汤药，让他把手泡进去，这药浸入骨头把细细的骨缝拴死，于是一日一日地那手就比石膏还要硬了。在经年累月的摩拭下，那枣木变得光滑，空地上的泪和鼻涕，却是早已风干了。

吊梁子不是人做的事情。

双手十根指头抓住了那一根木头，可以动弹，可以换手歇劲，可以像猴子一样抓着杆东南西北地荡，也可以像一口钟挂死在那，但是规矩有两条：一是脚不准沾地；二是屁股不能坐在梁子上。随着年岁渐长，吊梁子的时间从半刻到一刻再到半炷香乃至更长，但再往后就不看时间了，因为到了十几岁，林常青那一双手抓什么都像是火钳夹炭一样稳。他那几根指头的指节也全变得惊人，像是在皮下头上了几个螺栓。吊梁子吊了小十年，直到他可以只借助手劲在树上横行、在悬壁上像羊一般来去自如的时候，师父才终于把那根已经包了浆的枣木拆下来，告诉他这技艺他学到身上了。

那时候山外头是什么样的，他一丁点也不知道。只是偶尔听师父说起哪里仍在打仗，哪里的军队战事吃紧了，人心涣散，开始抢老百姓的东西，要为败退做准备。

林川武脸上常有忧色，家里东西不够吃，还得加上一个胃口日益张开的伢子。他一边催着林常青练功，一边种些粮食，或是去山里打些零碎野物。林常青练功的时候，他便不出门，师父心里明白孩子吃不得苦。

可该练的东西一样不少。每天晚上泡了汤药，林常青的手就红烫得像是从丹炉里捞出来的一般，可这一天却还没到结束的时候。师父在方桌上铺了一块石头，拿了毛笔把着他的手教写千字文，这孩子此时手上已经一点劲都没有，筛糠一样抖得厉害。师父教写字，也极严，一晚二十字，睡前要都记在心里。有时瞌睡在他眼皮下头钻，师父就拿荆条在腿上不轻不重地抽一下。那东西虽除去了刺，但舞起来生风，抽上一下，腿上就多一条蚯蚓般的红痕，人一下子就精神了。有时右手实在太累就换一只手，白日里都是右半边膀子使劲，左手还存在一缕劲，师父觉得不坏，林常青就成了个左撇子。

屋里只有一老一少，师父并不年长，只是头发已经花白小半，最苍凉的山风一年又一年地在他脸上刮过去，把他的血肉刮得干净。师父个也不高，眉毛却像火焰一样茂密，他留着一头长发，天不亮的时候就要用水清洗梳理，而后用细绳扎成发髻。师父只在夏天穿一件汗衫，平素里裹实了身体。年复一年的劳作把他的骨头熬成铁，铁里头铸着一股温热的岩浆，他精瘦的脸皮凹陷下来，像是一个道派人物。山风把他的言语都带走了，他的眸子对着山头时，眼神比鹰翅最长的一根还要硬几分。

师父没结过婚，所以林常青不是林家的后人，他起初也并不懂，后来问过一次明白了就不再多问。师父说他是林里烧山火的时候人家丢下的孩子，大概是避火时慌不择路地逃难，把他落在了山坳里，他哭得比夜枭子还响，生怕招不来狼和獾。那时，师父正赶着几只鹿往有水的地方走，便见到了满脸熏黑哭不出声的孩子。

“各人有各人的命。”师父有时会在半夜对着哭醒了的小常青说句语气平和的软话，“你爹娘大意了，出了山，就是神仙也寻不到他们了。这些年他们也没有回来打听问询，想是觉得你一定夭折了。但是你好好活，师父就保着你。”

他听了就点点头，手太痛了，茧子没长出来前，他的手心都攥着烧红的铁。但师父有数，不会真伤了筋骨。一层又一层的皮裂开又长出，他就和师父一样沉默寡言了。

师父会在晚上给他讲些故事。等他把字写好后，吹熄了桐油灯，一股白烟飘飞出去，屋里一下子暗透了，平素里不多言语的师父方才开口，讲的都是些民间野事，还有不少忌讳。师父告诉他，和他们一同活在山里的可不只是人，除去两只手两条腿的，还有数不清的野物精怪。在南边的大江里头，潜着巨大的可以把船掀翻的大鱼。在崖里的山洞深处，藏着吃人的蟒蛇，那蟒身像缎子一样滑，蟒皮比瓷碗还要凉。在湖边长着野生的莲花，那莲花一大片连着一大片，连着滩上的苇荡。秋天花谢了，有人赤着脚到水下去摸藕，像人小腿一样白胖的藕。那水平时十分清澈，可是人一下去，淤泥翻搅，顿时成了什么也看不清的泥潭。那蛇在苇里歇够了，吃下去的鸟蛋都消化成腥臭的蛇屎，它就打起别的主意。

村里有一个人，他姓什么叫什么没人记得了，但人人都叫他老河，因为他有一副牛一样大的肺叶，可以像水龟一样潜到河里挖些河鲜，水下也能睁开眼，从不受沙子影响。老河脚上有蹼，据说他娘怀他时吃了一副老鸭的脚掌，于是他的脚也像鸭子一样生出蹼来。他下河像一只鸬鹚入水般顺当，别人不敢去的野水，他全不放在眼里。

他在秋天去那野湖里采藕，只带一副筐子、一刃短镰，顶着成群的蚊子和水虫下到萤绿的水中。老河对此轻车熟路，他轻巧地让身子横在水中，脚下踩着连成团的藕根，吸一口气在水里翻过去，头朝下，拿刀子破开淤泥，随后探到一段一段的藕，用手向两头摸，摸到一个根节，上头竖着一朵荷花时，他就抽刀从这断开，不出一会儿工夫，筐里就是大段大段的藕了。

人于是跟着眼馋。胆大的小孩学他的样子也跟着一起下到湖里去。湖里不只有藕，还有野菱角、田螺壳和几斤沉的草鱼。人们划着船到湖心下网，把不算鬼精的花鲢请到自家锅中。

只是谁也不知道水下究竟还藏着别的什么东西。

老河下的湖很大，他站在泥里，远处有几个半大孩子在玩水，这些伢子从几岁开始就跟着大人学踩水，除了真正的江不敢下以外，没什么河湾子拦得住他们。大人都在不远处盯着，只要不是被水草缠住了脚脖子，也并不太担心。

采藕的老河蹲在水里，脚腕子突然滑过一个冰凉的东西。

他以为是一条花鲢或者草鱼，可等他在泥里完全睁开眼，摸了一把才发觉和那肥硕的草鱼大相径庭，一段圆滚滚滑溜溜的东西，比鱼还快地从他脚边溜开，连尾巴都没有碰到就没入了泥中。

老河心里并不多想，远处几个孩子性子被激起来要比屏气，于是圆溜溜的脑袋全都咕嘟一下沉下去。老河把筐子带回岸上，他受年轻父母的委托，看着这些疯野的崽子。藕筐在水上时还受些浮力，爬上岸的老河只觉得疲惫，他沥干头上的水，点上烟壶，全然没看见湖心处涌上一串细泡。

天黑的时候，人们才发现少了一个人。可是那孩子像摊泥一样化在了水里，什么影子都没有，也没有胀大了肚子浮起的尸体。他就这样在偌大的野湖里没了踪影。

直到第三天，老河突然想起那天水底下滑过脚腕子的东西，那不是草鱼而是一条近乎成蚺的水蟒，可以轻松吃下家犬和羊的大蛇。他被惊起一身冷汗来，跑到湖头大喊不能再下水了，水里边有东西。十天后，人们在苇荡里发现一大坨腥臭的蛇粪——那孩子早没了形状。孩子的爹红了眼，他靠一只活鸡和三捆柴火在苇荡里守着，誓要把那吃人的真凶擒住。但那畜生死了一般，化开在水里并没有再现出身来。

师父的故事似乎永远没有结尾。他的声调很低，也哑，仿佛怕惊飞了停在窗上的虫子。讲倦了他也就不多说了，告诫林常青万事小心，以后他也得学着下水上山。听到精彩处，林常青往往胆战心惊，并不止一次地在夜里做下噩梦，这些吊诡离奇的从未听说的故事是他与这个世界为数不多的接触，也因此成为他漫长一生中从不打破的规矩和底线。

林清秋吊梁子的那几年，林常青已经开始学习走山了。

一样的场景，和五六岁的自己如出一辙。六岁的孩子吊在枣木上，渐渐因为疼痛落下泪来。

林常青则一清早就背着几块干粮挂着篓往山里头去了。师父起初还会跟上一段，后来发觉这小子一进了林连影子都跟不住他，两个脚后跟根本不像是踩着枯枝烂叶，一个孩子倒像是山魈一样敏捷。师父完全追不上了，知道他是老天送下来镇在四野里的一根钉子，是守山人手里正烧起来的火头，所以全然放下心来，任由林常青在山里撒野。他已把该教的东西一个字一个字送到了他耳朵眼里，能不能用在刀尖上就看个人本事了。

林常青一天比一天走得远，但那是熬人的差事，他若是走得太远，当天就折不回来，不免要在树上或者林子里凑合一晚上，歇上两个时辰，天不亮继续往回返。水喝干净了，粮食吃完了，地上长出什么能吃的就采一点吃，他把能吃的全记死了，师父告诫他说这些东西万万不能记混，事关性命。

林常青也仍吊梁子，但他手心里结着小山一样的老茧，吊枣木、爬高枝都已经得心应手，吃不出痛来。师父要他半个月练上一次，绝不能忘了本事，这倒不是为了上树灵巧，而是为了把膀子撑开。个子不高的林川武虽然精瘦，后背肩上却生着两团横肉，这两团横肉拉起了两条胳膊，不论是登高还是泅水，这肉一滚动，胳膊上便有了千斤的力量。

凡是四肢在地的野兽，肩胛上都附着这样一团腱子。多年后林常青才明白，原来吊梁子是为了这个。

林常青背着篓，有时他能采一点山里的野货，例如腐朽的烂木上的零星木耳。他不确定这些能不能吃，于是全装在篓里背回来。在山里，他有时能看见影影绰绰的树丛里有庞大的影子，例如一只鹿的大角，他心里害怕，悄无声息地就用手指带着自己翻到树上；有时还会碰见一些更让人胆寒的野兽，但他绝不会吓得动不了脚，若那东西会上树，他就原路折回去，不闹出丁点声响。

但大多数时候他都是一个人一个篓安静地行路，鲜少在山路上碰见活的东西，听得最多的是鸟叫。他一听鸟儿成群地唱起来，就知道附近人少，心痒起来就折一根柳条做成一只哨子，漫山地吹，这哨音比周岁的黄鹂还尖还脆。他也不怕引来别的东西，仗着身子轻巧，能像一团草一样地在树间跑动，什么东西能追上他呢？

有时，他也遇见老鼠和兔子，不过这些小畜生都比他灵活，他只能远远地看见发灰的兔子露出一个脑袋，稍微制造些动静那颗脑袋也就消失在了半人高的草里头，不出意外，就算掘开这座山，也难找到了。少年心发痒，他有时的确想在暗处设伏擒一两只像样的山货回到师父那里领赏，只是走山的这几年，这念头就一直只是个念头。师父不给他东西，告诉他打猎的事等骨头硬了再说，总训他：小小孩子不被野兽衔去都是万幸，还想着把山里的畜生带回来，净是妄想！后来他就不再心痒，安心地在地脉上行走，像一只永远忘不了家的鸽子。

但十二岁那年，他差点折在山中。自那次之后，他的心就彻彻底底变成了一潭深深的秋井，绝不贪恋山路上的景色，也不放过任何一点天气变化的细节。林川武看着徒弟瞳仁里的光变成了一根针，知道他快成了，山中的凶灾大大小小，已经堵不住他了。

可在这之前，他的心便是细成筛米的细筛，也仍摸不透山里头诡谲的天气。

有些年份，山里的春天会落下雹子。

这东西就算是老山民都不敢说看一朵云就猜个七八。春雹来得突然，有时借着雨的幌子，四月中旬了，山里零星青绿的时候，冷不丁降下一场鸽蛋大的雹子，如果地里种下的东西已经发了芽，这么一场雹子就成了天灾，窝棚没有棚顶的禽畜都跟着遭殃。有的人更不走巧，被大如鸡蛋的冰蛋子砸一下能疼昏过去。谁也说不准倒春寒的时候老天爷会不会开个玩笑，林常青自然也猜不透老天爷的心思。

“今早露水重。”林川武把两个弟子夯起来，一只手拎着一件短袄，“走山穿上。”今早的气温确实较前几天凉了一截，三人各吃了一个窝头外加一小碟腌菜，也就该干吗干吗。林常青披上短袄，他看见比他小四岁的弟弟哭丧着脸正拿热水浸手，觉得好笑。师父看不过眼，伸出脚去踹，这半大伢子早背着篓没了影。

林常青往北去，山越往北越高，他自己铁定是翻不过去的，得走谷，但是谷里太容易迷路，所以什么都得记得清楚，从哪上来心里都要有幅图。他篓里有短刀子，专门往树上凿印。

快到中午的时候，村里的王桑在街上闹了笑话，他手上牵着一头老黄牛正使劲骂。原来这牛上午干完了活往家里拽的时候却怎么也不听使唤了，任凭打骂也不往那没棚顶的牛圈里卧下，一直兜转。这干活的汉子以为畜生饿了，他牵好了牛，麻利地用铡刀铡了十斤草料，刚春天不久，青草不多，大多是冬天储下的干草与谷皮儿，牛吃完了还是在院里转悠，头朝着屋子，自己不进圈。

王桑手大心糙，牛也喂了，一身热汗，火气一下上来，把这上了年纪的黄牛弄到街上骂了起来。这是个稀奇事，骂人见过，骂牛少见。闲汉出来凑热闹，王桑来了劲儿，他知道这畜生零星听得明白，一个劲儿嚷着要去取老七的牛刀来。

他把牛拴在碗口粗的柿树上，牛就借着一两米的鼻绳来来回回踏圈。这老牛眼里噙了泪，主人当然不能去把家里的劳力宰了，但是这事稀奇，王桑的火气降下来，开始有一搭没一搭地和看热闹的闲汉攀谈起来。

林川武去老郎中药铺买藏红花，他的汤药里需要这东西。待他出了药铺，本来吹面的南风一下子拧了头，风向急转。他抬头看了片刻，拎着药就往家疾走，路过那骂牛的王桑也没有停留。

这汉子瞧见叫住了他，林川武寡言，但上了年纪的人都知道他是老山人的弟子，是这方圆几十里的三只眼，他什么都不说，说就一定有玄机。因此老一辈的重他，平辈的

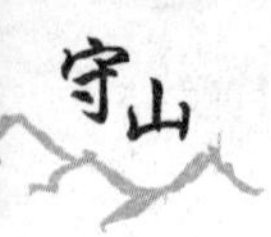

敬他，对于他的事不过问，村里的人忌惮林家人的本事。

林川武停了步子，他站在街上说了一句，王桑立马解了牛。

“酉时降雹，大如鸡蛋，牛不入圈，不卧梁。”

说完他就走了，这下看热闹的也都慌了神，地里刚下种不久，庄稼都刚出芽，要真是蛋大的雹子降下来，这半个月又全白忙了。王桑看看牛圈挠了头，这地方本来有茅草覆着，结果年关的时候小子贪玩，拿火给燎了，幸亏牛牵出来得早，不然一家人哭都没地，棚顶没了，只能先委屈牛，夜里女人把发了霉的破褥子盖在牛身上，就这么战战兢兢把冬天挨过来了。

王桑想着草若是一长出来，就给它再铺一层。但雹子一来给砸上半个时辰他也心疼得受不了，于是他想了个法：天一阴，一打闪，就把牛先牵到屋里头。

林川武脸阴下来，他今早大意了一些，叫林常青往北边去了，这下彻底坏了事。那比灶台灰还厚了七八倍的黑云像变着脸谱一样从北边刮过来了，不出两个时辰，一场暴雨狂风就得从北边扫到南边，就算是林川武的师父，牵着那只黑毛金眉的虎头麒麟，这种天也绝对不敢往林子里钻，这是不可预的天灾，一个孩子怎么扛得住？

林常青走在山里，觉得肺里像塞了一团棉花。他喘不上气来，于是决定歇上一歇。正午一过，他就得动身启程往回走，有一回夜里他在山里迷了路，吹了半炷香的哨子也没人应，只好把自己吊到树上好歹挨了一夜。那滋味，吓得他几乎半宿没合眼，后来像猫一样睡了一刻钟，天一亮就往村头跑——自己把自己吓住了。他在山沟里捧了一口水喝，想看看现在是什么时辰，于是两三下上了树。

等到了树顶，他才彻彻底底傻了眼，天上哪里还有太阳的影子？全是大片的翻滚的乌云，比搅面团还拧巴。这个十岁出头的孩子明白大事不妙，如果再歇下去可能就真再见不着师父以及活不上眼下的苦日子了。他收拾好篓子短刀就往南蹿。调头调得比石头缝里的虾虎还快，他加急了速度，雨一旦下来，山就走不动了。

下了大雨，山泥一湿，人就不敢在林子里瞎跑，下坡也提起一颗心，雨把人打了透湿，一旦凉了五脏，邪气从四方涌入，病痛也就跟着浸透，因此守山的人要先学观天，遇大雨浓雾、冰雪天气不可贸然走山。眼下的云转得比龙王还欢腾，最里的一层裹着一道姜黄，周天全紫昏下来，这都不是大雨那么简单，若是天公不作美，再多下几道紫电，天火往那松枝上一着，林常青缩着脖子想都不敢想。

他在林子里往回撤，师父找好了蓑衣，他的肩上钉着一只鸟儿，一只安稳的百灵。师父拂着那鸟儿雪白的脑袋，站到已经阴天的院堂里向北眺望，不出一个时辰，这雹子就会随着天雷降下。他吩咐林清秋锁好窗门，戴上斗笠便往北追去，他要在大雨下来前把鸟放到山里，这只鸟是他在林里的眼睛。

雹子下来了，雷声横贯了起伏连线的山，一层层一团团像涌着深海漩涡一样滚动在村子上头，有如金刚击鼓。那雹子真如林川武所言，酉时刚到就一颗颗坠下。王桑听见屋顶上有什么东西轰然砸响，瞬间从榻上翻起，把牛牵到屋里。有一颗落到了他的肩角上，砸得他矮了肩膀疼得龇起牙来。这时那牛倒显得从容不迫起来，因为它知道主人算是知晓天上的事了。

村里的人都有了准备，家家户户闭门不出，等着天公泄完一腔怒火。七八岁的林清秋缩在榻上发抖，他从没有见过这般天气——周天昏暗，唯有乌云变色，风怒雷吼，老树刚抽出来的新芽连嫩枝一同被卷撕下来裹到空中去。他不知道哥哥去哪儿了，也不知道师父什么时候回来，屋里一个人没有，连那只乖巧的百灵都被师父带着出了门，他几乎要哭出来，却被平日的训诫封了口。雹雨噼里啪啦，有如豆荚大爆，他抑制不住地颤抖着，不知道会迎来什么。

他当然不知道他哥哥此时在经历些什么。

林常青咬紧了牙根在林里跳跃奔跑，他身后就是大雨。他像一只避雨的猴子一般，灵巧又狼狈，他动作很快，等到了离村还有六七里地时，他就听见不远不近的地方百灵清灵的叫声。他吹响了哨子，在雨溯湿短袄的边缘狂吹，那鸟儿听见了音儿又扑簌着向他飞来，林常青知道师父寻他来了。

但他没法停下步子，他往那名叫“灵吱儿”的鸟儿脚上绑上一条细细的绿叶，轻手将它放回山里，它于是刹住了喉咙，沉默地像箭一般南去寻它的老主人。

他心急起来，在下坡时像翻牛车一样滑滚下去，等到站起来时草鞋里的脚踝已经肿胀起来，一沾地，一阵野火就从脚心传到骨头，他崴了脚，无法跑动了。

他悬着那只脚扶着树一瘸一拐地往前蹦跶，此时身后的大雨似乎也不多么要紧。他也才十岁有余，只能沉默地往家赶，往有人的地方吹哨，他不能留在山里。

……

一日黄昏，林清秋用布缠了手，把自己提上那根横悬的枣木，等待痛觉和疲惫逐渐袭来。林常青已经比他高出一个头，在他脚下蹲着，吃一个从山里捡来的柿子。他边吃边说，讲一个吊死鬼的故事。

不一会儿，东头有人家起了炊烟，师父从屋里出来，吩咐大一些的那个去烧柴，他取清水泡好了药，用尺子象征性地往二弟子的小腿上一抽，告诫他吊好了。日子就这么过去。

那是一个烂熟的甚至一边已经瘫软稀黄的柿子。林常青蹲坐在一块石头上，用手轻巧地剥开这果子的皮，这是他在山里的沟底捡的，没有完全坏。他照着黄澄的瓤不轻不重来了一口，这口柿子已经软甜得不太像样，反倒像是腌在甜水里的丝瓜。他领命看着比自己小四岁的弟弟，不能叫他明着偷懒。师父已经生火做饭去了，天底下的闲人就他一个。

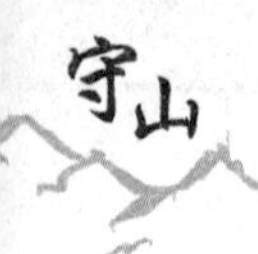

屋里的香炉正烧着一根细香，此时已吊了一刻钟梁子的孩子显然有些吃不住劲，嘴边开始抽气儿，麻木正在他的周身遍爬，又在两条细柳一样的手臂上聚集，师父看也不看，灶台前噼里啪啦，柴火燃烧，水正要沸腾。

“让开一个地儿。”

吃完了柿子，林常青示意弟弟往边上一挪，他踩着白杨的一边，只一下就用手箍住那根细长粗糙的枣木，而后把身子提拉上去，坐到那根不到他屁股一半宽窄的梁面上，双脚悠闲地摆荡起来，手抱在胸前，很稳。

他看着林清秋，林清秋也抬头看他，不过咬紧了牙。

“师父烧着柴呐。上来坐一会儿。”

“看见了，罚。”

林常青撇了撇嘴：“自己看着办。”

这吊梁子的林清秋突然下定了决心，他卯出身子最后一点劲，而后像一条细刀鱼一样挂晾在梁上，这姿势看着半死不活，但可比吊着舒服太多，他就这么悄无声息地趴着，半天才问一句话。

“那吊死鬼会怎么样呢？”

林常青颇感意外，这话题已经冷了半刻钟，他停下脚上的摆动，认真思索起来，他要提防师父冷不丁从屋里探出头来，那样他的手心也要挨板子。不过所幸炊烟仍然不疾不徐地冒着，一条老犬也毫不作声地趴在地上，只要师父专心看着锅子就没事。

“传言啊，这鬼最能在你耳朵边吹风。”

林清秋终于攒够了好奇，他把腿绕到梁前，这样就能坐下，像他哥一样解放两条膀子了。

“吹什么风？”

“让你跟着一起死的风。”

“嘶……这么吓人。”

“谁知道呢！我又没遇到过，遇到了也不怕。世间那么多死法，再怎么死也不能吊死，我这辈子都不可能叫人吊死。”

“这倒是。吊梁子够苦。我以后不吊了就把这木头折了，烧了做饭，灰用来埋狗屎，全倒沟里。”

“吊上几年再说吧，不苦师父也不能叫咱吊。”

林清秋噤了声，他闹不明白为什么要用这么一个单调又劳累的东西折磨人，他走着林常青的老路，同几年前的林常青彻头彻尾地翻模重复。他想什么就代表林常青以前想什么，林常青现在干什么，他以后也要做什么。但为什么这么做，为了谁，两个人却是全然迷茫。师父说有一日他会告诉他们俩，但眼下不行。他们俩远未成人。林川武熄了蜡把俩人往炕上轰，一句不多说，他心里藏着一潭顾虑，但是除了他自己谁也不知道是什么。

“歇够了就下去，师父一会儿就出来。”

林常青翻回地上，他走到堂上，香已经燃完了一半，半炷香的工夫就可以了。林清秋一下子扑下来，林常青装模作样地跟师父汇报一声，师父此时正把锅里的菜窝头拿出来，微一点头，告诉他准备吃饭。

林清秋进了屋子，看见他哥帮着端碗，心里于是感动起来，觉得这人也并不十分讨厌。他摆好凳子，三人沉默地坐下。师父帮林清秋把手上的白布拆解下来，他仔细观察手上的红痕，而后说一句饭后泡药。等他动了筷子，两个孩子也就按捺不住了，筷子伸向那一小碗蒸咸鱼。河里的东西全是林常青走山顺带着在溪里捞的。他提前布一张小网，走山回来时总能收上点什么东西。

他憋着话没说。他觉得如果全说出来似乎就少了些意思，有些故事没有尾巴人反而记得最清楚。他没说，很大原因是林清秋没有再问，别人不问，他就自个藏住了。

……

雹子最后追上他，他踮着一只脚，把筐子反扣在脑袋上，像一只成精的木桶。师父穿戴齐整，立在大风中，手中提着一只笼子。他守在进村的口子，冰冷的雹子落在他身上随即又滚落至地。天昏如墨，林川武心急如焚。

他拈起灵吱儿脚脖子上的柳环，知道他担心的弟子仍在山中向村子跋涉，似乎要安定地松一口气。这孩子的坚韧超出了他的想象，一直困扰在他心底的矛盾从此刻开始慢慢化解，他知道早晚要把守山的事儿一件一件传到这个和他没有血缘的孩子手里，他的时间所剩无几，世间也无人去教他如何做一个师父。

那是二十几年师徒中，林川武唯一一次背起这个孩子。看着拄一根烂木头头上倒扣一个柳篓的孩子从林里一瘸一拐地向他走来，他阴翳的脸色霎时平静起来。他快步向前，把斗笠戴到孩子头上，将篓子取下，蹲下身子，道：“上来。”

师父匆忙中没扎好的花发在大风中一下散开，细碎的被濡湿的双鬓显出他那一头一身的苍凉气。他已腾不出手来管束头发，只是负着孩子在泥泞里赶路。雨比风急，把人脸一瞬扑湿，他的动作只快不慢。

回忆像暮影在群山和乡野里肆无忌惮地铺卷。关于此前的一切，林常青历历在目，没人告诉他宿命是什么，他深刻地体会着世上千丝万缕牵绊他的东西，却始终吐不出一句叹息，一把火燎到他的骨头里，关于师父，关于比亲人还亲的弟弟，他一句话也讲不出。

如果可以，他四五岁跟师父下山时，便不多瞧一眼那松林。

只是啊，二十几年光景下来，一切全变了。

教弟弟写字时，他铺好了石头，在那石板上写下一个“命”字。“不由人啊。”他说。师父常说这话，他哪里真懂，命不由人。

……

山里有些树在九月十月落下叶子，有些则终年常青。不过是最寻常的一个秋天，林常青已经可以跟着院子里的老犬一颠一颠瞎跑。那时候他仍是一个快活善言的儿童，吊梁用的枣木仍安稳地生长在山里。师父说山下有人要办喜事，这一家人是林家本家人，因此他们要下山去，帮人家做活，捞一顿席吃。

小孩子对那盈门的红字喜气并不敏感，他只是拍着手含糊地表示高兴。师父得知了日子，收拾好了东西，清早牵着他下山。那一天清早的露重，山道上雾气迷蒙，什么也看不真切。

他走累了就坐在湿漉的林草上不起来，师父早就掐好了有这么一出，因此提前了半个时辰出发。小崽子和小动物没甚差别，以为哭闹就能引得注意。他于是也悠闲地蹲下来，只闲看旁边的孩子发癫儿。他心知肚明闹不久，甚至等不到腿麻时这孩子脸上的泪痕就干了。清早的林里静悄悄，到处是茂盛的草木枝叶，露水浸了车前草和蒲公英的叶，空气里弥漫着山茶和野姜花的淡香。师父自言自语起来："桂花快开了，采些回来腌成酱，再去山里采些折耳根，也该挖些连翘，等天暖了在院子里插几条，多种一些，屋里的寿菊一开就送老张一盆，他可真是喜欢。"说着说着那孩子就停止了哭闹，痴痴地盯着自说自话的师父。师父自己嘟囔了一会儿，知道目的达成了，一撇头问歇够了没有，歇够了就上路，于是一老一少又站起身来往山下走去。

四野里仍没喧腾起来，但雾已经散去。秋阳斜照，天气暖和，师父也不免高兴起来，他唱着不成文的调子，牵着孩子一路轻快地南下，他们已经下到山底，顺着眼前的路行个三四里地，就到了本家人所在的村庄。

道两边是数棵高大的马尾松，这个时候树上多少挂了些松果，不过都悬在孩子看不见的高处。林川武从满是松针的树坑下头捡起一个稍微完好的，这干松果造型奇特又发出淡淡的松香气味，正好做孩子解闷的玩具。林常青捧着这么一个玩物欣喜若狂地一路向前，不过走的不是山道，而是往松林里走。林川武箭步跟上，那五岁的孩子已经像风滚草一样往林里蹿远了。

"回来，回来。"

"师父，你听见了吗？什么东西哭了哇。"

"再说瞎话，别人吃席你站着。"

林川武拉着孩子往山道上踅，他预留出来的时间已经见底了，再不到人家里帮忙，倒要落下好吃懒做的臭名。

"师父，那边有东西在哭。"

他不耐烦地站住脚，孩子已经五岁，应该不会接二连三说瞎话。林川武一竖耳根，顺着林常青望的方向搭了一眼，那粗有三十厘米的松干下头果然有一截东西露出来，似有若无的哭声也正是从那里传出来的。那么一瞬间，林川武想起了他师父教授的山中禁忌。有些在洞穴待久的东西到了季节就会发出孩子一样的叫声，诸如黄皮子和家猫之类。他心里踌躇了片刻，还是领着孩子小心绕到树前头，不过眼前景象出乎他的预料。

那是一个实打实的孩子，一个裹得严严实实的正坐在树下头咧着嘴干号的孩子。

林川武头皮炸开，他快步上前把孩子抱起，除了一个带着乳臭的尿布有些味道，这看上去已有一岁的婴儿正常健康，胳膊和腿全如白胖的藕段。只有一点，这孩子脸上有一道狭长的胎记，这胎记青中带红，显得扎眼。林川武强压下心中的惊异。这小小的幼儿嗓子已经喑哑，显然从醒来后哭喊了有些时辰，兜裆里尚有未清理的粪便。这山道平时人烟稀少，人兽共走，等天黑下来，这孩子就凶多吉少了。不过这心思缜密的汉子转念一想，或许是山贼所致，连年战火，王法犹如废纸，山中偷人钱财孩子的也不是没有。或许是昨夜有人家丢了孩子，又碰巧山贼大意，在半途上遗漏了这软包袱。他把孩子抱起，打定主意，牵起林常青便往村中赶。

本家结婚的人热热闹闹把婚事办了，席吃完了，人也走了大半。林川武把身旁一个老人拉到边上，低声问昨夜里有没有人家遭了贼丢了孩子，说着把那睡着的婴儿抱到跟前。

这老人告诉他昨夜一切如常，没有盗贼出没的响动，今天一天也没有听谁家哭喊。因为迎亲，这一家人天不亮就起身准备，整个村子在黎明里静悄悄的，连平素里啼鸣的麻雀也不知飞落到哪里去了，家家户户都还沉在梦中。他们等鸡鸣后就热热闹闹地敲锣打鼓，锣鼓一响，村子也就醒了，娶亲入洞房闹到中午，吃了席大家就散了，没有人提出家里遭了贼。

林川武皱了眉头，山道离这村子最近，如若不是山贼，孩子便是故意被人丢在林中的，于是更压低了声音问有无人家家中生变，生老病死或是突遭横祸。这老人不敢敷衍，他细想了一会儿，郑重地摇头。正值秋收，不是青黄不接之时，别说横祸，连老人都安稳健康，村子不大，红白喜事全村人一齐操办，瞒不住藏不了，谁家有事，口风再严，也封不住婆娘们的嘴。

“这孩子八成是别的地方的人送来的，不知是什么原因把孩子抛在松林里。若不是病，我觉得倒像是变故。足岁的男孩身体健康，没有理由扔下，这孩子既是你捡着了，就算是与你有缘，你先收养起来，日后也可另寻人家安下。世道乱呐。”

老人一叹气，指挥着去收拾席上的碗碟，再无暇顾及拾了孩子的林川武。这男人牵着一个，抱着一个，却没有婆娘在身旁，把林常青拉扯到现在，已经脱皮淬骨，现在又是一个襁褓婴孩，他愁得叹起气来。

林川武带着他俩回了山。一草一木尚有人守，何况是个孩子。他彻夜未眠，自己独

门独户却不曾想天不绝他。这一夜，屋外风啸树摇，山月钩了半轮，屋里的男人半喜半悲。当年师父程镇麟咽气时，他在榻前定下死志，死志一定，必是独门独户。二十余岁的林川武把守山训诫刻在心里，他得在死前把这薪火传下去。林常青来到他身边的那一夜，他也是一夜难眠，朝着南方给师父磕了三个响头，哭喊着这把火断不了，他便是身死也得把孩子养大。那时林常青还不足周岁，尚是吃奶的时候，可哪里有奶？全凭米糊粥皮撑到了大些，一岁多的林常青骨瘦如柴，因为瘦弱，连哭喊都带着丧气。师父帮人做活，守田、挑粪、招魂，什么都做了，就为换一口吃的。他想不到真的把孩子养大了，并且一岁比一岁结实。他高兴，心里踏实，但是没想到这样的事还要再来一遍。

天亮时他下了决心，这孩子他收下了。进了林家的院子，自然姓林，自己是在秋天的清晨看到他的，那么就叫他林清秋吧。既然能把林常青拉扯长大至今，也绝无更难的事情了。不过是多一张嘴，他省下几口，也就救活了他。

这个数年前的独门独院竟然不可思议地热闹起来。村里人说这是他林川武的福报，户不该绝，技也不该绝。为人正直，因此老天送下两个孩子给他传薪火。日子实苦，但这守山人硬是用一身坚忍把苦挨过去了。等到林清秋满院子疯跑的时候，北方传来令人振奋的消息：战争结束了，几十年的风雨在一九四九年散去，一切都好起来了。林川武牵着两个孩子，忍不住坠下泪来。他知道，日子都熬过来了。

……

程镇麟面前摊了张纸，他在院子后头养了三只灰兔，不为别的，只为兔毫可以制毛笔。他的眉角已是花白，但仍像铜针一样斜插在眉骨上。他把兔毫笔放在舌尖上一抿，往那砚上一蘸，在粗纸上落下几个字。

枢，璇，玑，权，四星为斗身，曰魁。玉衡，开阳，瑶光为斗柄，曰杓。此七星合为北斗，主死。其中枢为天狼，璇为巨门，玑为禄存，权为文曲。玉衡为廉贞，开阳为武曲，瑶光为破军。

“《鹖冠子》载：斗柄指东，天下皆春，指南，天下皆夏，指西，天下皆秋，指北，则天下皆冬也。”

他兔头一般粗的腕子急速抖动，在粗纸上留下几言，而后不急不慢地说道：“顺璇枢之线向外延五倍之长有一星，此为极星。纵使山枯海烂，此星所在，亦为正北。辨此星则知方位。若巡山守林之时遇陷河碎谷，若干繁复之地势，应夜寻北斗，以季节辨方位，不可如无头蛆蝇，只顾奔走而忘南北，此则凶多吉少。”

这五十有余的老先生骨粗如石，眼射火光，一派武举气范，只是擒笔书写，也有虎虎生风之势。林川武盯着那张纸，眼不敢多瞧别处，师父的眼轮流在他和师兄身上凿刻，片刻之后搁笔说道：“今夜无雨，我与你们一同进山，以观北斗知方位。”

程镇麟收了笔砚，山里的光景熬人。山剐肉，水洗血，到老来便只有一副铁骨外覆一张皮子。他合了眼，左手微颤，那只手的手筋二十年前叫人挑断，此后便只用一只右手挑起守山大梁。他是山民，也是前朝子孙后代。当年武汉失守，三万人从宜城溯江入蜀，他硬是没有往逃难的码头多走一步。炮弹炸碎了山头，烧起火，那时候他只有一个念头：这是祖辈的血土，他不走。

开田，种粮，走山入水，定家安坟，全落在了那一只右手上，一日日地把腕子炼成了铁。程镇麟靠着一只手和一本族谱活着，他活得像是和谁较劲一样，他不仅占了上风，还要把这劲一股脑传给后头的后生。

林川武十二岁的时候爹死在了船上。那时候程镇麟眉梢未白，他找到已成孤儿的林川武，问他吃不吃得苦。这孩子沉默着点头，他知道这苦后头有一口饭吃。于是在雾气森然的正月里，他舍弃了原先的一切，用一把野火将旧宅烧去，自此归入程镇麟门下，除了家姓，什么也没留下。

那些年，师父把本事一件一件写在纸上传到他心里，他因此通了物候，晓了地理，明白了生死，再不是十几载前丧父而孤一心等死的孤儿。

如铁一般硬的程镇麟在山中时却比水还要柔和。天色暗下来，他也跟着悠悠转醒。林川武上前一步搀住他，屋外头的虎头麒麟猛吠起来，原是那打棺的李来英李老头找上门来，他步子急，差点踩到趴在门阶上假寐的大狗。那狗将牙龇出，幸亏程镇麟训诫有方，不然这一口下去，瘦成杆的老头怕是要进到自己打的棺材里去。

程镇麟睁眼问他何事，这老头满脸惊惧，说三天前他替西边梅子坎的一户人家打了一口棺，那家中有一户老人病重而亡，但到了封棺入土时却出了大问题——钉子敲不进去。一开始村人以为是铁钉太钝，或是新馆硬实。可换了一位宰羊的壮汉来敲砸钉子，榔头抡圆了，火星四射，却只下了半寸不到。棺内吱嘎作响，像是老叟哀哭，人们知道这是撞邪了，忙向那打棺的询问，看是哪里出了问题。

程镇麟听完未曾一语，他半眯了眼，问了些细节，可这李来英也是道听途说，仅一味重复他的说辞：铁钉利如长剑，若是钉不进去，必是大凶，十几里方圆，能镇凶的恐怕就只有守山老程家的后人，因而请务必去看上一看。这棺材停尸已有几日，虽为清秋时节，也挡不住早凉午热，尸体易腐，主家便也脸色难看。

他说完便讪讪求个答复，为人办事自然有利可图。他在桌面上留下几个铜钱、几张毛票，说这是定钱。程镇麟并不搭眼，告诉他且歇上片刻，待到日落尚有一息、月如弯钩时他自有办法。

那李来英因此便如热锅蚂蚁一般坐也不是走也不是，他想要再说上几句，却被程镇麟大掌压下。待到他终于心平下来，林川武准备要烧柴做饭时，程镇麟却赫然站起，一步迈到那李来英跟前。

这一步可说是电光火石，程镇麟一把钳住他的衣襟往南墙上一甩，大喝一声，这下

可把李来英吓得半死。李老头以为这忠厚的守山人要发疯，刚要挥舞双臂高喊救命时，却被捂住了嘴。程镇麟喝道：“你刚进门时我这麒麟就狂吠不止，一身死气不散，又抄后头的近路，见了主家还不与我说实话，沾惹忌讳不说，背上还牵扯脏物。我今为你除掉这东西，往后不要再沾惹这一主家！”

“川武烧水，取我铁钗，入灶炼红，另寻半碗香灰，一挂黄纸，速去。”

这李来英大半辈子没见过这种阵仗，他被一只铁手箍在墙上，凉气全渗到脊缝里去，两条细腿已经抖如筛糠。他的的确确没有说实话，他并不是帮什么病死的老人打棺。前天晚上，他正在铺子里叮当打铁，却听到窗子突突响动，往外一看，却什么也没有。开了门却见一瘦长男子，这男子要打一副棺材，横三尺，竖两尺半，上凿华彩，下有方座。他心里奇怪，这么一副棺材是给什么人用的呢？一米长，正常人只能勉强塞下半个身子。他多问几句，那瘦长男子就拉下脸来，只说照着打便是，不需多言。

李来英便应下来。这男子交代完转头就离开了。李来英心中疑惑，但又不敢多问，便悄悄跟在后头，那男子走路姿势奇怪，好似穿了双小鞋，踮着脚似做贼。天色很暗，这人并未往大路上走，而是越走越偏拐到林子中去了。李来英心中蹊跷，仍然是二十步外徐徐跟着，那男子仿佛察觉到后头有人，猛一回头，暗沉沉的天里，眼角上吊，微微荧绿。他赶忙一闪躲到树后，等他再探出头时，那人早已没了踪影。

李来英往那林子中多探了几十步，在一棵老槐树上发觉有一洞，这洞口只有几寸大小，他趴下身来往里一瞅，也是黑漆漆的深不见底。他看了半刻，突然一阵腥风从洞里照他脸吹来，似乎还有血沫，他赶忙一闪，用手一抹——什么也没有。虽觉古怪，他也只能原路返回了。

到了夜里，李来英发现怪事多了起来，蜡烛像受潮了一样难点，三番五次都是将着之时突然熄灭。他心觉晦气，转头借蜡，可从邻居家借来的也不好使，总是烧一会儿就自己熄了。这下他只好把家伙全搬到院子里去，借着月光打那一副袖珍玲珑棺。月上中天，气温转下，他回屋里取衣，却发现那蜡竟自顾自地烧着。这一幕显得蹊跷，但李来英幼年学徒，和棺材打了一辈子交道，自然不是吓大的。他盯着烛头愣了片刻，心想大概是芯粗，于是凑上前来想把那蜡头熄了，可还没走到跟前，那红的火苗一跳成了绿色，转瞬又熄了。他摇摇头，应该是走路起风，并不往别处想，披了衣服又到院里忙活去了。

他发现不对劲是从那手不听使唤开始的。他左手持凿子，右手持榔头，榔头敲凿子，凿子凿木头，结果十有八次敲不准，明明是朝那凿柄锤下去的，却愣是像打在棉花一样的空气上。李来英叹气，以为是花眼作祟，抬头往天上看去。

天上只有几颗星亮着，倒也不暗。他心想不如就到此为止，困劲翻涌，便收拾东西往屋里搬，刚放下那硬木头，抬起头来歇气却被眼前一幕吓了个半死——那蜡头仍然好端端地站在铜台上烧着。火苗跳跃，蜡液一滴一滴滚下来。他于是在屋里大喝了一声，这一嗓子差些把自己给送走。他又熄了蜡，脸都不擦就往炕上一躺。

白天他的眼神好了，就又忙着赶工，把那造型精美的棺材打好又用颜料上了彩。第三天一早，鸡还没叫唤时那男子就登门了。他见到了那玲珑棺材非常满意，留下钱就带着东西走了。到了夜里，李来英照旧核对账本，可等他开了铁盒，白日里的钱财哪里还在？只有几根说不清品种的兽毛！

他这才意识到撞了邪。夜里他把镜子调了个方向，那蜡烛还是会自己烧起来，李来英像乌龟一样缩到桌子下头。那火把他的影子照在墙上，镜子又把墙上的影子映在他的眼里。他细细地瞥，啊一声翻倒下去，他看见——

“水烫，忍着。”

程镇麟把那烧红的铁钗往香灰水里一浸，滋啦一声腾起烟来。他用唾沫濡湿了符纸啪一下贴到李来英的脑门上，那老头忽然剧烈地发起抖来，符纸一下飘飞，林川武喉头发紧——那人的脸色全变了。程镇麟端着那碗近乎滚沸的香灰水，嘴里念叨了几句，铁掌撩起沸水就往他脸上泼，那水十分烫人，霎时那老头的面皮就泛起血色。林川武摁着他的右臂，忽然觉得他身上翻起了大劲，他叫唤起来，声调嘶哑，瞳仁血红。程镇麟待那水稍微凉些，含下一口，朝他身上喷去，一个耗子大的东西顺着李来英的裤脚飞下，转瞬没了踪影。这一幕他的弟子全看不见。这么一折腾，就算是老师父也要喘上几口粗气，他把黄符解下，告诉他今晚不必再担心蜡烛无端烧着。这老头已经腿软，险些栽倒，抹了一把脸瘫坐下来。

待他走后，林川武压不住好奇追问师父到底是怎么回事。程镇麟告诉他，这东西过于少见，连他也不敢确认，只在祖上留下的几本野史中偶有记载。自此之后，这守山人的脸色忧惧起来，他时常在院子里踱步自言：祸福相依，是祸还是福却难说。他抚着虎头麒麟的胖脑袋，似乎在与它说话：灵物现世，精怪之物又善恶不分，这一世守山人的担子，要重了。

林川武追问许久，一日师父告诉他，这东西是山野精怪，是山中野狐死后不灭的狐魂所化。传言此物附于人身，则人可与兽语，且眼含青光，行险阻夜路也如履平地。但此物出世，代表山中气穴更变，为世道大变之征，恐十年内风云多变，难测祸福。

……

林川武一下子从床上翻坐起来。这个梦属实有些冗长压抑，他又梦到师父死前说过的话，关于灾厄、变数和前尘。师父走得并不安详，甚至可以说是凄惨痛苦。他知道师父死前仍有执念，一夜守灵后，林川武的一生也就此改变。

他重新躺好，弟子两个都在酣睡。林清秋这孩子是越来越管不住了，上房揭瓦，走屋吊梁，他开始头痛甚至后悔把吊梁子的本事雨露均沾地传给哥俩。现在屋中是一人二猴，孩子天性顽劣，他有时十分恼火，开始思量怎么整治眼前的情况。

四下里漆黑一片，什么都藏在暗处。其实乡野四时都谈不上寂静，夏有鸣蝉，秋有寒蛩，草虫天一转凉便钻到房里的砖缝下头，待到觉得安全又悠悠唱曲儿。这响动便如屋子自己会叫一般。而到冬日，则多有小鼠沿墙窸窣。林川武少眠，听到异响便悠然转醒，一旦醒来就再难入眠，天色稍明他就穿衣扫院，到了时辰再把弟子叫醒。

可现在的时辰也仅仅是子时刚过，不知怎么他倏地忆起以前做徒弟的日子。师父在河中教他泅水，那水碧绿一潭，泛着鱼屎的腥臭。他脱了衣服，看师父像蛇一样滑入水中，他才将脚探下，水下一只铁手猛一使劲他便滚了进去，那水是踩不到底的。但他好像生来就会浮水，不必师父教授，他便手脚并用地踩住了水，待他探出头来，师父已经到那河心去了，大喊着过来。他心里发抖，可是不敢违命，匀好了气就咕咚一下潜下去。

那水绿，绿得吓人。底下暗，有龙一样。

林川武后半生鲜有落泪。他仍细细地捋着，可着实避不过最惨烈的回忆，为了忍住脸上的两行泪，一口钢牙咬得咯吱作响。可终究是忍不住的，叹气也止不住泪珠子滚。程镇麟悍然倒地，林川武恸哭到几不能动，他知道，师父和地上的万物斗了一辈子，最后还是叫人心凿得稀碎。

今晚自是无眠。林川武悄然起身，他小心燃灯，铺了纸笔，在纸上写起信来。信上写道：静凛兄，多年不见，身体是否康泰？代向群芳问好……他写写停停，时常写到动情处断了墨，于是又前后通读，找寻纰漏，斟酌字句，而等到他终于停了笔，将信纸三折，滴上蜡泪，天色已近微明。两个徒弟酣梦未醒，他吹熄了灯烛，将信放到高处，便披上衣服出门扫地去了。

连天的阴雨一停，林川武知道终于是要晴上几日了，秋雨来前还能下山赶几趟集，去年在院外的那一小片地里都种上了白芷、芍药，一月前那芍药已结了果。他若不是为了几棵药根，着实不忍将那能在五月春满园的花枝连根拔起。再过些日子，他便可将枯黄的茎叶割去，只留下根，这味药自有人收。而此时也正是种下白芷的时候了。两日前他已细细把土耘了一遍，晚露一凝，不必浇水。铁锹探下去几十厘米，林川武撒上种，又叫林常青去林子里捡拾了两筐枯枝败草覆上。早些年的细篱笆早已叫朝颜爬疯了，每过几日就得剪上一剪。去年的白芷已用窄镰铡成小片，秋高气爽的天儿，就又得拿出来翻晒。太阳一出，林川武搬出两只脚凳，架住上一年的收成。他自不怕两个弟子偷吃，拿着小铲两个时辰翻一次。等晒干了便可以到集市上换些油盐回来，余下的还可以换些银钱。这些细碎全被他一点一点攒起来，他心里有别的盘算。

林川武拉开门闩绕到院子后头，几只粉紫的朝颜醒得比他还早些。他掀开枯枝，探一探土的温度，因为覆着一层枯枝，底下并不冷。白芷的种子发得慢，得十五到二十天才能出苗，他不着急。等霜降一过，一切才刚到时候。院子里的几盏金菊开后，重阳就跟着到了，这一日照例是有集可走的。林川武四年前在篱笆旁栽下两棵吴茱萸，眼下仍未到壮大之时，待到秋天便会零星结果，采下来堪堪一碗。

有人信着传统的东西，山里人就有生计。

拨弄枯枝的时候，他听见院门响动，林常青已经穿好了衣服出门来。他已经十三有余，正是野草一般疯长的年纪。听见鸡鸣，师父却不在，他心中吃惊，以为误了时辰，一下从炕上掠起穿衣出门，不承想见到师父采枝折叶，平日里师父训诫严，眼下不知如何是好，立着不动。

“把清秋叫起来，洗了脸去吊梁，你把火烧了，吃过早饭替我下山送封信去。在东南一带常家，找一位姓王名静凛的师父。他手下有些人，平日里打花鼓，秋收也唱戏。信交到他手上，若是人不在，就给他徒弟，姓李，名同生。不要迷了路，送到即回，不要再往其他地方去。”

“信在柜上，莫洒了其他东西。”

林常青听完点头回去。他一把将弟弟薅起，而后自己舀了一瓢水洗脸。忙完又去拾掇细柴，早上露重，炉膛里泛烟，他一咳嗽，师父就进来了。照例先吊梁一炷香，今儿是周一。林清秋不情不愿地穿戴好，洗了脸，一个鱼跃挂到梁上，开始了最枯燥最痛苦的修炼。林常青烧了水，水沸了下两个洋芋。吃过早饭他就揣上信往山下走了。

周遭的路他早已经烂在心中，不知走了多少遍。这个点只有要趁天凉赶紧务农的农人荷着锄头往田头走，山里人聪慧，什么地都能开出田来。秋一紧，粮食就该收了，苞米、洋芋、稻子，各家种什么的都有。等秋一收，日子才渐渐松下来。唱戏的唱戏，打鼓的打鼓，讨媳妇的开始张罗彩礼。他往林子里一钻，四下里去寻野栗子和山楂，也有高大的不知什么人栽下的柿子树。那些红彤彤的果子捡回去晒了，到了冬天就是紧俏的年货。他时常羡慕东边的孙成文家，他家后头种的不是不能吃的吴茱萸，而是一棵上了年纪的柿子树。霜一降，柿子就像红灯笼，又好吃又好看。

只可惜孙成文的母亲是个不折不扣的泼辣悍妇，这女人生着一张凿人的刀子嘴，见不惯的必定是换着花样骂出来。村里没人愿意和她脸对脸骂一架——女人恨男人怕。林常青想着，当然若不是这女人一到秋天就发疯，那柿子树怕是要叫村里的小孩摘个干净。

林常青刚过了中午便到了地儿，他求问了几户人家，知道了那院子的位置。王静凛祖上唱过黄梅戏，后来搬到这里，却发现这里没多少人家了解黄梅戏。他接过信好一阵惊讶，他与林川武已有十年未见，自此最多也是书信来往。近日无戏可唱，他难得清闲，拆读了信件，一番思索后提笔落墨，寥寥数言却字句斟酌。午时刚过，他便把信交到林常青手上，另有两只甜杏。十三岁的孩子转身就走，门还没出，杏核已经漱干净了。

日子寻常平淡。林川武算着日子，到了重阳一日，早早收拾停当，把要到集上换卖的药材全打好包袱。他嘱托两个弟子不要乱跑，给林清秋歇上一天假，今日不必吊梁，也不必走山，可以在村里活动，要是有大人带着，去登高望远也行。两个弟子点头如捣

蒜，于是他背了包袱出门，不承想一出门就生事端。

林川武行了一天的山路，把能换的都换了去，待到日头偏斜往村子赶时，老远看见平素清静的门口立了一大丛人。他一皱眉，敛气加紧了步子。这一群人似乎也看见了他，自发息了声音等他过来。

离大门还有十步远的路，他瞅见是孙家的婆娘，心里就发起毛来。这女人见他回来一个箭步冲上去，指着鼻子不干不净地骂起来。他停住步子，忍着那一股脑的火气，从大伙的七嘴八舌里听出了个大概：两个林家的孩子趁师父不在家，竟然打起了孙家后院柿子树的主意，把结了十七八个柿子的一根树枝生折了，柿子掉下来稀碎了一地，这婆娘听见响动往外一看，人赃俱获。她当即发了疯，林清秋还在树上，林常青不敢扔下他，被这婆娘一下掼到地上，挨了几个巴掌。林清秋一看也傻了眼，看着树下的母狮子犯怵。那女人在树下叫骂了半个时辰，熬到林清秋松了劲下了树，于是一手拎着一个候在了林家门口，等他们的师父给个说法。

林川武青了脸。他越过女人问两个垂头丧气的弟子事情属不属实，两人大抵已经被这臭骂吓住了，垂着脑袋不作声。女人仍在后头嘟囔着，但是她大概也没见过这么青煞的一张脸，只是嘴上动静，脚底板一寸也挪不动。

“损毁了几个柿子？”

“这哪有数？我那一大挂儿全摔得稀烂，看管好你家这俩没娘的，亏得我们敬山人哩，别也是能养不教的！”

后半句林川武全当耳旁风，道：“晚些，我再与你把这账结清。”随后一手一个把那俩崽子拾到门里。那女人还讪讪地没完，但她也确实忌惮着这家人。她那老实窝囊的丈夫对她动天撼地的骂功闭口不言，此时却为林家说了几句劝和的话：“莫惹林家，当年他可是立下死志要守着这山。”一群人见大门哐一下合死也都散去，那女人口干舌燥，啐了一口也回去了。

“跪下！”

林川武取来荆条，道：“我林家是养不起你们两个了！我把你们给饿死了！学会偷人家东西了！”

“把衣服脱了！”

两个孩子哆哆嗦嗦地把身上的棉衫脱下，十月的风已经凉下来，吹过光溜溜的背，人直打寒战。

林川武把荆条往手上缠了几遭，结结实实地照着两条赤条条瘦嶙嶙的脊梁上抽去，抽一道便浮起一道红痕，力道甚大，像是被人从后头搡了一下，两个孩子一下一下地往前倒。

“跪好！”林川武怒号一声，手下得更重，很快就把一片脊梁抽得纵横交错，把小些的林清秋抽出了哭腔。

“哭！有脸哭！你爹娘把你抛下，本是林里喂了狼的命！我把你捡回来，养你到大，教你本事，我教你去眼馋人家的吃食！做人立身全教到狗肚子里去，我教你哭！”

师父发狠，又抡实了抽了十鞭子，数着已经有二十几鞭，知道他俩也算得了教训，于是解了荆条，一人又各踹了三脚。他着实怒了，柿子事小，但失了节事大。二十几年来他在这村子里自立门户，他把气节看得比命重。从后生到半百头，他不亏别人，不落口风，怎么也想不到朝夕相处言传身教的两个弟子能做出偷东西的丑事来。

“今晚不准吃饭，明天你俩一人一担柴，什么时候砍完了给人送去赔完礼道了歉，再回来吃饭。”

天不亮林常青就起来了，他把林清秋摇醒，两人不敢多说，穿戴整齐便背着筐子往山里走。林川武想了半宿，他鲜有的鸡鸣前没起来身，等他醒来，两个弟子已经洗起脸来。他一句话没说，但心里放心不下那背上的红痕，昨夜林清秋若有若无地啜泣了半宿，两人一走，林川武便捣起乳香来。气头上的人下手重，但他即便是心疼也绝不能懊悔，本以为年过半百心绪平和，却不承想因为这么一件事半宿心潮起伏不定。

他捣好了药才想起数日前王静凛回他的信还未拆读，他将信取来裁开，读到一半脸色便凝重起来，看到末尾已经是不住地叹气。多年不见，这位旧友甚是想念，信中说道不日他便登门拜访。林川武知道人若是真来了，便代表给先前的信做了答复。他心中不住翻搅，这是万不得已之选，却又迫在眉睫。思索良久，也未动笔回信。

守山人算准了自己的气数，他不需要两个弟子都承下一身本事，终身在这方寸地修罗场里看守，至少有一人，可以不用接过这担子，可以做一个成家务农的正常人。守山是老天给没有爹娘的孩子的苦差，身不由己，命亦不由己。但选哪一个却是个问题，两个弟子好比他的两颗眼珠，离了哪一个都是痛。

但他心里要藏下这座山，就必须要有个抉择。

林清秋伐了柴，忍着肩上的刺痛，把自己的一筐以及林常青的一筐一个人带了回来。这个孩子表现出一股倔劲，他沉默着一步一步把柴火拖到孙家门口。开门的是个男人，他见到这个面有青胎的孩子一阵诧异，随后不好意思起来。那挂摔下树的柿子大多没有浪费——好的都被晒起来了。他搓了搓手，想要摸摸孩子的脸，又觉得不妥。这孩子后头跟着他哥，林常青见弟弟不说话，忙道：“昨天不该上您的树，毁了好些柿子，我们砍了细柴，干透了好烧。”说完拎起筐在这男人带领下去了灶房，一股脑地把柴火倒出来。那女人听见响动瞥了他俩一眼就进了屋。

“以后想吃柿子，找我们家成文。”这男人哑了声响，笑笑把孩子送出去。

林常青比他弟弟皮实一些，在林子里免不了磕碰，于是师父只给林清秋一人上了药。他已经写好了第二封信，过几日就派林常青送去。他心里有了打算，只是仍要以王静凛

的意见为主。上了药他语重心长地开口：“我向老郑要了苗，转过春来就种上，不过是棵柿子树，你俩都记住了，做人诚实本分，不可偷不可抢。”

那年冬天，林川武把当年教给林常青的又悉数教给了林清秋。整个冷冬，在炉膛前头，这个十岁的孩子听得入神，不出意外，他终于可以不用每天像只野猴一样悬吊在枣木上，他也可以跟着他哥四处走山撒野去了。林川武长出一口气，他知道这孩子一样有天分，因此更难取舍。信已去了，那边却说春天再来。林川武渐渐放下心里的顾虑，一心一意传授起草药、物候的道理来，兴头上也讲上一段书。他的手粗大糙砺，并不是先生的手。林常青总暗自奇怪：师父以前是做什么的呢？

春天时，一位后生打听到村里，他是王静凛最小的一个弟子，他怀里揣着信件。林川武知道该来的总归是要来，信里说王静凛择日亲自上门。“虽然我这两个弟子从头学艺稍稍显迟，但有合适的，闯荡一番也无妨。两人从小压腿开骨，身子都算柔软。”林川武回信道，“只是嗓音不知如何，待你来了，你可自行抉择。”

东风转南时，吴茱萸旁栽下了一棵小树，是一棵柿苗。小十年没见过的旧相识来了，他的手仍旧有些僵，是当年在冬天练功时落下的毛病。两人都变了模样，感慨起如今世事来。话不多说，林川武便把两个弟子叫到跟前。前些日子他已经与他们通过了气，他说得委婉，不敢明说，但即便如此，两个孩子也都还是落下泪来。他们尚不懂话里深浅，但都不约而同地体味到一股离愁别绪。三个汉子的院堂竟要凄婉起来，于是几天来林川武一早便把俩徒弟轰进山，在院里料理白芷苗，抬头看那雁从南向北归。

王静凛笑一笑，摊开了手捏二人的身骨。他又叫俩人跟着他唱几句词，都是哦哦呃呃不成文的山调。林常青一下挠了头，他记不住调子。林清秋木了一木，试探一唱，两位师父却一同抬了头。他又唱了几句，拉得比棉线还长些柔些。接着是翻跟头，这也是从小就熟的。两人往后一翻，一下子手撑地，腰做了拱。王师父伸出手来往林清秋腰上探了一把，说要是进京，这腰可比花旦，可以去做名角儿的弟子了。林川武叹了气，进屋烧水去了。

林清秋很平静地听完两位师父的话，他点点头，表示听进心去。

半个月前，他大哭了一场，像是受了莫大的委屈，林常青问不出缘由，师父也不在。这个刚满十岁的孩子抓着他哥的衣服蹭了一头一脸的鼻涕眼泪，哭完没多久又平静地帮他哥烧火劈柴。

王静凛与这位旧相识咬起了耳朵，中午不到便走了。一切如常，春日生发，雨水一多，河溪里的鱼虾便活跃起来，林常青又翻出旧日里的那张小网，走山的路上采些马齿苋和野蒜，顺带着捞些河虾。他满心欢喜，天气已经转热，那年的雹灾他仍历历在目，不过他已初步习了天象、物候，出门前都看上一看，今早露多，他不远走，就在近的地方挖些常见的草根。若是如常，便天高任鸟飞，他想去哪便去。

太阳一早升起，他带着网，找了条河，捡了些石头压住细网，就往山的更深处走去了。

林草濡湿，他不敢踩实，再崴了脚师父也救不了他。

到了傍晚，他折回去，网里净是淡草色的细虾，他细细择下，心想让师父往锅里滑点油一煎，那可真是馋死人。可转念一想这些虾似乎太少，于是又下河摸索，仲春的河水被太阳晒了一天，河底伏着田螺，他个个捡起，而后挽了裤脚，回家。

院子里静悄悄的，枣木上没有人影。他卸下小篓，瞅见师父在堂上一口一口抽起烟来。师父极少抽烟，他停了步子，水从腿上滴下来。

"清秋野去了，师父。"

"没有，下山去了。"

他于是把篓里的虾螺放到盛了清水的陶盆里，出了门。

屋里屋外都静悄悄的。

……

好像从那一日起，日子又变得寂静起来。这少年心里好像突然空缺了一块，他盯着架在白杨上的那根已趋光滑的枣木，早晨和傍晚这根梁子上都没有比他小一点的孩子的影子了。师父又变得寡言，他不知下了山的弟弟是否还能回来。

坡外是坡，山外还是山。水连着水，到了近处就汇成了江。一切似乎都无穷无尽没有止息，他登上山去，钻到最细最高的枝上远眺北方，团团积云就在如龟甲一般伏着的绵岭上翻滚，北边往北是什么？他累了就想，师父说那北边是中原，藏着汉人先祖的骨血。那里有赤黄飞沙的大塬，他在桐油灯影里习得了这个字，意思是大而广的平面。他想了想，问师父塬上怎么能不生草不长苗不栽树也没有粮呢？西风如刀，沙无止息，可这土却从未见过底，那地方的黄土耐刮，刮去一层还有一层，风吹不尽，火烧不绝，像老农一样能忍能熬。

听老人说，在北方有道大岭，那岭也很古老了。横亘在这版图上不知多少年，正是这道岭，北边如野马般的冷气大雪翻不来南。村里经商贩药的人一年往北去上几次，高头骡子负着杜仲木耳走山，那岭南边天气暖和，正月也就是一件短袄，橘子树皮再薄也冻不穿，可一旦走过了垭口，翻了岭，见着那云团像龙一样停在半腰，冷风大雾便可把人身体里温热的骨髓冻硬成石头。到了夜里，甚至骡子牲口都要披上草毡御寒。因为这道岭，南北便分开了，它曾是最早统一庞大辽远中国的秦朝最信赖的屏障，所以它也叫秦岭。秦岭就立在北边。

可是再往北是什么？林常青心中的一点好奇像伤好了的鸽子敛不住自己的翅膀扑飞出去。师父也不曾说过，于是他只能听炒茶的叔伯抽烟时闲谈几句，再北就又是一条大河，只是更汹涌，那是一条天上来的河，那河一口水半口沙，与它蜿蜒流过的高坡一个颜色，都是苍黄。

他叹了口气，完全想象不出一条从天上来的河是怎样一副光景，也想不出那该是怎样咆哮的大浪，竟能比瞿塘的滩浪更高更绝。这辈子，或许也只是听人说说，他心里隐隐明白，他已经离不开这里的山这里的水。

日子被拉长了，他不住地想东想西，想多听师父说些什么，可是谁又有这份闲心呢？于他而言，生命是正蓬勃的，什么都剧变着，可眼前的一人一桌仍是如旧。江山易主，旌旗改换，上了年纪的人从心里感叹一段历史的彻底结束，他们欣喜，心里装着不安，百年未有的变局啊，然而他不能懂。

林常青像泡发的木耳般一日日舒展开，同时高耸挺拔起来。这种生发就如一天天健硕的公牛犊，只是更慢更显在细处。林川武看在眼里，那夜夜缠着他的惊悸惶恐似乎远去了。

他挂念起在远方的另一个弟子，这一去不知多少年，能不能留下，改不改姓，全似半山云一样没有定数。他农忙时不想，采挖芍药时也压得住，可桐油芯子一冷，他除了衣往炕上一倒，那松树下头的哭声就一声接一声撞他的耳朵。这孩子是他一把糠半勺水一口口喂养起来的，从站不起到现在的半大伢子。但命由天选，路却得人一步一步自己走，一旦人能说了话，他就自己选好了路。

山民太苦。林川武深知，天下谁家，多少年来，兵戈起时，最先沦为草木的就是山民。他合上眼，想起败走的土匪从乡里一路烧杀抢掠，老妪一间独屋，有只挤奶的山羊，那是换一口粮食的唯一活路，土匪撞开门，拿刀给开了喉，血都没滴净就带上了马。悬在半山腰的窟子寨子是躲人的，躲败走的土匪，躲互杀的军阀。听见枪响，人们已不会哆嗦，只是麻利地翻了墙往山里跑，或是钻进土窖。惨案，围剿，死人的尸骸不知葬在何处。日本人来了，战事又起。一波又一波难民从川南涌来，山里本闭塞，这却一下子热闹了。淮盐进不来已有多年，川盐有了市场，往来频繁，酒馆客栈、百货摊点一下兴盛起来。彼时林川武尚年轻，闲时他便去镇上贩卖些山货，听过往路人天南地北地神侃。原来中国甚大，南长江，北黄河，江河尽头便是汪洋，西接川渝，南有湘赣，正中的正中，就是汉人和鬼子都盯死的武汉。这些人里不仅有褴褛难民，也有穿暖食饱的巨贾，他们收这山里的桐油、生漆、桃木，远销到最南的地方——香港。这些他也听师父说过，那金发绿眼的洋鬼子把那座岛割了去，自此，鸦片便源源不断淌了进来。

师父说的，他都记住了，可是记住了又有何用。程镇麟祖上便是大家，只因战乱来了这里，至今已逾二百年。程家的祖上信老庄，讲究万物取用有度，不打三春鸟，不伐三九枝。可乱世里人命尚不如草芥，还有谁能管住一座山里的人？管住那日夜垦荒流走的水土？那山的地力一日日薄下来，就像师父的叹气一天比一天重，这担子，怎是一般的重？

而那生在山野里的孩子，大抵是不必把这担子担在肩上了。林川武时常这样想。

他老了，总是止不住地回忆。有时烧着柴时也要出神，等到四周实在太安静，干燥的炉膛里柴火噼里啪啦响时，他才猛然回过神来，十分突兀地喘几口粗气。他很难忘记在夜里突然烧起来的火，和那比狼嚎还尖锐的女人哭喊声。领头的腰上悬刀，一户接一户踹门。他听见了响动，想起守在漳河木船上的父亲，那火便是从那里一路烧来，这个十二岁的孩子心剧烈地灼痛了一下。他用木头抵住门，像鸟一般翻到屋外，在一片杀声中，朝三十里外的漳河奔去。

林川武到时，那些木船都已被烧毁，些许木头浮在水面上，码头已经被踩烂了，安静下来的漳河不起丝毫风浪，他的心又疼起来。他对着河面大喊，吼他的父亲，没有得到任何回应。到处是一片狼藉，空气里弥漫着铁锈味和血腥气，他想他彻底没有依靠了。奔波了一宿，过度惊惧疲劳让他瘫倒在河泥上，侧头看见了河面上漂着什么……

林川武一下睁开了眼，虽然已经过去了大半辈子，但每当回想起时，什么地方却仍像手碰了烙铁一样炽痛。只是这种炽痛并不持续，他的一双鹤眼已经全然看不出悲喜，关于水、船、运出去的木耳生漆、过水时赤身的纤夫以及那些下河的人心里对盐巴的贪婪、死时的样子，在他老后又缠上他。

土匪离开后留下些空屋，有些人在炕上，刚睁开眼就被破开了肚腹。他回了家，两只手熏黑血烂，那河里的石滩多了一个新冢，这时的他已然开始等死。这样的日子没有尽头，死了比活着好。

直到程镇麟路过这村子时，这少年的命才算活过来。

再后来，日子加快，兵乱却没有立即停止，他掐准了仍有人心不死，一听声响就带着弟子进山躲藏起来。忽一日，听闻一支东南来的军队要打土豪分田地，他从炕上翻起，亲眼看见村里的乡绅在众人注目下举镐砸碎了石碑，人人分得了田，自此野火燎了原。他借了种子，跟着种起地来。

此后的生活便逐渐安稳些，两个孩子慢慢长大，除去饭菜少盐，一切都比那葬了父亲坐在空屋里等死的夜晚好了太多太多。乡里的人开始接受新名词，国家搞起工业来了，陆续有专家进山来地质测绘、寻找矿产，以前有些野路夜里不走人，说有鬼火霸着路，也被辟了谣。这个国家像是一下子就蓬勃起来了。一日，支部的人发出号召，要办合作社，那干部面带红光：谁家有牛，有机具，一起耕地。秋收了统一分粮，没有好地坏地之分，一切公平起见。村民吆喝起来，也踊跃起来。那时，林常青还只十一二岁。

日子一天天过，林常青的鼾声大起来，他到了可以进生产队的年纪。身上的腱子也一块一块绷起来。师父领着他到大队去，那队长是南下的陕北人，眼里泛红光。他正正衣襟，拉了拉林常青的胳膊，问他知不知道什么是劳动，什么是生产。孩子哪里知道，干部盯着他不说话，半晌工夫林常青憋出一句："劳动光荣！"于是所有人都大笑起来。"好小伙子，可以为家里挣工分去。年轻人说得对，不能怕苦，不能怕累，用劳动建设

国家，劳动最光荣！”于是，林常青成了队上的一员，他虽年纪小，但因常年吊梁走山，把骨头抻长练实，显得已是成年般高大。

他第一次见常信安是一九五七年，县里开始兴修水利，也正是这一年出了邪乎事。

那一年，林常青刚满十五岁，属于力气和饭量都与日俱增的年纪。那时候他干的最累的事情不过是在屋外帮师父在地上凿出一个两米见方的蓄水池子。一开始相对轻松，这后生心想不就是刨坑，可过了一天他明白根本不是这么一回事。池子越往下挖，想用锄头铲子把土扬上去就越来越费劲了，只能在坑底放一个筐，他一锹一锹填满了再爬出坑去倒掉。一天过去，这后生就明显懈了劲，膀子疼得厉害，像是被骡子踩了一脚。那时候，他干完了活吃了两个大洋芋，喝一整碗棒面稀饭，吃完就坐在马扎上开始打盹。到第三天，这池子终于挖好了，师父给底下上了腻子，以后吃水算是方便了些。

在这之前，他对重活累活没有概念，仗着身子骨轻，活泛，一夜就歇得过来，硬是不把队里的任务放在心上。头天夜里，早春时节，六点不到天就黑下来，村头响起锣声，村里还没有多余的电时，这就是大队开会的讯号。刚吸溜了一碗稀饭的林常青放下筷子就往村头跑。此前已经开过四次会，他不敢懈怠，知道或许有重要事情，不然也不能这个点叫人忙活。

大多数男丁披着长衫挂着短袖就往村头走，更有甚者端着碗边吸溜边走。开会不稀奇，这晚上的会可不多见。等老的少的济济一堂了，支部书记赵红星发了话，此人头发稀少，五短身材，说话带着浓重的鄂西官话腔。他清了嗓子发话：“为了响应上头的号召，大队要组织生产队员到聚龙河上游修建水库，工程浩大，因此一个村的人手不够，需要多村联合起来干。当然，这事不强迫，一个村只要求去一半人，先报先得，报不满就抓阄。鉴于工作特殊，去了有额外工分，包管伙食。”

他还没说完，底下就开始炸锅。聚龙河水量大，眼见着到了春天，等雨一下，汛期也就到了，下游的几个村子每年都提着心吊着胆，这渠修起来可不是一件容易的事。林常青伸长了脑袋，周围都在议论，到处都是问题。也有人不发话，等着队长发言。队长郑祖光一扬手，把议论全压下来，点点头把书记送走后掩上门。

“修渠那是响应政府号召，搞建设，搞劳动。嫌累咱不进生产队，怕累你往炕上睡。我们劳动人民干什么？劳动！现在国家需要我们，包伙食，拿工分，一个一个打什么蔫？今天话放在这，修渠我们得去，不仅得去还要斗志昂扬地去！现在报名，我这糙人给你们拿了印红，还有纸。不识字的找识字的，签字画押。”

场下头的都四面看看，不知是谁当这第一个人，有的人犹犹豫豫，听人一说这活干不得又泄了气，郑祖光一甩帽子刚要发火时，一个人举起手来。这人只有一只耳朵，家里几口人，只有他干活。听到有工分就不想别的了，往台上一站签了名，印了红。

“还有没有！我跟你们说，去了不亏带你们，晚上支锅子熬鱼汤！”

这下又站出来三四个，有一个矮胖的，讪笑：“我自小不会下水，想尝尝鱼汤。”

林常青刚才被郑大队一通言论擦得脸热，他觉得是在说他。于是，这半大后生喉头一滚脑一热就冲到前头去了。

“瞅瞅，十五岁的放牛娃子都要去，你们还一个一个缩着脑袋。”郑祖光又低下头，“不过，这是累活，儿娃，你骨头脆，皮儿又薄，得回去问你老子的意见。我这纸上要是给你画了押，可就改不了了。你自己拿个主意，是现在就定哩，还是明天中午来找我？”

林常青不说话，他写了名，又印了红。“我家老子也不得管嘞。”

“好，现在有七个了，咱村大队一共三十三人，我取个数，要十六个人，明天中午定下，到时凑不齐咱就抓阄。不过……”他沉下脸来，“都积极些，不要像是我逼迫你们。”

林川武听到这件事，脸色一下严肃了起来。他确实想让林常青出去见见山水，开开筋骨，但心里又有几分担忧。修渠不比开田，要找水位高的地方，从山里凿石头，一块一块垒起来，若是山渠就更困难，要不分昼夜凿开山石铺渠。聚龙河西边是大成岭，北边是黄梅顶，这两岭之间似断非断，像是牛蹄的两趾，聚龙河便是从这趾缝里发源，山陡坡大，要凿渠一定是山渠无异。他冷着脸思虑，林常青也不过十五岁光景，山里遇到什么能不能应付全作未知。

“过来，我传你几句话。”

林常青心潮难平，他还没有真正意义出过远门，走山也只敢在附近的山头走，聚龙河离这里足有四十里路，山路曲折，得一日夜才到。且他尚未把事放在心上，心劲飘忽，仿佛已经看到了到手的工分。他听闻师父传话，赶忙凑上耳朵。

“你记住，一来，木老不伐，水流不腐。若是山中有腐水，则恐有潭，潭死生泽，久而积瘴。

“二来，人高水低，若水汛高猛，应逆流上山，忌顺流而下。

“三来，山中多异，如断石，如折木，如老穴，皆不可冒进。大意则生变，变则生灾。

“此后再有这类工事，你要先与我通气，不可自作主张。”

林常青点了点头，稍平静些，他开始思索起这件事来，于是又询问师父关于修渠的说法。师父在阴翳的灯影里开了口：“修渠是古来有之了。渠，水道也，溉田之用。不过……”数千年前，这片土地仍是楚的地界时，却因为河渠发生过一件极为骇人的事情。

据郦道元的《水经注》记载：夷水又东注于沔。昔白起攻楚，引西山长谷水，即是水也。旧堨去城百里许，水从城西灌城东，入注为渊，今熨斗陂是也。水溃城东北角，百姓随水流，死于城东者数十万，城东皆臭，因名其陂为臭池。

这一段讲的是战国时期素有“人屠”称号的秦将白起率军攻楚时的事情。楚鄢城位于汉水之滨，地广人多，城坚池深，因此难以攻破，白起便打起了水攻的计谋。

在《水经注》中，白起所引夷水，为汉江一条支流。他在鄢城西北筑堤坝蓄水，作百里长渠。攻城时辰一到，他便引水灌入城中，夷水一路东去，因鄢都地势低洼，容易聚水，这如山洪一般的大水便顺渠奔来，城墙经不住大水冲袭，一瞬间东南墙尽毁，城中军民被水裹挟死伤数十万，同时堆积在城东，这些死人泡在水里，腐烂生虫，于是就成了臭池。

"此一战楚军大败，没多久秦军火烧夷陵，楚人自此只能哀唱。而这引水屠城之惊骇也刻印在了人们心中。不过常青，此渠虽为'人屠'所造，但后世百姓发现滋养田地引水灌溉甚为方便，也就在那白起渠的基础上，重新改造，一改原来的血腥杀气，可以泽被后世了。"

师父说完站起身来，说道："修渠艰辛，我在你包里多放了两双草鞋，你要爱惜着穿用。遇到吊诡怪事，先保自己。"

林常青天没亮就动身了，随行的人也在郑祖光的教育下放下了思想包袱，脸上都露出笑来。一行人借了两辆牛车不紧不慢地往那聚龙河赶，一路上鼓锣号子不停。

等到天全黑下来，十六个人才到了地方。虽然是春天，但一到夜里仍是风冷。燕儿滩的生产队长杨启林已经等在那里了，在河滩上扎起了十几米的草篷。这人三十出头，告诉郑祖光他们通铺已经铺好了，今明两天其他队的人也都会陆续到来。

"今晚早些躺下，最迟明天晌午，所有人就集合，集合地点就在河滩上。到那时我跟你们说具体的修渠法子，到了后天，我们就可以破土动工。"

林常青激动得前半夜睡不着，等他醒过来，郑祖光说其他人都到了。浩荡的近五十号人立在滩上，催他赶紧。

杨启林把人聚起来开始放话。他照着白纸念了一遍，又解释了一遍，林常青这才听得大致不差。

燕儿滩在黄梅顶北，位于两座岭头中间的谷地，整体是西高东低，北高南低，周围山田众多，沿山而开，零散分布在两座岭东边的缓坡，因为地势较高，运水困难，历来是天雨和人挑。为了响应国家增产增收的号召，他们需要从聚龙河上游和那田头差不多高的地方引水建两条渠，一条走大成岭，一条走黄梅顶。自高至低，渠水灌田，旱田改水田。

这听上去像羊粪蛋子垫白纸一样清楚，但是人往山头上一瞅就犯怵，老林葱郁，从那岭上修渠必先伐树，伐出一条道来垫石头，而这石头又从哪里来？依然是山里来。先不说岭上采石，单是这伐木就让人心里生寒，岭上的树为了在半悬的坡上生存，往往根深树大，极难采伐，就算伐倒，运送出去也是个麻烦。

"发扬奋斗精神，同志们。没什么困难拦得住我们，我们已经派人初步走过一遍了，大体确定下来这两条渠的修建起始地点，队列我们也做了初步划分，我们把各个生产队的队伍打乱，大家相互监督，努力建设！”

听到这话人群又炸开了锅，有的人心思的确不在修渠上，一心只想混工分，投个机取个巧，现在队伍打乱，洋工是磨不成了，躲在队伍后头的几人忍不住骂娘。杨启林扬起脑袋环顾一圈，朗声说道：“我已经把名单分给了各大队的队长，一个大队还是那些人数，组内三到四人一组，由各大队长点名，然后分组。”

这是林常青第一次认识从马南生产队来的常信安，这个汉子三十有余，他看到组里有一个放牛娃子，脸色一下拉了下来。他私下里找到队长问能不能给换一组，意思是孩子不顶事。那队长也不是马南村的，大手一摆就给他拒了，理由都没有一条。林常青心里一阵烦气。组里另一人是个二十出头的青年，燕儿滩生产队的，名叫王崇铁，一双眼珠子溜圆，十分善谈。林常青觉得他比姓常的事少，两人一言一语，半炷香工夫就熟了。

这样倒显得姓常的汉子十分的呆拙，他立在三人中间说也不是不说也不是。他嘴上笨，词都是一个一个往外蹦，知道了俩孩子名字就闭上了嘴。大会进行到一半，队长还得给底下的队员分派任务，统共四个大队，郑祖光的队伍负责在河上游开一个边坑，杨启林领的人马都是壮年劳力，负责开山运石。剩下的两支，一支伐树，另一支负责杂工，待到树伐完了再派发新任务。林常青所在的队伍就是要伐树，这是最基本的工作，相对也轻松些。

王崇铁听到伐木，心里一乐，当即对林常青说这活好。山头之前已经有人踩过，路线确定下来事情就好办了，反倒是那些凿山运石头的干的是真正的苦力活，虽然工分高些却是拿命去挣。

这小伙眼一眨，两个瞳仁中射出一缕狡黠的光来。他是燕儿滩本地人，说些乡野往事头头是道，他指了指滩头的一座石桥，把声音压下来：“那桥下头有数把铁尖，你们知道是做什么的不？”那桥离着挺远，看不真切，十五岁的半大孩子摇头，常信安直接转了脑袋。

“那是防大水里走蛟的。”

年轻的后生听到后边三个字一下子颤抖起来，他只从师父那里听闻过这件事。在乡野群山里生长的大蛇，经年躲在山中，蛇大为蛟，一旦天降大雨，山洪暴发，小蛟就有机会从洞中出来沿河而下，渡劫化龙，称为走蛟。而那桥下的尖铁竟是为了防范洪水来时小蛟过桥而设的。

“我听我爷说，那聚龙河里还藏着真家伙哩。”

……

任务派好，吃了晌午饭，一行五十多人便沿着河溯源进山，这谷地幽深，两岸都是葱郁树林，越往西地势越高，因此才有了建渠的条件。聚龙河四季不枯，到了夏季，奔涌的河水因为雨水的补充而愈发澎湃，河水在寂静的谷地中宣泄，更有蝉噪林静之意。

走在这不太见光的深谷里，人声一下子变得稀薄起来。除去手提肩扛的铁器叮当作响，人人都不自觉地噤了声。

队长指了指北面的岭壁，上面满覆着老杉古柏，水渠的修建起点就悬在北面的岭壁上，因此第一步的伐树工作显得尤为重要。他一边走一边讲，重点强调就算是伐树也存在一定危险，伐树时一定要注意树倒下去的方向，树倒人躲，但万不能躲在树要倒下的地方去。

“以前的时候哇，有人被伐倒的柏树砸中，脑壳都碎了。”

工具很简单，短斧绳子大铁锯，绳子很长，用来固定树干，人放倒了树后用锯清理树枝树叶，留下树干，再把树干从坡上溜到岭下，有专门的人把木头运出去。进山的除了人还有一匹骡子两辆板车，大的木头顺河而下，小树枝板车拉走，全部统计在册。

凿坑的人也忙活起来，这些人胳膊上全部吃足了劲。建渠先修池，池子通着河的支流，蓄满了水的池子什么时候放水全看人意，池头设堰，洪高则可没，河水因此可以重新导回干流中去，因此水渠和水田就有了保障，但如果灌田的水渠成了泄洪的通路，那就完了。

整条大成岭上没有一条人能走的路，人踩在斜坡和枯枝上不断打滑。队长划分好了伐区，整体就是沿山腰一条线，靠西边还好些，越往东越陡峭，一组一组自西往东延顺，常信安脸色越来越难看。他们一路跋涉到东边，在最陡的一段被队长叫停，总共二三十米的地界，脚腕子都扭得人发慌，他是个水里生的船民，不懂山活路数，头皮一阵发麻。

林常青心里也是一阵发毛，这一缕平地总共也就五六米宽，往上往下都是爬满灌丛的陡坡，树是老树，春天的树又生脆，伐倒了怎么处理？他心里一阵打鼓，但是没有办法。仨人从最西头打下标记，往东六十步，总共有十几棵树要伐。王崇铁拿出麻绳，这青年多少也胆战，他提议：“从这一棵开始吧。”三个人晃悠悠地靠近一棵油松，林常青蹲下来一箍，两只手勉强能掐住。常信安把绳子套在离树根一米的位置，说道：“你们去把绳子两头挂在东边的树上，我在这锲口子，等差不多了就往东边拉，你们站远点，不要被砸到。”

这活比想象中的轻松了一点，斧头应该提前都磨过了，常信安挥了几下，那油松就被破开一个大口，他自上而下锲，砍进去三分之一时，那塔一样的油松就要立不住了。

“拉，拉，站远了拉。”

“拉不动，绳子套得低了！”王崇铁大喊，绳子太低，虽然树已经开始摇晃，但两个人吃不上劲，差了意思。

这汉子发了狠地往那口子上猛砍了一下，这一下子火星四溅，他绕到树后头，跳起狠踹了一脚，于是这屹立在岭上不知道多少年的树木缓慢地在空中画弧。王崇铁和林常青都是第一次见树迎面劈来，心里多少有些惶恐，林常青往后一躲，差点从窄道上滑坠下去。

“小心！”一声巨响后，第一棵树倒了，砸起一大片尘土，三个人接连一通咳嗽，但心里都轻快了许多。倒是没有太难，除了还要把那泥里的树根刨出来，不过这些都是后续工作。三个人趁热打铁，接二连三地放倒岭上的老树。

伐木的活平均分配，一人一次。第一次拿斧头，林常青心里还十分紧张，到了第二次第三次就已经驾轻就熟了，他善于用巧，锲口不能太宽也不能太窄，太宽了费时费力，太窄了树根本折不了。伐倒了七八棵树的时候，天色已经黑下来了。队长带着人从东边过来，清点了已经伐好的树，一行人就往山下走去。

俗话说上坡容易下山难，纵然有十二分小心，林常青回了滩头，心里仍是压不住的后怕和疲惫，身子上下一阵酸胀。那汉子不多言，从包袱里抽出一张脸大的破报纸，他撕了一条卷了些烟叶渣子，自顾自地点上抽起来，对于这个十五岁的娃娃，他总觉得看不过眼。

他抽一口，啐一口，骂这个新队长给他穿小鞋。林常青听了，知道是嫌弃自己，索性就躲远一些。锅子已经支起来了，他端着碗蹲着等锅开。

一入夜，酸疼就像蚂蚁一样爬散上来。林常青吃完了饭，刚走到河滩，困劲就爬上了他的眼睑头皮。他用手涮了一遍饭缸里外，盯着水面出神。天色一暗，水就折透天光，层层叠叠的乌云压下来，身后响起一阵急哨，他一下回过神来，往营地赶。

队长说今晚可能有雨，云已经飘来了，春旱也就要跟着解除了，可是这给开渠造成了麻烦。今年雨期长短不知，但是这搭在河滩附近的草铺或许扛不住，雨一旦下来，河水上涌，也太不安全，因此所有人都得搬东西收拾通铺，往东北角的梯田搬，远离河滩。

这事让人丧气，累了一天的人什么牢骚都吐出来，但东西还得照搬。扎在泥里的木头也得连根拔起带走，能放到板车上的就放到板车上，骡子已经吃饱了青草，有几个人手里擎着火把，到处都是跳动的影子。林常青左手拿着包袱，右手提着一大捆稻草，膀子已经疼起来，但是劳累占了上风。

到了地方卸下东西，队长开始指挥扎营，他望了望云说得多铺一层草以免夜里漏雨，他看了一眼常信安，嚷了一句抽烟的去河滩上。拉了一天绳子的王崇铁也一句话说不出来，他蹲到地上，吃那已经冷了的饭糊。几十号人用最快最潦草的法子扎好了草棚，林常青去河边解了个手的工夫回来已经一片鼾声。

外头起了风，这声音在山岭之间变成了尖锐的呼啸，风声让他有点紧张，因而即便是周身像散了架，他也依旧围在营前的火堆边上，这堆燃烧着的火让人温暖起来，他舀了一缸河水放到火边上焐着，王崇铁拿来半捆没用的稻草垫到地上。

“这活忙完，怎么着也得夏收了。”

林常青点点头，他挺希望这比他大几岁的人能说上几句，攀上一刻的话，他的困劲

一上来也就可以躺下好睡。

“你抽不抽烟？”这人突然来了一句，“我这有些烟渣子，不值钱，但是解乏。”他活泛的指头翻飞几下，就卷成了一根，末了抿了点唾沫粘死，递给林常青。

“试试。”

他捏着这根烟，往火上一燎，而后放到嘴边。“吸，吸一口。”王崇铁低下头，卷自己的那一根，“不是往肚里吸，吸完还要吐出来。”

半大娃子吸了一口，浓烟直冲喉咙眼，他一下咳出来，两眼泛红，开始往地上滴答涎水。

“第一次，都这样。”

东边开始响雷，两人都灭了烟，王崇铁眯起眼，说：“龙王爷睡够，想起地里的苗来啦。”

这一夜他睡得很沉，梦里什么都是黑色的，但又一闪而过，完全惊不起人。

子时一过，天上开始落雨，几滴雨啪嗒啪嗒落在林常青脖子上，硬是把他从梦里打醒，睡前喝的一缸水变成了膀胱里的尿，他蹑手爬过人堆，钻到外头起夜。

雨挺大了，木炭已经熄了，他一摸早已经湿透，知道这场雨肯定把林子里的土浸透了。四周算不上太暗，紫蒙蒙的，身上的酸发起来了。

……

这棵树不偏不倚立在走渠的道路上，同时又成了精一样斜着生长出去——一棵长歪了的槐树。枝干从一米往上就向北折出去，整个炸开的树头全悬在坡外头，往下就是七十多度的陡坡，零星长着一些杂草和野杜鹃。这树必须得伐，但不论从什么角度伐都很悬。

这树只能从北面锲口，因为重心不在南边，从南边怎么切都折不过来。常信安盯着这棵树叹了口气，这是老大难题。三个人围着这棵歪脖子树商量了半天才终于定下对策。树头虽然朝北折，但可以从东边伐，想法子让它往东边倒，负责拉树的就往东边站，为了防止树倒向北，还得在东南找劲大的人拉住，因此伐树的任务就落到了林常青手里。这树还没太发芽，他把绳子套在离树根一米多的地方，常信安腕上缠了绳子，往东南走出去七八步远的距离，王崇铁上了坡，站得更远一些。

林常青开始动斧头，他右脚吃住了劲，下了雨的林地十分滑，他要时刻提防自己栽下去。

“得罪。”他一拱手，照着树干打弯的地方不轻不重来了一下，第一下试深浅，老槐树皮糙，第一下没砍到底，他举起短斧又来了一下，这下完全砸穿了树皮，他把锲进树皮的斧子费力拔出来，听到树干传来嘎吱一声，他停了手，开始仔细观察树头。

整棵树都没有发芽。

“怎么了！怎么停了？”远处常信安喊了一嗓子，林常青背对着他，突然没了动静。他又砍了一下，但是较之前两次轻得多，树皮已经完全劈开了，里边却空着心，露出黑漆漆的树心。

“这树……”他再次停了手，后面两个字还没有喊出来，一声巨大的咔嚓声从树干里传出来，整棵树斜出去的部分在区区三斧子的作用下开始倾倒，但方向错了，北边受了压，树皮一下子从中爆开，整棵树开始往北边的山崖倒去。

“拉住！拉住！”他狂喊起来，但为时已晚，这棵树已经死了，里边完全空心了，因此并不经砍。常信安手上吃了劲，但即便是一棵死了还空心了的树，他依旧是拉不住的。那树一下栽到崖下头，连带着弯折的树干一齐顺着陡坡下滑。王崇铁立在东南，为常信安捏了把汗，害怕他吃不住劲一下松了手。

常信安滋一下往西滑去，为了防止自己栽下去，他先前把绳子系在一棵柳树的大杈中间，以便最坏的情况下还有个障碍挡上一挡。眼下，他猛地撞到了柳树上，被那下坠的槐树拉悬离地。

一整棵树的重量全压在了他的左腕子上。这个汉子惨叫出声，左手瞬间涨紫，他的右手擒住枝条，但完全使不上劲，柳叶下雨一样往下掉，一切都太滑了。一旦他离了这棵树，也就再没有东西能挡住他了，这汉子会和那已经悬空的死树一齐坠到崖下头去。

林常青吼了一声，让王崇铁拽住刚离手的绳子，王崇铁已经被惨叫声吓傻，立在原地脸色如土，完全不敢去拉正在缓慢游移往悬崖靠近的绳头。

“哎呀！”

顾不上地滑，林常青踩着陡坡狂跑起来，他一步登上那柳树的树头，把绳子往腕上缠了一圈，两只脚踩住树东面，整个身子像一张倒拉的弓一般以一个巨大的幅度后仰过去，他感受到了那棵树巨大的重量，右手一下子涨得没了知觉，但这样总算缓解了底下常信安的痛苦，虽然惨叫还是没有停下，而这棵只有五六年树龄的野柳不过碗口粗细，在两个人与一棵槐树之间充当支点，已经不堪重负地开始折断与爆响。

“忍住！”眼下这个十五岁的少年几乎从嘴里咬出火星子，他立住两脚一上一下踩实，抽出斧头开始砍绳。绳子是浸了浆水的麻三股拧成的，斧头再利没有锯齿也完全切不断，斧头一上去绳子就弹开。他一咬牙，盯着常信安腰上的锯子眼里放了光。

他像一只野鹞子一样使劲蹬一下树干，这是师父传给他的本事，从树上翻下来借着巧劲能飞腾出去好几米而且永远脚先着地。但那必须是身上没有重物的时候。他铆足了劲跳了一下，但是根本翻不起来——他太轻了，槐树太沉，即便是借了力也完全落不到地上。右手已经没了知觉，他心里开始绝望，两只手都腾不出来。

“我来！”

王崇铁终于从最初的惊悸里回过神来，他拽住绳子的一头借着一股冲劲把那树往回拉上一拉。林常青盯死了绳子绷直的那一刻，那是他最后的机会。王崇铁腰上的绳子一下勒入腹中，他已经到了极限。绳子瞬间绷成了弦，林常青感到手上的劲一松，他想都没想，双脚再次一蹬，左手缠着绳子硬生生从那树头倒弦反拉翻飞下来。

他在空中打了个圈，借着冲劲落了地，一把夺过常信安腰间的锯子，他对着麻绳死命地一刺，纤维一下子撕开，他对着王崇铁大喊一声撒手，又一下把锯子往绳子上刺。王崇铁撒了手，那绳子比想象中结实了太多，两人重新吃劲悬了起来，最初的惨叫已经变得低沉，林常青瞥见右手的绳子已经镶进了肉里，两个人被树拉得擎起臂膀，他心里痛苦起来。

他对准左手和常信安之间的绳子来回切锯起来，这是最能使得上劲的地方。

“你疯了！”王崇铁喊起来，重新去捡绳头。

“你撒手，树一拉你就会滑出去！”那锯子的温度瞬间上升，绳子从中间啪一下断开，常信安像一只死雁坠了地，林常青吃不住劲，一下被拉飞上去，他被那棵树一路从地上拽到空中，再越过树杈，而后迅速带离了陡坡坠到了崖下头。

……

王崇铁往下一瞅，几乎惊得呛出血来。崖下头就是奔涌的聚龙河，树和人一同坠下去，惊起一阵扑簌窸窣的爆响。他绝望地喊了一声，什么也说不出来。

东边有人闻讯赶来，常信安右手掐住左腕子，把已经嵌在筋肉里的绳子一团团解开，整只手已经紫红，血皮粘在绳上，血肉模糊不忍直视。

队里有人开始喊山，在岭上吹起三长两短的口哨。队长在最东头，不久那边也开始吹哨。不到一刻，不足十米宽的崖壁上挤满了人头。队长知道了消息后往下张望，但树和石头挡得严实，这么一个孩子连同一棵树栽下去，怕是九成活不了了。所有人都不敢说话，王崇铁一张嘴就是哭腔，他听信了林常青的话撒了手，心里懊丧，觉得要不是他撒了手，也不会让林常青一个人翻坠下去。

“不管怎样，活要见人，死要见尸！抽出一人带伤员下山，其他人和我一起，上边挂好绳子，往下边去找！”队长发了话，把常信安从地上搀起，他指了指坡上的几棵树，让人赶紧去固定绳子。

“刘队长，这几棵都是小树，吃不住劲！不安全。”

“现在人死活都不知道，你跟我说这个，那还是个孩子！”

“是，队长。我的意思是先到山下看看，那么重一棵树，应该到了底了……”

“他老子的！”队长跺起脚来，脸上涌上一股悲戚。

“除去你们两个留在这，全员下山，半个小时搜不到，我们回来拿长绳吊着下去摸！”

聚龙河受了一夜雨水后喧腾起来，两个队里的伐工留在岭上，其他人则跟着队长下了山。找到那棵树基本也就找到了人。常信安心里一阵绞痛，他心里并不愿意看到树，因为更不想看到另一头血肉模糊的孩子。他们下了岭，沿着谷底从西到东，却都没找到那棵死去的歪脖子树。

岭上重新燃起火把，长绳已经搭好，身手好的已经领命，他们得一路下去，如果找到了人，就吹哨放绳，怎么着也得把人带上来，这是队长的原话。

天色暗了下来，一个胳膊细长的人在腰上缠好了绳子，他蹬住岩壁一步一步下去，消失在众人的视野中。

十秒后，急促如刀的哨声传上来，人们往外探头，看到的却是林常青昂起的头。

他的手指插在岩缝的泥里，像一只爬虫般一步步自己爬了上来。

这个孩子被绳子拉了上来，他的十个指头已经全破了，因为吃劲攀爬而肿胀得像是被石头砸过，但他腰上还挂着常信安的锯子。林常青像离水了的鱼一样仰在岭上喘气，右手上的绳印赫然印在众人眼中，那道青色的印子把肉勒断了一层，血液干涸了半个手掌，他的脸色苍白，被火把刺得睁不开眼。

他成了名人，开渠第四天他就成了模范，大队长会上表扬了这个孩子的见义勇为。王崇铁低下声音一遍一遍传扬当时发生的事情，他翻下树时的样子，眼看着两个人都要被拉下去的果决。“本来两个人都要掉下去的，那棵槐树死沉呀！他锯了两锯，绳子断了，他自己掉下去了。”

但是这孩子回到河滩便沉默了，他反复摩挲手上缠起的粗布，任由缸子里的水滚沸起来也没有把它挪开。他的脸仍旧像蜡纸一样苍白，吃了饭就蹲到河边，在旁人眼里他是盯着河水发呆，在他心里他把前半辈子都想了八遍，他不太敢仔细回忆摔下去的那一刻，那种巨大的拉力，背部划过泥和树叶发出的声响，而后是一下空了的脑袋，他明白他坠下去了。

……

夏收前，水渠总算是完工了，他的手已经恢复如初，只是有一道巨大发黑的疤痕横在他的右手掌心——一棵死树留给他的痕迹。石头被一块块担上岭去修建上游的河堰，那蓄水的大坑南北各一个。开闸放水那天，全燕儿滩的老少都来了，刚下了几场大雨，那水清得发蓝，流速极快，水面上漂着一层白色的水沫，这是由大浪相撞产生的。水一下狂涌到坑里，人们本能地往边上走——接天的水花溢在人脸上。渠里一下子流动起来，田那边的人早早守望着，水淌过来的时候，七十多岁的老主任忍不住直抹泪。这水来之不易，旱田不旱，成了水田，可以种稻子了。

南风愈烈时，林常青回了家，他吃了几个月的熬小鱼汤，骨头出奇地硬了几分，如今面色黝黑，个子显然是又拔了节，惊得师父几乎认不出他，他带着工分和大红花回了山里的院子，一切和早春离家时别无二致，一进家门还是习惯规矩一些，把穿烂的草鞋拢到床下，着手劈柴烧火做起饭来。

屋外林林总总地种着花草，飘着野花香气，但他也辨别不出来。夜里吃了饭，村里有人敲锣，师父意味深长地盯了他一眼，他一笑赶紧出门。这次队里再组织出外建设，他可再不敢说上次的话。

他心里有点想笑，觉得师父记性真好。林常青赶去开会，却不知有人正日夜赶路向他找来。

常信安和比他小一旬还多的孩子成了忘年交。他风尘仆仆地赶来，在夜色里问到了院子的位置。师父正在院里收拾房里杂乱堆积的高粱秸秆，等白天时他就可以多扎几根扫帚。在场院里翻晒了一天粮食的林常青正蹲在地上洗出了碱的汗衫子，一抬眼看到门外站着一个人，他的精神都凝在滑溜溜的皂角上，因此只是瞥了一眼，但那人一眼看出了他，作势跑进门来。

对于四个月前在岭上的事，林常青一个字也没对师父提。在郑祖光那里，他也偷偷打了个招呼。他一心顾虑，不愿意吐露实意。当然那陕北的汉子喜欢问个清楚，他嘴快，问急了，林常青憨厚一笑，说林家就他一个能为师父送终，他知道这么险，以后怕是就喝不上鱼汤了。大队长觉得说得过去，因此两个人没有声张，师父也就不知道此事。

林常青看见常信安一下子慌了神，其实在那大草铺上，他喝稀粥蹲河滩时想了很多遍：为什么当时要去救他？两个人非亲非故，何况那男人还打心眼里嫌弃他出力少，他没有理由。但后来他不想也就明白了，常信安被吊起来的那一下叫得实在太惨，村里杀猪宰羊他尚且觉得挺不忍心，何况是一个活生生的人？他在山里走久了，倒是对这样的事不太害怕，他吊了小十年的梁子，手劲大，随便扯住什么东西就悬住了。

他跑出去，把人堵在门口，一时说不出话。常信安嘴上也笨，一下顿住，半晌憋出一句你手伤好些没有。林常青点点头，心里急得简直翻上天。常信安陆续问了几个问题，见他仍没有把自己请进去的意思，于是把东西塞到他手上，告诉他时辰不早还得赶回去。说了半刻，他的汗凉透，风虽热，但已经不焦。师父听见动静隔墙喊了一声，林常青应回去，悄着说在原地等一等，他去打些水来。这下话也攀不下去了，人就往大路上走，林常青端着碗追了一里才追上。

常信安走了半天的路也确实渴了，他喝干净一抹嘴，留下一句话。

“你救了我一命，马南常家永远记住你这个恩。”说完一拱手，实在想不出别的话，就把碗用衣襟擦了交到林常青手上。他仍有一夜的路要走，前半夜的月亮极亮，风也暖和，这个船家的汉子善于吃苦，一双大脚追得上风，在水里也像田鸡一样灵活。

众人在燕儿滩修渠的时候，王崇铁最能说，他长了一张闭不上的嘴。不仅说他还要问，与谁说话都带着热乎气，拿自己的烟渣卷好了敬人。在岭上伐木时他也不闲，林常青就听着，有时也说几句，问他知不知道那山外头唱戏的院子现在什么样子。林常青仍旧挂念着弟弟，有时要托人去给他送些东西。院子后头的柿子树皮糙起来，这年秋天或许结得上果。他忘不了抽在弟弟和自己身上的荆条。据说传统的曲儿已经不兴了，人们心里装着新时代，装不下以往的莺莺燕燕了。院子里的人也走了大半，戏不唱了，只能打鼓，可打鼓能养活几个人？他总觉得弟弟过得苦，但师父不提他也没办法。他向王崇铁问几句天南地北就不再多言，他注意着天上的物候，盯着乌云雨雾。于是王崇铁转向常信安，他不怕人不说，他有能耐，一句后头接十句，岭上人声总不消停。

“祖上三代都拉船呀。”这男人累了也挤出一句，他在船帮长大，只是后来家里不再行船。“船是船民的命，吃用都在水上，可一打起仗来就要烧船，船烧了，人活不成。鬼子当年杀到枝城，我爹怕死得很，不干了，常家上了岸，从船民变成了山民。”

时间长了，对于这个脚宽寡言的汉子，林常青心里倒觉得牢靠踏实，师父的爹也是漳河上的纤夫，都和水很近。只是眼前这人的眼中尚有几缕水纹一样的清灵，到师父那里却是丁点也看不出来了。他心里好奇水上的日子，但始终问不出口。

尚不到完工的时候，采石垒石的人将西边一半垒起，南边较北边慢些。夜里，队长在锅前端来竹篓，众人尚未看清楚他已经一股脑全倒在锅里。这是白天在河边撒网拢的河鲜，小虾杂鱼居多，兼有几条泥鳅和白条儿，洗干净了全混在一起下锅煮。一个月吃一次豆腐，等这白花花的豆腐下了锅，汤滚成白色，常信安突然别过头去，林常青以为身下有蛇，他跟着一回头看见是在偷偷抹泪。他顿住，盯着滚起的白沫，闻着飘起的香味，知道这船民大概是想起了什么往事。

那晚，常信安兴致很高，他多讲了几句话。他祖上就是在长江里讨生活的船民，靠一只木船，顺水摇橹，逆滩拉纤，日头毒，吃苦饭，什么都被水汽笼着，木耳都能发霉。可是船民的日子就是这样，川江至三峡，一路滩多浪急，莲坨三漩，鬼门新滩，没有走过的人哪里懂？上游一到夏季，接连大雨，沙石入江，滩上就行不了船，全靠绝壁上一条条纤道，一捆长绳，肩扛足蹬，赤身露体，一块崩石，一人泄劲，舟覆人亡。那行在江里的见过浪大滔天，夜里梦见了喂鱼，早上起来就要嘱托后事。码头上什么人没有呢？土匪要逃命，军队要开火，杀人劫财的要顺着水路东去做买卖，水性好性子又狠的想自立门户，船帮上谁不想做老大？在水里时，防着天上的大雨，供着河里的龙王，但你想不到挂帆的伙计早磨好了刀子。运上了货，又想能不能赚上钱，可那蜀地的、荆地的、淮南的，谁不奸谁不精？你抬他压，但他能等你不能，后头有的是船，有的是货物，你卖还是不卖？

他一叹气：“船上的人熬小鱼，小鱼刺细，熬着熬着就都化了。就着霉菜头就是一顿饭。没有油没有盐，盐贵啊，那汤比水淡。”

他说完就再不说了，似乎眼窝子里呛上来一窝泪，他借来一根烟草，燃上了说真是辣。林常青涮洗了缸子，细细品起他说的话来。有那么一瞬，他脑袋里有了画面：纤道上，几个赤膊的人肩上扛着棍子粗细的麻绳，这麻绳把人背搓红了一片。滩头的白浪被船头开成两股浮起白沫，纤夫一脚踩在石壁上，腿上的腱子肉上下一滚，水浸日晒后已比铁还硬。那些人的眼神都好使，清亮。大雾锁了江，隔着老远他们也能瞅见漩子，听见险滩上的猿哭。

他觉得常信安就应该是这样一个人。

生产队的活自此之后只多不少了。修渠只是计划中的一步，科考队来了，研究地质和水文，为水库选址，以往水涝土旱的日子最紧缺的就是水库。乡里百姓也都支持，生产队赶着牛车去往更远的地方，去到了光靠脚踩不到的山里。林常青听遍了四野的锣鼓，也见了许多以往不认识的新玩意。有些镇上到了节日要踩高跷耍龙灯，纸糊的龙灯却有骨有筋一般，在街上翻腾，老人小孩谁不爱看呢？但他们只是路过。队里的任务愈发艰苦繁重，好在他的骨头一天比一天结实，赚回的工分积少成多，师父告诉他这就是活着。

燕儿滩往南就是黄羊寨子，而黄羊寨子闹出坏事时，渠已经修好了三年，那时候林常青已经高出师父一个头，他已经十八岁了。

三年里，林川武一点一点把当年程镇麟告诉他的话又传给林常青。老山人看山悟到老。他有时开玩笑地说几句丧气话，他告诉徒弟，没几年他就要入土了。每听到这样的话，林常青心里就很不是滋味，觉得师父或许已经挑完了自己的担子。他有时在院里突然发起呆来，关于身后的土地，他能做什么，不能做什么。四处乱伐，林子一片一片倒下去，山民靠什么过活。这些统统没有答案。

林川武在傍晚眯了眼，他看见徒弟肩上两把熊熊的火，知道有些东西是要传下去的。于是一个夏夜，他摊开粗纸，燃上桐油，口中念起《葬经》来，他要把在山中寻气寻穴的诀告诉他，一切都声张不得。林常青融会贯通，生死大事，已渐渐在他心中有了体系。

这一年，秋雨连绵，生产队十几号人借宿在老乡家里，半年前外县的科考队已经为新水库选了址。林常青闲不住，师父不拦他，夏收一完事，牛上了肥膘，搞建设的人又得踏上征途。大土碾子和扁担，坑是一天天往下长，秋雨也一天天不息。天公不美，郑祖光站在坝子上骂娘，河已经被截断，但却因为下雨坑里成了泥坑，掀下去一铲子马上两铲子泥埋死，雨把人裤腿打个透湿。抽旱烟的马大爷生了火，林常青借宿的是家独户，他把衣服一烤心里也跟着暖和起来。这村里空屋多，都是二十年前逃难的人留下的，于是免去了搭草铺的麻烦。林常青替这老人看好柴，马大爷也就趁机开了话匣。

“秋雨长又长哟。”马大爷一吐旱烟，屋外头阴灰的云层层盖下来，这雨把一些树打黄了，但黄归黄，叶子还是落不下来，什么东西都冷森森沾着土腥气，出门站一会儿，头皮也浸得软。

“大爷，这雨停不下呀。”

“秋后雨比龙王爷的须子还长哩。若是没风，能下上七天。到时候哇，地里就又涝了。”

他没得话说。这村子本就低洼，东北两面抱着山，形状就像一个葫芦，在湖路口造水库一是为了蓄洪抗旱，二是为了防汛防涝，但是池子没凿好坝子没筑起前，谁又管得了天上的雨？他给裤子翻了个面，屋里全是呛鼻的烟雾。

这老头似乎已经见惯，脸上看不出忧愁，只是驼着背一口一口吧嗒着旱烟。他坐在炕沿上，手上爬满了茧子。“一年复种几回都不见得有粮吃，我们这村子不养活人，能走就都走了。这涝哇，一涝就出灾。”

“地里出灾？”

“唉，是哩。这水一淹，地里就冲出不好的东西来，我们管这叫出灾。

“以前，村北有一户人家姓瞿，这个字呀很难写，这家人也不是本地人，但就是被出灾给害了。”

“怎么个害法？”

“那是一九四六年秋呀，天下雨，像现在一样下个不停哩。这一下雨人心里急呀，淹了田谁不急哩？那几晚，天上打闪，就在村子上头，可真吓死人，那闪一打，雷声就跟下来，轰隆一声，轰隆又一声！孩子吓哭不少哇，狗都吓得不敢出声了。这家人给别人做工，分了一块坏地，最薄的一块。这个地不好并不是在远，而是在地洼。

“这个地太洼了，天一下雨，人往高处走，水往低处流，水都流到他们家地里去了。姓瞿的男人一看着急，挽着裤腿就下地修沟引水去了，他一个人忙不完，又叫上他大小两个儿子，等他们一到田里，本是旱田成水田了，但是没法子呀，不把水弄出去，粮食全给灌死了。

“这三个人就忙活起来，都赤着脚踩在水里。过了一会儿，这家的小儿子感觉踩着一个东西。他扎了脚，一下跳起来，往下摸，这一摸不要紧，还真摸上来一个东西。”

“什么东西？”

“这东西我们都没见过，可据说是个铁珠子，表面雕了花，倒是精美得很。这山里头有一些墓，冲刷出什么宝贝来也算不上稀罕事。这个小儿子拿着珠子十分高兴，他认为这是一件宝物，于是三个人商量着带回家藏起来，遇到懂行的贩子进山采药的时候问问这是个什么东西。

“可是他们把这珠子往家一拿，祸事也就跟着来了。

“在雨里开沟修渠可不是一件容易的事情哇。秋雨湿黏，没一会工夫这三人就累得不行，大儿子提议歇一歇，回去把东西藏好再回来把后半段挖好，小儿子手里捧着珠子的确不好干活。这珠子似铜非铁，似玉不通透，像块石头还有锈。上面雕着花纹，三个人看了半天，也认不出是哪朝哪代的东西，因此更加宝贝，一路上遮遮掩掩，做贼一样回了家。”

马大爷的烟抽完了，但话还没讲透，他于是又碾碎了烟叶渣子填上杆伸到炉膛里，两眼泛出比井深还狡黠的光来。他并不睁眼瞅正在烤火的后生，只是自顾自摸回炕沿坐下，屋外隐隐约约有闷雷滚响。

“小儿子把珠子藏了起来，这一家人里当爹的最为财迷，他到了田里就开始盘问儿子，问他把珠子藏在灶台了吗？儿子说没有，他又问藏在床下头了吗？儿子说也没有，当爹的仍然不死心，最后问藏在哪里，小儿子不回答，他说这地方别人都找不着，只有他找得着。

“雨没停呀，反倒是越下越密。到了第三天，田里的水还积着。当爹的心想不论修不修渠，粮食都已经淹坏了，于是他告诉两个儿子不必再去田里了，在家里待着吧。可到了第四天，大儿子还是一早出了门。他想都已经快挖好了，不能半途而废呀，他戴上斗笠下了田，雨仍很大，又密又细，不一会儿他就湿了里外衣。天上打起了雷，闪电一道道劈下来，劈到村里，屋子着了火，他丢了锄头就往回跑——

“瞿家人的屋子已经没了，那屋子就像一下陷到了地里，地下不知什么时候出了一个大坑，那闪电把屋子劈着了，等大儿子回来时已经全着起来了，当时我还参与了救火哩。可是火扑灭了，人也都死了。最吓人的还在后头，那烧得不成人形的一具尸体嘴里藏着珠子，他腿上覆着密密麻麻的——”

“什么？”林常青皱起眉头，那老头把脸凑过来，那一瞬间像猫炸毛弓背一样把这后生激了起来。

“鳞。”他吐出一个字，“那人腿上不知怎么长了鳞片，这可把人都吓坏了。村里有人说是天雷伏妖，这妖怕就是长了鳞的人。于是众人都散了，这大儿子一个人把家人埋了，后来他就走了，再也没出现过。有人说他们捡的东西招邪，有人说那是蛇珠子，也有人说那屋子下头的坑里还藏着别的东西，这些不知是真是假。不过那出灾却是实打实的哩。”

“那珠子是什么？”

“你想知道？”这老头嘿嘿一笑，这一笑不免得被烟呛了一口，“这珠子啊，是山里老蛇肚里的丹，相传山里成精的大蛇肚里都有这么一颗东西，这东西邪乎得很，有很多传言。”

“老乡，说什么呐。”郑祖光推开门，“林常青，雨小了，出工了，衣服都干了吧，披上蓑子，上坝。”

马大爷一摆手，“到坝上可得注意安全，这一下雨，天上掉石头。”

早去的已经推着石碾子夯土了，沾了水不一会就滚一层泥，人就得停下来把上头的泥铲干净，坡底下已经铺了稻草，不像上午小车都推不了，一下去就陷进去半个轮子到泥里。林常青负责给人扶车，那两大筐湿泥得有人在后头推着才不至于翻倒，半天下来脚筋和脊梁都疼得像扎了钉子。前头拉车的和后头推车的谁都不能偷懒，哪一个稍微懈了劲，这车就得从坡上溜下来。这要仅仅是翻了泥还好，要是伤了人可不得了。林常青铆足了劲把车拱到上头，待到平稳运出去了，就站在坝头上往山上看。两边都是山，树却不见多，这要是从上头掉下来，怕是连神仙也活不成。

他兀地想起十五岁那年从岭上翻下去的事。

稻草陷到泥里，板车又走不动路了，队长叫人再去备草，这是个轻松活，林常青手脚麻利但是心里也想偷点懒，他跑到队长前头扯了一个谎说把斗笠忘了，于是就顺理成章地折回村里。

听人说今早村里刚死了一个老太，不吃不喝七天，话也一句吐不出来，躺在床上干瞪了七天眼，到今早一命呜呼。一早就有人吹打，这事他再熟不过，不过大抵因为下雨，哭丧队跑了一半，剩下的一半到后半截也没了声音，零散地披着破布抽抽噎噎，瓮声瓮气地送魂。仪式从简，棺材什么的早都备下了。林常青心想，谁知道老太是怎么死的，他经过那死了人的家门口，已经见不到人了，糊在门上的表纸已经被水浸得稀烂，他停住步子，觉得哪里不对劲，但是去准备稻草的任务要紧。这家人的门口森冷，连哭丧都听不见，这算是哪门子白事。他跟在几个人后头，肩上扛着一大捆稻草，一边胳肢窝下还夹了一大卷，回来的路上正撞见门口的男人急急忙忙往外赶。

这人像不长眼一般，林常青肩上扛着，腋下夹着，这人不偏不倚撞到他身上，一脚把他的鞋踩下来。十八岁的小伙一心在别处，被这么一撞，一个趔趄歪到泥里，刚烤干的衣服又成了泥棍子。

“急着投胎去！”他暗骂了一声，重新蹬上鞋，“家里办白还这么着急上火。”他把人堵在路上，早些时候他就觉得不对劲，今天还非要管这个闲事。

这男人一脸忧惧，连声赔礼道歉，眼见小伙还杵在这里非要问出个虚实，于是顾不上面子只好告诉他。他低下声来一个字一个字往外吐：老母亲死了，但是合不上眼。

前面的人已经走远了，林常青止住步子，看他还有没有别的话说，那男人畏缩着，站在雨里，像是头上挨了一棍。

“那你出门去做什么？”

前头的人发觉少了一人，回头催男人。两人只能边走边说，林常青重新扛起湿漉漉的稻草。

“去找镇上能做法的人化一化，我母亲走得不太平，没法下葬。”那男人终于袒露了真心，他憋了一肚子惶恐，心绪不宁，路湿天凉，愁绪丛生。

“按理说合不上眼的人，应该是心里有什么执念。你母亲死前有没有什么愿望没有达成？或者说了什么话你们没放在心里，没有照办，结果人不愿意走？”

这男人一下刹住了脚，引得林常青回头看他。

“要说念头，她啊，就是不想死！别的再没有了！”

林常青背上开始浮汗，这种事他只听过却从未见过。师父在夜里讲过的故事里有提过这种事，这是丧葬里最麻烦的，人不想死却死了——

他不敢多想，问："你母亲有没有去过什么地方做了什么以往不做的事，见了什么人或者物件？"

这男人早忘了眼前的小伙与他素昧平生，问题把他问住了，他懵了片刻，答道："我母亲去集市上换东西来着，家里种了些菜……"

他突然想到什么一样呆住："都不是换钱，她不知道从哪里换回些鸟蛋，都给煮了吃了。"

"鸡蛋？"

"不是鸡蛋鸭蛋。味道差些，那蛋壳是软的，比鸡蛋长。煮好了我们都嫌味道不好，都没吃几口，我母亲全吃了。"

林常青扭过头，他盯着男人，这张脸憔悴，惶恐，泛着疲惫不安，几秒后，林常青一字一顿地告诉男人："吃了不该吃的东西。"

……

林常青从柳树上翻过去，手上的绳子完全嵌进了肉里，他模糊地感觉到应该是涌出血来了，手掌里外都在滴淌，黏糊糊的发腥的味道追上来，他突然想到了死，他看见了探出岭的王崇铁的脸，下一秒他的脊背就像被石头砸碎了一样撞在了什么东西上——他被一棵死树拖着往下头滚去，石头树杈噼里啪啦地在他的背后炸响，他开始打起滚来。此刻他完全没办法思考，脑壳像挨了一鞭子一样晕，但这种晕一秒后竟然渐渐停下了，他感到胳膊被什么东西狠拽了一下，比师父还狠。随后就是疼，手上钻心地疼。绳子肯定钻到骨头了，想都不用想。但是他停下来了，他停在陡坡上，坡上的石头缝插了些树苗。

他确确实实停住了。

他把气喘匀了确定掉不下去，就把自己死死地贴在了崖面上，像壁虎一样伏着，两只脚使劲往土里踹。等手上的疼稍微缓缓了，他听见了底下聚龙河的水声，整个崖面像是被刀切出来的，滑下去铁定完蛋。林常青翻了个身，艰难地把左膀子举过头顶去解嵌在右手里的绳子，他所有的动作都极慢，大气都不能出，他摸到了已经被血濡湿的麻绳，小心翼翼地一圈圈散开。

因为疼得哆嗦，他差点又滚下山去。人血半干，把绳子粘在了像壑一样的口子里。他几乎要吼出来，一共一圈半，他解了足有一刻。绳子滑脱时他开始觉得害怕，并且一股巨大的想要活下去的勇力涌上心头。那槐树像是卡在石头里了，又似乎是崖面伸出了一块石头，树横在上头，但没接住他。他得感谢那死命地一拽。

林常青左手拉了拉绳子，那树却未动弹，或许是台面足够结实，他发狠多拽了几下，确定能担得住他的身板。只有左手能动，但是足够了，他换了法子，在腕上套了一个活扣，肘子用力，脚上蹬死，这几步路几乎用了两刻钟的时间。就这样，他像蛆一样爬上了台面。那个卡口，或者说是一块石头。

准确地说，那是一个断开的岩面。槐树被长在岩面上的野树卡住，没有再往下滚。岩面上覆盖了一层土，面向山崖，有一个大洞，人伏低了身子可以进去，岩面太窄，他想都没想就往半人高的洞里探。

师父曾经说过，地上的河下头可能还有河，这些地下的河把土钻出洞来，这洞可能往上也可能往下。有的河藏在山里头，水滴穿石，这些洞因此四通八达，连着有水的河湖。

那黑黝黝的洞往里一米多后陡然变大，借着一点光亮，他抬头看见从洞顶垂下来的树根，这洞足有七八米高，他顿时明白了槐树的死因。那些树根已经被虫子啃了干净，露在外头的树身就算再庞大也碰不着泥了。里头太暗，什么也看不真切，他停下来，给自己一点适应黑暗的时间。

这洞里的味道算不上好闻。在洞口时他尚能忍受，可往前一步，腥臭气就浓上一分，他的心提到了嗓子眼，觉得黑暗里隐隐有些什么东西，他手上流着血，若是此地藏了什么野兽，他心里清楚自己很可能就交代在这里了。

他不敢再往前走了，只是借着一点天光细细地审视环顾。到处都是槐树的根须，但那臭气绝对不是叶子腐烂的气味，倒像是经年没清理的猪圈。他环视一圈后定了定神，在洞的最深处好像影影绰绰地盘着什么，比喜鹊搭的窝还大，他看不清楚。四下里没有一点声音，斗了半天胆子，林常青还是压不住好奇往前看了个清楚。

那是一窝蛋。这蛋比鹅蛋稍大，他蹲下一摸，湿黏黏的发软。他的心狂跳起来，知道这里一定还藏了别的东西，面朝着洞口狂窜出去，他不能在这洞里待着。

一窝蛇蛋。他心想，蛇不离窝，师父说过的，出了洞他又险些摔下去，山风吹到了他苍白的脸上。这一次没有绳子了，但还有树可以抓。洞口依旧黑黢黢的悄无声息，但一刻也不能多待了。他盯住洞口，心口打鼓，像被魇住了，半刻后他定住神开始往上爬。

“蛇是邪物。”林川武在夜里总要讲，“此物最为记仇。”

……

“我现在要去坝上干活，你不用去镇上求人，这样的事他们也管不了。听我一句，你现在调头回家，把老太太的衣服褪下来，叫女人检查检查有没有异样。”林常青调过头来，说，“若是生了变故，你可以到坝上寻我，不可说家中之事，只说找人。”

这男人半信半疑地踅了回去，门口的白纸已经被吹散在风里。像糨糊一样挂在树枝上，死气横陈。他为自己壮了壮胆，进了灵堂就把弟兄家眷带到一旁，细细说了一遍其中的变故缘由，几个人也是一样的将信将疑。当日上集只有老太太一人，家中谁也不知那与她易物之人是何人。几人愁眉不展，这男人想起林常青的话，提议先检查擦洗一遍尸身。

之前铺下的稻草已经完全烂在了泥里，林常青拆了草卷，锄泥的一队已经早早开工，箩筐已经十有八满。板车也都重新上了油，推车的人将湿泥垒在板上就开始下力发狠，车轮在新铺的草上重新动弹起来。

天一转黑，郑祖光就叫人支起火把，今日白天歇息了半日，不能再像以往一样日落而息了。林常青累得腿软，那大坑又下去了足有半米。最后一车的泥装得实满，他脚上沾了泥，使劲时打了滑，差点把自己搭进去，拉车的人也一下往后仰倒，一百五十斤的河泥加上板车刺啦下滑。林常青想躲不敢躲，瞬间伏低了身子，那胸膛抵住了车子后缘，等人和车稳稳上了坝，他胸口已经青紫了一道。

那男人正在坝上等他，林常青与队长打了招呼就往回走。男人较之前更加颤巍，语不成段，字不成句，几乎要让这个忙了一下午浑身瘫软的林常青搀着回去。

“我听你的话，叫人查看了尸体，除了身上有些发僵，倒是……倒是没有异常，只有一点，只一点……”

“什么？”

“她那掉光了牙的牙花子上，又……又长出新牙来了！”

林常青浑身震悚，他住脚了半天却是一句话说不上来。这事他还从未遇到过。以前随师父出去帮办白事也不在少数，遇到琐碎的邪事不说一筐也有半斗，但眼下这事估计连师父都未必能处理得了。他向天一瞅，已有隐约白雷闪动，顾不上腿疼，他又迈开步子往前赶，一只手拉着男人浸透了水的大襟。

“秋后大雨，老蛇出窝，这就是人说的走蛟。天上白雷伏邪，此物最惧，你这村子以前便产出过蛇珠子，想必是这山里田头有些野物。你现在去村中寻几个壮丁，看牢松棺，不可让外人靠近，山中雷雨，要万分小心。”

……

满脸横肉的汉子把林常青身旁的那男人一拳搡到地上，顺势就要骑上去，好歹被众人拉住，灵堂本是肃静之地，被搡倒在地的那个男人哼哼唧唧眼中很是不服，半刻钟前，他与弟兄家眷说了一遍林常青说的话。

“人都去了，再管这些又有什么用哩？走不走蛟，就是雷劈不了屋子就可以了嘛。”

于是便有了眼下的一幕，两人撕成一团，林常青心中烦乱。天色已晚，夜雨不绝，因为这白事争执不休没有定数，他抽身往外。

打人的汉子一把掐住他，那一双手满是腥腻，但语气客气得很，他自报了家门，说自己本是这村里替人宰羊杀狗的戴家人，是这家老太在山中拾柴时捡得的弃子，家里头还有两个兄弟，包括地上躺着的那个。家中脏活苦活都是他和婆娘包揽，这老母亲生前待他不薄，现在遇到这样的事情，也不能坐视不管，一心只想把老太安稳送上路。他把林常青拉到堂外，又询问了林常青的名字。林常青平静下来，说道："柳林林常青，师承林川武，帮办白事。"

被搡倒的汉子面门出血，站起身来缩在堂后。林常青重新进到堂里，叫人备了一盆凉水。他走到棺前头，看到那死去的老太太脸上两眼圆睁，双瞳干枯，不禁也胆寒起来。他小心探出食中两指翻开老太两片嘴皮，看见那门牙旁本生长虎牙的肉槽里又各生出一颗尖细的白牙来，于是赶紧用凉水冲洗了手，站定了说话："戴有春与我说这场白事他出财出力，后边也不分家产，但是人必须要平安送走，不愿听谴的往后一站，能出来的往前一步。这白事需要四十九根魂钉定棺，另以松油封棺，还需若干敛气符。此外，壮劳力今夜把棺送到山中林木稀疏之处，女眷守夜，其余人则在林中等候。大雨洗山时，野物也会出来。蛇大几乎为蛟，合四五人恐怕都不比它的力气。若是此物不出，明日寻松柏将尸棺焚于高处。捕蛇之人需带短刀麻绳，披蓑张网。下雷前将之杀灭，则雷雨自散。雷雨来势迅猛，白雷焚山，不过子时。"

出乎林常青的意料，那挨了拳头的男人居然也往前站了一步。几人全部做好分工：松油这东西，做棺材的人那里不缺，由这男人去取；符纸之类由戴有春赶马往二十里外的三山观去求；其余人则借钉的借钉，寻人的寻人，寻人理由是山中野物出没，且夜夜下山叼食家畜，需夜里伏之。

这阵仗一大，消息就飞到郑祖光耳朵里，林常青向他寻人又圆不过谎去，这汉子一问知道是村里白事，虽然牵扯些封建迷信，但他担心夜里雨大绝了坝口子，把林常青教训了一通后，还是答应匀出一部分人在山中守着，且前半夜一过，雨一转小就走。

"你小子要不是林家的人，我看就是在胡闹！"

钉子、松油很快送来，这事只能本家人来做。林常青低语一声"得罪"，就让人开始动钉子。这些钉子全部是东拼西凑得来，长短不一，因此多借了几根，这也是林常青特意嘱托主家的。前二十根尚能钉入，后二十九根一根比一根艰难，不知弯折了几根。

屋外头开始起风，这风从西南来，林常青知道这山里的邪物不得不出山来寻活路。他叫人赶去林中，先把易燃的枯枝砍下，腾出一片空地，把棺起到那里，用一层浸了松油的浅土覆上。

拉棺的两匹骡子累得喷了沫才把那棺材拉到林中。本家六个汉子合力都完全起不来灵，最后是用圆木垫着引去的。林常青只披了一件大蓑，站在村口。

天色已昏黑如墨，雨并不停。坝前的坑里铁定又是泥浆一片，师父教他的言语一句一句涌上心头，他的手很奇怪地温热起来。林常青仔细地听着有无马蹄响动，半个时辰过去了，昏黑的天里依旧不见人影。

起伏的雷声在南边滚起来了，在紫穹里打着暗沉沉的闪。林常青右手掌心疼痒起来，这疤怕是这辈子也消不了了。十八岁的后生眼如冷石，心里掐算着时辰。

第一道怒雷从天边滚落时，这后生已近乎湿透了。他站在树下，身形一动，三里外一阵急促的马嘶随风飘入他的耳中。他拉开步子向那声音奔去，一刻也不能耽误，一点差池也不能出。林常青迎来了浑身透湿的戴有春，他小心从怀里取出一张叠得方正的羊皮，告诉他这是观里最年老的师父画的，可镇邪化煞。

林常青瞪圆了眼，目中全是厉火，他用铁锹掀开浮土，戴屠户已经心胆稀碎，半闭着眼默祷，也挥几铲子帮忙。浮土一掀，林常青打开羊皮，取出一张镇邪符纸，把燃烧的红蜡一倾，蜡油正滴在棺盖正中，空中瞬间腾起黑气，而后一巴掌把纸糊上。

“吱——”一声啸叫从地里传出，尖锐乖戾之极，林常青也忍不住发抖，他狂吼一声：“起棺，贴符！”呆住的几人这才哆嗦着把这黑森森的棺起到地上。

他要与这老天做赌了。若是这雷子时前落下他就赢了，若是子时过了一刻，他便再无机会伏住山中的老蛇了。

秋雨成洪，时辰已晚，离大队人马出动的时间已是逐渐逼近，林常青心中压不住的焦火往上直冲天灵盖。他在暗处看火把灭了又燃，把影子投在林中，一刹那人脸惨白，天上打闪把夜撕开了口子。体力不支的全都靠在树上，老太太本家人全都面如土色，在棺旁远远盯望，心里没底的人十有七八，不知这百年不遇的走蛟会是一幅什么景象。这林子在高处，水汇成渠，雨点横飞，人影乱窜，那屠户在角落里竟痛哭起来，支吾干哑的抽噎时断时续，林常青心中一团乱麻。

生产队的人擎着火把赶来了，有如在雨夜里爬行的火蛇。这一行人被雨堵住了嘴，整齐肃穆地蜿蜒而上，只在暗沉的林中快速留下一道影子。

郑祖光领头，他见了林常青，心便悬起来。这娃子十五岁的时候在岭上整了一出舍己救人，事迹传播甚远。队里也绝无人再敢欺负他们林家独门一户。他带着人上来，心里嘀咕不停，但此刻他借着火光一瞅这孩子的脸就噤了声。

“你把人叫来的，你负责下任务。”他抬头看见埋在干草下头的东西，白毛浮上了背，那就是这娃子说的棺材，汉子被镇住了。他一拍肩，交了权。

“把咱柳林的乡亲今晚叫来，一来防雷防火，今晚雷大，着了火，风借火势往村里一刮，咱跑不了。二来我听村里人说这里多有毒蛇，大蟒赶夜溜入人家里咬杀禽畜，我们已经大体确定了这山里有一个蛇窝。今晚雨大，这野物必然要出洞来，希望大家合力把这东西除去。

“郑队长挑两个人去南边，我带人守在这里。北边林密，劳王伯法眼相助去看上一看。剩下两队，一东一西，不可离远。谷中河湾水潭，若有异响，万分小心。

“切记不要中了草伤。”

四队人散去，带着周身疲惫。林常青喉咙呛血，他在这工夫里已经盘算了十来遍，知道那东西会从西南方来。但他仍掐不准时辰。天雷降下，岭头战鼓般飞荡，他的心也要跟着一起飞出去。

他闭了眼，瞳仁已经开始胀痛。他开始一口一口理气，沾湿的雾气滑动丹田，第七口时他静下来。一道白光炸在他的眼前，随后一记狂雷轰入他的耳中，那声响就像是把他定在了锣面上。他脑袋嗡一声响，随后翻滚出去，栽在泥水里。他睁了眼，又是一道白闪。这次他彻底听不见也看不见了，四野里狂喊声踩水声全搅在一起，林常青只觉得天旋地转，待脑中的雷声稍一减，他就听到有人边跑边喊：起火了！

那雷离他只有二十米远，被劈中的柏树熊熊燃烧，很快便倒下去。紫红的火焰顷刻间蔓延开来，先前散去的人正一窝乱蜂般回头看。他从地上爬起来，看着燃烧的老树散架，眼里全是凌乱交织在火丛中的人影，他怔住了，除去戴屠户，其余人都在扑打那棵火树。山下犬吠，他心念一动，一腔血气上涌，时辰到了！他扑到屠户面前咬牙挤出一句"看好棺材"，转头就向东边的洼地狂奔。空气里的味道已有不对，他逆着风口，隐隐闻到一股冷腥。先前的斗笠被风掀出去，他摸出腰上的两尺短刀，在白雷又一次降下时，看见足有腰粗的大蟒鳞片在洼地的水潭里闪动，那东西悄无声息地没入水中，尾巴已经隐有开叉。

这洼地连着一里外的地河。此时水浅且浑。十日秋雨把这窄如梭子的地块冲出一条河沟来，这沟向下便是三花井，在山尽头密布着地下的水洞。这野物知道回天乏术，便想要借水势进到地中避灾。林常青几乎将牙咬碎，暗道不能让这东西活着。他伏低了身子，箭步一上，把刀狠嵌在还未来得及入水的蛇尾上。

那水潭瞬间爆开，巨蟒开始狂扭，粼粼青光带着腥臭的水汽扑到他的脸上。那劲实在大得吓人，插了刀的蛇尾抽在林常青手背上，一阵僵麻传来。他拔下刀子，一跃进了水。

水已没腰，被一人一兽搅得天翻地覆。那蛇似乎缓过疼来，再次敛了气在浑水中潜游下去。浑身是水的林常青小腿一阵发凉，那细密的蛇鳞正从他的脚边划过。四下里都是巨大的水声，他盯着梭子沟的两头，发觉手中的刀不见了。

林常青心中一阵狂抖，没了这刀，他今夜恐怕留不住这东西。一入了水，腰身往下就像被灌了铁，他不能在水里和这玩意耗着。抹干净脸上的水，他爬上来把那浸了水的绳子从腰上解下来。

林中的火似乎有蔓延之势，人声嘈杂，火光四射。他盯着眼前的一潭死水，天上仍是一处接一处地打闪，水里的东西或许比他还急。他想起师父传他的话，人不能杀则由天杀之。他把绳子套在最近最粗的一棵柳干上，另一头打了一个活结，接着又像鱼雷一样扑入潭水中。在一间屋子大小的水潭中，那东西被重新惊起，把尾巴甩出水面，乌黑的背鳞一片一片，林常青发了狠，一口气潜到下头。

那蛇缠住他的左脚，细密的鳞片瞬间收紧扎到他的皮肉里，那劲大得可以把人挤死。在水下被拖甩得狠了，他忍不住呛了一口水，肺里一下烧起火苗。左腿大概要废了，他心想，脚丫子已经不流血了。他一下子害怕起来，觉得要交代在这里。

就在他被甩到水底时，手触到了一块石头，他瞬间清醒了。这是救命的稻草。他抄起这块尖锐的石头用力往缠住他的蛇身一刺，一股腥味弥散开来。这畜生吃了痛，一下松了劲，林常青顺势把左腿抽出来。水潭里藏着乱石，那蛇身上受了两处伤，愈加发狂，开始不顾一切地盘扭，往他的四肢绞去。林常青浮上来换了一口气，他开始十二万分的小心，灵巧地躲避着那东西，捏紧了手中的绳子。

离子时愈来愈近了。水中的大物开始狂吼，它朝着林常青的胸口撞去，张开了血盆大口。

林常青的前襟被扯烂了，露出一片乌青，但他顾不得疼痛，两只手绕住麻绳紧紧箍住蛇头。那东西太滑，又没命地翻滚，他沉到最底，把绳子固定在蛇腹的位置。等那东西追着他咬下来的时候，死扣已经成了。

他肩上突然一阵剧痛，那是比火钳烙在脸上还疼十倍的灼痛。细密的蛇牙穿透了麻衫已经镶到他的皮肉里，而后他被甩了出去，那肩上的一块肉带着全身砸出一个巨大的水花。

林常青把石头从左手递到右手，在水里狂乱地刺击，一阵发狠后，那石尖击穿了蛇鳞直抵皮肉。融化了枯叶的浑水一口一口呛到他的鼻子里，但他始终没有停手。

终于，在这场比谁能熬的玩命游戏中，这畜生败了下风，它松了嘴开始挣扎，之前的伤在掠夺它的体力，水太凉，把它冷僵在了水底。林常青一蹬脚往上游去，他觉得肩上有一块肉似乎要掉下来了，但完全顾不上，一上岸就开始收绳。

那绳子把蛇箍死了，蛇腹柔软，它的两端开始膨胀起来。林常青寻回了岸边掉在草里的短刀，把那东西拖到水边就开始一刀刀刺起来。

又一声暴雷砸下，这次几乎正中了林常青的靶心。他踉跄着栽倒下去，看见那道闪在他眼前的水池边炸开，一棵树变成了一丛火焰。他的背愈发剧痛起来。林中的火应该已经灭了，他站起身来，想叫人但是只咳出几口浑水，想跑却完全软了步子，他一下子昏了眼，又栽倒在地。

他知道一会儿就会有人来，于是挺不住沉了脑袋。

他醒过来时，天正阴着分不清早晚，他睁开了眼，一切都熟悉得不能再熟，结了蛛网的灰墙，墙上褪色的画像。林常青想动一动，但身子抬不起来，他于是又躺平了歇气。屋里没有一点声，他喊了一声师父，也没人应他，想必是在后院。他又憋住了一口气，这次浑身的劲都聚在了腰上，像是身上有地方死了一块，比拉磨还费劲，他把上半身撑起来，左肩疼痛不已，林常青脸色一下拧巴了，整个肩膀像是掉下来又被重新装了回去，低头一看，这才发觉背上已经包了布条，从肋下穿过腋窝，把一个左肩缠得结实，疼就是从这里头钻出来的。他看了一眼窗户外头，大致明白现在是下午，于是忍着痛回想昨夜的事。

林川武两刻钟后回来了，手里拿着几服草药。他见到醒着的林常青，不怒反笑，坐下来也不多说，只丢下一句。

“好小子命大，我光是拔你肩上的碎牙就拔到中午。

“你弟弟明日就回来了，正好，让他看着你。”

林常青重新躺下来，他感觉头疼，但是画面也清楚起来。他倒了地，眼闭上了，但是耳朵还管用。他听到有人跑过来，那树砸在水坑里自己灭了大半火，然后他被人拉起来，喊救人的，喊救火的，喊赶紧下山的，什么的都有。那声音一开始还大得很，后来他觉得像是伏在谁的肩膀了，那声音就越来越小，身上一点感觉也没了。最后他听了那屠户的声音。

“莫让他死了哇！莫死了哇！”

师父开始捣药，也把话匣闸子打开。林常青似乎轻松了许多。

“叫你去建水库，你偏去管人家家事，我教你的倒是一字不落全说给人家听了。山上起那么大火，你又瞎凑什么热闹？郑队长不说我还被你蒙在鼓里哩。清早他们拖着那么长一条蛇回来，我一看就知道你中了草伤，差一点时辰，你就死了，折在那了啊。

“队里把那蛇处理了，骨头给我送来了。我看那脑袋赶上咱院里的狗了。以后哇，你就安心种田，别的也甭干，再惹麻烦，别说这柳林，就是常村、马南、程家，也都知道你是尊救苦救难的大佛哩。”

“那骨头我看看。”

林川武一把扔过去，这玩意古方里可以入药，不过治的都是疑难杂症。林常青一摸知道没错了。他觉得身上恢复了一点力气，又开始问林清秋的事，不过一旦他问话师父就不再多说，只告诉他弟弟回来或许就不再走了，班子已经改了制，留不了他了。他从林家来还得回林家去，所以这屋头就又将是三个人了。

弟弟的脸似乎已经模糊起来，柿子树已经有脚腕粗细，他闭上眼，肩膀实在吃痛。挨过的鞭子，骂街的婆娘，光滑的枣木……但却怎么也想不起来有虾子田螺的那一顿，饭是怎么进的肚子。

……

林清秋带着一个箱子回了林家。他的身高也已经超了师父。他走了已有四五个年头，师父站在村头看到他一步一步靠近，心头起风。在戏园子里，不比他哥，身形依旧消瘦得惊人，头发蓄起来了，脸上的青胎却依旧明显。他看见师父，步子一下拉大，师父别过脸去，两滴泪滚下来了。

过不了几日，柿子就会像灯笼一样红。林常青把身子翻起来，他和这个半大孩子的眼神撞到一起，一时间一句话也说不出来，一切和四五年前能记起的都差太大了。当时走的是一个粘着人的会笑贪食的弟弟，现在站在门口的，是一个会唱戏打鼓翻跟头的少年。林清秋放下箱子，他带着些胆怯，似乎是生疏又像是拘礼，停在他脑子里的还是一杆沉重的戒尺。他讪讪地笑，走到炕边坐下，想去拉他哥的右手。

但他看到了那道骇人的伤疤，下意识缩了手。那道疤实在有些惊人，这些年他完全不知道林常青在山里做了什么。林川武把东西收好，他本如一潭古井的心重新翻搅起波澜，三个人都憋着几句话，不知怎么开口。

“梁子，拆下来了。”

林常青说不清心里是什么感觉，他觉得一切变化很大，但人仍是眼前人，只是那段分离的岁月让他们之间变生疏了。他没有细问林清秋唱戏学艺时都受了什么苦，但隐隐觉得山下的岁月把原先的弟弟带走了。有时清早一睁眼，弟弟的铺盖已收拾干净，脸盆里尚有温热的水。他躺了许久，觉得身上的疼痛一天一天下去，终于一日师父给他上完最后一服药，告诉他伤好可以下地沾水了。林常青松下一口气来，但他心里仍忐忑，他不知师父还让不让他出门，能不能跟着人一起上工。

林清秋也去了队里，只是免不了有时要听几句不中听的话。林常青不在的时候，他脸上只有水一样淡的面色。他肯下力气，出身又好，很快队长觉得他是个好苗子。林家不是独门，兄弟俩都是地地道道山民的儿子。

……

春种下地时，林常青二十岁。

山头疏了，雨变浑了，夏天的河不敢妄下了，天上真的开始下石头沙子。走山时，他不敢再走陡坡，树被伐走，土也就随着雨往山外流，一切都变了样子。林清秋仍在蹿高，好像一棵在薄地里拔节的竹子，他随哥哥一同结实起来，也开始像林常青一样隐在草里，往最深最远的山头跋涉。

夏天的一日，林川武一早收拾了头发，那时候村里剃头的师傅也兼顾别的营生。他剃了头修了鬓角还刮了脸，换了白净短衫就往山外走，这一天日子特殊，原先替人雕碑刻板的左家三日前接了他的活，他在山中寻得了一块四方的剔透的石头，他要篆一个章。林常青成了人，也就出了师，世道再变，他仍旧是林家学了守山本事的弟子，是林川武的师父程镇麟传下来的遗志，是正儿八经的薪火。

林川武仍记得二十岁时程镇麟给他取字的情景，那时他便一夜未合眼，清早起来瞪着眼睛等来了自己的字。取字事关重大，为此他也颇费了些心神。那日，他将存在橱里要生虫的中药取出来翻晒，却突然看见藏在最里边的那一副骨头，那个干枯的近乎的蛇骨惊醒了他。那时嵌在林常青肩里的碎牙他还存在罐中，确实是不明白生死的伢子，他心想，相传山里的鹞鹰最擅捕杀高枝上的老蛇，于是定下主意，便叫“抟鹞”吧。

日暮时分，师父回了山，他把一身的尘土卸下，又命令弟子点上三炷香，林常青知道今天是他的大日子，但也并不清楚师父要做些什么，只是规矩地洗脸更衣。他见师父一脸肃穆，三香并燃着，于是扑通一声跪下，静等着林川武开口。

师父的脸上已经看不见悲喜，过堂风抚发，那香气一下飘飞，他静静地眨一眨眼，开口说："二十年来，我传了你本事，给了你饭吃，又予你衣穿，将你养大成人。如今你已年过二十，应有一个自己的字了。字与名不同，虽同为称呼，却又有内外之分。这些如今也都不兴了，可你终究不是只做苦活的，你识了字。今天我把'抟鹞'二字送给你，代表你不是孩子了，有了自己的名号。此后所思所为，已无须我时时管教约束着了，但你心里要有思量，有定数。从今日起，这看山守山的担子便落在你的肩上，要时刻记在心里，怠慢不得。"

他掏出已经篆刻好的石印，林常青取来刀子，在左手小指上一划，血落在铜盘上，用指头细细摊匀后，林川武把那印面往血上一蘸，在白纸上重重一压，一个古体的"鹞"字便为这白纸落了款。

这白纸上有几行黑字。

晨飞一翅向天去，半展白羽敛天音。

纵横九翻身难死，含剑珠光燧火薪。

……

"这本事本应断在我手里的。"林川武开口，"守山人命相凶险，本是与山野草木百兽一类的命格。早已不知哪朝哪代的山人与荆楚的古巫学了法，这本事不传外人，且学了法的人也需立誓不可害人。纵是如此，此等邪性之事，我仍愿断于我这一代山人之手。"桐油灯影一下飘闪起来，林常青睁大了眼，他觉得一股凉气从胸腔里往上翻涌，直到把头皮都翻炸起来。师父面向着他，那灯立在他边上，他有一半的脸色都隐在飘摇的影子里，以鼻梁为界，那灯火每飘动一下，师父脸上的影子就多挪一分。白日里，师父叫他将一截细小的骨头藏在屋里，此时那映在墙上的人影显得乖戾起来，师父的声音一下子粗了，他从不圆睁的凤眼瞳仁一下撑大了眼眶，那样子像是突然生长出一股意欲，他冷眼看着面前已经闭了眼的徒弟，从起伏剧烈的胸腔里爆出一声尖利的粗笑来，他问他藏了什么。

林常青几乎不敢相信眼前的人是朝夕相处二十年的师父，他盯着飘动的影子，看到有一团模糊滚动的东西像立起身来，于是哆嗦着说是一节鲫鱼的骨头。那灯影里的人于是接着粗笑一声，"藏在缸下，缸下。"随后又爆出一声嘶哑。下一瞬，林川武身子前倾，将那灯吹熄了，屋子陷入骇人的无光里。黑暗里，师父揉了揉眼，叹了口气，讲起这一门的传说。

"在我师父程镇麟还是孩童时，他祖上两代人花大代价将这不传人的本事记下来，自此这才算不局限于口耳相传，有了一纸文书可查。你刚刚见我眼目近裂，凶相毕露，

其实并非你师父我林川武所为，而是三十年前你师祖在我身上埋下的一分兽气。

“守山人的祖上通天地物候，他本是替天子下到四野寻脉定穴的术士。只是据人说，他虽精通草木气候，且知山野气性，但自南下来，他的嗓子浸了瘴雾，便不能人言，只能支吾，犹如兽语。他自知天封其口，天子之势已去，人命微薄，在世不过数十年光景，想要传薪积火又遇天命难违，于是渐渐疯癫起来，终日在山野里疾奔，行得累了便跌倒落泪。但他又全发不出人声，呜咽声极为凄惨苦楚。有一日，他正坐在一处山头休息，疲累之际似乎觉得周遭坐了别人。他自觉是入到梦中，便与这人攀谈起来。此人告诉他，他是看守此地穴眼的山灵，如今他们谈说之地正是一方乡绅的坟茔之上。因近日总听到断续抽噎啼哭便问询是何人烦心忧愁。这喑哑的术士便将国恨家仇师门断绝一干事宜诉说一遍。此话说完已近天黑，山灵告诉他，故国破碎，虽万万人意难平，却终究是大势已去，但传志一事却在人为。

“山灵告诉术士，在山中草野生长的野物，凡有九窍者，皆可通人智，若驯养得当，且通楚巫之法，便可将人智附化于小兽之上，自此碎川陷谷、暗河高岭等凶险人不能去之地，皆可由此兽代守，或是探寻数百年山中穴脉演变，也可由此兽领人而去，此法名为传灵。得灵之兽命寿延长，若是得天地造化，或可入梦与后人启，冥冥中传授先人之志。

“术士听后狂喜，便问山灵是否可以教授此法。山灵听后摇头，告诉他此法虽可于绝境中借万物之灵延续绝志，但毕竟有坏地道人伦，人兽相易，天眼难容，传灵者难以善终。且人智化去，一旦落成，此世再不可收回。万物之长背一分兽性，恐遭人冷眼耻笑，遭小辈惊悸厌恶。传灵一成，野物自借你三分阳寿。此法钻天地之疏漏，若是害人自然遗患无穷。学此法者多立死志，誓要度化他人劫难，尽心守土，以此消解业障。不是功德高深之人，不可学，不能学，无灵根之人，亦难学。我自不担心你丹心之志，只是此法邪绝，还请你三思而行。若是思定，三年后再来此地寻我。

“说完，山灵便没了身影，留下那术士缓缓睁了眼。此时天色全黑，他感到周身疲惫已经散去。往林中一睨，似乎草中立有一物。待他再定睛时，此物已经倏忽而逝。”

“这传灵之术最终还是传到了他的手上。”林川武叹息，“多年战乱，此法没有断绝反倒是从我师父程家那里传了下来，如那山灵所说，此法邪绝，非立志有德之人不可碰。且传灵过程艰难，需在夏日弦月之时画符布阵，寻人血、兽珠、梁上花配以山中穴眼土、数种稀材绝料做药服下，一番大梦昏睡后，传灵便成。”

林川武悠悠说完，重新将灯燃起，此时他一如既往的安详。

“传灵之法，为守山十六事中最后一事。你与清秋只有一人可学，为师思量多年，世道诡谲，清秋尚小，他本命苦，多年前师父将他送至山下便是想让他远离此术。你与清秋都是为师的徒弟，我不应强求你们。若是你思量清楚，可以与他知会。他若不学我便将他重带回山中，归还给万物。那时，时辰便到了。”

林常青从炕上一下翻醒过来，梦里师父肩上的东西悠然转头，竟在影子中化出两颗圆澄澄绿莹莹的眼来。他忽然想起六年前爬孙家柿子树的那一日，其实他们那天并非馋嘴偷柿。这事林常青藏了六年，他不敢告诉师父，弟弟见了树上的鸟竟完全变了模样。那样子并不像人，他盯着树上几只肥大的喜鹊，一舐手背，像猫一样上了树。林常青被镇住了，孙家女人出来时，他仍望着弟弟手里一动不动的禽鸟发呆。那样子便如灯影下的师父一般。传灵邪绝，人兽魂魄相易，师父向来眼不容沙，怎么忍得了日夜流转在弟弟身上的野气。一想到此处，他便通体发寒，他想起师父养得听话的百灵，睡意全无。

那是二十年来，林常青头次觉得自己像跌入了深不见底的谷中。他想不通为何世间存在这样的本事，他突然想起林清秋瘦削清俊的脸。他重新躺下，心中满是悲哀，师父告诉他，当年师公死前师父便已立了死志，只要一身功夫不息，他甘愿没入山中，身祭天地，不留尸骨不立坟冢，传灵之法已是守山最后一项本事。他想到这，心如刀绞，此林三百年一睡，三百年一醒，如今到了更替关口，若出了差池，世代努力功亏一篑，他便算是负了师门，也再做不成守山人。

闭上眼时，天冷下来了。

林常青刻意装起笨来，虽然他已打定主意将这功夫学到身上，只是时间能拖些就拖些。从药材到咒诀，他全都刻意不放在心上，师父教授他的转眼便忘在脑后，写下的字条随意放在床底。师父看在眼里明在心中，因而只在夏天提上几句，一到春秋，便只种地收粮，其余只字不提。林常青忘了学，学了忘，他便如苔底的田螺一样磨蹭。他对此事其实满是厌恶，但于他而言，他最不敢想象的是学成后师父离去的时日。春夏秋冬，四季轮换，日子像牛拉的石磨一样沉重缓慢，却也一日日过去了。林清秋也一日日高大起来，林常青觉得他似乎也已长大成人。队里仍有人拿他脸上的胎记说事，他择了一日将人搡到牛棚里毒打了一顿，这事他对谁也没说，收了拳头就止住了风息。

林常青浑身疲惫，他觉得心里装满了难以言说的愁苦但却倒不出一滴。他忽然察觉自己已有多时没和弟弟说上几次话，两人之间起了一堵墙。似乎是都长大了，心思飘到别处。师父日益苍老，到第三个夏天时，他告诉林常青这本事再不学会他也没有时间了，别时已到。其实师父不说他也明白，屋子多年没有修葺，破旧漏风。林常青要去山中寻一只小兽来，耐心驯养上些时日，等材料齐全了，他这决心也就该彻底定下。

他提着小狗般大小的赤狐狸回来，这小畜生发了野缩在笼中绝食，它或许觉得自己时候不多便一心求死。林常青并不着急，他尚有一年时间。他耐下心来喂养它，用捣碎的田螺和虾壳将它喂得毛色油亮，这崽子于是逐渐放下戒心，开始像一团炉膛里的火一样蓬勃生长。

时候快到了，天上星星亮起，山里无由起了风。林常青一早出了门，他心里积郁已久，只想找马南的常信安喝上一场。多时不见，常信安也激动得说不出话来，只一味叫自己七八岁的儿子喊林常青哥，那孩子似乎胆怯，讪讪不言语。林常青头一回喝高粱酿出的白酒，只一小杯，他便辣出泪来。他的心里压着连绵的苦楚，肩上扛着成山的担子，他不能说，不能推，只能认。他扶着常信安的肩膀号啕大哭，等到月上中天，抬头瞅见天上弦月，他心中一惊，夏日弦月夜，原来便是今晚。他连忙起身往家赶，错了今天就算彻底完了，风一吹，心也就凉下来。

师父今日不在家，他看见林清秋颓然地在屋里坐着，天已全黑，无人点灯，他翻开药橱去取封存已久的老药，黑暗里全看不清。林常青想要点上桐油，陡然看见林清秋正在额头上扎着一缕布条，他闻见一缕血气，住了脚。

“橱子里的东西，你动了？”

“哥，我在林家这么些年，师父为什么这么偏心？”

“瞎话。师父一碗水端得平，你动我的东西做什么？你头怎么回事？”

“坐下吧，哥。既然师父并不偏心，那我是不是从小做了什么错事，让师父眼里容不下我？”

林常青睁大了眼，他在黑暗里盯死了林清秋：“你没做错事。你干什么了今晚？”

“既然没做错事，师父为什么要把我送走？迫不得已，我回来了，师父还是把本事传给你，却只字不问我的意愿？”

“胡说。我们两个都是师父在林子里捡来的，都不是他的骨肉，哪有里外之分，师父二十年来对我俩一视同仁，但凡带点荤腥，都给了咱们。我吃过的苦你吃过，我吃过的饭你也吃过。你我的命都是师父给的，你怎么能说出这样的话？”

“可事实就摆在那里，林常青！”这黑暗里的人突然咆哮起来，像是洪水突然决了堤，他一下蹦出哭腔，“因为几个柿子，师父觉得我管教不了，觉得我天性成了贼！他和你处处防我，这些年哪里跟我透过一句实话？真话不说，真本事不传，我是林家的外人，你还不晓得！”

林常青的脑袋嗡一下炸开，他的骨头从里到外冻成了冰被一脚踩成了渣子。他咬住牙忍住扬起的拳头，泪却先憋不住了。

“不过，我比你细心些，也算是好学些，这些年师父传给你的只言片语我都记下来了，师父写给你的字条我也收起来了，我本以为我成不了，但是我最终成了。我学了传灵，听人说这本事很大，能寻山中的穴眼，古代贵人的墓穴也找得到。我这些年间受了师父恩惠，最后都会还他。”他燃起油灯，身后的影子飘动起来，在他肩膀上像一团水一样滚动着。像是野兽舐爪，又像是什么在低语。林常青通体寒意，二十三岁的后生终于忍不住了，大吼着朝林清秋砸下拳头。

林清秋吹熄了灯芯，灵巧地从椅子上翻下来，而后三步并作两步迈到门前，动作轻快得像是百灵。林常青心觉无望，他转过头来，和林清秋泛着微光的双眼对望。

“今日一切，便是后悔，便是愧疚，终是覆水难收。我心生怨恨，怨不得别人，师父和你有恩于我，我都记着。但出了此门，瓜葛断去，你们全当我死了。我自有苦数，若他日有缘，我心中怨恨消弭，岭上再会吧。”

他出了门，悄无声息。

林常青蹲下来，脊梁抽动得像是一只春天蜕壳的虫子。

第三十八章

CHAPTER 38

世代恩仇

林川武告诉林常青明天他就往山里去了，一早就离开柳林。他的头发已经全部花白，从瞳孔中透出满溢的沧桑和悲哀，只是他说话仍一字一顿句句完整。屋子已经是藏不住的破败，风从窗户底下和梁上头透进来，林常青起初跪着，后来疼痛从膝盖爬上心尖，他咬住牙哭，直到再也忍不住倒伏下去，放声悲泣。师父便顿上一顿，等这猛烈的苦痛稍微止息时再继续下去。他把生前身后的光阴都说了一遍，他看着抽噎得说不出整句话的弟子，泪却一滴涌不上来。屋外无星无月，天色无光。

林清秋再也没有踏进这个家门。

师父听说后，又是一夜未合眼，屋子内外到处燎烧着烟雾，他不停地吸着烟草，最后告诉林常青："全当作他死了吧，山上有狼，尸骨无存。"林清秋的东西被一把火焚烧殆尽，压在箱子最底下的是当年裹着他在松林里熬了一夜的小衣，也被火烧成了飞灰。林川武一边念叨着"他死了，喂了狼啊"，一边忍不住哆嗦，他没有别过头，这一次，他的眼窝子把他这辈子最后的两滴泪蓄住了。

师父要完成当年立下的死志了，他的命到了尽头。

可真到了那一晚，他却没了牵挂。他把藏了半生的秘密一句一句说出来，说完他的心思便不必放在人世了。这一夜，林常青不敢合眼，他听了一宿，什么动静都没听见。可清早出了屋门，师父的床铺已经收拾干净。

……

程镇麟一拳把人搡出去，他那一下带着极恶的狠劲，仿佛站在他面前的是一堵不得不拆的砖墙。那人没有防备，一下后仰翻摔过去，后脑差点砸在门槛上。忙着烧水的林川武一下慌了神，这人与师父长得极像，却又是师父亲手所伤，他出手扶起不是不扶也不是，他看着倒地的人艰难地从地上爬起来。或许是并无大碍，他只是胸脯起伏如公鸡提气打鸣，眼中射出一股铁剑般的决绝，一手拍衣服，一手攥紧了拳头。他吃了拳头必不多待，往外转去。林川武见师父仍是一副怒火中烧的样子，只好追了出去，道了歉说几句软话，那人扫都不扫他一眼，他听到屋里如狮吼一样震响的怒声，他一哆嗦，抱拳弯腰，转身折回屋子。夹在中间难做人，他赶去倒水，滚烫的开水刚倒入杯中，被程镇麟一只铁手横扫出去，那手面霎时烫红一片。杯子砸在墙上顷刻粉碎。林川武知道屋里待不下去，就提着铁壶悄悄避开。

师父有一片逆鳞，当年大师兄陈国清叛出师门带着一身定家功夫南下后，师父的脸上便再也没了笑容。那是早些年的陈家的小儿，因太过顽劣被送到他程镇麟的门下，这一待便是十五年。即便他顽劣，却也极聪明，嘴上讨巧，哄得师父连连开怀。可再后来，他以家中有事为由离了师门，还带走了程家祖上传下的山盘，这山盘是分山定家的利器。程镇麟发觉丢了盘子一下子昏晕过去，他带着林川武去了陈家，却被那一家的大哥用一句“他没回来”直接将人打发到街上。那一次，师父攥紧的一只铁拳无处可打，他徐徐行了五里路颓然倒地，林川武在人堆里苦苦哀求了一刻，才求到一位仁义汉子将师父背到家中，当夜师父便起了高烧，嘴里也不断地呓语。

“你不走，那盘子本就是传你的……”

这上门的人竟一下掀了师父的逆鳞。关于师父的身世，因师父只字不提，林川武也就全然不知。他盯着来客的一张国字脸，才发觉来客与师父相貌很有几分相似。他心想，同样走路刮风，只是这人左眼蒙翳，像盖了一层雾气。他进了屋子并不说话，只一屁股坐下，半天才慢悠悠吐出一句：“程家不分家，我自然回来了，还是长子，你应该把父亲的牌位请到程家湾的祠堂里来，同宗同族，不要闹得难看。”

话一吐出，迎上来一句冷嗤，程镇麟怒极反笑：“当年扔了祖上土地做那叫花子的是谁哩？仗确实是打来了，却是只知道跑，怎么这些年天南地北又跑回来想起来程家不分家了？你修好了只有狐狸耗子住的劳什子祠堂安心住在程家湾，又跑到这里打扰我父亲安生，怕真是死老鼠窜稀——有屁眼子没心眼子嘞。没有要事，你就离了柳林，赶早回去，你怕是不行喽。”

此话一出，这蒙了眼翳的汉子脸刷一下涨红起来。他攥起手刚想起身却好像突然想到什么事情，气劲一下泄去。

“程家不分家，可你这当师父的倒是被不听话的弟子倒逼着分了家吧，我听人说啦，不过这算是你心眼死，没从湖里捞上来一个石猴子，不求别的，只求没有家眷亲故。人家中尚有老人兄长，你还传他程家守山的功夫，伯父听了怕不是气到坟头升烟呐，你还丢了一只山盘，定家一派怕是断了根了，哎哟哟……”

他尚未哎哟完，程镇麟一个鱼跃，一拳照着那人胸口探去，把人搡出门。程镇麟已面如雷公，林川武自知是师父家事，自然无法插手。这么一番戏谑侮辱，他也听出个大概。守山分两支，一是安山，二是定家。大师兄陈国清学习的就是定家，他自己学的是安山。而眼前倒下的这位应是师父血缘极近的亲属，所以才知悉这么多琐事。他一摇头，师父脾气火爆，嘴上从不落于人下风，被人拿捏揭短还是头一回。他不敢多想，见两人怒目相视但已无动手之势才放下心来。这么一闹，师父又该咳上几夜喘上两宿了。

那一夜，师父解了虎头麒麟的绳子，两人寻到山中，在北天的云边果然住着几颗亮星。师父一颗一颗念了名字，从天枢到禄存。说起这七颗星星，师父的语气缓和下来："若再加上那左辅、右弼两颗，他们就是神话里的九曜星官，都是和那孙猴子交过手的天将哩。不过这猴儿不入五行，避绝生死，不说这九曜星官，就是四天王、十万天兵、四值功曹再加上二十八宿星君都不是他敌手。"他一摆手，把那大犬一拽，免得它伏在叶子上呼噜。林川武幼时听村里读过几本志怪小说的人讲《西游记》，心中神往已久，可终究是虚无缥缈。他想起几日前李来英的事情，又讪讪问了一句，师父略一叹气，避而不谈，反倒是讲起故事来。

传说这华夏古国的龙脉起源于昆仑，这脉络分为三路，自西向东，一路抵达东海。这龙脉并不为常人凡夫所见，在观天下的人眼中，这些脉络便依附着山势，随着绵延不绝的山岭而去。寻脉需看山，想要安定国土便要找到这些脉络所在的地方，做些养供或是建造陵地。以往，大明未灭时，皇帝便会派遣识山川风物之人下至四海而寻脉，能找到藏风聚水山环水抱的宝地，是古人无比看中的事情。古人讲在这宝地上安葬先辈，可庇荫子孙，保证家族兴盛。

这样的探寻持续了多少年已经说不清了，术士四海而游，循迹而发，溯源以上，可这龙脉虽贵，想要找到最古最先的一支却是难比登天。这脉如河，分出无数支脉，在华夏大地开枝散叶，而又分出龙子龙孙，一条脉又分龙头龙身乃至龙爪龙尾。然而皇室昏庸，多年积弊，宵小倾权，内忧外患之际，想要通过看山守脉的方法苟延残喘是无稽之谈了，便是孔明、刘伯温在世，怕也是回天乏力。这些散落四野之人自知国将亡，便只得安守下来。如此以身守土，世代相传，虽是山河易主，却是尽忠尽志之举。这里头有人甚至带兵躲入深山，誓与那新权不两立，终是死得其所，可谓忠烈。也有人守值，以免穴眼遭到破坏，荫一方水土。可这山如人一般时睡时醒，若是更替之际，便需守山人以身祭之，以血肉偿报山恩，定势安脉，名为山祭。

习祭山者三百年一传即可。每逢天地变化诡谲横生之时，便是山林醒睡更替之时。守山子孙需立下死志，传言此志上通九天，下达幽冥，以身祭山者身死后魂魄在三千六百日内重入轮回，不受幽冥司审问拷打之苦。但死志立下，门户难立，多无家室，因而便断了香火，立下死志，守山人便四处走访，寻找无家孤子，传授本事，以此确保代代相传，不因祭山而绝。

这自昆仑发源的龙脉伏在山岭之上，百年才有一变，因而习祭山者少而又少，待到更替之时，只需安民守土即可。但若是这山中精怪魂狐现世，那便出了问题。这魂狐似魂似狐，是为山中郁积灵气附于兽胎而成的小怪，其并无正邪之分。此精怪多隐于深山，数十年难遇，其本质是穴眼灵气与天地百物交杂而生。可这东西坏就坏在多生于达官贵族之墓穴，若是沾染了土夫子盗墓贼身上的狡诈贪婪或是山中流匪的凶蛮之气，便可能成为附于人身蛊惑心智的邪祟之物。

此物现世，往往是山中穴地遭破山眼强开之兆，守山人不论山醒与否，都需以肉身祭山，以保山中穴气不散。因而此物虽本无正邪，却又亦正亦邪，为事端之先兆，历代安山守土之人，凡见此物，无不如临大敌，将其视为不祥。

师父悠悠说完，虎头麒麟早已睡去多时，天上星芒倾洒，师徒面北而坐，山中万籁俱寂，只有偶尔虫鸣映月。林川武心中腾起一阵哀伤，他不敢多言，只听师父道来。

“那天你所见的瞎眼儿，便是我叔辈的子嗣。他与我所属不同，百年前他的祖父曾遇到过这山中精怪现世之事，此人为我们师祖，手段极多。那时他通观天地，察觉山上穴气已近衰微，便只身前往深林，发觉穴气已被一只青狐所吸殆尽，腹中兽胎已成大半。此变陡生，他已如丧家犬般凄惶不已，因为作为规矩，他已将大半功夫传下，因而需使仅二十出头的我叔父以身祭山。就是万般无奈之时，他遇到衣着古怪的老者，那人告诉他自己是楚人巫祝的后代，察觉天下将有大变，但自己势单力薄，只能保一处安定，我师祖于是连忙相求，也将自己是守山安土之人的后代如实告知。老者得知后将他带回山屋，那屋中全是各类纸人兵马，用丹青描摹，极为逼真。老者告诉他这便是巫术一支，名为扎纸镇魂，可扎断桥以绝鬼缠，可扎铁甲兵马以御亡敌，同样也可扎百兽相克，扎纸人抚慰孤老。此法邪祟，需取人睛中血，为纸扎点睛，以祝融火烧之，如此便可镇压千百邪物。我师祖于是自毁一目，扎了一只点了睛的大海东青于祝融礼祭时烧了，当天夜里他听见山中异响，似有羽翅扑飞厮打搏斗之声，山中风起时似有鹰唳狐鸣，纠缠不休，直到天亮。第二日，他于山中寻到一只肚腹干瘪的死狐，知道那老者所说并非虚言，便把那扎纸手艺传习下来，不仅是谋生之策，更是镇守穴眼的手段。

“我那堂弟的眼便是为取精血而瞎的。此法恶绝，与传灵并为偏门独法，因此分为两支。我叔父得了那纸扎手艺，我父亲则定心守山。二十多年前，我叔父害怕外敌侵扰，带着他一家老小南下至湘赣闽越逃难。他们这一去，师祖的坟便成了孤冢，我父亲由此愤恨，誓与他胞弟两绝，且嘱托我不与他们往来。没想到他们在外兜转十几载，又回到此地，现又要兴修祠堂，合为一家，实在让我不齿。”

说完他陡然起身，一脚踹在狗腿上，那酣睡的虎头麒麟一下惊起。师父将绳子从树上解下，忍不住咳嗽一阵，他在树后一吐，空气里弥散开一股血气，林川武忙上前去搀，却被一把推开。

“我生着两条腿，牵着四条腿，还不必你扶。”

林川武从抽屉里拿出最后几个铜钱，师父的病日益严重，郎中说这痨病已深入膏肓，无药可医了。他手上的钱两便是开了方子也不过半服草药，那郎中自是不再理会他。林川武出了门，天上开始飘起细雪来。

师父整日咯血，他已不大能站起身来，也不能再多说一句闲话。时日无多，他自然心底清楚，可倒在榻上，他仍一遍遍嘱托林川武不可去程家湾找那程桐凤。林川武心中焦急，他抽不出身去砍柴换药，已然家徒四壁。为了这病，可以卖的除去那一条狗外便再无他物。林川武蹲在药房门口，心中只剩下一个人，他没太见过的师兄陈国清。

他回屋给师父烧了一壶水后就连夜下山往镇上走，上一顿是一天前发了霉的两个柿干，但现在他得忍着，师兄陈家离村足有三十几里，但在镇子上。就算是看在师父的面子上，也应该管他一顿饱饭吃。师父几乎说不出话来，林川武求了几家邻户替他守一夜，最终是见他实在可怜的茶农应下来。他一路向东，被雪灌了一脖子，才在天亮前到了镇上。师兄陈国清家中贩茶，又和山中农人签订买卖，采收各类山货，由本地船帮销往外地，陈家家眷和那船帮相熟，因而生意越滚越大。从镇上沿着街正数第三家写着陈氏货铺的地方就是了。走了一夜，这二十出头的青年手脚僵麻。天色微亮，门扉紧闭，他伸出手去犹豫了片刻才敲响了门环。

院门里传来一声女声，门没开只是高叫了一声：“谁啊？”林川武蹲着并不吱声，听那步子向门口靠过来才低声说了几个字。

“找陈国清。”

“你是谁？”门还没开，但是那声响就在门后了。他有点犯难，不知道该不该报上自己的名字，但眼见着不报上名字别说见上师兄的面，就连一口凉水也喝不上了。他一下把嗓子提上去，壮胆似的叫了一声：“柳林林川武，程镇麟的徒弟。”

那女人或许对这档子事并不熟，因此只是沉默着转了身回到屋里叫人，林川武不由得踩起脚来，他已有七八年光景没见这个比他大了几岁的师兄，也不知他模样声音有无变化。片刻后他听到一阵脚步，知道是他来了，五脏六腑都在肚膛里打起鼓来。

“什么事？”同样是隔着门的一道喊，这声音他觉得熟悉，但比几年前粗野一些，确实是陈国清的嗓音。

“师兄，我是景炎。”他一喊，似乎整个院子都震起来，但这一声过去那边就没了动静，他以为人没听清，于是又喊了一遍。

“你来找我做什么？”

“师父病重，开不起药了。躺在炕上起不来，嘴里叫着你的名字，你随我一起回去看看吧……”

门终于开了一缝。他看到陈国清一下巴的胡茬子，身上裹着一件粗衫，冷着眼并不看他，一句话不说，像是想着些事情。

“你叫我去看他是假，出钱办白为真吧。”

“师父还没死，你怎么说这样混账的话！我这次来，是借些药钱，为他治病。”

“你自己说的，都快死了还治什么治呢？”

林川武的脸一下涨红起来，先前的拘谨一下松开，道：“好歹是你我的师父，你在柳林吃了十多年饭，现在师父病重，你连药钱都不出，是不是人死了，你也不闻不问？”

“在山上的日子，我父亲每年都送粮食，我吃的是自家饭。我不凭他的本事活着，就是两不相欠。钱没有，你赶紧走吧，以后也别再来。”说完他把门合死，门闩咔嗒一锁，离了院门。留林川武一人在外头傻站。

林川武仍有半句话噎在喉头，但再说不出来。他转身往街上走，他实在渴得要命，还有三十里路要赶。天亮不久，不少摊子便往南头赶，今日有集，且是大集。他顺着人往西南走，想寻一户人家讨口水喝。林川武抬头看天，山户大多淳朴，他不敢再舔一舔嘴唇了，脸上嘴里都是干巴巴的。

天阴下来，停了半宿的雪似乎又要飘下来。路上的人肩挑手提，行色匆忙，他们得在雪下来之前占个好位置。这天一阴下来，便可能要等到开春时才能放晴了，雪中夹着雨星，再厚实的皮子穿在身上也能冻湿了骨头。林川武裹紧了小袄，走了七八里，看见前头有一老头正收着木耳，他眼快帮着扶住筐子。这老头并不惊，只是装好了分挂在骡子背上，半晌后问他：“娃儿你做什么？”

林川武接过那一碗烧开的水，他沿着边一喝，差点烫烂了腮帮子。那老头就斜倚着给骡子上嚼口，偶尔炸出几句话头，问他去哪。林川武把碗放下，他一下子没了神，咬紧了牙说不上话。

“娃儿，我去北边给人拉货，年下山里最后一次收货啦。你要是顺路，我用骡子拉你一程，你若不往北，就进屋歇歇脚，歇好了快赶路，雪下来啦。”

“去，去程家湾。”

“那上来，你不大，骡车坐过没有？”

林川武麻利地踩着板子上去，那老头翻到骡身上，他一甩鞭子就把话匣子拉开。

“这山货，价贱，山里头的人啊，都不愿意卖哩。”

“山民不容易啊，伯。采这些木耳也没几个钱，他们指着这个过日子哩，价贱了年关熬不过哇。”

“嘁，娃儿，你懂个草球。这价儿不是俺们压下来的哇，都是那些往外拉货的拉船的，那些人可真混哩，抬高取低，外头的货想进来？先抬上一抬，山里的货想出去？先压上一压。我们这些贩子，没船，受气。价都在这些人手里哩，尤其是那王家货铺陈家茶楼一类最甚。价高一厘都不收，活生生把那采山货的人在街上逼得流泪，但任你眼泪流干，好话说尽，说穿了肚皮，磨破了嘴皮，那价也不变。你卖，有船就能拉走，你不卖，别的铺子也不收。那景象，谁忍心看哩？我一个老头子了，见不得，见不得啊。最后还是卖了，价贱，那人的脸像涂了石灰一样死着，这些人都没了良心。”

林川武接不了这话茬，他扭头瞅见别处，有一搭没一搭地问什么时辰能到程家湾。老头捏个指头，道：“天冷，骡子懒，得小半天哩。若下了雪，天黑前未必能走一个来回。”

……

林川武跪在床榻前，那替他守了一夜的茶农告诉他，现在人就是全凭一口气吊着，血已经快咳干净了，就差把那两扇肺叶咳出来了。程镇麟已说不出话，但他尚未完全倒下去，他身子底下垫着一团草，半坐着盯着门，眼里尚有一丝光火。

雪一片一片飘飞下来，屋里已经四处漏风，风里隐隐藏着哀声。

林川武一脚踏回门里，他来不及掸掉一身的血水，见到床上的师父已经面如白纸，再低头一看那土陶痰盂里一半黄痰一半红血，两行泪一下就淌了下来。他见炉子灰黑冰凉，最后几根碎柴昨夜也烧完了，壶里的水尚有一半，只是也凉得起了冰渣子。程镇麟一咳，便如老龙吐息，绵长如啸，一开始尚有中气，渐渐力气全无，一声比一声更轻，他已是连把那嘴里痰涎吐进脚底痰盂的力气也不剩了。他不眨眼，平日最力大无穷的右手握在徒弟手上，像被人抽走了骨头。

他见到面前上气不接下气泪如雨下的林川武，生出最后一缕力气，他扯动嘴角，吐出几个字来，像是呓语。林川武强忍住泪，把耳朵凑上去。

“现……现世，那东西，祸……乱……”

他再说不出最后几个字，又是一连串的咳痰。林川武拿袖子给师父擦了嘴角，他瞅见师父眼上下一眨，似乎要滚下什么东西。那瞳仁里最后一点光火烧起来，聚到林川武的脸上。他已是强撑着到了最末尾，无常开始扯他的领子了。

林川武从地上爬起来，取来割谷子的铁镰，家中已无东西可烧，他将壶打开，把水浇到脸上，扑通一下跪倒在地，带着哭腔吼起来。

“弟子林川武，师承程镇麟，如今山中穴脉破散，山眼强开，天地生变，守山弟子不敢不管。今于师父面前立下此誓言：积火传薪，不敢断绝师门，遍寻山野，探此变数来处，待到弟子传下本事，便遵师父教诲，只身入林，以报师父山野养育之恩，保土安民，万世不离！”

他举起镰刀往额上一刺，血气一下弥散开来，他倒伏下去，在地上砸起响头，血泪齐下，那地上湿热了一片。他站起，攥住师父的手，手上全是滚烫的额血。

程镇麟眼里的火熄下去，他想点点头但是没有力气了，只能看着他，师徒两只手间的血干竭了，紧紧黏结在一起。

一片雪从破开的窗飘进来，程镇麟缓缓合上的眼便再没睁开。

三天后，在柳林生活了一辈子的程镇麟下葬，林川武把那炕拆开，叫人打成一口寿材。前来吊唁的邻里无不叹气落泪，丧鼓打了三夜，灵歌把林川武的嗓子唱哑。负责起灵办白的全是邻里，他已无半文钱安排人们吃上一顿白饭了，只是这些抬棺的乡亲全都静默不言，忙完了一摆手就散了，转头从家里拿几块干粮、几条干柴回来，进了屋放下停也不停就走了。这样的人来了又来，走了又走，林川武哭肿的眼数度涌上泪，发狠记住每一张脸。

屋子一下子空荡起来。林川武夜不能寐，他躺在草席上，仿佛师父就在一旁侧身睡着。可他不能翻身，怕掉到冰凉的地上，屋里已是一个人都没有了。四野的风熄了又吹，他睡不着，也不想睡，他突然很想家，想死去的爹娘，想船上的日子。师父死了，什么也没有了，他又成了孤儿。

天将亮时，他终于缓缓睡去，梦里人脸涌动，或哭或笑。他醒来时，脸上湿黏，屋外已是大亮。

屋外站着一人，他由人搀着，带着一车精美的纸扎物件。

程桐凤什么也没说，他已显得苍老了，眼眉垂下，轻轻拂了一下林川武的肩膀，告诉他自此程家便不再分家了。他伛着身子，给那纸扎的娃娃扶正，又叹息起来。他告诉林川武，若是活不下去了，便去程家湾找他，有他一口热饭。又说这是他后半生最后一次扎纸，他老了，扎不动了。

火一下烧起来，林川武的脸映着那橘红蹿高的火苗，忽明忽暗。

……

春天时，林川武上山伐竹，他将这些碗口粗的毛竹一段一段锯好，做成一个一个活筒子，这筒子里安了一个只能进不能出的暗板。溪水尚有些刺骨时他便挽起裤脚下到水里，捡拾只有指头大小的螺蛳，他把螺壳敲碎，放到太阳底下暴晒，整个院子都散发出如咸鱼发霉一样的腥臭气，腐烂出水的螺蛳变得像剖开的鱼肚一样恶臭时，他把这些杂碎填到竹筒里，再把竹筒安在墙根屋脚。夜里他等着，不到后半夜，窸窸窣窣叽叽喳喳的声响就压不住了，他翻身坐起，知道耗子进了筒子出不来，就把筒砸开扔到瓮中。一个春天，他把墙下头寻不到食闻臭味而来的耗子找了个干净。

这十几只耗子被他养在两只大缸里，上头盖着石板，这些聪明的畜生知道自己死不了，竟在缸中疯狂地下起崽来。林川武不管，下了崽子他连草都不往里扔，大的吃小的，不会疯了一样长起来。这些畜生似乎知道喂他们的人还不起杀心，因此算不上吵闹。林川武盘算着日子，老些的他就弄出来碾碎喂鹅，小的就任它往上蹿跳。日子一天天过去，等到缸中已积起了厚厚一层臭不可闻的耗子屎时，他终于定下了时日。秋粮已收，翻晒也完了工。他撒了手，一个星期什么也没往里扔，起初缸里还悄无声息，三天后就是彻底的叽喳撞缸挠板的声音。这些畜生没了食，全都饿成了红眼的疯耗子。

他问乡里种豆子的借了小半碗豆油，从那缸中挑出十只最大最疯牙最尖的耗子装到筒里上了路。这一晚他掐准了时间，弦月如丝，星光暗淡。筒子里的东西猛撞不止，他步子极快，后半夜不到，天色最昏暗的时候，他就到了镇上。

春天时他去了几趟镇上，知道那贩货的陈家货铺把货库建在房子后头西南，一连排的草房里藏着货物。他绕了路，没从大街上过去，看到那闭紧的大门后，他就从院墙旁边像水一样往那货库摸过去。这些连成排的泥坯茅草货库的主人还沉在梦中，仍不知会有什么祸事降到头上。

林川武从最头上一间的小窗翻进去，那窗户属实狭窄，但他身骨矮瘦，像只滑溜的黄皮子悄然落了地。满屋子新谷子陈山货，还有炒干的茶叶，一间一间全都不同。这房里的墙都开着门，许是最近出入频繁，全无上锁。他摸黑来到最中间的一个，这一间屋里的全是茶叶。他蹲下来，在角上箩筐后头摸出一根蜡烛，又从包里掏出一块浸了豆油的方绢垫到蜡烛下头，屋里头漆黑一片，他仍不着急把筒子里的东西放出来。那活板已要被啃穿了，他捻出细细一根线头，从那活板中间穿过去，又把筒子立在蜡烛旁边，线头从房窗顺出去，他擦亮了洋火把那蜡点上，沿着原路返回。

陈顺宗正睡着觉，忽然觉得热风哄脸，这风暖洋洋带着些焦香从外头渗进来。梦里他在吃那炒焦的落花生，一家人围着一口炒锅，锅里沙子的热气带着花生的焦香一股一股翻上来，但随后就起了烟，眼看着烟气越滚越大，他一下从梦中惊醒，听到屋外噼里啪啦的声响，屋里已是阵阵白烟。

他一下子跳了起来，冲出去就看到那仓库冲天的火光，整个下巴都要砸到地上。他疯一样跑回屋里大喊救火，只一声就把陈国清从睡梦里惊醒过来，闻到呛人的烟气，也像疯子一样冲出去。而后是女人，陈顺宗的老婆哇一声嚎出来，她下意识跟着丈夫出了屋子，看到那火时，这个肚胖腮圆的妇人尖叫起来，三个人边跑边喊，邻里开始点起灯来，人们冲出屋去，抢瓢端盆，乱成了一锅热粥。

林川武早早地就在墙后头守好，等到陈家院子里一个人没有时，他像影子一样翻到地上，大摇大摆进了屋子。他的脸上裹着一块黑巾，挥了一挥眼前的白烟，悠悠转到了里屋。

夏天的帐子到现在都没有拆，那帐里头睡着一个足岁的孩子，此时正在梦里噘嘴。

天要亮时火终于熄了，陈顺宗拎着几只死焦的耗子大骂出声，他满脸熏黑地回了屋里，一把凉水刚撩到脸上就听到屋里传来刺耳的啸叫，这一声比着火时喊的还难听刺耳，这男人吼了一声，只见女人从屋里冲出来，告诉他孩子没了。

“金银又称忍冬。”郎中对那已近三十岁的青年说，“冬天来了。”

青年看了一眼怀里的孩子，道：“这山里，万物到冬天则枯朽，唯有松柏常青。”

就叫常青吧，他心想。他这辈子已经一眼看到尽头，但这孩子的路还长着。

……

陈国清曾找到山里，林川武平日里把孩子藏起，这偷来的孩子到两岁才逐渐见到屋外的天光。林川武带着他上山下田，一根带子绑在背上躲流匪躲烧杀却始终难躲过吃不饱饭的日夜。但他无事不去北，也不往北方瞧，师父的话他记死了。每逢十五他都要去坟上拜上一拜，他在冢后头种了几棵枣苗，师父生前最喜酸溜溜的青皮枣子，他一双手上的老茧也是枣树磨出来的。一年四季风都从那破窝里漏进来，林川武修修补补，闲不下来。他心里装着太多杂事，但最重要的一件是把程镇麟传给他的东西再传下去，孩子一天一天大了，他心里始终埋着这团风雪。

林川武抓着林常青已长成的大手，他确实淌不下一滴泪来了。他看着年轻的徒弟泪如雨下，心里也就插了刀子，他止不住哆嗦，语气变得轻缓。他于是又想起从程家湾回柳林的那一夜的风雪，他的声音落下比雪轻，但这一夜子时尚不到呢，连老鼠都不出窝。他还有一夜的时间，眼前跟了自己二十三年的孩子还要经历多少风雪？他也算不清了。

“抟鹞，自我将你从陈家窃来，二十三年了。我师父去世时，我也不过是二十岁。那时候气性大，骨子里就是恨，我就是为那恨活着。可是这么多年了，你成人了，我却再想不明白这恨的对错了。我恨你师公走得早，我恨那烧船的流寇杀了我爹，恨我娘回了娘家就再没回来，也恨那陈家人见人死了都不闻不问。我带着你和你弟弟在这山里，守山人和那山野万物命中纠缠不清，我想去解开这纠缠，可这纠缠是命里带着的，找不到摸不着，就这样人便老了。

“这是师父的命。我找你师公死前说的祸患，找那成了气候的精怪野物，可谁也想不到哇，哪里有野物？在松树下头，你听见你弟弟哭，师父就算到了劫数。他不是山中贼人偷得的，而是懂命理的人家丢下的弃子。因为那道青胎。

“师父杀生尚不忍，何况是个孩子，我不能把他害了，就算是我师父知道了也绝不会害了他。我把他抱起来，觉得像是林家的孩子，那就是了。往那大路上引吧，我心想，孩子哪里有正邪之分？捡回你弟弟的那晚，我便对天下了誓，我跑到我师父的坟前，我告诉他我把你们往大路上引，你们走上了正路，什么也做不了祟……”

他断断续续说着，又低下头去想什么，眼神止不住地哀伤。

“怪我，当年不分青红皂白的一顿鞭子，也怪我没有说清就将他送出了柳林。

“抟鹞，你莫要怪师父偏心，你莫寒了心。你弟弟从那林中来，他确实没有爹娘，死了也得回到那林中。可你若是山守不下去，便可到镇上去寻陈家。你弟弟命里多舛，我希望他安稳些。我送他下山不是嫌他弃他，我是想他学了本事，总可以成家，你们都成家，师父走得才安稳。

“你们俩都是命苦的孩子。抟鹞，你千万莫怪我。祭山的人便断在我这吧，此后再不必有人往那山里走。可是那穴眼在老梁顶，总是要有人去看着，守着。你弟弟总能找到那里。”

林常青开始磕头，他动作缓慢，喃喃道："师父，我都记住了。"

"你弟弟不坏，他没走上邪路，他只是心里积着对我的怨，我没和他说清楚，这个事就托在你的身上。我走了，你找到他，总能把这些说清楚。也告诉他，好好活着，你们俩帮备着再多垒一间房，要是谁成了家，就到北边跟我说一声。你们都是林家的儿子，你是哥哥，领着弟弟到大路上去。

"师父对不住你们两个。"

林川武没有叹气，他只是垂着头，声音终于变成了自言自语："常青啊，长青……清秋啊，青丘……"

这一夜太长，后半夜风起，林常青在屋里，他知道师父走了。远处雾霭连天，他冲出门去，师父的床榻已经收拾干净，他再跑出院子，也没有人影。

他对着院前进山的路跪下来。

树影摇曳，鸣虫振翅，风卷着云在天上涌动，寒星闪烁。他似乎听见了雷声，又像是江水翻涌的涛浪拍响船舷。林叶窸窣，他低低地哭着，这一场或许也要把他这半生的泪都哭尽了。天地万物，孑然一身，他抬起脑袋，看着三面青山，一声又一声喊去。

这声声呼喊飞进山川莽林，化成呼啸扫过山月，却只是沉默地再回到他的肩上。

……

抽屉里的印章不见了，那印着"鹞"字的印章是师父留给林常青唯一的物件，他知道是林清秋拿走了。他应下师父进山前说的话，他要找到林清秋，把他带回柳林，把师父说的话一句一句讲给他听。这些年没白没黑地种田建渠，棉票攒着可以去换上十斤好棉花，纳上两床新被，若是盖一间新房也有力气，到了成家的年龄了。师父告诉他在程家湾后头的山上有一件废弃的林屋，这是程桐凤辟给他的。他收好了衣服干粮，柳林的屋子待不住人了。

林常青一路到了程家湾，上次来时还是那程家老人程化芳嫁女，那女人天生有些残疾，但是家里毕竟有些积蓄，便叫一个村里姓徐的后生入了赘，那场喜事还是他去帮办的。那后生是个左腿有些跛的清瘦农民，被嘴快的程化芳在拜堂时好一通难为。程化芳是程桐凤的长子，把一身的扎纸功夫烂在了自己手里，因为他这功夫传男不传女，可大概是因为嘴快，不留口德，努力了一辈子也没生出一个带茶壶嘴的。眼见着闺女到了花黄日了，再不嫁出去怕是要赔在手里寡一辈子，这老头一狠心，贴了张告示，若是谁娶了他闺女，这一身手艺也就没那么多忌讳可以传给姑爷手里去。

拜堂时新姑爷不懂规矩，三叩九拜，堂上的程化芳受了一拜又一拜，九拜完事了，他见那老实巴交的徐光义站起身来，眼皮一抬又说出这么一番气人的话来。

"你这九个头是娶我的闺女，可你要是想把这手艺也娶过去，就这几个还不够。"

堂下的徐光义愣住了，他看见了那张告示不假，但若是说他就为了这扎纸手艺娶老婆多少是侮辱了他的清白。头磕下去就坐实了这份心，新媳妇心里能舒服吗？可要不磕这个头，那难看的就不是新娘子一个人了。台上的老爷子眼皮眨也不眨，端起茶碗吸溜一口。“你是入赘，若想要孩子跟你姓，再磕九个响头。”

这男人脸色难看起来，他看到母亲在椅子上背过身去。周围的人都哄笑着看他的笑话，那披了盖头的新娘子像桩子一样立着。程化芳把那茶盅一墩，脸上冷抽一下，随后笑笑：“你不拜，婚结不成，你回去吧。”

林川武背着那徐光义的脸，只见那高个的新郎官又颤悠悠地倒拜下去，这次仍是九个响头，说不清是为那纸扎本事还是孩子名姓。他一磕完，满堂哄笑，连那老丈人都笑嘻着连声叫好，负责主持的这才松了口气，草草唱完了“夫妻对拜”后就赶紧送入洞房，一群人笑闹着把人带出去，林常青也转头跟出去，只是他对新娘子长什么样完全没什么兴致了。

此后他便再未去过程家，只觉得心里嫌恶。他带着包袱匆忙上了路，师父说林清秋离不了老梁顶，他心里算是有了个定数。他打下主意先到那屋里再说，沿路再向西南打听他的消息踪迹。

林常青这一路不敢停下，他清早从那小屋子出来就往常村走，他知道六七年前那戏班子没改制前，林清秋的师父王静凛到了秋收时节还要在村里唱上三天的戏，但是其余的就一概不知了。两天里他基本没怎么合眼，林常青感觉耳朵眼里住着一只夜枭子，草鞋踩过去树叶声音都吵得吓人，他经过水潭时抹了一把脸，草丝糊了一头，血丝长了满眼，整个世界莫名其妙躁动起来了。他特意避开了人多热闹的地方，心里头就像住了两只乱飞乱撞的家禽。

走了近两个时辰，林常青在日悬中天的时候到了常村，半天工夫，正是暑天最热的时候，一条短衫披在身上已经被汗浸了个透彻，就算是诸葛武侯造的木牛流马也遭不住这悬着的日头。

“老乡，讨口水喝。”林常青口干舌燥，这比身上开个口子还难受，虽然身上开了口子也是渴。他傍在门口，又敲又砸半天，门缝里才探出一张满是褶子的脸，见外边站的后生，赶忙又把门合死一声不吭回了屋里。林常青没了办法，沿着敲了几户，才在最末了敲开了一家的门。

一个年近六十的老头，院墙塌了一半。他见这老头似乎耳背得厉害，便做了一个仰脖喝水的姿势，那老头倒是看明白了，从那院后头的水缸里掏舀出一碗水，把那碗里头的水草捻出来递给林常青。林常青不嫌，一碗腥乎乎的凉水下了肚，递了碗，那老人已进了屋。林常青还想问话，跟一步进了屋里。两丈长的屋子，屋顶漏了半截，映着中午正毒的日头。一张草炕，一眼泥灶，没有其他东西了。那老头一开口便像是老鸦一般又粗又哑，但又响得震人。他指了指耳朵摇了摇头，表示自己听不清楚。

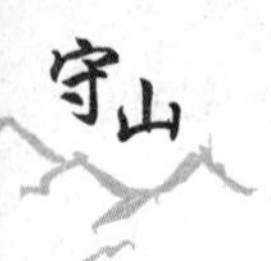

“老乡，这村里头来没来过外乡的？脸上，”林常青几乎吼着，指了指自己的脸，“脸上有块疤，青红青红的！”

老头愣怔着盯着又舞又说的后生，眼珠子都要瞪出来了，好像有猴子在他脸上杂耍。林常青又说了几遍，换了好几种法子，半晌这老头嘶的一声，低下头去，好像明白了，却吞吞吐吐说不明白。

“有，有外乡的，不过不是一个呀，有好多哦。”

林常青听完心头一紧，他问往哪走，但这次老头却如榆木一样全不明白了。到后来他似乎也着了急，喊吼着三字：村主任！村主任！林常青做个揖转头往屋外赶，天上下火一般，他心里焦急。他找到了村主任，村主任把林常青迎到屋里。林常青只问几件事，坐也不坐，这村主任告诉他是以前的子弟兵转业后进了测量队，给那水库勘探选址的。

林常青一拍脑袋，心想真是骑着骡子问牲口去了哪。他十五岁给人开渠，赶碾子，推小车，见过听过的测量队没有十支也有八支。林常青问这些人往哪走了。村主任告诉他已经往西南方向去了，昨天就走了，大概是马南一带的村子，现在怎么着也已经在山前头住下了。

林常青的心一下提到了嗓子眼，马南村就在老梁顶前头，若是这一队人进了山，怕是已经扎到鸡西和老梁顶里头了。他一掐指头，问有没有别的外人来到村里。

“你瞅那前头的柿子树没有，以前哇，上头老坐着一个后生吹哨子。这家人有个闺女，他俩相好哩。不过是有些日头没见到他了，什么时候来，头上都裹着一条方巾，我劈柴腰酸直起来，看他从树上翻下来却比那戏班里的还软和，堪比那鹞子翻身。听人说，他以前在集上给人翻身，比花还好看。”

林常青脑壳一下炸了，他看了一眼高有两丈的柿子树，树干弯折，离地足有三四米高，确实能撑得住一个人的身骨。他连揖都来不及做，出了门便向马南赶去，全顾不上头顶的太阳越发毒辣。

林常青边走边想，放在抽屉里的印章大概已经没了好些时日，他忙着里外农活全然忘了这一档子事。林清秋取用怕是要人给他做媒，不过要是找到了媒人总是好说。他拿不准林清秋是不是去了老梁顶，可是师父的话又浮上心头。走在路上他心里已经盘算起来，换上棉花，去河滩再取些新沙和泥，在师父屋子的东头再起一间屋子。想到这，他的心里竟然喜悦起来，若这相好是真的，师父给他的任务也算完成了大半。弟弟走了也有小半年，气也消得差不多了，就该跟他回家了。

他已不觉得天热起来，甚至身上的汗竟微微消下去些，先前进到肚里的两碗凉水已经把火气消下去大半。他抄着山路走，一路上倒也无人，从这里到马南也是两个多时辰的路，他想搭个牛车，却无人更无牛在这大热天闲逛。若是那一伙去老梁顶的测量队速度快些就完全来不及了。他加急了步子，起伏的山头一个又一个地从他脚下划过去。林常青看了一眼天，今夜怕是只挂一丝弦月，午夜甚至要起一场风。待到天将晚时，他已经到了马南，立在了当年一起伐树还被他救了一命的常信安家门口。

他的腿脚属实有些酸了，那汉子见到他先是一惊后是一喜，忙把他拉到屋里，上一次他来时还是去年。林常青的面色更黑了些，日头太晒。屋里头常信安的老婆孩子都在，林常青坐下，他看了一眼缩在炕上的孩子，上一次来时，那孩子的眼睛还只是蒙着一层薄薄的眼翳，现如今却是越发灰厚起来。他一下敛住笑，看那十二三岁的孩子费力地拼读报纸。他把凳子转了个角，对常信安低下声音问孩子的眼疾是不是又重了些？那男人方才的满脸喜气一下扫去大半，叹了口气略略点头，彼时这男人不同于修渠时，竟生出白发来了。“只能让村里的老先生教些相术，以后我们死了，总得有口饭吃。”

林常青点点头，他刚一坐下，腿上的酸胀便从胯上往下滑溜，一路沉到了脚脖子。他一敲打，常信安就看出异样，问着急赶路是不是有什么急事，林常青一怔，觉得刚进门就说家里事有怨妇倒苦水的做派，所以他先没提林清秋，倒是问起进山的测量队来。

“昨些工夫，你们这是不是来了一队扛着杆子的队伍？”

“是有这事，一队人不少哩，有二十人了。帐子草棚都扎在东南头，你来时没见？”

“怎么住帐子呢？我听人说不是都借住在老乡家里吗？”

“他们这一队人多，说不方便哩。村里净是些大闺女小媳妇的。我听人说他们要是进山还得往最深处的地方走些工夫，所以随身带着家伙事，不知道真假。”

“人什么时候往那山里去的？”

“今上午多些工夫，现在估计已经进山好些时间了。天又热，虫子又咬人，不知道啥时候出来，听人讲可能还得在林里过一夜，遭罪啊。”

“哦，哦。”

“进山的除了他们，有没有旁人？”

“有啊，有带着的。那鸡西老梁顶下头谷深树密，得有带路的哩，我们村有一家也姓林，和你是本家人。年轻时是个扛枪贩皮子的，这里头他熟。这是一个，据说还有一个，从什么湾来的，不说名字，有个诨号，我记不太清，都是在路上听人攀白听来的，脸上带着印子，也是给人带路。都往林子里走了，两队人两个人带着，不能迷了路。”

林常青一下跳起，他一喘气把孩子大人都惊得一跳，他的胸口像是一张打鼓一样响个不停。常信安吃了一惊不知其中缘故，他望着林常青的脸，问出了什么事情，这青年只抛下一句话，顾不上脚酸，拔腿就往外跑去。

“他是我弟弟呀！”

林常青盯着密如乱麻的林子，一头扎了进去，他的心已经狂跳起来，不知为何缘由，半年不知所踪的林清秋突然和测量队伍拉上了钩，为这些人带路，其中也不知是多少纠缠。他到了常家一口水也没来得及喝，之前稍稍平息下来的心又翻起大浪，师父说他不

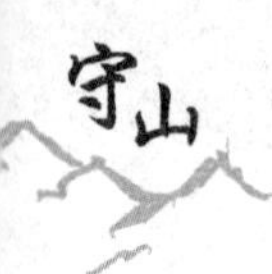

会离开老梁顶，这山中穴脉气眼就在老梁顶。林清秋不是好心闲得去干带路这档子事，他或许是为赚些毛票。这么一想，他的步子只快不慢，心里更腾出一股火来，只恨那山路陡峭，走山再快，也是如鱼肠一般曲折。

日头斜下去，他不再走岭，改为走谷，谷底几乎全是乱石，一般人绝不走谷，怕迷在其中出不了山。但他心里焦急，看顺了方向就一路向北扎去，天色一寸一寸暗下来。这团心火逐渐上涌化在他的嘴里，他捋了一把柳叶边走边嚼，到了那头大概会有些溪水。林常青越走越深，等那天扑黑下来时，他迷了方向。

天色昏下来，他就算有骡子的脚力也无济于事。他听到隐约的水声，知道八九不离十，有一条溪水在林里，什么都影影绰绰地看不真切，需等那场风来后，星星闪了光，才能稍微看见一点东西。他走得着急，包里没有能点火照亮的物件，只能一步步往山里挨，他实在渴得厉害，想要喝一口流动的水。

他踩着比人高的石头摸过去，下边是黑压压的流水，他捧起一把递到嘴里，这水晒了一天竟没有一丝热气，喝了两捧又洗了一把脸，把头整个沉进水里，水没过耳朵时他听到左边的林子里哗啦一响，林常青把头从水里拔起来，甩干脸上的水，才发觉有什么东西在林子里飞跑。他追了过去，那声响不是一个人发出的，像是一队人但又不完全像，几个影子像打闪一样穿过去。天色之暗，就算是神仙来了也分不清东南西北。他扯开步子，气劲凝到脚踝上，免得扭伤了脚腕子，那声音大概从北向南一路传出去，他边跑边抹去脸上的水，但是什么都没看明白，那东西倏忽刮过草叶，瞬间就息了声响。他追去百十步，只能停了步子。空气里弥散着淡淡的血气，他低头仔细一寻，在那路上似乎存着一些血迹。

“咕咕……咯咯咯……呵呵……”

他猛一抬头，这一连串似哭非笑的声响飞进他耳朵里，他的整块头皮被狐狸特有的叫声给掀飞起来，那声响是从老梁顶传来的。林常青知道出了大事，他完全顾不上扭不扭脚脖子了，往那声音疾驰出去，他顺着零星的血迹，在夜里艰难地爬坡。那声响不间断地传来，林常青骨头发起寒来，他心里腾起一阵巨大的不详，这声响似人非人，似鬼非鬼，今夜的月头只有一挂，夏天的弦月夜，数年前，林川武燃着灯给他看了墙上飘动的影子。他几乎翻滚起来，手脚并用往那老梁顶狂奔。

风从西北刮来，林子里死寂一片，唯剩下那兽鸣咕咕咯咯地飘荡在风里，他的心已经恐慌起来，在指头被扎了刺险些滚到山下头时他听到那声响已十足地近了，只有不足百步的长坡。风渐渐起来了，林常青的虎口被荆棘刺出了血，他知道那里有人，只有五十步时，他喊出声。

“林清秋！”

他在微薄的星光里看到了一个人，他的身边似乎是狼藉一片，这人正伏在地上用上肢挖些什么东西，周围到处是些香灰符纸。

“你跑来这里做什么？”林常青觉得空气里有一股铁锈气，心里焦急大过了胆寒，他看见了这个伏着的人的影子，悠悠抬起头来，阴影里似乎抬起了一张脸，他一揉眼，觉得那脸上的青胎记在星光里格外扎眼。

他抬起身子，歪了歪脑袋，投在地上有一道模糊细长的影子。林常青声音发起抖来，重新暴喝了一遍：“你来这里做什么！”

“哥……咯咯……有冢……冢……”他面前的人发了话，只是声音完全变了，嗓子里塞了一团毛皮一般瘆人，“有冢，有……有人……”林常青刹住了脚，觉得眼前这人虽是人的模样，但影子飘动起来，像是多了几条躁动的尾巴，是林清秋无疑了，但不知他是不是又用那邪绝古怪的传灵之法，在这夏夜做出了什么伤天害理的事情。那人刚抬起的身子突然又伏低下去，嘴里爆发出一声乖戾的嚎叫：“哥……十个人……冢……冢里有……”话未说完便再也说不出什么了，他一个箭步袭来，冲着林常青的脑袋。林常青见他眼中似乎泛着青光，凶煞之气毕露，知道他已不是自己的弟弟。十个人，若是都被他诳去做法中了邪，怕是师父来了也留不住他了。

林常青抽出腰上那把师承的短刀子，将刀横于胸前，道：“传灵寻穴之法恶绝，如今你自己误入歧途还殃害他人，枉为师父养你二十年，他在林中捡到你，将你引到正途，终究是白费！”他一下暴起，照着林清秋的面门扑上去，手中刀光一闪，正对他的额顶。

林清秋像水一样躲了林常青的刀子，他一下滚出去，眯了眼睛，再说不出一句像样的人话，满嘴咕咕咯咯滚动不停。林常青突然想起小时候一起吊过的梁子，心里剧痛一下。眼前的人已算不上他的弟弟，心里发了狠，大错铸成，他终归入了歧途，只能由自己送他去师父面前谢罪了。

他把刀子横在前头，这刀曾断了一条几乎成虺的大蛇，十年来磨了百次，刀刃愈发凉薄。他的眼里又闪出那年在山上镇棺时的凶光来，眼前的人往林中跑去，快得只剩下影子，林常青算好方位，追了过去。

那咕咕咯咯的声音从四面八方传来，林常青半伏在地上，知道野物就在不远处徘徊，这些都不是人的声响。他想起师父为他俩种下的柿子树，头往上一抬，看见人正坐在枝子上盯着他看。

林清秋像鸟一样扑飞下来，像网一般往林常青身上罩去，落了地又是极灵巧地翻了身，把林常青扑倒，他一龇牙似乎笑出声来，又像水一样翻到林子里去。林常青吃痛，脑袋一僵，又赶忙翻起身来。林常青往刀上啐了一口唾沫，今夜无论如何，都要把这件事给了结了。

那如影子一样快的东西又从背后袭击了他，这一次背着光。那两只手劲大得一把把短衫下头的皮肉抓破，血当即浸了短衫散出一股腥气，林常青手上吃痛，知道这东西若是照他的伤口舔上一口，林清秋就永远回不来了。林常青背上吃痛，蹬腿把林清秋踹开，脑中迅速打闪，林清秋现在被野物夺了舍，理应把他杀死在这，但他绝不忍心把林清秋杀了，只能在影影绰绰的林中拼命回忆师父教的内容。

他又一次被扫了出去，这夺了舍的林清秋竟朝他喉咙袭来，他忙用刀格挡，那一口脆生的白牙当一声硌在刀背上，他再次飞起一脚把它踹开。他往悬崖边跑去，心中生出一计。他身后的黑影已经追上来，对着他的后脖子。林常青把刀横在眼前，从那挂了霜的刀面看到一团模糊的黑影向他袭来时，他作势一下跌倒出去。

林中卷起一场大风，那狂奔的被夺了舍的人毫无防备，他感到心头一震，那冲天的邪劲一下散去，但那冲出去的劲却收不住了，他踉跄着喊了一声哥，便从那崖头翻坠下去。

林常青从地上爬起，他完全没想到这人就这样冲出去，他探出脑袋，看到十米深的下头有一棵小树，林清秋单手抓着树，嗓子里泛出哭腔来。

“那些测量的人里头有盗墓的！我们进了山，有几个说去找水，结果去挖坑，我们去找他们，结果掉到土夫子的洞里了！

“十个人都中了邪了。我在他们身上放了血，他们才好过来。我让他们快走，那墓里的狐狸都成精了！师父呢？”林清秋不敢蹬腿，他一下子清醒过来，发现自己竟是悬在悬崖外头，那棵树已经支撑不住他的重量，眼看着下坠。

“师父死了！”

他听见了林清秋的话，心里焦急起来。

“师父想让你走正路，他不是要赶走你，更不是觉得你是贼！师父给你攒了钱，让你学艺，是为了以后娶婆娘过日子！他说你命苦，不想让你在山里搭上一辈子！”

他听到林清秋放声号啕起来，林常青疯了一般去找绳子，可是林子里除了草叶树枝，什么也没有。他抽出刀子想要切断一截树干，只是发狠到吼出声响，那富含汁水的枝条上也只是一个浅浅的口子。

他听到悬崖那边的林清秋叫他，他眼里已经急出了泪，又回到崖边上。

“哥，我对不住师父，但是我没走歪路。我没害那些人，我不是害他们，他们是受了邪。我身上的东西迷了我心窍，师父因我而死，我死了山就守住了。但是我有一个人放不下，她在常村，家后头有棵柿子树。你替我去说一声，她还等着我回去娶她。那土夫子打的洞里住着十条吸了阴气的狐狸，我身上的东西就有这些东西的邪祟。你请个厉害的人，我死了，把我在山下镇住。我现在立死志，师父刚走不多时，他听得到。我永世不离此山，不入轮回，镇于老梁顶穴眼之下，陪师父守着你们……”

“林清秋，你不准松手！你不能就这么死了！师父不让你死！我下去救你！”林常青像疯子一样吼出来，他把脚探出去，却只见弟弟把握住树根的手一下松开，他大喊了一声：“山我替你守！”便顺着无数的乱石草木坠入到夜幕中去。

几秒后，林常青听到一声巨响，他伏在崖边，肝肠寸断。

……

正午的日头很烈，罗成坤喝下一壶凉水，半个时辰过去了仍觉得肚子隐隐发胀，他和另外两个人分了头，往家的方向赶去，距离村子还有二里路时一头栽倒下去。三天后，罗家办了白。

……

常信安躺在床上，彼时他的胡子已经花白，山里的人被风雪所蚀，他已经老了。

他的腿脚已不大灵活，早些年在水里泡出来的病根在骨头里发出芽来。他把已经瞎了眼的儿子叫到床前说了一夜的话。

自此，这青年从他父亲那里接过了这一辈子：在老梁顶下有一个孤冢，那里头埋着一位对常家有恩之人的弟弟。这青年默默无言受了父亲教诲，守着这孤冢，守着下头的林家人。

山中时常荡起似人非鬼的兽鸣，那瞎子青年听着，每一年都要带着程家湾一位姓徐的山民往山里去，在夏天，在祝融的天火里，烧一座莲台和一位持锁链的将军。

那个救了父亲的人已经走了很多年，他在亮着北斗的山上唱了三夜挽歌。那三夜万物静寂，走兽敛步，飞禽敛羽，只有一声一声又粗又哑的歌飘在谷里顺着风飞到林里。

听见的人总想落几滴泪下来。

第三十九章

CHAPTER 39

山者难守

柳林的山上又立起了一座冢，这些年间新冢林里，生死之事并不很远，人们也不是十分避讳。

只是这座坟冢里并没有尸骨，林常青将屋里师父的衣物铺盖及用过的纸笔一并放在坑里，他不知师父祭在哪座山中，因此披麻戴孝时，堂上也只是一张空堂。师父生在柳林，也落在柳林，不能让后人连一个祭拜的地方都没有。师父睡过的铺也是师祖睡过的，他将木板一一拆下摞在坑底，衣服也一件一件叠好，而后是箱子，箱子里全是细碎物件，铜台子，镜子，还有吸了桐油的灯芯。林常青把这些物件正了又正，而后一铲一铲填土。

“师父，山，没得守了。”

暮色里，那冢立起来了，新土带着些湿气，他倒下去，磕了又磕。

前些日子，他写了一封信，只是到了常村，他见到人家院子后头的柿子树一下走不动路，他望着那绿油油的柿子叶，把那信交到过路的人手里，指了指那户人家，告诉他自己实在不好意思上门。

他对弟弟的相好，因此就再没机会见到了。

他铲了三天，把那棵摇曳在后院的树铲起来，又找来了拉车的脚夫，把这棵有碗口粗的柿树运到了马南。他连夜把树扛进了山，在老梁顶下头重新栽上。

他仍放心不下弟弟托付他照顾的那个女人。

林常青往常村赶去，只是那姓彭的人家告诉他这一户的女儿生了病已经死了，那开门的男人满头白发，一句没有多说。

他比春天时多了几样东西，一个荷包，一个印章。他把那荷包放在林清秋的坟里，那印了单字“鹞”的印章他也再拿不住，过分的烫手。

栽了树，常信安告诉他在那老梁顶北有一个村子，村民性格仁厚，有一户常家的亲戚身手矫健。林常青点点头，叫他带着翻过了山，找到那户人家，把印章送给他，连同名号。此后这万亩山林，翻身鹞隐退，不会再有人见到他的真容。

他心里头明白，生前身后，再没什么值得牵挂的事了。

那时候南方有座小庙，若南下乘水船顺江东去，就会见到山头这座小庙，庙里香火不旺，但那金身日夜点白帆，数风浪，凡是船民走过总要拜上一拜。只是等林常青到那，那庙中的金身早已不知散到哪里去了。即便是山头之上，香案佛像连同庙门木梁都已被敲碎砸烂，成了鸟兽栖息的野庙义庄。

林常青把那佛头从杂草里扶起扳正，放到已经被砸烂的香案上，他着实没有多余力气将它按回高处。供人垫膝的蒲团早已不知所踪，他只好跪在草里，拜了一拜。

江上起有白浪，风把江水的白鳞一片片吹出形状来。

那水层层往前涌着，却不知被推向何处。

他立起身来，转头向北，看着远处连成片的岭，那岭也无言与他相望。

第四十章
CHAPTER 40

尾声

天色已经完全昏暗下来，我把灯拉亮，事情多得很。

过去的几个月，我身兼数职，夏橙的试点工作已经圆满结束，实地来考察的团队对这些果子相当满意，初步方案已经签订。虽然距离大规模电商平台直销还有一定的距离，但这算是我在村里第一件比较有建设意义的事了。除此之外，我把父亲留给我的东西不远千里运回了家，有些东西比如那根木头放在常经发老先生家里仓库都有十几年了，再不拿走也不合适。除了木梁，就是那块印章，这东西我倒是随身带着，虽然算不上值钱，但严格意义上说，这是我师祖林川武传到我手里唯一的物件了。火燎原提议钻个孔穿个绳子挂在车上，不过这东西少说也有五两，甩起来把人鼻子打断没什么问题。我开车急，为了保护自己，也保护副驾，还是免了。

邮寄完了东西，我和火燎原详细研读了笔记，这笔记挺厚，只是因为时间问题和当时的叙事手法，内容显得无比混乱，并且以我父亲的性格，有些东西还被改写了。其间我走访了马南、常村和程家湾现有的人，其中常瞎子给我提供了大量细节，他对当年的事情记得还算清楚，帮助我核实了大部分笔记中的内容。不过大概是出于个人原因，我父亲对后面发生的事情提及得少之又少，关于他师父传授给他的本事大多一笔带过，因此故事在后半段显得苍白模糊。至于我父亲的身世就更难考证了，我和火燎原到了镇上想要探访四十年前的陈家时，才发觉对此事有所了解的基本都躺进了棺材板。过去了太久，镇上的人口流动太大，已经没法考证这些事情。不过对于在柳林发生的事情，村里老人倒是有些话说，原有的林家旧宅已经改换了人家，我也没能到我父亲生活了二十多年的地方看上一眼。关于我师祖林川武就更必须从古稀之上的老人嘴里才能捞到一点影子了，他们说他是个矮瘦的男人，蓄着头发，一九六六年左右人走了，不知道去了哪。林家的两个后生也都没有回来，这宅子就逐渐垮掉了，也没有人修缮。后来学生下乡，住在这里，走了来，来了又走，再后来从北边来了一个学生，在这住到了现在，这宅子也就随了他了。

值得一提的是，我在和老人提到守山传灵这些东西时，他们全都讳莫如深。对于守山人，健谈的老人还能说上几句，告诉我干这事的有年头了，不过守山人大多藏着，住在一个村子都未必知道，就更别说其他地方。他们告诉我，那老一辈家里有孩子的，但凡家里有一口粮，也不会送到守山师父那里去，太苦，太苦，熬不过来。都是穷门绝户，一条路都没有了，问孩子愿不愿意吃山公的饭，如果说愿意才送走了。跟着师父的孩子自此不能有爹娘，要是到了年口子上，山里出灾，这守山的人还要拿自己祭祀给山公。

这些事情全都被蒙上了很厚一层灰尘，有几十年没有人提及过了。不过老人说的倒是和我父亲笔记里提及的不谋而合。可惜的是我搜寻了整个村子，把村里的人都查了一遍，想要找到一张我师祖林川武的照片，也都未能如愿。时间过去太久，记得他的人都是他的子辈。

父亲似乎考虑到要保护一些东西，因而在故事中对村子的名字或多或少都进行了更改，对于早些年的行程也都刻意模糊化了，走山路线也没有记述完整，因此一些细节只能变成传闻。他和我的叔父林清秋相遇的地方，我开车转变了整个地方也没能找到相对应的地点。不过后来也就释怀了，毕竟松林草木之类多少年便会自然枯死，不枯死也被伐走盖了屋子，这么多年，改道修路也是常事。

考证核实花费了我不少时间，有些笔记本中本没有的事情在找到当事人的亲属后也侧面得到了印证。即便如此，这本书的故事风格仍算不上均衡，有些地方只有故事梗概，这其中主要的原因就是一手资料的缺失。

不可不提的是，父亲并没有将他所有的事情记录下来，笔记中有些内容明显缺失了，他曾在我上学的时候回到过这里几次，因此也完全有可能删改了其中的内容。他做什么大概都有他的理由，我虽为他的儿子，也完全无法深究。

这当然只是诸多事情中相对琐碎且历时较长的一件。

除此之外，关于彭芝梅老人的问题，他们似乎也有了解，但她本人并不愿与现有的居住在常村的亲人相认。我和火燎原已经将看望老人的事情提上日程，关于老人的孩子，我向刘叔传达了想法，他本人也表示支持，他联合几家走得比较近的公司成立了一个小型基金，目的是解决孩子之后的上学问题。

我与那个被欺凌的孩子没有血缘关系，但我们的的确确是亲人。

头疼的是我们仍没想好怎样向彭老太太转述当年发生的事情。整件事太过离奇曲折，又过于残酷，火燎原提议只需转达部分并且带老人去坟上看望就好。

常瞎子还告诉了我一件事，他的语气并不严肃，因此我分不清他说的是传闻还是事实。

从一九六六年开始，程家湾徐光义每年把纸扎送到老梁顶山下，由常信安进行祭礼，请祝融火烧纸，用于告慰山下亡灵，镇压野物邪祟之气。但到了一九七五年的时候，也就是第十个年头，徐光义出门给人送纸扎时车子散了绳子，他连人带车翻到沟里。村里找了三天才把他带回来，车上的一棍棍子把他的腿别断了，让他在沟里淋了三天的雨。后来他就神志不清了，纸也扎不成了。那是十年的最后一年。当年常瞎子从父亲常信安那里接过这差事时就发愿要守好冢。

他在村子里给人算命，直到十几年后在集市上遇到了卖橙子的徐路生母亲，他心性一动，掐指一算，虽难以点破天机，因此时与父亲交好的徐叔已经离世，他便不必再提及以前，另想法子与这孩子结了缘。

这孩子天生有些痴傻。但常瞎子把他收为义子，日夜教化开导，希望其走上正路。

“此人家喜清白，程家人号召修路，故意压过他们家一半院子，徐家主事的什么都没说就把院子拆了，自此程家也就不再拿纸扎来说事。”常瞎子告诉我，“半边院墙啊，说拆就拆了。”

他告诉我，徐路生除了不能言语，稍有些笨拙外，精神有些毛病也不重要了。

我和火燎原提了好些东西去徐家看望，徐母告诉我们那地下的台子供着的是一位祭了山的守山人。当年徐光义听了林清秋发的愿，他生前没害过人，身死后还请人镇住自己。徐光义心中发酸，便把他作为家神请了回来。她说这些年时常梦到一个年轻的后生出现在她的梦里，身边是她的儿子，他蹲下来摸一摸孩子的脑袋就消失不见了。徐光义早些年四处给人扎纸，闯南走北，因为手法精巧，有的人喜欢，就定下了，每逢初一十五请他们扎好了送去。

说到扎纸，徐母低下头来。

“都是细活，男人做不来了。养不活人。”她告诉我徐光义在她嫁进来的时候就把这手艺传给了她，因为他儿子不是做这个的料。但是只是扎纸，再没别的。“现在哪还有人信这个。”

我看了看徐路生的情况，他已经十分正常，我想起数月前对他做过的事，心里十分愧疚，我告诉徐母如果需要去省里检查我随时有空。

这些故事真真假假，即便是当事人也都难以明辨。这次火燎原表示不必深究了，我们因此持着在其位谋其政的态度，对于某些或真或假带着灰黑色调的往事一笑而过，科学时代，我们仍是坚定的唯物主义者。

八月份一天，让人意外的是我在回村的路上遇到了黄福贤。自从他老婆死后他就失踪了，他家也已经被上门要债的人砸成了废墟。见到我他的神情相当复杂，我把火燎原支开，独自一人和他交谈了十分钟。

让我头皮发麻的是，他告诉我，罗家的新坟是他掘的，目的只有一个：泄愤。而这一切的根源和一九六六年的那场山盘悬案有关。

他告诉我，当年觊觎山盘的并不只有茶农罗成坤和混混马江玄，他们一共有三人参与其中，而剩下一个就是他的老丈人常德明。当年马江玄确实从陈家后头的树下挖出了一个装着指针的罗盘，但不出三天，先是罗成坤暴毙，后是马江玄消失，只有常德明明明白白活到了现在。黄福贤还告诉我，他的岳母陆春英原为马江玄的老婆，他们常家关系极为复杂，常德明的原配死得很早，留下两个儿子，陆春英有一女，也就是他已经死了的老婆常美莲，随着母亲改嫁，她就一同改了姓氏。之后常德明也没有再生养孩子，常美莲到常德明家时只有几岁，但比常德明的儿子一个大一个小，因此做了二姐。

去年年底，陆春英从箱子里头翻出一枚虎骨，这东西原是马江玄戴在脖子上的，因此这老迈的女人立即明白常德明就是杀害自己亲夫的凶手。她知道了真相，但不小心被常德明得知了，那人表面上不说什么，暗地里却开始下狠。年底那女人生了病，他并不往医院里送，反倒是请些什么神婆作法，这女人越病越重，得了肺炎，去医院时脏器已经衰竭。

“那老恶人不想让知道的人活着。”他发着抖的嘴唇挤出这么句话。

陆春英在尚未生病前就把这件事告诉了女儿常美莲，但黄福贤并不能确定这事是不是被常德明所知。

“如果他知道，那他这么干就是为了灭口。”他一咬牙，“当年这三个就是祸根，但是马江玄死了，常德明被抓了，只有罗家还好好的，死了人，我助他一把！”黄福贤脸上浮起一种我从未见过的凶恶，他的整个身子都在发抖，“就是这些人，害了我老婆。”

父亲的笔记中并没有明确写出那只山盘去了哪，他有意避开了这一块，对于罗成坤和马江玄，也并无多说。我问黄福贤接下来要做什么，这个浑身脏乱驼背的男人沉默地摇了摇头，他仍未从刻骨的仇恨里走出来，这次找到我倒是目的明确，希望我查一查当年的真相。

他说完便转身离开，我看着他的影子，第一次见到他时的景象浮上脑海。那时他像一只饿犬一样往嘴里塞我带进山的压缩饼干，落魄惶恐，要面子又放不下老婆。短短几个月工夫，在他身上这些已完全不见了踪影，取而代之的是仇恨、冷漠和了无牵挂。

这件事我没有告诉火燎原，他忙于找新的工作，只是搬了地方，他说沪城并不适合他，在狭小的出租屋里生活三十年谈什么生活质量，他其实想回老家发展，带着女友，这是他的理想，但现实如何谁都不好说。

他已经在山里和我待了几个月，度过了人生最漫长的一个假期。说实话，我心里很感激他，虽然有时候他表现得并不像一个逻辑正常的年轻人，而且善于在我最焦头烂额的时候制造“惊喜”，但无数关键时刻，他都用足够跳跃的头脑发现了许多细节和线索，因此解决了许多难题。这一点尤为重要，他让我在山里帮扶的工作不再那么孤立无援，原本的孤独都被想要弄死他的愤怒取代。

我们分开已有多年，但仍像儿时一般相处融洽。

他此时正在电磁炉前边抽烟边炒面，嘴里哼着跟村里姑娘学的山调，一边翻铲子一边抖腿，俨然把我的宿舍当成了自己家。

张文洋九月就要回去了，他说时间也差不多了，是时候正式步入社会了。这个北方农大毕业的研究生兼具认真和搞笑，我拍了拍他的肩膀，留了联系方式。他告诉我这几个月学了很多，也见识了不少，顺带着感谢了我和火燎原的伙食。只要他在，火燎原都会多弄一份。我开车送他去市里时，他还掉了泪。

回村的时候，一个ID叫"凡人见山"的人给我发微信，我没有给人备注的习惯，一时间竟然想不起来是谁，于是礼貌性地问了一句，对方砸过来一句语音。

"假应届，你挺忘事。"

我笑笑，跟她聊了几句。

村委会似乎又要空落起来，只是我明白，一切才刚刚开始。

常瞎子由他的义子扶着，带我往山里走去，我们绕了一大截山路，从老梁顶前头绕到后头，在最隐秘最幽深的地方找到了我叔父林清秋的墓。

多年过去，原先的坟冢早已看不出模样。那坟后有一棵脸盆粗的柿树，九月，柿树开始挂果，无数雀鸟在枝头啄食果子。秋风起时，这些红彤彤的柿果便掉落下来，那时它们香甜多汁，再无半点苦涩。

我于那坟前跪下，光阴变慢，时过境迁，物非人非，常瞎子转身走去，我伏在地上对着那温热的土说：

"清秋叔，山一直有你守着，我回来，你就可以歇着了。"

起风时，我已经站在老梁顶上，看着那绵延起伏的山脉铺向远方。

一轮秋阳高挂，今夜北方应有七星璀璨。

天色忽明忽暗，云层随着风滚动，在那岭上投下一道道影子。

我想起父亲与我说过的话，我似乎见到了山那头，年轻的他正眺望远去的江水。

他跪的佛，守的山，爱的人……这些，我都看见了。

风卷着几滴无言的泪落下。

山者不死，山者不语。

守山三世，世世有魂。

（全文完）

后记 ×

写在群山之后

这是一篇写在《守山》完稿八个月后的后记。

其实从 2020 年冬天开始我就想要写点什么，只是那时候觉得不过是将一腔执念落实于纸面而已，离真正变成铅字还不知有多少距离。说到底还是存留了一点私心，想着真的能够把这个漫长的故事，体面地交给读者时，再完成这篇后记也不迟。

从小我就是一个相对游离的人。这种游离并不带着主观目的，而是下意识地与众人相左。十年前我在水利局家属院子里生活，那时的我们是一群七八岁的孩子，每每见到局里下班的老领导时，他们都齐刷刷地喊“爷爷”，而只有我喊：“你好！”

当时只是觉得好玩，并不觉得冒犯。老领导也会笑着说一声“你好”，而周围的家长立即大笑，这使我对这事留下了印象。

这种并不明显的离经叛道几乎贯穿了我的少年时光，或许也印证了亲戚老人的预言：头上两个旋的孩子邪乎，用左手的孩子邪乎。而我就好巧不巧地就是那个头上两个旋还用左手的小孩。

初中之后，我的成绩就平庸了，那时候我性格敏感，在所有人迅速窜高变瘦的时候，我还一直是个矮夙的小胖子。那个时候的我似乎完全无法处理人际关系，因此不得不需要一处桃源。

语文老师布置作业，要求每周写一篇随笔。而我的生活单调且总充满焦虑，因此完全不知道写点什么。也就是在那个时候，我觉得不如写点不怎么现实的东西。所以，我开始了“周更”的小说创作。

在几周后，老师照例要收上去作业看看。我那时的心情忐忑程度，堪比等待高考出成绩时，生怕被扣上一个不着边际的帽子。

几节课后，课代表传话，让我去老师办公室一趟。我心想，这肯定是蛤蟆跳进了蟒蛇窝——一准完蛋，索性就硬着头皮去了。

进了办公室，我看见老师在翻来覆去地翻看我那个八开本的黄皮面本子，我的心里就像悬着七八个油瓶一样，七上八下的。

“我这几天没收作业，写了这么多？”语文老师姓王，人称老王，同学们背地里总说他：“老王一笑，祸福难料。”我一个十几岁的孩子，听不出话的深浅，就抿着嘴立着，心中做好了挨训的准备。

“你这本子先放我这，等我有空了仔细看看，居然写了这么老多！”老王又一笑，大手一挥，让我回去了。

接下来的时间里，我就真成了瞎子走钢丝——提心吊胆。虽然当时没挨训，但那是因为老师还没有细看。等细看完，说不定就会因为我那满篇的胡扯生气。就这样，我怀着相当忐忑的心情熬了几天。几天后，随笔本发下来了，还好这次没有去办公室的通知。

我翻开本子，一下子怔住：满眼的圈圈画画波浪线，哪里的句子比较好，都给用红笔写了批注。翻到最后一页，则是写满了一整页的批语。大意是小说立意不错，就是人物刻画太浅，但是精神可嘉，非常值得鼓励。评语最后一句是：坚持写下去，早晚可以有所成就，老师相信你。后头立着三个像榔头一样的大感叹号。

这事就是契机，算是为之后我在写东西上，那股三匹骡子都拉不回来的邪劲儿埋了伏笔。只是初中那会心思飘荡，什么都不懂，青春文学写着写着自己就先嫌烦了，所以直到毕业时都没有一部完稿作品。

毕业走的那天，走廊里的优秀作文被风吹得哗哗直响。我心里想，既然体育不行，学习又一般，那总得有点拿出手的东西吧？思来想去，决定还是写点东西吧。因此，还没迈进高中大门的时候，《岭南》的灵感就已经打进备忘录里了。

高中三年我仍然保持着与众人相左的特性——下了课不去吃饭，而是坐在窗台上听广播装忧郁；在寝室学人跳舞；给女生写小纸片；在该写作业的晚自习上写下一打一打的随笔……那时候写的无非是些关于天气、心路的文字，归根到底，其实就是不想学习的借口。

这样的日子持续了很长一段时间，我的成绩也一直下跌——从中游到倒数，自己也从玻璃心演变到满不在乎……似乎又回到了两年前茫然无措的状态，只是不同于上次，我将备忘录里的灵感写了下来，我将主角命名为白镜，从此又续上了漫长的“写作”道路。

写作《岭南》的时光涵盖了我的整个高中，但是，到毕业那年也才完成了第二章的大纲。六月份时，照例要参加毕业典礼。和同组人告别时，斜后桌的同学告诉我，她希望能早些看到书的完结，因为第一章里的青年端瑞算是她的白月光。

这种狂热的劲头一直持续到大一结束。第二章《山中》，写满了一整本胶皮本，但是，我却没了将它录入电脑的欲望。没有了晚自习，我失去了最后一块可以安静创作的阵地。面对浩如烟海的第三章大纲，我无奈地停了笔。那些手稿至今仍安静地立在我的书橱上，却明显地觉得心劲淡了下去。只是，我仍然保留着写点什么的习惯。

二〇一九年四月二十九日，我在电脑上打下一段故弄玄虚的文字。大意是我蛰伏了一月有余，想写点有深度的东西。那时候的我，完全不知道自己在干什么，只是隐约觉得想开一个诡异小说的公众号专栏。于是，我将这个栏目定名为“诡闻录”，而那篇故弄玄虚的文章则是第一篇，我将其命名为《守山三世》。

是的，是的！这就是这本书最开始的样子。我保持着一周一更的频率。起初完全没有大纲，人设，只有模糊的几个概念：主角的父亲死了，纨绔子弟不得不接过重任……

在一个月后，我意识到再这样下去会无法结尾，我因此慌了神，便开始详细地规划大纲和人设。就在那时，主角林山语的形象逐渐清晰：一个在大学毕业后突然迷失的孩子，一个在细枝末节做到极致的青年，他心思沉稳却又不善表达。这个人会在短暂逃避后选择面对，能够担起责任，像是一亩日渐葱郁的山林。

这样的一个角色使我倾注了大量心思，直到我闭上眼睛，就可以想象出一些片段：

青年摇下车窗，缓慢地抽烟，眼神凝聚在后视镜上，每过几秒就要失焦。他身后就是山，被植物覆盖，看不出原来的样子……

毫不夸张地说，在很多夜晚，我觉得自己就像串了台——我闭上眼再睁开，面前的本子就变成了《林山语笔记》，再闭眼，疲惫就像箭一样袭来……

写作的过程十分痛苦，我深知，只有在某一夜晚，合笔在某一页，大大地写下一个“完”字才能解脱。我看着那一整张密密麻麻的大纲、线索图，默默地检点当下的进度，忽然觉得自己就是精卫。

要好的朋友告诉我，你总是一遍遍地活埋自己。我不能细想，也不敢细想，觉得这是一个像《岭南》一样永无止日的大工程。这个工程也同样差点进行不下去，我无数次在笔墨尽处，幻想着长江奔流于群山之中的景象，也勾勒过昌北的花鼓草锣灯影戏……最终却迫于局势，而无法真的去看上一眼。

整个二〇二〇年暑假我都十分消沉，年轻的文字怎样才能不流于虚幻？我问自己，但没有答案。在暑热即将散去时，我又重新拾起了笔。键盘上敲下的都太垃圾，我看着先前的十八篇推送，决心用最传统的方式给它结尾。而这对应的也正是火燎原跟随林山语进山的后半程故事。对他们，对我都是新的开始。

那或许是我目前经历的，生命中最沉默无言且痛苦的一段时光。帮我数进度的只有我的头发。我不得不在舍友的有限宽容下挑灯夜战，让他们经历了许多开灯睡觉的不眠夜。数个月后，我的笔在线索图上开枝散叶，在十一月三十日的晚上，又全流归一处。我由内而外地开始上浮，我大口喘气，告诉自己：你写完了。

是的，《守山三世》耗时了一年零六个月，最终成稿四十万字，在二〇二〇年初冬的时候画上了句号。不过，这只是林山语的故事暂告一段落，而我的任务却远未结束——敲字与改稿几乎溢满了整个冬天与春天。

春天时，父亲带来了书可以出版的好消息。三月时，我与编辑戚老师认识，从此便开始了漫长的“斗争”工作。从合同的签订，到前六章的修改与重写，再到一字一句地编辑……

我天马行空式的写作方式让编辑老师十分头疼，仅仅是补齐句子中遗落的主谓宾语，就不得不让老师“火力全开”。一个多月后，我翻看已经修好的样章，被密密麻麻的修改痕迹震撼到失语。在自己看来的所谓超前，不过是专业领域的另一种幼稚。这种差距残酷又现实，所幸编辑老师巨大的耐心使他并未放弃这艰难的一役。

春天太漫长了，我询问，而后等待反馈，而后再询问。直到夏天到来，老师告诉我，所有的审稿与修改工作已经结束，七月中旬，书稿正式进入出版流程。自此我心中的石头终于落下，一切可以做的我都做了。遥想数月前，冬天时的焦虑与期盼，眼下正在一点一点地变成现实。我想，或许那篇始终是个悬念的后记也该落下帷幕了。八月中旬，我将一年前的特别纪念明信片拿出，细细地盖了印章收好。我知道，是时候动笔了。

《守山》是一个我想出来的故事，直白些，它是一个为了不让公众号断更的故事。一开始，它并没有很深的立意，只是在写作的过程中，我意识到主角经历的孤独，行过的荒芜与我没有区别，与众多青年也没有区别。文中的父亲，病卧在床，心怀执念，内心矛盾复杂，也是很多父亲的影子。我将这并不纯粹的故事记录下来，又将一些我自己掰开揉碎地化进群山之中。或许，正是因为我内心深处同林山语一样，需要一个指引。它不必十分清晰，也不必那么紧迫，但它需要在那里。文中的山是写实，也是意象，是遗志也是过往，或许也是青年看得见且需要寻找的东西。守山从来不是绕着巨大苍翠的山体发愣，而是拨散大雾，看见父辈，看见自己与内心的过程。

作为写作者，其实当放下笔时，故事中的一切就已经与我无关。我只是看着它，在灯下一遍遍地思索那些场景。这些场景支撑我度过了最难熬，也最容易消弭与堕落的青春岁月，它们使我可以在未来的某日回头，留下一杆记忆的锚索。我无法忘记在这条漫长艰辛的道路上，帮助与鼓励过我的那些人：我的小学启蒙老师焦老师，我的初中语文老师王老师，我的父母，编辑老师，无数夜晚中在我觉得我无法坚持时鼓励我写完就去喝酒的舍友，第一个通读后给出意见的鱼哥，在公众号上默默阅读我作品的读者……没有他们，这部作品就无法来到我的面前，这个宏大的梦想就只能是空谈。我铭记这些温暖的人，是他们赋予了我在这条道路上，一直前行的力量。

当然，我也要感谢自己，庆幸自己真的完成了它，没有一遍一遍地重蹈虎头蛇尾的覆辙。我感谢那些强忍着想哭的心情却没放弃的日子，也感谢即便手腕酸痛麻木，也坚持一天写六页的自己。在否定声中与自我怀疑中，我大胆地行完了夜路。即便日后身陷杂务与琐碎的人生无法自拔，在回首之时也有欣慰之处，至少我曾经做成了一件事，我完整地写下了一个故事，兑现了曾经的诺言。

时间过去，十几岁的少年接过满是批语的笔记，从此明确出那条在星辉下的长路。我们总会在生命的某一刻觉得自己无比失败，这种感觉会突如其来，会汹涌地将我拖入水下……我无法判断这种感觉，是乍泄的情绪，还是窥见天光的残酷？但我依旧要完成手上的事。因为我们只有两条路可以走：一是在全面清醒里崩溃放弃，二是彻底证明自己判断的错误。

当我们终于坚定心思，在挣扎与破碎中前行时，那苍翠群山之上，便是洒满星辉的璀璨穹顶。

墨安（崔越洋）于济南

二〇二一年夏

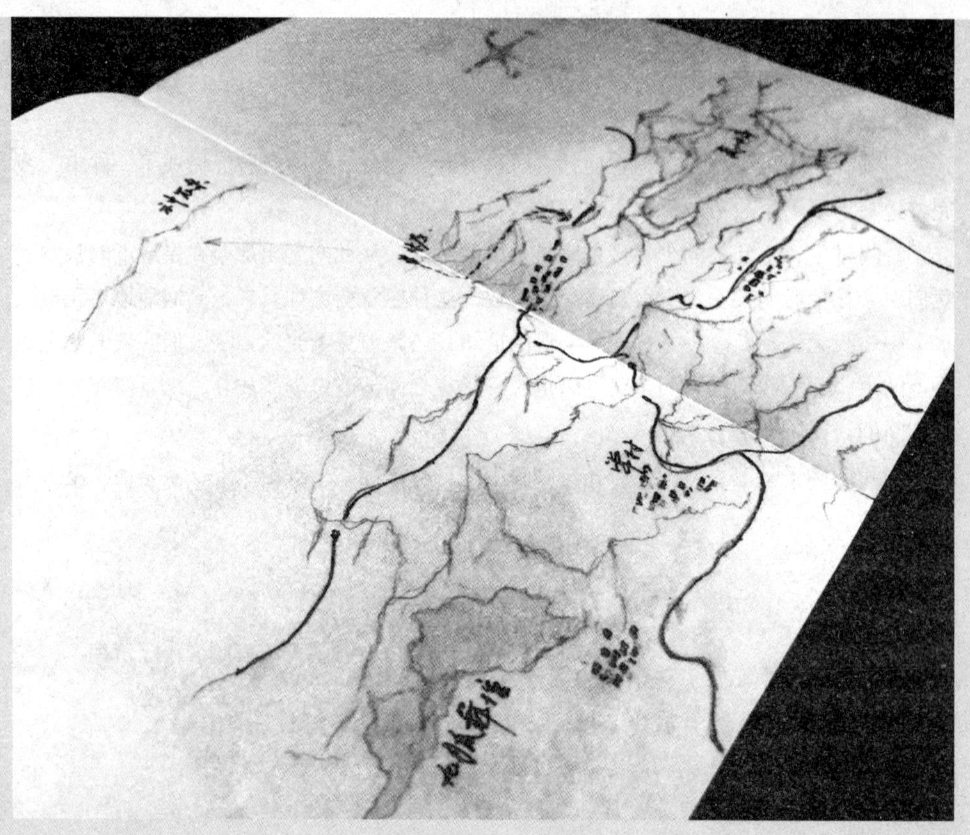

林山诸笔记

在山林和村里的时候，我不得不面对一些隐性的难以根治的事。这些东西像小孩儿欺负野猫一样，他们全然觉得正当，并不能意识到自己犯下什么错误，造成什么伤害。

实际上这样的守山生活中时刻都可能发生让人震惊的事实。我需要不停地接触这些事实，并根据此做出迅速和必需的改变。

山林有自己的法则，这些法则隐匿在最细枝末节和边边角角，就像一只死在树丛中的野兽，自然会吞噬一切，但人们看不到这些。这只野兽就这样消失：一场没有第二者也没有争辩和各持己见的罗生门。

我所做的一切算不上完成一个父辈的遗志，也绝非那么冠冕堂皇的继承和牺牲。这是一种双向意义的选择与认定。

群山选定了我，我因此在茫茫黑夜找到归途。

你一定会在生命的某一刻觉得自己无比失败，这种感觉突如其来，汹涌着将你拖入水下，以至于你无法判断这种感觉只是下泄的情绪还是窥见天光的残酷。但你依旧要完成手上的事，继续生活和按部就班的忍耐。

你明白只有两条路可走，一是在全面清醒里崩溃放弃，二是彻底证明自己判断的错误。